三谷晃一全詩集

コールサック社

三谷晃一全詩集

三谷晃一全詩集　目次

第一詩集　蝶の記憶　（一九五六年）

目　次

目　次

第六詩集　ふるさとへかえれかえるな（一九八一年）

第七詩集　野犬捕獲人（一九八六年）

目次

第九詩集　河口まで（二〇〇二年）

目　次

未収録詩篇

詩論

解　説

あとがき

第一詩集

蝶の記憶

（一九五六年）

I

雪橇の歌

ランプの青いシェードのむこうで
闇は妖しくひかり
きらめいていた

窓にカンテラの赤い投影がせわしく走り
幾度か鈴を鳴らして
雪橇が発っていった

それはついに帰《かえ》らなかった
一九四一年
少年が酒を覚えた年である

彼は成年した
胸のおくの数知れぬ
歌のわきかえりのなかで

小さいイヨルフの歌

陽の透きとおる海底の砂地で　藻のように揺れながら　ぱっちり眸を刮《む》いていた Ibsen の「小さいイヨルフ」

風がきて
とうもろこしの葉末を
微かに戦《そよ》がせる

閉じられた書物のうえに
もう灯を慕ってやってきた
翅虫のひとときの
憩《やす》らぎ

うすぐもりのたそがれは
とおくの家に灯をともす
「イヨルフ」を悼んでいる睫毛のうえに
うっすらとそれが重なる

噴泉のほとり
――または〈天界通信〉

マアテルリンクの「青い鳥」には　なくなったむかしの家族たちが愉しく生活している　緑の木の葉の円屋根《ドーム》の下の小さい蔓草で蔽《おお》われたバンガロオを　チルチルとミチルのふたりの子供が訪れてゆくくだりがありましたがぼくはあるときどこか噴泉《ふきあげ》のほとりのベンチに凭《もた》れて　なくなったしおやさんといのうえくんが　のこしてきたわれわれ地上の世界のことを　いちにちしずかに語りあかしているうしろ姿を　はっきりとみたようにおもうのです　どこで詠唱っているのか澄んだ聖歌隊の合唱が聴え　それはずっと地の底からわいているようでもあり　とおくの森のあたりからくるようでもありました　そこはいつもしずかな薄明のせかいで　どこからくるのか花瓦斯《はながす》のような中世紀風のおだやかな光りが　あたりの風物を清潔な哀傷《かなしみ》のいろに染めておりました　噴泉はおともなくつめたい水を噴きあげ　水ははるかな高いところでかがやく裳となり　無数の光りの粒々となってふたりをぼくの手の届かぬ遠さにつつんでしまうのでした　ぼくはながいことその場所に佇《た》っていたようです　そのあいだぼくの眸はたえずしおやさんたちの背にむけられていたのでしたが　ふたりはしまいまでぼくの存在には気付かれなかったようでした

ぼくはどこをとおってここまでやって来たのでしょうか　いまぼくがみるのは不吉なまぼろしばかりなのであります

小さなワルプルギスの夜宴に寄せて

序詞「我何をか望み　何をか愛す　古き世の物語の如く　こだまは響き返るのみ」（ファウスト）

右に左によろめきながら僕は歩いた
よろめかせるものがあったから

酔でもない　悲哀でもない　まして狂気ではなかった
思いきり卓を叩いた掌の痛みものこっている
歌い　跳り　怒鳴りちらして
それで終ったのだ
僕らがかえりかけたら　あなたが立ってきた
「今夜はここで夜をあかしましょう」
そうだ　心やさしいおみなよ
（神様が犯した過失は神様が償えばよい）
僕らはそれから座に戻った
遠い田圃の方角で蛙の騒ぐ声がした
この家の主人はとうに臥んでいた
客人ばかりあとに残って
発矢　発矢とみえないものに拳を振った

――嗟《ああ》　あなたはいわば存在の非在《ニヒトザイン》
その夜　空には　月が明るかったか？
星が耀いていたか？
昭和二十二年五月某日
夜明けにはまだほどとおかった

旅信

こいびとよ
陽は睫毛からさきに染めてくる

いつまでも車窓に揺れている
風信旗《かざみ》のような少年の白い帽子
海辺の村
真夏日の防風林

とらえがたくなじみがたい Landscape の彼方
幻の山脈《やまなみ》の紺青の泡立ち――

（嗟　ふるさと）

ふるさとは儚い絵になった

Vega に

谷のふかい灌木の茂みにかくれて
わたしはまっていた
ながい　苦しい夢からのめざめのように
おまえの白い耀きが　谷のあわいの
はなだいろに昏れかかる空のむこうから
ためらいがちな光りを放ちはじめるのを
まって　まちくたびれて
いつかわたしは寝入っていた
おまえが見残した陰鬱な夢のつづきを
かわりにみようとでもいうように

そして時がながれた
永い歳月が
少年の日の谷はとおくに離り
わたしは丘に佇っていた
いそがしく断雲をおくり　むかえている
真昼のそらは
おまえのかげを
映さなかった

小樽遠望

1　〈ニイチェ〉

（ああ俺もむかしは些《すこ》しばかりよい本を書いた）あるときツァラトゥストラの著者はかく語った
――狂気した晩年の Nietzsche! そのはればれとかがやいた貌《かお》はかたわらで泣いている妹 Lisbeth を訝しげに眺めていた……

若い教師の声がよく透る
明るい教室の窓際から　生徒が一人
うるんだ眸を外の芝生に抛《な》げていた
（俺もむかしは些しばかりよい本を書いた……）

耳核のうらで　雲のむこうで
誰かが誰かに喋っていた
潤《ひろ》い芝生のはずれには
高いポプラアが風に戦いで
そのむこうは青いあおい増毛《ましけ》の空

2　〈寄宿舎〉

吹雪のそこに埋もれた
わたしの寝床は暖かだった
固く脆いものを
卵のようにあたためていた

春さき
おおかたは素早く消えて去ったが
あるものは根雪となって　永く
日陰に遺った

寄宿舎の窓から眺めくらした
八重桜の重たい花びら
その花びらが沈んでいった湿っぽい場所
そのころめったに街に出なかった
ときに寮歌をどなった
ふるさとを思っては　幾夜さか人知れぬなみだを流した

記憶

僕は忘れない。
暗い夜に
ひとりめざめていた花を。
一瞬の烈しい花の揺らぎを。
衝たれて
思わずよろめいてしまった僕に
永い

めまいする時が過ぎた。
いまははるかに
遠のいて光るやさしい葩《はな》よ。
僕はふりかえらない。
帰ってゆく僕の肩に
償えぬ過失のように
かなしく重量あるものが
かかってくる。

わが夜の歌

だれが信じよう
僕らの「善意」を
さりげなくひとびとは過ぎるだろう
僕らのかたわらを
きのうのように陽ものぼるだろう
不眠につかれた僕らの額に

ああ　灯はとおい
祝祭はとおい

まえぶれもなく　昨日の空が
ななめに僕らの肩におちかかり
そのとき　過ぎたものたちのいたみは
そのままに僕らのいたみだ

聞くがいい　とおいほとぼりとなって
夜空をかけおちる
つめたいわらい
崩折れる僕らのうえに
やがて十三夜の月も上るだろう

蟇の歌

くらい　灯。

どこまでいっても　くらい灯。
そのうえ　雨がじとじと　おちるのだ。
あたまからすっぽり　おもい合羽をかぶり
跫音《あしおと》　だけをたよりに
歩いていった。
天　から
かがやく　梯子がおりている
あそこ　まで。
若者よ。
おまえはいくつ
こんなふかい谷を渉った？
蟇《ひき》　のように
眼ばかり　ひからせて。

＊ゴーゴリは死の直前『梯子を梯子を』と叫んだという。

暗い森

――希望という厄介な生きものを少しずつ上手に馴らすこと

誰かがそっと寄ってきて
僕にいちまいの紙片を握らせた。

月明りに曝してみれば
なにもないただの白い紙。

言葉もなく立去ったのは
月の精《フェアリー》か　それとも
忘れかけた思い出の人であろうか。

紙片のうえに
僕は読む
いまは僕のものでなくなったかずかずの若い苦悩を
焦燥を　慕情を

僕はすでに係累や重い過去を

いっぱい身に鎧って
この暗い森に踏み入った。
これはもう道とはいえない。
行先さえしかとは判らぬ
ぼくは紙片を
まるめて棄てた。
しかし　僕がふり返るとき
いつでも　それは　燐光のように
耀きを放ってみえた。

部屋

1

夢はびっしょり汗にぬれて、暗い部屋に坐っていた。「……眠りを……」あるいは「……mépris……」そんな風にもききとれるひくい呟きが彼の唇をもれたようであった。いっさいの耳は、しかし、沈黙をまもっていた。

あまりに　夜が深かったので？　よわい光りが彼のまわりにたちこめて（それはたぶん気まぐれなとおくの星が投げかけたものであったろう）夢は、それからゆっくりかぶりを振ると、のめるように彼自身のなかに倒れた。

かすかな震動が屋根をつたわって、交尾している猫を脅し、だれもいない路地にきえた。かくれていた兇悪な「夜」は、そのあたりから、風のように起ちあがり、どっと小さな部屋をとりまいてしまった……

2

夢は、そうして幾度おなじ夢を夢みるだろう？　眠りのなかで、あるいはもっと切ないめざめのなかで。抑えがたい宿命が、重い気流のように彼をつつむ。汗にぬれて。はげしい悪感のなかで。夢はしずかに発光する。すでに認めがたいはるかな遊星のように。

3

長い夜だ。夢は眠りのなかでだれにともなく語りかける。粗暴ないかりをわたしは生きてきた。汗にまみれ。ほこりにまみれ。（いうまい。それはみんながやってきたことだ）だが、わたしの額。これはすっかりいじけてふかいしわが寄ってしまった。そしてわたしの頬。唇……。あらがいがたい風の流れがわたしを押すのだ。木の葉のようにかわき、木の葉のようにふるえながら、わたしを押すものの力学のなかにわたしはおちる。陽ざしはさむい。かがやけばかがやくほど、かえってさむい。窪地へ——。そこで、凝《じ》っとわたしは待つだろう。木の葉が空を辷《すべ》ってきて、おともなくわたしの胸に折り重なるのを。（すでに衰えた陽ざしのなかで、それはうす汚れたいちまいの木の葉としかみえない……）

4

窓をあけているのでずいぶん空気が冷えるのだ。夢が息たえてから部屋はすかさず入りこんだ「夜」でひしめいた。星がランプのように大きくなり、世界はまだ明けそうもなかった。

霧笛

低く　ほとんど聞きとれないほど微かな声だが　そのことばは　するどくわたしの胸をえぐる　わたしはそのことばを聴く　愛するものの熱い渇きの声を
とおい石だらけの街　そこでわたしは　風にちぎれたビラのように　路地から路地をさまよったのだ　石に躓いて倒れながら　見知らぬ人の名を呼んだのだ
わたしの求めるものはなにか　わたしのたずねる街はどこにあるのか　愛するものよ　なぜわたしのすべてでおまえを愛することができないか

わたしの声は風にちぎれて　わたしがあやうく眩暈からたちなおったとき　異国的な風車の軌りが　わたしに過ぎ去ったいたましい時間のかずかずを思い出させた　固く唇をむすんだおまえの横顔　わたしはいつまでもその横顔を凝視めていたかったのにすぎないのであろうか

あれからふかい霧のなかをわたしはさまよっている　わたしは街を見失って　思いもかけぬ近さにききなれたむかしの声を聴く　かすれたおまえの訴え　しかも　霧はきのうと今日の間を鎖し　二度とおまえをみるすべはない　そしてながれる霧の合間から大きく亀裂をみせた明日の方に　わたしはいま危ういよろめきをくりかえすばかりだ

幻影の街

——または「不安の季節」

庭から、誰かが出ていった。あしおとがとおざかって、そのあとを冬の風が迷ってきた。ばたん、ばたん、板戸を鳴らせて。

そいつはだれだろう。肩をおとして、前跼《かが》みにあるいてゆくのだ。どこかでくびれるために？　吹いてきた落葉がべったり頬にへばりつくが、ものうい彼の掌は払おうともしない。まるで歪《いび》つな痣《あざ》のようだ。そうして、路地から、路地へ、彼の跫音が消えてゆく。

街にはそういう路地がいたるところにある。路地自身でさえ、どこにゆきつくのかを理解できないような無数の迷路《ラビリンス》が。

或日、あいつもそうして出ていった。そんな迷路のどれか一つに紛れこむために。女がいて、気狂いのように捜しまわったが、ついにめぐりあえなかった。

また或日、おれは窓ごしに犬のほえているのをみたが、かれは何に脅えていたのだろう？　おれは窓をしめ、漠然とおも苦しい予感のなかにしずんでいた。と、かすかにききなれぬあしおとが近づいてきて、またとお去かり、やがて一際、板戸の鳴る音が耳を衝いた……。

夜の訪問者

どこかの窓を忙しく誰かが叩いている……。その焦立だしい物音は、ひとしきり続いて熄《や》み、また前よりももっと不吉な甲高さではじまる。が、それも永くはつづかない。四五回繰りかえされると、やがて、全く熄んでしまう。灯にさしだされた黒い手が力なく落ちる。重い疲れた靴音が、敷石を摺りながら路地をとお去かってゆく。

僕はいくどかそういう彼の後姿をみた。路地が通りに折れるところで、うすぐらい街灯のあかりが、このみしらぬ訪問者を照し出す。なにか異常な物語のなかの出来事のように。そして僕が、夢のなかでこれに似た光景をみたことがある、とおもいだすいとまもなく、彼の姿はすっかりまたもとの暗やみに呑まれてしまっているのだ。しだいに微かになる跫音だけが忘れかけた記憶を呼び醒《さま》す合図のように。

無数の「僕」が無数の路地でおなじ彼の姿を見出す。——くらい夜。時に迅《はや》い雨脚が声もなく僕らの期待と失意を包んで過ぎる……。深夜の訪問者。僕は彼を知らない。僕らは永遠に無縁であり、僕らは互いに相手の名を訊ねあうこともない。彼がヨシダであるとしても、あるいはジャンであろうとも、やりきれない彼の徒労を僕はどうすることもできない。

世界はきょうも雨。そして鈍い鉛の夜がまたもあわれな僕の頭蓋に重なってくる。ニコチンとアルコオルと、おもい垂直睡眠。けれども、ベッドからずり落されないために僕の手はたえず僕自身を支えていなければならない。夢のなかにまで、孤独な歩行者の靴音がひびいて……。

Ⅱ

蝶

おまえは音符のとんでゆく儚なさで
とおい野の方へ消えうせる
おまえはかげろうの炎《も》えるひそやかさで
ふかい空の青みに吸われる

蝶よ
おまえは何？
燦びやかなおまえの形姿《かたち》は？
惑っているおまえの精神《こころ》は？

そして　蝶よ
ある日おまえは名もない空に旅立った
（その空が拡げられ　深められるのはいつだろう）

―見給え　どのはぐらかされた
指先にも　虹のように
翅粉が　陽にきらめいている

断章

――来らざる人に

あなたが近づいてくるのを僕は感じる
なんの確かな証《あかし》もなく
あなたの衣ずれの音も聴かない
けれども　あなたに続いている道を僕は信じ
星の下を僕は往く　そして僕の意志を
あなたの方へ橋架ける

窓

蛾がひとつ
畳のうえに墜《お》ちてくる
弱々しくおとろえて
やがて静かになる
――不器用な　童話《メルヘン》じみた　死

遠い窓が月になる

灯《あかり》がひとつずつ
消されてゆき
そこだけがやけに明るい

耳を澄ますと
聞きおぼえのある
声がしている

初夏

天から滾《たぎ》れおちるあおい陽差を
両の掌に掬いとろう

窓辺に坐って
このまるくゆたかな孤独を
かたわらでわたしを見上げている　猫にも頒《わか》とう

ひろびろとはてしない初夏のアラベスク
そこには一つ
みどりいろの太陽が耀《かがや》いている

SKETCH

脳髄のとおいどこかで
かすかにフィラメントのように光り
ふるえていた　眠りは
最初の軽い戦きとともに
充電し　熱を帯びた重い波動を
緩やかに全身に伝えてゆく
この快よい墓場に
わたしはわたしの疲れた肉体を
はてもなく延ばしきる
そして全く延ばしきったとき
眠りは素早く私を捉え
両腕に抱きとり
あの絶望的な垂直の降下に
わたしを突き落す

秘　語

遠いそらに
ぱちぱち　火花がはじけている

あれは星であろうか
いっときの　悔であろうか

沈んだ古い大陸よ
青い貝殻の貨幣よ

解くすべもない古代文字
あなたの微笑

呆然佇ちどまるわたしをとり残して
影は月明の海に投身する

夜汽車

午後十一時半
駅の方角で汽笛が鳴った

列車はいまどこを疾っているだろう

転轍機の重い軋り
信号機の腕がおちる
山間の小駅を矢のようなスピードで通過する

深夜の青森行準急
点々たる明りの窓
その一つに坐っているあなたがみえる

車輪の轟音　たち罩《こ》める異臭
人いきれのなかに　なおもめざめて
あなたの耳が
しずかに耐えているもの

ああまたもシグナルが赤に変る
夢のなかで列車は点々たる明りの窓を連ね
岩手山麓のひろびろとした野原を
音もなくめぐりはじめた

あるたそがれに

六月の風がふいている
切長いあなたの睫毛はすこしかなしげに
梢のあかるいみどりに染められる
ながいながい時がすぎてしまったと
あなたはおもう
けれど誰も来はしなかったと
光はゆるく波うつように
樹木の交叉するはるかな空間をわたる
ああ　いつかあのように
わたしもひかり耀いていたと

あなたのおもいは　しかし黄昏がおちるまえに
あれらの窓のように凋《しぼ》んでいく

そして灯を点ける
無数の窓が　無数の灯を
あなたの窓もそのなかでひっそりとかがやきはじめる
とげられずに終った烈しい夢のかたみのように
夜のおもたい気流がひとつずつそれを吹き消しにくる
まで

部屋で

和解のあとのゆったりと重い放心
かすかに青い炎がたちのぼる
ちりちり視線を焦がして

案ずることはない
凡て終った

過去のいらただしい灰も飛び去った

出発！
いいふるされた言葉に一切の重量がある
傾いてくるあなたの額に僕の額を重ねて

僕は聴く
調和の規則正しい呼吸を
世界が充足されるまえの一瞬のわななきを

荳《まめ》

マスで量られるように
はかられている

おまえたちは
ひと枝の荳でしかない

しかも　煎られ
煮られ
ひと塊まりに　圧し潰される

おまえたちが
その葉で　その莖で
八方に張ったその根で
貯《たくわ》えた光や熱や
巧みに醸みあわせたものを
誰がどこへ持ち去ったのか

傾く秋の陽ざしのなかに
真赤に焦げて
すがれている

その莖を折ると
意外に甲高く
骨のようにうつろなひびきがある

平日

不幸な貌が
通りの水たまりに落ちていた

頸筋に
まつわりついて
どこまでも離れない　蠅

おそい朝の出勤に
僕は笛にならない口笛を吹いた

地上

地上には
まだたくさんの荒地がある
という想念が　ある日僕を

なぐさめる。
ひろがり　うねり
未知の彼方に波うってゆく
黒土の団塊！
「未だ光は来らざるか」
死んだ友が歌っていたが
もう　暗い　とはいうまい。
たくましい樹草のむれが
視野の一角からわきあがり
あるとき地球は
優雅なみどりの毬《まり》のようであった。

ぼたん雪

ぼたん雪が　ふる
永い冬が
終ったというしるしに
おもい　ぼたん雪がふる

雪は舗道に触れるともなく消えてしまう
それは消えるためにだけ舞いおりるようだ
余念なく
定かでない天の一方からおりてくる
ぼたん雪

睫毛がぬれ　ほおがぬれ
首筋が濡れる
暗い天をみつめて佇っていると
しずくはやがて恢復期《コンバレサンス》の快い迅さで
僕の心臓をぬらしてゆく

冬

冬は
まだ未練気に
路地のあたりをうろついていた

閉め忘れたドアが
風に鳴り

街では花見の演芸会でもあるのか
微かなざわめきが
屋根を伝ってくる

あかりを消し
窓に背を向けて僕は坐っていた
いわれのない瞋恚《しんい》の感情に苛まれて

僕のなかにも一人
頑固な冬が　立ちはだかっていた

明　日

あすは希望をもってめざめることができるだろう
か？　けれども、希望とはなにか。銭にまみれ、スプリングのよくきいた安楽椅子を夢みることであるか。それとも約束されあるいは約束されない名声に、忍耐強く自分を押し曲げることであるのか？

朝ごとのめざめをぼくは怖れる
まぶたの上の眩しい太陽
太陽は愛想よく光をふり撒き
不幸な蒼ざめた皮膚から
いちまいの襤褸《ぼろ》切れを剥ぎとる
あるいはかれらの血走った眼
薄い唇元
その唇元から立てつづけに出てくる無意味なことば
いやでも僕はそれを耳にしないわけにはゆかない

あすは希望をもってめざめることができるでしょう
か？

希望！
希望とは何か

乾いた頭を一つ固い枕の上に載せる。
ただそれだけのことで
きょう一日は終る。

予感

不確かな影が
いくつも私の内部を過ぎてゆく
私はいつか夜自身になる
原っぱに設けられた孤独な踏切になる

ただ一つ瞬いている
終夜灯も
ともすれば吹き消されそうになる
風が濃い闇を搬んでくるのだ

この親しい暗さ
この巨きな褥《しとね》にすっぽりと躰を埋め
はてもなく心象の爪先を延ばしきる
すると予感が膝をはい上り
やがて
みるみるとおい閃光を導いてくる

ああ　私をひたしていたタールのような懶惰《らんだ》な闇は
この一瞬をまって鋭くめざめはげしい火花を散らすのだ

生

五月の花の　咲くことを。

暗いみちを　往き

おそろしく　わたしの巧智は　めざめる

そして　ふりかえって

なみだする
母が

近づいている。

Echo

庭先で
古い手紙の束を焼いていたら
前踞みになっている
僕の後頭部を
だれかが　鈍器のようなものが
力任せに殴りつけた

それきり僕は失神して……
いまも　時折やってくる
刺すような疼痛に眉をしかめる

最後によんだ手紙の一節に
なんと書かれてあったか
だれの手紙であったのか
いまだに思い出せないのだ

それがひどく気にかかり
夜　ベッドに入るとき
なにかに向って眼を閉じる
人生の不条理にしずかに祈る

ひょっとしたら僕も
だれかを傷つけていはしないかと
僕の手紙の一行に
だれかが血を流さなかったかと

さむい窓ぎわで
僕が眠りに陥ちるとき
みえない星に向って
僕の傷口は眼をさます
爛《ただ》れたくろい傷口。

残照

自然
というほど　大それたものではない
消えのこりの雪が　あり
十ばかり実を残した柘榴の裸木があり
そのむこうに
竹林がある

わたしは病んで　荒れた孤独な心で
額縁のなかの忘れられた季節に眺め入る
昔の賢人のように要慎《ようじん》深く
しずかに心の襞が鞣《なめ》されてゆく喜びにそなえる

風がやんで
なんという穏やかな夕ぐれだ
梢の尖に
雲が灼《や》けている
しずかにもえている

陽の蔭になったわたしの心にも
その煖《ぬく》もりが慰謝のように届いている

馬耕

――車中で

時折　車窓から
馬耕を眺める
そのたびにわたしは
あたらしいかなしみを覚える
そのかなしみは
馬がわたしに　あるいは
わたしが馬に似ているという
かなしみかもしれなかった
馬は
矩形や正方形　長三角形
またはなんと名づけようもない
ひねこびたかたちの

せまい田んぼのなかを
せっせと往復していた
たえず首を上下に振り
鎖をひく徒刑者の
やりきれない従順な姿勢で

馬の面に
かなしみはなかった
かなしみは
わたしの胸のおくに
しずかに灯って
たそがれのなかに遠去かる
馬の横顔に
虚しいライトをあてていた

裸木の歌

どんなにとおいところからくる星のひかりからもわたしはかくれることができない　葉をおとしたわたしの肌は露わで　こんなにもささくれだっている　しなやかに力と自信にみちていた腕は　もう空を支えるのに疲れすぎた　どうしてあの鋭いしつような北かぜにわたしが耐えていられるのか　耀きをおさめた夜の雲が　曲ったままのあわれなわたしの指先に触れるとき　わたしはもう呼びかけることばも喪《うしな》っている　それは充たされない希望に痩せて　指の股にたまってくる時間を　焦立たしく振りおとそうとする

けれども　わたしが育ててきた死　喪の黒い輪よわたしの醜さ　わたしの頑なさがいまやわたしを裏切ろうとする　わたしを絞める呪縛のなかから　いっとき奇妙な戦慄がわたしを揺さぶり　樹液のくらい熱ぽい拡がりがみるみる全身をひたしてゆく　――未知の空間ではじける生　若い芽のなかでめざめる光　不意にわたしは世界が白みはじめるのを視る　やがていそがしく空に季節が交替し　生は地平の涯《はて》に巨きなひろい道をひろげる　予感がするどい火花を散らしはじめる　するとわたしは時間がまるで新しい風のように額

に吹きつけてくるのをおぼえたのだ

ほそい雨の糸は

ほそい雨の糸はいまは異ったふうに降る。
この邦のただれた憂鬱をいっしんにこめて。
そのなかに出てゆくのはあの人達ではない。
それを眺めているのもみなれないだれかのまなざしだ。

錆びたスクラップの山をさびしくぬらす雨。
廃道のぬかるみで往きあう人々。
陸橋の下の暗い窓。
そこのトタン屋根にも雨はしずかにふりそそいでいる。
通いなれた待合室の喧騒のなかで
僕はふと知った顔を探すまなざしになる。
けれども水のたれる邪慳《じゃけん》なコウモリ傘が僕をつきのけ
　てゆき
魚臭のする石油罐に蹪かぬためには
地面をみつめて歩かなければならない。

僕の生れたくにに。
僕を育てたふるさとのつめたい雨のなかで
やりばのないいかりを僕はもて余す。
雨は僕の内と外とに降りそそぎ
雨のなかでいつまでも僕はたちつくす。

生について　1

一粒の実が　地に落ちる
果実のように　ありたい
果実のように
熟れて　地に落ちたい。

生について　2

人は一寸先は判らない　という。
しかし　一寸先は判らない　とは
人は信じていない。
かれらの生は　涯《はて》しなく
飴のように延び
終りもなく　はじめもない。
蒼ざめた　死のように。

生について　5

妻入院。百日経つ。

妻のいない　部屋
気がつくと
妻を求めて　荒れ狂っていたこころが
いつかおさまっていた
ときおり　思い出したように
風が戸を叩く。
それがきょうの甘い孤独を　いっそう深める。

生について　7

僕はただ忘れていた
僕の為たことの代償がなんであるかを
ほんとうに生きるために
何を為ねばならなかったかを
愛と憎しみがなにを犠牲にするかを
僕は忘れていた
死がいつ彼の仕事をはじめたかを
信じやすい魂よ
わたしが死の言葉で話すとき
おまえは音楽のようにそれを聴きたがる……

生について　8

欲望　がいま遠い街角を曲る。
びっこの　佝僂《くる》の　醜い小男の格好をして。

ようやく彼から脱れきった！　と思うとき
背後から（いつのまに戻ったか）
ずるい微笑を浮べて窺っているのが
彼　なのだ。

生について　9

冬から春へ。
この底光りする時間の流れ。
こんな季節だ。
世界の重さに撓《たわ》んで
いくつか
ちいさな生が破裂するのは。

跋

敗戦で三谷氏の復員後、同じ勤め先で鉛筆を握り、転々と誌名は変っても同じグループで勉強してきた仲間の一人として、前々から氏の詩集が上梓されることを希っていた私は今度『蝶の記憶』が刊行される運びとなったことを心から嬉ぶのであります。

他に対しては万事控え目な氏が、自己を律することのきびしさには、時に何か傷々しいものさえ感じられるその神経の細かさがよく行きわたったところの、ここに収められた作品は、大体敗戦後三、四年間に書かれたもののように記憶するのでありますが、大方の作品が気持においてはむしろ戦争を過去へ一跨ぎした少年時代へと向けられているように思われます。

聖なるもの、美なるもの、純なるものへの讃歌という点、確かに素朴な感じを受けるものでありますが、緻密、的確な描写力がこの素朴を一層際立った水々しい優雅さに仕立てあげているのに驚くのであります。

より通俗性の少い作品がより優れたものであり、そうした作品が、常により優れた読者に訴えるとするならば、あらゆる人に訴える作品は非常に通俗的なものであるとの一部の論断を、みごとに裏返して立証するに足るあらゆる人々の郷愁の詩集であると信ずるのであります。

私は『蝶の記憶』を、時経て繰返しみることにより、本然の善性に屢々《しばしば》たちかえる日のあるだろうことを思いながら。

一九五五年一〇月二〇日　　上野　菊江

あとがき

上野菊江さんの細かい配慮と斎藤庸一、東原正光両君の激励で、私の初めての詩集が生れることになった。戦後十年間に書きためた作品約八十篇のなかから、私の青春彷徨を跡づける四十数篇の作品を選びだし、次第に社会的傾向を強めた新しい時期のものはこのあと第二詩集として刊行することとした。

上野さんの言葉にもあるが、この時期のものは「戦争を過去へ一跨ぎした」いわゆる〝後向き〟の作品で占められている。「遅咲き」というか「季節外れ」というか、戦争――そのなかには足かけ五年に及ぶ外地での軍隊生活の期間も含まれているが――この詩集のどこにもその陰惨な爪跡を殆《ほとん》ど発見できないということは奇異な風景かもしれない。しかし実際のところ私自身にもその辺の事情をうまく説明できる自信はない。強いていえば戦争は私にとって瘧《おこり》のようなもので私はそれによって〝無駄〟にされた時間を取り返すことに懸命だったのだとでもいう他はない。私がほんとうに戦争の傷手――そういって差支えなければ――その真実の姿におぼろげながら気づきはじめたのはつい最近のことである。そしてそのような時期に過去の作品をふりかえる機会をもったのは幸せだと思っている。それにしてもずいぶん長い廻りみちで、われながらたよりない有様だと思う。これからも、またひどい廻りみちをしてゆくことだろうがそれはそれでなんとも仕方がない。廻りみちをすればしただけの得があるような感じもしている。ただいつも人間としてかけがえのないものを見失わないこと、冒険を怖れないことをくり返し自分にいいきかせている。

作品の選択と配列には上野さんと東原君、印刷、製本には専門家である斎藤君から、それぞれに行き届いた助言と協力を得た。そしてそれだけではなくさらに大きな負債をこの三氏に負っている。私としても奮起しないわけにはゆかない。

また多忙のなかを快く装幀を引受けて頂いた新制作派の鎌田正蔵氏に深く感謝する次第である。

昭和三十年十二月　　三谷晃一

第二詩集

東京急行便

（一九五七年）

夜の希望

またも　重たい放心の時間がおとずれる
しだいに疲労のしわを深くした壁にむかって
垂直に細ってゆく　わたしの希望

焦立たしい労働
悪感にみちた夢
その間隙にたたずんでわたしを揺すっているのは
歪《いび》つな地球の影だ
たとえば
炎《も》えるアジア
そのながい投影が
不眠の額を熱くする
帰るあてのない抑留者の
不健康な陽焦け顔が
ふいとおいシベリヤの
街路灯のあかりを横ぎる
人間の善意について
その拡大と限界について
人間は頭を抱える
世界は羊歯紀よりもふかい原始の眠りのなかで
残された最後の窓が閉じられ
またしても硝煙が荒れた東洋の岩鼻を逆流してくる

わたしが対《むか》っているきいろい壁
壁のなかで微かに揺れる赤い合図灯
わたしは
強か悪い酒をあおったあとのように
後悔と重い頭痛がわたしを押し倒し
わたしの脚が片方ずつ
ひびわれた地殻の裏側にずりおちるのを
すべもなく眺めていなければならない

廃　都

風が　地平から吹く

乾いた亜鉛いろの髪をはためかせて
陽ざしは傾き　朽ちた塔の
ながい投影が丘の斜面にある

風は過ぎてゆく　瓦礫の街を
旗も　招牌《しょうはい》もなく
古い城門の影もない
風はそのうえを無心に吹く

広場を　いま　軍隊がとおる
おもい疲れた跫音《あしおと》
けれどもその虚ろな反響のほかに
かれらを迎えるものは　ない

その足跡も残らない　かれらの
最後の一人が曲り角から消えたとき
軽い咳ぶきとともに
風はその足型を吹き消す
崩れた壁にのこる　黒い罪過の記憶
だれも　それを顧みるものはない

雑草も芽吹かない　瓦礫のかげに
いつかの　死　はすでに乾いている

しきりに　風は舞っている
無人の広場に影が落ち
さらさらと土の吹かれる音がしている
地上の　ふかい　たそがれの底に

眠りのなかから

僕は魚の眠りを眠ることができない。
僕は小鳥の眠りを眠ることができない。
僕は僕の愛する獣たちの眠りを眠ることができない。

けれども僕は　誰か僕の知らない
人間の眠りを眠ることができる。
李とかピエールとか　エンドウとか
あるいはもっと奇妙な名前の人間の眠りを

眠ることができる。

人間。
僕の知らない数多くの人間の顔。
シナで　南のフランス植民地で
ふるさとで。
僕は彼らをみた。
街角に群れている彼らの顔、陰鬱な顔、
健康そうな赤ら顔、
きのうの涙の跡の残っている若い娘の顔、
笑っている子供の顔、きいろい顔、
くろい油光りのする苦力の顔。

僕は彼らをみた。
無数の顔が僕の前を流れていった。
思い思いの方向に。
ある異国兵の幼なじみた顔は抑留所の錆びた鉄柵にも
　たれてうつろに彼の肉親の訪れを待っていた。
ある見知らぬ女の顔は海の照り返しにせつなく輝き輸
　送船の甲板にたつ僕の視野からすべもなく遠去かっ
　ていった。

パリで　ニュウヨオクで　モスクワで
人々は群れている。
働いている。わが家の方角に急いでいる。
エーゲ海のほとりの小さな村。
スカンディナヴィアの暗いフィヨルド
尖塔のある中央アジヤの童話的な街々……
僕の時計が午前零時を打つとき
きょうの終りと運命的な明日のはじまりを報せるとき。
ロス・アラモスの主婦は香り高い朝のコオヒイを食卓
　に配り
ワルシャワの悲劇の土に夕靄が低くただよいながれる

午前零時
CQ　CQ　日本のどこかでまだ目覚めている人たち。
指向性アンテナに　夜の雲が触れ
永遠の時間のなかを　ジグザグに電波が流れる。
眠っている僕の額を月光が照すとき
僕の魂はあのFairyの世界に昇華する。

かれらの苦しみ　悩み
ちいさなかくれた歓びを　眠る僕の鼓動が
正確に拍っている。
この暗い巨きな虚無　見果てぬ夢のなかで
　微かに口を開けてほほえむ……

もしもそういう時が……

人間が
いや人間ばかりではない
小鳥たちも
愛するけものも
鰯や　カニや　プランクトン
それに
根を張り　盛んに枝を拡げる　植物たちも
ことごとく　死んでしまったら
それらのものが　ことごとく死んでしまったら
われらの地球は
どうなるだろう
この美しい　毬藻のような　地球は

そういうときは　来ないだろうか　雑多な心配のいっぱい詰まった重い頭が　ふと空を仰ぐ時があるように　五月の空の　美しい緑に　思わず息をとめることがあるように　その美しい空から　怖ろしい閃光が　彼のあたまを　汚れたシャツのなかの痩せた肉体を貫ぬき　彼の雑多な心配が消しとぶよりも迅く　彼自身　あの銀行の石段に焼きついた　影　ですらなくなるときが　ほんとうに来ないだろうか

そのとき　だれが　彼の死に立ち会うだろう　だれが　彼の埋葬に　ひとくれの土を抛《な》げるだろう　その日のために　どんな喪服を　彼の隣人が準備するというのだろう

そのとき　このはてしない大地と海は　彼らの虚しい墓地となり　そこから起き上ってあの壮大な夕焼けの方に歩いてゆくものはない　空はなにごともなく昏

れてゆくが　太陽の最後の輝きは　いたずらに攣《ひ》き
つった　雲のケロイドを爛《ただ》らすばかりだ

あれから　あのヒロシマの悪い一日から
声のない叫喚
静かな狂気のなかに
人々は頭を抱える
ロス・アラモス　ネヴァダ
エニウェトク　ビキニ
異様な聞きなれない言葉を発音するために
スピイカーは声をはやめる
ビラは配られ
署名運動のメガフォンが
人々の足をとめる

人々はインクを
血のように滴たらせ
ちいさな桝のなかに
かれらの姓名を書く
曲った文字
紙をはしるペン尖の軌り
巨大な歴史の歯車の軌り
インクは紙に吸われ
メガフォンの声は風にちぎれる
声はかぜにちぎれ
かぜはビキニの死の灰を搬んでくる
それが名もない漁夫の頸筋にまいおりてきたのを
魚や野菜や飲料水に混りあい
やがて人間の臓ふかく紛れこんだのを
だれもみたものはない
そしてある朝
黒枠でかこまれた声のない叫びが
世界のすべての窓を激しく叩く

もしもそういう時が来たら
もしもわたしが
あの威勢のよい漁夫であったら
残された気の毒な寡婦であったら
あるいは小鳥であったら
鰯やカニやプランクトン

そういう一切のものであったなら
わたしたちすべてに
あの閃光が轟いたとしたら
襤褸《ぼろ》きれのような
砕け散った軽石のような存在よ
おまえたちはどれひとつとして
無意味でないものはなく
その無意味さを報せてくれるものもいないのだ
もしもそういう時が来たら
もしもそういう時が来たら……

大鹹湖《かんこ》

眼窠《がんか》ハヒラカレタママ
ナミダハスデニ涸レテシマッタ。
草イッポン生エナイ。
世界ハコノ荒涼ヲ遠巻キニシテ
シキリニシロイ灰ヲ降ラセテイル。

JOURNALISM

焦点の定まらぬ
世界の寝ぼけ眼の上を
迅い機影が横切っていった。
既に key の金属の指が
かすかに疲労をおぼえている
一日のものういはじまり。
どこかでニワトリが
ときをつくる。
どこかで十三才の少女が縊《くび》れ

廃坑からはたえず汚水があふれる。
　プラスティックの壁の向うの
　資本家の倦怠。
　文字電送機《ヘレタイプ》の間断ない
　テープの流れ。
　時間を着色する
　インクの流れ。

……ある時は生きたまま
人間を水葬する。
船艙には藻のように
頭髪が繁茂して。
けれども。
砂の詰った口からは
どんな言葉も引き出すことができない。
腕のように海面から突き出ている
あの一本のマストからも。

「トウキョウからサッポロ!」

「トウキョウからサッポロ!」
応答のない相手をむなしく呼びつづける。
　夜。電波の届かない巨きな闇。

午前零時――
冷えた鉛の切口に
裸電球の
鈍い反射がある。
緩やかに
始動する歯車。
やがて轟然たる響きのなかに
息絶える時間。
虚無のくらい窖《あなぐら》の底で。

朝がた。
どさりと門口から投げこまれたものがある。
新しい痛みのようにインクが匂い
世界はまだ
眠りからさめない。

〈Journalism〉

工場の片隅で

活字鋳造機は
夥《おびただ》しい鉛の「死」を
弾き出している。

死　死　死　死　死　死　死……

扁平五号　四号
物々しい特号　または
ゴジックの「**死**」
黒枠に囲まれて静まりかえる
清朝の「死」
黒光りするケースに行儀よく並んだ
一個の「死」は
やがて見知らぬだれかの
（あるいは鋳造工きみ自身の）
抜きさしならぬ「死」の重量を帯びる。

だれもながれを押しとどめることはできない。
今日はもうきのうでないし
きみはあのときの幼い子供ではない。
覚えているだろうか。
十年前世界中できみの仲間を脅えさせた
機銃掃射の神経的な響き。
しかもきみの鋳造機は
もっと騒々しく　もっと正確に
夥しい今日の「死」を世界にばら撒いている……。

きみよ。
見知らぬ青年よ。
きみの快活な鼻歌のあいだに
おちる　墜ちてゆく
無数の「死」
きみが無造作に摑み去るとき
「死」はきみの油じみた巨きな掌のなかで
微かに物質のむなしい哀訴の声を放つ。

〈Journalism〉

Office で

太陽から目隠しするために
深くブラインドをおろした部屋。

ひっきりなしに
電話のベルが鳴り
そのたびにだれかが
立ったり坐ったりする。

堆《うずたか》い紙の間にかくれて
かれらは働いている
カードのように
紙を積んだり崩したりして
やがて少しずつ
ブラインドの外の世界が
変えられてゆくはずであった。

人工の太陽が
ぼんやりとこの風景を
照しだす。
だれかが紙の間から顔をあげたとき
かれはひきつった
ベルのようにけたたましい笑い声をたてた。

かわいた笑いの間から
紙巻タバコの煙が上った。
それをきっかけに
ひとりが
二言三言話した。
人間の滑稽な死に関する小さな挿話。
再び
前よりは低いかわいた笑い声が
紙の間からわいてきた。

果していまは歴史の午後なのか夜なのか
しかしブラインドのなかの世界は
永遠に朝のように味けなく
しかもすべての朝のように忙しかった。

ヘレタイプを通して
世界をテープのように繰っている
かれらの横顔に
わたしは新しい神の相貌を視た。

〈Journalism〉

花のようなものが

花のようなものがある

世界が暗くたそがれているので
はっきりとはみえない

僕らはその方に近づこうとしているのか
ずっと遠退きつつあるのか
それさえもわからない
けれどもかすかに耀《かがよ》うてくるものがある
争うことのできない
しずかな威厳にみちたなにものかだ

多くの眼がそれをまさぐっている
熱を病んだつかれた眼
その切なくふるえる視線が
はじめて世界の最後の内部照明を捉えるとき

そのとき、は
僕らのうちにある
僕らの暗黒のなかに

すべての
バリケードと反目の内側から
すべての
廃墟と沈黙の上をこえて

僕らは呼びかわす
お互の名を
僕らは覗きあう

お互の眸のなかのはげしい不安とおののきの色とを
…………
疑いなく
そのときは
近づく

クレエンに凭《もた》れる人

クレエンに凭れる人は
きのうもきょうも
たぶん明日もそのままの姿勢だろう
クレエンは疲れを知らずに終日働き
すでに休止の姿勢に入った
一日は暮れ
おおきな夕映えが街の向うにある
クレエンに凭れる人は終日クレエンと共に
クレエンの働きについて瞑想し
いままた巨きな夕映について瞑想する

彼はたゆまぬ作業から
正確な時間の推移から疏外されているが
疏外を疏外と感じない
もしくは感じないかのようである
街並のはるか向う
わずかに頭を出した富士に似た山容が
茜から紫紺に変る
クレエンに凭れる人
実は彼は傷心の人である
あるいは　傷心の人であった
といおうか
彼はもう数×年
彼の動かぬ姿勢によってその傷心を支えている
いまやそれに何を付加えることがあろうか
重工業は所詮幻で
彼の古めかしい瞑想は
音もなく天際から下りてくる夜露に湿って
いまものがなしい人間復活の琴音《アルペジオ》を奏ではじめる

豚の顔

中国の片田舎
油の焦げる芳しい匂いがただよってくる
汚れた飯店の店さきに
招牌代りの
ミイラになった豚の顔がぶらさがっている

僕は初年兵の劣等兵で
生活とはすなわち烈しい空腹の感情であったころ
完全軍装の駈歩行軍に息をぜいぜいいわせながら
横眼にそれを眺めて過ぎたものだ

すでに黒ずみ底光りしたあわれな豚の顔は
うす暗い屋内から
妖しい笑いを僕に投げかけ
僕の感情は空腹と郷愁の奇妙な惑乱のなかに
たちすくんだ

望壺郷と称《よ》ぶ数十戸のちいさな部落
飯店の店先にいまもあの不可思議な招牌が懸り
饅頭をつまむ人々のむれが群れているであろうか

霖雨《ながあめ》はいま東洋封建社会のくらい昧爽《まいそう》にふりそそぎ
雨で腐った土塀のすさまじく倒れる地響きがしている
雨は烈しく石畳を叩きさらに耳をすませば
微かな軍靴のひびきが間を縫ってきこえてくる

日本の家庭の平和なベットのなかで
初年兵の脅えた心がそれを聞く
闇のなかにあわれな豚の顔をさがしもとめる
油の焦げる香ばしい匂いとたちのぼる湯気

軍靴の響きはとおく近く
雨はふりやみそうもない

――壺山とよぶ小丘がありその麓に二三百戸の小さな部落
があった。望壺郷とは即ち壺山をのぞむ郷の謂である。
中国浙江省武義県に在る。

挿話

――冬の終ろうとする、とある眩しい朝、ビルとビルの深い谷間を、ひとりの少女の幻がさまよう。

前の晩のことだ
粉雪がさらさら街路灯のあかりを埋めていたとき
小犬のようにその下にたたずんで
少女はなにかを待っていた
物語の少女のように
いくどもマッチを摺って
またたく間に消えるちいさな炎に
幸福のたしかな訪れを夢みて

あるいはまた（こうも考えることができる）
少女はバスを待っていた
いちにち彼女が稼いだ何枚かの銅貨を
汗の出るほどにぎりしめて
けれども
とうとうバスは来なかった
来たとしても行先違いだった
結局少女は
バスが彼女を搬んでくれるのを待つかわりに
自分で自分自身の魂をはこんだのだ
飢えて　すっかり凍えて
肉の薄いちいさなからだを
固い石の寝床に置き去りにしたまま

たわいなく
一本のマッチのように燃えつきて
そのくろい燃えがらのように
泥靴の下に忘れ去られて
きょう
死んだ少女の幻が
その壁とガラス窓で朝の怠惰な光りをはねかえす
明るい無機の谷間をさまよう

物見高い群集が散ってしまったあとに
彼女はさびしげに起き上り

あてもなく街から街をただよってゆくが
彼女を支える一個の錆びた手摺もなく
秘密なおもいでをたのしむわずかな日溜りもない
物語の少女は永遠に充されない死を死んだまま
いまもわたしが
とあるビルの石段に足をかけるとき
暗い風のようにわたしのなかを吹きすぎるのだ

送電塔の歌

なにもない田んぼのはての送電塔の列。そのさびしい
　高圧電流の唸り。
雪催いの空に腕を張り
突風の強圧と体内をはしる重苦しいなにものかの高鳴
　りに耐えている。
はるかな不眠の都市に奉仕する彼の孤独を眺めるもの
　は
ひとりの詩人か気まぐれな旅行者にすぎない。
会津の山野はたそがれ
長い送電塔の影が消えるとき
とおく肩をよせあった村落のあたりに小さな灯が点り
はじめる。
ひそかに農夫たちがまもっているなつかしい文明の灯。

――昭和二十九年十二月一日付福島民報紙上に同題の写真説
明として書いたもの。

東京急行便*

わたしは疾走するなにかだ。
人が眠りのなかでにがい己の来歴を紡ぎ直そうとする
　ときに
わたしは荒々しくそれらの眠りを

踏躪《ふみにじ》って過ぎる。
低く額をよせた屋並は動顛《どうてん》し　のけぞり
道の表情ははげしく歪む。

わたしは疾走するなにかだ。
猛烈に吹き立つ砂塵のなかで
不眠のライトは一層酷薄にかがやき
わたしは無数の街や村落を足蹴にして直進する。
深く幌をかけたわたしの身上——つまり
倦むことを知らない貪婪な経済が
わたしを駆りたてる罪過なのだ。

東京急行便

そのくろい　光彩ある甲虫の一群が
夜の四号国道線を突っ走る。
人は思わずベッドから起き上り
なにか不吉な幻覚が自分のなかを過ぎたと思う。
そして苦しく彼は悟るのだ。
あれはまさしく幻覚にすぎなかったと。

しかも彼自身まぎれもない今日の不幸のなかに坐って
いるのだと。

いまや夢のなかで
彼もまた疾走するなにものかだ。
だれが　どのような罪過が
あの際限のない疾走に
彼を駆りたてるのか。
刻々深まる闇のなかで
彼の手は必死にハンドルを摑む。
彼に用意されるあらゆる断崖
その突端にあやうく彼自身を支えながら。

＊ここでは仙台—福島—東京間を走る定期トラック便。専ら深夜を利用して運行する。

地底の河

彼はながめることがある
記憶の厚い堆積の向う側に
彼がそこからやってきた遠い場所を

漠然とおもい出すという行為のほかに
何一つ証《あかし》するもののないとおい場所から
彼はやってきたのだ
地層のほそい裂目から裂目を縫って
途方もなく巨大な岩盤が彼を引き裂くときも
ただ無意味に黒く泡立ちながら
際限のない傾斜の上を下《くだ》ったのだ

鬚を震わせる植物のやさしいそよぎ
露出する鉱床の眩しい輝きからとおく離れて
後戻りのできない迷路《ラビリンス》
苔や樹木の暗い根を仄かにひからせ
滴る岩の白い年輪をひとつひとつ数えながら

そのように彼は流れてきたのだ
錯乱する罪過のながれ　血と漿液《しょうえき》のながれ
彼が搬び去るのは砂と鉄と腐った植物たちの
陰気な囚われの歌　愛されることのない獣たちの歌
ほろびた種の宿命の歌
彼のはてしない悔恨のなかで
ギリシャの光耀《こうよう》がはじけ
「黄金の民」のゆるい挽歌がきこえる

しかし彼もまたほろび去る時をしっている
記憶は一枚の羊皮紙よりはるかに古く
記された文字のために一層重い
彼がそれを拋げうつとき
隠された岩　黒い飛沫をあげる急湍《きゅうたん》が
事もなく一切を打ち砕く

——世界の暗渠という暗渠に
やがて水はあふれてくる
近づく終末の海にむかって

石　廊

——Angkor 幻想

わたしの内部を無人の石廊が過ぎる……

これは　久しい前に亡び去った
王国のむなしい遺産のひとつだ
これはまた王の終焉の地で
その事蹟はついに知られることなく
石階に刻んだ怪奇な像は
千年の沈黙をつづけている

かつてここに
鳳凰樹の炎える赤が
狂気じみた夢を彩った
地平を覆う
壮大な遠征の企図および……
その挫折　と
破滅へのひそかな準備

遥かな絹の道《シルク・ロード》
交易のはてしない苦難と
やがて齎《もたら》される夥しい財貨
ふくらむ夢想
幻滅……
轣轆《れきろく》はしだいに王国への距離を縮め
しかも隊商たちの視る幻影の緑地のように
決して近づくことがない

わたしの内部を無人の石廊が過ぎる……

雲は往古の青い翳りを落し
壁の上の死者たちの物いわぬ乱舞
花ひらくナーガ*　立並ぶ巨人の群
王国は二度と地上にあらわれることなく
かれらの光りある異様なまなざし
みなれない神秘な身振りが
そのことをわたしに思い出させる

おそい午後の日射しは

渇きを癒すために
みえない湖の方に歩を回らせた
いまわたしはだれに告げよう
やがて近づく闇のなかに石廊は消え
わたしを過去に引きとめる一切のものが跡形もなく消え去ると
石廊はかすかに青い輪廓を不定の未来に投射し
未来は一層暗澹たる沙漠である

＊アンコール・ワット塔門前面の勾欄に多頭の蛇の彫刻がある。その形相は花が開いたようにみえ、クメールの蛇崇拝の跡を物語っている。

あとがき

『蝶の記憶』をつくるときにこの詩集を出すことは予定にいれていた。一冊にするつもりのものを、上野菊江さんのすすめに従い傾向と多少時期的な違いも考慮に入れて二冊にしたようなわけなので作品は大体揃っていたが、その後何となく気分が進まなくなって日を延ばしていた。これらの作品のなかで比較的私の心に適ったのは「夜の希望」「東京急行便」それに新聞の写真に添えて発表した「送電塔の歌」の三つ位だった。「送電塔の歌」はデスクの落着かない仕事の合間に夕方の締切に間に合わせるため短時間に書きあげたもので十分に推敲を重ねた作品ではないが、なんとなく自分で納得がいった。発表場所のせいもあって詩人以外の人々から好評を受けた。あとの二篇は勿論十分にとはいかないがどうやら自分の意図を裏切らない作品のように思われた。つまり以上の三篇は作者としてある程度素姓が判っているという風に感じられ、従って親しみも違うわけだが、あとの作品となるとどう作者である私にもどのように扱ったらよいものか見当がつかない始末だ。しばらく刊行を躊らっていたのも大方はそのような理由による。けれどもそのままにしておいたのでは生きて動いている私自身がおかしくなる。これは一種の埋葬の形式だ。生きている存在は茫として捉みにくいが、死者は死んだその時から意外にはっきりした輪廓をとり始めるものだという。私はそういう自分のカン（独り合点かもしれないが）に従うことにした。

恐らくこれらの作品は『蝶の記憶』の二倍も三倍も苦労している。しかし何をどう苦労したのかという疑いに突き当ると、途方に暮れてしまう。「詩の難解さ」は私をうちのめす。仮に私が三冊目の詩集を出すとしても、それが一体どんな形のものになるものやら殆んど見当もつかない。私はいろいろな声が私を引き裂くのを感ずる。若々しい元気のよい声は私を迷わせ、暗いしめった声は私を惹きつけるために却って私のなかに不信の念を擡《もた》げさせる。いま現代詩は「曲り角」にさしかかっているとある人はいうが、私もまた私自身の「曲り角」でしきりに焦れながら視界の晴れあがるのを待ちのぞんでいる気持である。

このあとがきを書いてからしばらく日が過ぎた。私はいま第一詩集『蝶の記憶』の世界をしきりに思い出している。あそこで果せなかったものがたぶんこれからの私の課題となるだろうという予感に揺すぶられながら。そして『東京急行便』一冊は無駄足のようであるけれども、その課題を進めるのになにかの足しになるように感じられる。さらにまた私にとって偶然としか思えないこのような作詩のあとが、後退ではなく「その処女作に向って成長してゆく」ようなものであれば幸である。

三谷晃一

第三詩集

会津の冬

（一九六四年）

きんぽうげのうたの歌

過　去

立ちながら眠る方法
というのを
考えた男がいた
戦争が終って間もないころだ。

笑いごとではない
網棚といわず便所といわず
タテヨコおかまいなしに詰めこまれて
人間さまが
豚のようにボロきれのように運ばれていたとき
立ちながら眠る方法
とは考えたものだ
ほんとうに彼――
何某氏は立ちながら眠ることができたか
立ちながらどんな夢を夢みたか

薄いナルトや支那竹がヒラヒラ泳いでいる
ラーメンみたいにけちくさく
まずしい夢
安い脂の匂いがいっぱいに立ちこめて
それはいつか烈しい魚油の匂いに変っていたりする

彼はいま
いういうと足を延ばして
寝るだろう
四十になり
五十になり
そして
「そういう時代もあったさ」と
他人事のようにいう

そういう時代もあったさ
誰だってもう立ちながら眠ったりする必要はない
どこにもベッドはあり
ベッドは有り余るほどある
そこで人は

手足を延ばせるだけ延ばして
水死人のように眠り……

その黒い眠りのなかを
乗客のいない列車が
純い過去のきしみを残して
疾り去るのだ。

破片

破片が寄り集まって
ひとつの
まとまった形のものができる
棄てられるものはないのだ

錆びたリームや茶椀かけ
擦りきれたズック靴のようなもの
そういうものがあるとき
それぞれの有用性を主張しはじめた
そいつらとつきあっていると
こっちも結構立派な破片の一つだと
思われてくる

とにかく棄てられるものはないのだ
そこで大手を振って街を歩く
ひところから比べると
いくらか舞台照明が暗くなったようだが
どうせお互の素姓を照しだすわけではなし

破片ばかり寄り集まって
やけに大きな音を立てて行く
なかにはねじれた弾片だの
穴のあいた認識票など
戦争犠牲者もいて
いまではすっかり仲間にとけこんでいた

それがいつのまにやら
ものすごい大集団にふくれあがり

うぁんうぁん　うぁんうぁん
目の前を通過してゆく

集団のなかから
どこかで見覚えのある蔑すみの眼が
こちらを窺っていたが
それもまもなく
砂埃のうずにみえなくなった

彼

有刺鉄線が
野ッ原を劃《わか》っているところで
ぼくらは別れた
彼は雪のみちを北へ向って去った

あれから
ぼくの内側で
多くのものが悶絶した
愛に擬《なぞら》えられる時間が　あるいは
そうと名前を呼ぶことのできないひそかな発芽が
悲鳴を聞くこともなしに息たえた

むろん彼は還ってこない
ぼくは苦痛とともに
彼を連れ去った鉄線のあちら側の
あらゆる推移と細部《デテール》を思い出そうとするのだが
ある日　ぼくのなかにも
容赦なく一本の線が引かれてしまう

　無用ノ者立入ルベカラズ

みちは北に向って一直線に延びている
きょうはそのみちを誰も行かないだけだ
柵のところに佇《た》って
彼の帰りを待っているのは
かっての日のぼくの幻だった

記憶はぼくを離れて
とおい荒廃の地方をさまよっているらしい
（あそこにはもうなにもない
　記憶が彼自身を食い尽すことのほかには）
そうしてぼくは
鉄線がぼくら二人を
永久に隔ててしまったのを
間もなくぼくは出かけなければならないことを
合図がぼくを急きたてているのを
夢のなかでのように
繰り返し自分にいいきかせるのだ

戦　場

なんの物音もきこえない。
虫の声もしない。
このおそろしくしずかなところ
これが戦場だ。

ここで夥《おびただ》しい数の
日本人が死んだ。
アメリカ人もグルカ人も死んだ。

ここはどこだろう。
ガダルカナル　オキナワ
インパール？
そのどこでもあり
どこでもない。
しかしまぎれもなくこれは戦場だ。

ニッパ椰子の小舎に
何日も何日も
雨が降りつづいた
ジャングルの雨期。

熱く
渇いた砂が
夕日とおなじいろの

たくさんの血をのみこんだ
あの珊瑚礁の島。

おれはあそこで
死んだ。
あのオキナワ王の墳墓のかげ。
かっこう鳥はあそこでも啼くだろうか。

戦場ははるかだ。
みんな戦場のありかを
忘れてしまったので。
おぼえているのは
おれたち死者
だけなので。
——わきかえる喧騒の世界に。

ここだけがおそろしくしずかだ。

迷路について

僕は　迷路　について
語ったことがある
この世は迷路である
というのは悪い比喩である
彼は失踪した
わが最愛の友

彼は生真面目な教師
いささか酒とゼニを愛する小商人
または
議論好きの小心なサラリーマンでも
あったのだが
彼がどの道をどう往ったか
神ならぬ身には
知るよしもないことだ

まったく

神ならぬ身には
大きすぎない欲望と
いささかの不安は
一日の糧である
人が墓穴に足を踏入れるとき
入用なのは
上から土くれを投げかけてくれる
わずかな道具と
人手だけだ

かくして彼もまた
どこか地名もない曖昧な一点に往き着く
彼が確実に到着したことは
ここに
僕の手許に齎《もたら》された
一枚の死亡通知が
僕に告げるのだ

　僕は　迷路　について
語ったことがある

この世は迷路である
というのは悪い比喩だ
この世が迷路であるのは
僕らが自分の行先を知らないからではなく
そこでは決して
お互に行きあうことがないからなのだ

わが最愛の友
僕がやがてそこに往き着くときも
君の姿をみかけることはないだろう
それからまた僕がいま
どこにいるかを
あなた方ひとりひとりを
どんなに深く思い返しているのかを
僕の知っているだれかれに
報せることもできないだろう

そのために
いつも僕は
後悔を繰返さなければ

ならなかったのだ

風景

満目蕭条《まんもくしょうじょう》
という感じとは違う
満目蕭条　は
まだ枯草かなんか些《すこ》し生えている
これはほとんど
なにもない
こういう風泉を永く視ていると
生体になにか
まず小さな崩壊が起る
崩壊は
ごく緩慢に
しばらくつづいて熄《や》み
やがて固定する
深い傷跡に
肉が盛上って
てらてら光るあれだ

わたしがそれを
視た　というのでない
じっさい
なにもみなかった
想像のなかで愛のなかで
わたしはしきりに
追求していたのだった
神経の耗り減る煩狭な作業だ
しだいにわたしは萎え
疲労のはてに
乾いた一個の幻覚を獲たのだった
あれが風景か
ことさら
みせまいとするポーズで
わたしの気を引こうとする
なにものか

わたしは時折ベルトの下から
手を入れて
脇腹のあたりを
さすったりしてみる
――嗤ってはいけない
わたしはそこに
すべこい
まるく盛り上った例のやつが
探り当らないのを確かめて
安心やら
軽い失望やらを
感じたりするのだ

病院で

月影のキューバとか
アート・ブレーキーとか
あるいはファンキィななにかであるとか
この生々しい
内臓の焦げる
メランコリイのなかで
ぼくはしびれる下肢を
ゆっくりとさする

オートバイにまたがる
十七才の少女と
同い年の少年にとって
ぼくが
瞬時に遠去かる存在の影に等しい
とおなじく
ぼくにとって
彼らもまた
存在の影にすぎないか
メスが皮膚を切り裂いてゆくとき
爛《ただ》れた臓腑をつかみだすとき
烈しい異臭が
生への執念のように匂った

あの手術室
のちいさな窓から
ぼくはみていた
だれか
丹念に手を洗ってそれから
口に手をあてて小さく欠伸したのを

けたたましい騒音と排気ガスが流れる
あかるい街の方に
扉を押して出てゆくことも
引返すのも
それはきみの自由なのだよ

だがじっさいのところ
それを決めるのはぼくではない
ませた少女の
かすれた歌声がながれてくる
病院の待合室で
やがて順番が
回ってくるのを
辛抱づよくぼくは待つのだ

止り木の上で

彼
とはビヤホールの夜に
別れたきり
ぼくは強たか悪酔して
さかんに議論を吹っかけたが
それは人生の大問題らしくも
あったが
すでに跡形もない
彼の消息すらない

彼
もうひとりの彼
それから
夜

もうひとつの夜
いまやことごとく消息不明
便りはいたずらに
符箋をつけて戻ってくる

人生はいかにあるべきか
などと
だれももう議論をしない
だれも振向かない
いっぱいのハイボールを
長い時間をかけて飲み
時に
女の臀《しり》に軽くさわる

つまり
ぼくの坐っているこの止り木は
地図の上のどこにもなく
まして彼の止り木を
探し求めることはできない
隣り合わせに坐っても

きみとぼくの間は
どうしようもなく離れている
やがて酔うほどに
隣人の存在さえ
ぼくは忘れてしまうだろう
夜
無数の夜のなかの
ひとつの夜に
かくてぼくはめぐりあう
他ならぬぼく自身
このそらぞらしい〈現在〉に
否応なく顔をつきあわせる

尾行者

路地を折れると
すぐそのあとを踪《つ》いて

入ってくるやつがいるのだ
振りかえるといつの間にか姿を消している
ぼんやり祭の雑踏にみとれていると
恋人のようにぼくに寄りそっている
ぼくが気づまりに首を垂れれば
慰めるような素振りもする

特高みたいに素ばしこく
陰険なやつなのだ
時には威丈高になって
ガチャリと手錠の音をさせたりする

彼がぼくの身辺にあらわれたのは
そう古いことではない
はじめて彼の存在に気づいた時
彼は永い馴染みのように
ニヤリと口の端でわらってみせた

いまではうすうす彼の意図も判っている
だれにも人に隠した弱点はあり
人はそこから眼をそむけることはできないものなのだ
ぼくは時々彼の骨張った掌のなかに
小銭をにぎらせる
ぼくは素直に信じているのだ
それはぼくの慰めであり
一杯のアルコールで
しみじみ語りあう機会だって
ないわけではないのだから

ぼくらはお互に識っている
ぼくらはただ時を稼いでいるのに過ぎないと
ながいこと見知らぬ土地を歩いてきて
なにげなくひとつの路地を折れる
もう一つ路地を折れる
ぼくが振りむかないかぎり
彼はどこまでも踪いてくる
ぼくもさびしいし
彼だってきっとさびしい
やがて

水ごけなどの生えている
うすぐらい湿地帯まできて
そこで
歯をむきだして
ぼくらは対決するのだ

死んだ犬に

ずいぶんながい交際《つきあい》だったナ
いまおまえはどこにいる？
便りをするにも
宛先はないし
それにおまえは
字がよめないからな

冷たい地べたにひっそりと
うずくまっているものよ
おまえのいるところは
いわばおれの胸の奥
心ぞうの片隅のようなところ
時々は肋骨に脚をかけ
思い切り吠えろ
牙を鳴らせ

するとおれの鼓膜は
きりきりと音たてて痛む
なぜかならば
おれの耳は
おまえの牙よりも鋭く
いろいろな物音をきき別けて
いるのだから

この暗く巨きな夜
恐ろしく頑丈な鎖が
しっかりとその夜をつなぎとめている
おまえは尾をふり
体をすりよせておれに甘えた
そのときおれは

おまえの灰いろの瞳のおくに
その巨きな夜を覗いたのだ
その夜をつなぎとめる巨大な鎖が
蛇のように地平にうねってゆくのを

おれは飯を噛み
ビフテキを平らげる
それからひとつ大きな伸びをする
なにもかもおまえとそっくりだ
鎖につながれたこの陰気な不服そうな顔
なにしろおれほ
戌年生れというやつなんだ
くらい騒がしい血が
おれとおまえの
張り合わせになった心臓の内側で
波立っている
だれも知らない
知られてはならない秘密だ

とにかく行くほかはない
尾を振って
いっしんに地面を嗅いで
この枯草の原を
どこまでもまっすぐ

どこかでばったり
出会わすかもしれない
そのときこそ
おれの血のしたたる臓腑が
飢えたおまえの格好の餌になるときだ

栄養考

乞食が往々にして
ぶくぶく肥っているのは
理由がある
厨芥《ちゅうかい》を覗くのは犬と乞食だけなのだから
栄養は多くの場合

殆んど厨芥に含まれている
つまりあれは幻影にすぎない
かれらの信奉する栄養学は

ハウザー式云々
快速な mixer
一分間一万数千回の鈍い回転音
それは暑い午後の放心の時に聴く
蝿の唸りに似ている

いまや栄養は
饐《す》えて臭い匂いを放つ
肥満した肉体はそのなかに
多くの正体不明の死をかかえている
徐々に死は育つ
ペニシリウムのように

かれらはみな幻影に
憑かれている

ありもしない物体が墜ちてきて
かれらの頸筋を砕く
この長期にして
回癒の見込なき半身不随！

いまかれらは
厨芥を漁る乞食のように
残りすくない眠りを貪る
いっぱい吹出物のした
おおきな背に凭《もた》れて

尻からはみ出ている青い菜ッ葉の尻尾
絶対の静止のなかで
蛋白分解の作業が
はじまっている

ペンギン考

ペンギンというのは
奇妙な奴だ。
鳥《ちょう》というからは
鳥《とり》に相違はなかろう。
しかし彼らが
われわれ人間どもより
ずっと高級な動物であることは
疑う余地がない。

彼らが極地だけを選んで
生活しているのは
じゅうぶんに故あることだ。
あそこには
氷と海と
張りつめた薄刃のような
空気しかない。
そしてそれで
完全に事足りる。

彼らが
「南極の人気者」だというのは
人間どものうかつな謬説《びゅうせつ》だ。
たまさか訪れる人間どもの方が
よほど滑稽な「人気者」であるのにすぎない。

入江に立つペンギン。
氷原に群れ遊ぶペンギン。
嵐のなかを急ぎ足にゆくペンギン。
さらにまた
眠るペンギン。
ペンギンの眠りは
あたたかくそして白夜のようにほの暗い。
ペンギンの死は
あらゆる考証を拒絶して
錘のように世界の海に沈む。

いつかわたしが

南極にゆく日があるならば
わたしは
オーロラの啓示について
氷山の住心地について
そこらあたりの
魚類の珍味について
ゆっくりペンギンの意見を叩くつもりだ。

ペンギン考　その2

南極観測の失敗によって
僕のペンギンに関する一研究は頓座した
新聞はペンギンについての報道を中止した
爾来消息不明のまま
ペンギンは
僕の幻想に生きる動物となった

しかしまた別個の報道によると
ソ連観測隊は
皇帝ペンギンの棲息地を発見した
王国は健在らしい
僕はノートの片隅に
モスクワ発タス通信の一項を克明に転載し
人に判らぬ微笑を洩らした

人間の時代はいまや急速に
終焉に向って近づきつつある……
だが僕はこの確信を
いずこの空間に向って打電すべきか
しろく眩しい大氷山は
皇帝ペンギンの動かぬ姿勢を載せて
ゆっくりと舳を北に向ける
再見！
それはまだ僕の視野から消え去ろうとしない。

ペンギン考　その3

ある日僕は
ペンギンの死に関する
発信地不明の電報を受取った

老ペンギン

多くの寛容と
すこしばかりの滑稽さ
それに適度の厳粛さとは
疑いもなく
彼の資産であり
その上に彼の王国は打ち樹てられた
——いまや何びとが
その正当な遺産継承者たりうるだろう。

すでに
ペンギンは死んだ

ほのぐらい白夜に抱かれて
烈しいブリザードは
彼の王国とこちら側の世界を
大きく隔てた
キイはいたずらに夜の頁を探り
無意味な符号を
世界に撒きちらした
(新聞はそれについて
　一行も割かないだろう)

老ペンギン

だれかは暗い向う岸で
しずかに脱帽するだろう
——最後の王国がいま終焉を迎えたのだ

弔旗の垂れた海
はてしない結氷
一瞬ブリザードの絶えた
その奇蹟の入江で

まもなく彼の水葬がはじまるころなのだ
CQ　CQ
もういくら呼び出しても応えない
善意は城のようなものなのだ
とある日彼は語った
彼はそれを棲家とした
オーロラの下の巨大な城砦は
彼の純白の胸のように氷海にかがやき
その微かな反映は
いま僕のたたずむあたりにも届いている

！

マルクス
カール・マルクス
エンゲルス
フリードリッヒ・エンゲルス

マルクス
カール・マルクス
エンゲルス
エンゲルス

マルクスが
木にとまって
下から見上げているのが
エンゲルスだ
マルクスが
木を揺すった
エンゲルスがあわてて
木を押えた

エンゲルス
あわてるな
木を揺すっているのは
他ならぬマルクス
カール・マルクス氏だ
燕尾服を枝にかけ

肩をゆすりながら
カールは立ち去った
つづいて小走りに
籠を小脇に抱えた
エンゲルス

あわてるな
諸君
杏盗人はもういない
いま
木にとまっているのは
一羽の鴉である

歌

きんぽうげの花が咲いている
という書き出しではじまるうたを
書いてみたいと
ぼくはおもっていた
けれどもぼくは
きんぽうげの花が咲いている
という書き出しではじまるうたを
書くことができなかった
つまりそれは
（判りきったことだが）
きんぽうげの花を
ぼくが一度もみたことがないからだった

きんぽうげのうたは
たぶん
赤ままの花やとんぼの羽根のうた
とおなじように
うそうそとしたひよわなうたで
あるだろう
それでも
いつか
ぼくはきんぽうげのうたを書く
きんぽうげの花が咲いている

という書き出しではじまるうたを
ぼくのように
きんぽうげの花をみたこともなく
ましてきんぽうげのうたを
うたえない人たちのために
それからまた
だれにも好かれない
きんぽうげの花のために
ぼくはきんぽうげのうたを書きたい

《「きんぽうげ」の表記は後の詩選集『日本現代詩文庫・三谷晃一詩集』に準ずる》

会津の冬

会津の冬

藁ぶき屋根が
雪をのせて
傾いている
明かりが洩れているのは
人が住んでいるのだろう
しかし棲んでいるのは
生きた人間ではないだろう

亡霊がかくれている夜
ひとところだけ明るい街角を
曲ってゆくバスには
運転手も車掌もいない
亡霊は
深く角巻をかぶって
ぼくが覗きこんだとき
雪あかりに
角巻の奥の眼が
やさしく光った

芒ケ原

いちめんの
芒ケ原が
かぜに波うつ
光る
この
芒ケ原も
何十年か先には
跡形もなく
絶滅するだろう
磐梯山が
爆発したときには
ここも見渡すかぎり
火山灰に
埋もれたのかもしらぬ
何十年か先には
どうなるだろう
人間は益々ちいさくなってゆく

蕎麦の秋

いま中央アジヤからシベリヤにかけて
白い秋の陽ざしに
点々と蕎麦の花がひらく
その蛇行する
丘陵の蔭の
巨大なミサイル基地。
そしてここ少年のふるさと
奥会津の山々も
しずかな蕎麦の秋だ
少年はそこで
その淡彩の花に似た少女を娶《めと》り
蕎麦を碾《ひ》き蕎麦を打ち
しずかに老いた
日本の片田舎のまずしい夕ぐれに
たちのぼる湯気に頬を染めて熱い蕎麦を啜《すす》り
かすかな湯の沸《たぎ》りに
平和への祈りをこめ。

鶴ケ城趾

この城をつくったのは
アシナとかガモウなにがしではなく
名もない庶民たちであるだろう
もっこを担ぎ
石を搬び
七層の天主閣を
高く平野の上に重ねあげた
いま
胸にヒラヒラする徽章をつけ
城趾をめぐるのも
おなじ無名の仲間
石垣の上で腰をのばし
若いガイドの説明に
熱心に耳を傾ける
…………右が日光街道
左に見えるのが小田山
あの頂上から西軍がこの城を目標に
砲弾を撃ちこんだのでございます
彼ら
目を細め
歴史をおもい起そうとするが
歴史は
どうやら手に余る
ただ
もう砲弾は飛んでこないことを
まもなく温泉宿のぬくぬくした夜が
彼らを迎え入れることを
その浮々した足どりが知っている
無名の仲間たちの間を
瞬時にながれ去った
数百年は
ふかく
石垣の下に澱んで
もはやその来歴を覗かせない

辺　境

サマルカンドというのを
地図の上にさがして
とうとうみつけられなかった
グルジア共和国では
黄色く
麦が熟れて
日射しは
一日一日強くなってゆく
麦藁帽子の庇に指をかけて
斜面を下ってゆく
あの陽焦けした横顔は
むかしのヨゼフではない
わが会津では
薄暗い軒下に首を突っこんで
農婦が
なにやら売りつけている
観光バスが
リヤカーを邪魔そうに
横目で睨んで
わずかに徐行した
北から南へ
気圧の空洞のようなところへ
人間のおちつかない心のなかに
しきりに風が吹きこんでいる
なんという気流か知らぬ
会津が秋
ならば
ノーバヤゼムリヤはすでに冬か
してサマルカンドは？
地図の上に穴を穿って
ひそかに
冬眠の仕度を整える
おろかにやさしい人たち
水草の生えている
あのちいさな沼の方に
ひとにぎりの米と野菜と
ながい冬を過ごすための

いく束かの粗朶の山。

馬のタワシ

大きなタワシが
店先にぶらさがっている。
——なにに使うんです、これは。
用もないのに近寄って訊いたら
年老った店の主人は
顔をほころばせて
——馬のタワシですヨ。
といった。
——馬のタワシか。
ぼくもなんとなく可笑しくなり
店を離れて往来を行きながら
ひとりでくつくつ笑った。
馬のタワシを売る店には
旅人の履くワラジも売っているだろう。
ぼくはゆくりなく芭蕉をおもいだし
それからまた
じぶんがひじょうに長生きをし過ぎたように
思われたのだった。

——風流のはじめや奥の田植唄（芭蕉）白河は古くから馬市のあるところ。いまでも馬を洗うのに用いる大きなタワシを店頭にぶらさげている店がある。

正月の詩

正月にぼくは有頂天だった
あくる年も
またあくる年も
　もういくつ寝るとお正月……
歌の文句のとおりに

指折り数えて正月の来るのを待ちこがれ
そしてどの正月も
ぼくの期待を裏切らなかった
　あかあかと火に照り映える雪の参道
　元旦の朝の小さな祈り
　追羽根　コマ廻し
　カルタ取りの夜のつきない団らん
　おさない胸に火を点けた
　輝かしい正月

いま　あれらの正月は
どこにいってしまったのだろう
いつからぼくは
有頂天であることをやめたのだろう
綿入れに包まれたお伽の国の王子であることを

ぼくはきょう
一椀の酒をにがい滓のように噛み下す
賢いおとなであるために
そして（もしも許されるならば）
もう一度ぼくにおろかな少年の夢想を繰返させるため
に

ピストル

ピストルがほしい
とこどもはいう。
ハル坊もヨシオクンも
ピストルをもっていると。

ピストルはデパートの玩具売場。
キラキラ光る金具のむこうに、
こども達のあらゆる西部が
際限もなく広がっている。

あの西部は
じつはオレも歩いた、と
父親はかんがえる。

岩と砂と、皮袋のなかの少しの水。
一度もピストルは鳴らなかったのに、
劇はもう終わりに近づいている、と。

——父親の手は
すでにふところの財布を
まさぐっている。

おにぎり

おにぎり屋の
おにぎりをほおばると、
いつもおふくろの顔が浮かんでくる
というのではないが。
ときたまおもいだすことはある。
——子供は身勝手だ。
しかしおふくろはそれを責めないだろうと
ちゃんと計算もしている。
のりを巻いた三角のおにぎり。
湯気のたつなめこ汁。
「こんどの日曜は久しぶりに家に帰ってみたいな」

遠足

キャラメルや夏みかんを
リュックにつめて
でかけてゆく。
遠くの山はどこまでも遠く
いたむ足を引きずるときもあるが
遠足はいつも
あおい空にさわやかなみどりの風。
ああ

遠足にゆこう。
リュックサックには
希望も心配ごともみんないっしょにつめて。
もしも手をつなぐひとがあれば
その手をしっかりとにぎって。

コイのぼり

こどもが
かん高い声で本をよんでいる。

どこでも窓を
開け放しているので
声はよくとおる。

さくら若菜に
いちょう若菜。
どの枝もすくすく伸びて

そのそらに
コイのぼりが
負けずに五月のうたを
うたっている。

フキノトウ

「これさえあれば」と
父はいう。

雪の下から
摘んできたばかりのフキノトウ。
網わたしでこんがりと焼き
しょうゆをつければ
それが極上の酒のサカナだ。

盃を口に運びながら、
あのころ父は

なにをかんがえていたのか。
日焼けした顔に微笑をたたえ、
ほとんどものをいわなかった。

いまになって息子にも、
それがわかるような気がする。
フキノトウよりもっとにがい
父の噛みしめていたものが。

選　挙

母親は年をとってから
いつも息子のいう候補者に入れた。
ツエをついて歩いても
決して棄権はしなかった。

あるとき
やはり花の選挙のころであったが
息子のおしえてくれた候補者が落選した。
それを聞いて母親が
ちょっとさびしい顔をしたのを
息子は心にとめた。

死ぬ前の年まで
選挙のたびに不自由な体を
母親は投票場に運んだ。
いつからか候補者の名前を教えてくれなくなった
息子の気持をいぶかりながら。
だれかにもらった紙きれを
しっかりと帯の間にはさんで。

秘　密

だれにも秘密がある。
じぶんの胸にだけ語りかける秘密。

むかしの秘密はどこへいったか。
秘密をしまっておく場所には
べつの秘密が来てすんでいる。
それがすっかり
新しい場所になれるまで
苦しい日々をひとは送るのだ。

いまは秘密でもなんでもなくなったむかしの秘密よ
きみはどこにどうしているか。
もう母となって
こんな晴れた日に
ひとり乳母車を押してゆくか。

コロッケ

きょうもコロッケ
あすもコロッケ
というはやりうたが流行ったころ。

コロッケはまだ洋食でした。
白いテーブルクロスに銀のフォーク。
キツネいろにこげたころものなかに、
まだいったことのない西洋が
いっぱい詰まっていました。

いまコロッケは
スーパーマーケットのガラスケースのなか。
イカの天ぷらやインスタントラーメンと隣り合わせ
やせて骨ばって、
それはむかしの歌のように、
わたしの舌ににがいのです。

雨の日の会話

——毎日いやな天気ですねえ。
——ほんとうに。

街かどでだれやら傘を傾けて
あいさつを交わしている。
ハイヤーが飛沫をあげて傘の列を突っ切り
みんな重い心を抱いて足を急いでいる。

空いっぱい拡がった
白い濃密な雲の層。
けれどもその向こう側に
もうひとつの空があって
そこで見知らぬ男女がふたり
わたしたちに解らぬことばで
あいさつを交わしている。

みんながそれに
聞き耳をたてている。
気軽に隣り同志のあいさつのように
その会話に入ってゆけないのを
ひそかにいら立ちながら。

★ボストーク五・六号が飛んだ日に。

入道雲

おなじみ、入道雲。

カンカン照りの路上で
ふと気づいたら
もうまさしく盛夏だ。

優雅な城のようにもみえ
つまりは水蒸気の固まりだと
かんがえてもみたが
入道雲は入道雲。

いくつになっても
山にゆきたい。
海にゆきたい。

カンカン照りの路上で
ひたいの汗をぬぐいながら

しばし入道雲にみとれた。

海

夏は終わった。
みんな散っていった。
あの、バカンスの野郎ども。
海はやっと自分を取り戻して。
砂の上をカニが全力疾走している。
だいじな忘れものを
急に思いだした、という風に。

その忘れものが何んだったか。
どこに忘れてきたものか、
どうしても思いだせない、
――という風な空っぽの表情で
街では黒ん坊が、
ひと組、またひと組、
駅の階段を降りてくる。

未来を掘る

ヤマでは
坑道をシキと呼び
石炭をただ
スミ　という
シキの奥ふかく
人車に運ばれ
きょうも黙って
スミを掘る若いきみら
四十度の熱気のなかで
汗に光る二本の腕が
炭層を探り
切羽をひろげた
シキは実に
延々太平洋の底までのびている

その誇るべき延長
について
しばらく考えよう
ズリ山の上に立ち
はるか太平洋をながめよう
一九六二年
シキの延びきったところから
エネルギイ革命の波が
徐々に岸を浸蝕しょうとしている
きみらいまこそ
力をためよう
生活のなかに
かくれた炭層を探り
精神の切羽をひろげよう

ある日千億年の眠りから
スミがめざめた時
スミは
力強い炎の歌を歌った

そのようにきみらの若い力を
思い切り燃焼させよう
ヤマの
あたらしいめざめの朝に

若い力

耕して天に至る
天は低く
暗く
きょうも鋭い雪片が
凍えた手の甲を突き刺す

安達太良山麓の小さな開拓地
電灯もなく
ましてカルチや
レーキドーザーはなかった
いまやそういう時代は終ったと

ハンドルを操る
きみらの明るい瞳は語っている

けれども日本農業の
基本構造はどうしたか
天に至る日本列島の険しい尾根が
きみらの行途を阻むことはないか

たぶんきみら
笑ってわたしの問いをさえぎるだろう
こともなく重いハンドルを返すその手首の太さは
まさしく
土から生えた百姓のものだ

夜明け

空はがらんどう
だれもいない。

にんげんの季節はもう終わって
まもなく
氷河期が来るのだろう。

あの
滑車のように鳴っている
栂《つが》に似た老残のかげは
シナントロプスのさびしい骨。

――きみ。
きみはまだそこにいたのか。
そうやって手を差しのべて
なにかを待っているのか。

問いはしかし
がらんどうの空に消え
その空からまだぬくもりのある灰が
雪といっしょに降りてくる。

一九六三年の

無機の夜明けだ。

石の言葉

石山の石は灼けて
蹐《せくぐ》まる人の群のように
白い日射しの下に眠る。
火山も眠る。
碧眼のカルデラ湖も眠る。
このとき
歴史は湖水に映る雲のように
流れるものか
または日射しのように
移ろうものか
石に立つ少年の心には解し難い。
ただ彼は理解する。
彼の心がやさしく
愛でみたされているのを

愛は移ろうことも
過ぎ去ることもないのを。
十年経ち
百年が過ぎても
少年は少年のままで
いるだろう。
なぜなら
少年の心は
石に蔵《しま》われたから
石は少年の心だったから。

愛は不思議な言葉だ。
それは石の心のように
大人には解しがたい。
愛は雲のように流れるものか
日射しのように移ろうものか
灼けた石の面から
あなたはいま
それを聞くことができない。

あとがき

『蝶の記憶』『東京急行便』とこれで三冊目の詩集になるが、詩集を出すときはいつも作詩の上ばかりでなく生活の面でも、ひと区切りをつけるような気分がある。ひとつのイデー、あるいはテーマによって構成しょう、などとは考えたこともない。もともと寡作のせいもあるが、あくまでも気質的なものであろう。決して当世向きではない。いろいろ迷ったりよろめいたりして今日まで来たが、これからもなるべく同じペースで、少しずつあからさまな自分を表現してゆくことに努めたい。変化球より直球に活路をみいだす、というか、そういった目下の目安である。自信などというものはいくつになってもそうかんたんに生まれるものではないということもわかった。それはそれでよい。東京にゆきたいとも思わなくなった。田舎で自足しているわけではないが。むしろ居直るというか開き直るというか、そういうところがあってもよいと思っている。僕がいちばん興味を抱いてきた分野は文明批評であるが、どうやら文明も従って文明批評も行きつくところまで来た。詩は批評を軸としないで何を軸とすべきかというのが、現代詩の未来図を描くにあたって僕の抱く最大の困惑である。これはしかし、考えすぎかもしれない。

「きんぼうげのうたの歌」は昭和三十三年から三十八年にかけて「詩」「黒」「現代詩」「詩学」などに発表したものである。「会津の冬」はほとんど地元の新聞その他の刊行物に依頼されて書いたもののなかから選んだ。とくに「ピストル」から「若い力」までの十三篇は福島民報の連載写真にそえて発表した。書かれた時期は逆だが、詩集の順序からいうとはじめが「くらしのうた」あとの二篇が「若い力」というタイトルであった。

終わりに、装幀を快く引き受けていただいた安西均、出版元の昭森社主森谷均両氏、なにからなにまで世話になった斎藤庸一君に厚く御礼申しあげます。また一々名前はあげないが、いろいろの人の暖かい助力があってこの詩集はできあがった。それは本をまとめるという実際的な仕事だけでなく、もっと深い、気持の上でその人たちの存在が大きく関与している。

昭和三十九年一月

三谷　晃一

第四詩集

さびしい繭

（一九七二年）

さびしい繭

黄いろい繭がひとつ
土間にこぼれている。

外は雨。

たぶんあれは
孵らないだろう。
固くちいさな蛹を
抱いたまま。

繭がひとつ
土間にこぼれている。

Ⅰ

幻影

壁のむこうになにがあるか。
注意ぶかく水たまりをよけながら
こちらに近づいてくる人影はだれだろう。
灯りの下の少女たちの笑い声。
彼女らはぼくの視線に気がつくと
急にしずかになって
素早く闇のなかに姿を消した。

ぼくの植えたグラジオラスは
二本だけ白と真紅の花をつけ
あとの二本は葉のままで
九月の末になって
とうとう立ち枯れた。
植える時期も遅かったが
日当たりが悪かったせいだろう。

いったい
なにとなには起こり
なにとなには起こらないか。
一九九九年に
日本列島は海底に没すると
十六世紀の予言者ノストラダムスは書いている。
ぼくは幻影が近づいてきて
ぼくの背後に去ってゆくのをみる。
それが何んであるかをぼくは知らない。
ぼくが知っているのは
それをだれかに伝える方法は
もうどこにもないということだ。

越天楽《えてんらく》

君とは
王城のほとりで遇《あ》ったっけ。
君がどんな恰好をしていたかも
おぼえていない。
君は異形をみるまなざしで
ぼくをみたが
あのとき
なにかひとこと
ぼくに告げたいことがあったのだと
ぼくはいま思っている。
しきりに雲が吹きおこって
たちまち君の姿を
みえなくしてしまったが
あれが永訣というものだろう。
ぼくはしばらく
その場に立ちすくんでいたが
寒さともつかず
怖れともつかず
なにかにせきたてられるように
それこそ宙を飛んで立ちかえった。
さびしい
そしてうしろめたい

そんな気持で
あのいっときの出会いを
おもい返すのだが
王城への道も
もう思いだすことができない。
手をつかねたまま
動きのとれないぼくのまわりを
なにか
猛烈に流れてゆくものがみえる。
それだけだ。

太郎のはなし

常世《とこよ》べに雲たちわたる水の江の
浦嶋の子が言《こと》持ち渡る
〈丹後風土記〉

どんなことがあっても
その函をあけてはいけない。
太郎はそういわれて
金蒔絵のちいさな函を
持ち帰ったのでした。
どんなことがあっても
その函をあけるな。
それなのに
太郎がその函をあけてしまったというのは
痛恨の極みでありました。

なんというバカをことを！
ひとは太郎を嘲い
くり返しくり返し太郎をわらい
そうしてのちのちまで
語り継いで
太郎をわらうことに
すっかり飽きはててしまったころに
どうしたことか
太郎のこころはずきずきと疼きはじめ
それはもう後戻りのできない
全く取り返しのつかないことで
そういう太郎の後悔の深さを

だれも知ってはくれない
これからも
知るひとはなかろうと思います。

なんというバカをことを。
（ひとはいいます）
それはあなた
もうどうすることもできないのですよ。
その白髪あたまの
残り少ない余生を
じっとしんぼうして生きるほかには。

生きるというのは
三百年が三十年でも
後悔なしでは
すまされないのですよ。
悠久の雲は流れてゆくのに
開けるということ
開けてしまったということ
その後悔は
ひとつところに留まったまま
いまも太郎のそらは
水のように昏れてゆくというのです。

虹のはなし

あるときぼくは
恋をした
そんなにとおい昔のことではない
それは虹のようなものだったと
ぼくは思った
その恋がすっかり終ってから
みんなが信じてきたように
それがはかなく美しいから
虹のよう、なのではない

そうではない
虹があの山あいに
あの林のむこう側に懸かっていると
君は信じるだろうか

君はかしこい子供で
虹を追いかけて田んぼのあぜ道を
どこまでも駆けていったりしたことはないと
いい張るだろうか

ほんとうは
恋がはじまるとき
それは虹のようなものだと
さとるべきだったのだ

ただ黙ってたっているだけの
ぼくからも
しだいにそれは薄れ
みえなくなってゆくと

日本語が

日本語が話されるずっと以前に
ぼくらの祖先が
なにを話したか。
それを想像することで
ぼくの心はときめく。
けれども
もう一度それを聞く方法がない
と考えるのは実にさびしい。

人間の暮らしが
いつごろ始まったか。
少なくともピテカントロプスや
ネアンデルタール人の時代に
遡ることはない。
遺跡から出てくる石斧や石鏃。
あるいは木製のクワやスキをみていると
おぼろげながらそれがわかる。

ことばがことばであり
道具がまさしく道具である時代の
終末が近づく。
そのとき人間も
人間であることをやめるだろう。

それにしても
たかだか一万年。
それだけかかってまだ届かない
星の光りが
あるというではないか。

卵

イグアノドンの
巨大な卵を
沙漠地方に置き忘れる。
シルク・ロードから
少し外れて。

あれは無精卵だ。
大きいばかり大きくて
ついに孵らない。
何世紀ものあいだ
砂塵にいためつけられて
奇妙に歪み
とおくからみると
それは白い塔のように
みえる。

親や
兄弟たちは
どこへ往ったか――。
地図をみると
ユーラシヤ大陸の
かなり広い部分が
未踏のままに

のこされている。
人間は案外
まだ長い眠りを眠っている
彼らの背中の上を
知らずに
歩いているかもしれぬ。

シルク・ロード

わが友
ヨコタ・アラタ君は
定年後
東南ア、中近東の国々を
訪れるべく
ひそかに貯金をはじめた。

いまのところ彼は
書物に熱中している。

シルク・ロードの踏破は
最大の熱願だが
遺憾ながら赤い中国は
予定の外に置かざるを得ない。

ところで月額二千円の
公社債オープンは
証券会社の説明では
二十年後
一、〇六八、八八五円
の計算になる。

この数字をみて
悲哀
を感じるのは
ぼくだけではあるまい。
ただの二十年——ではない。

月額二千円で二十年。
少なくとも詩人であるぼくには

その累積の厖大さが
そくそくと心に逼るのだが。
彼アラタ君は
結構たのしそうに
「天山山脈は……」などといっている。

東方の絹に西方の雑貨。
彼はすでに
孤独を隊商のように
シルク・ロードを歩きはじめている。
そしてこのぼくは
手を振ることすら忘れて
その道程の遥かさに
ただ溜息をもらすばかりだ。

Danny Boy

乾いた風が
空のどこかで
ブーゲンビリアの繁みを
掻きならし
亜麻いろの髪をした
白人歌手のうたが
まだ続いていた。

Oh, danny boy,
It's you, it you must go and I must abide
But come in back when the summer's in the
meadow
……………

クアラ・ルンプールの
三月。
マラッカの海から
吹いてくる風は
野をわたり
谷をこえ
すこしばかり酔ったぼくの耳に

彼が歩いてきた道すじを
ささやくように
語ってきかせる。

おお　ダニー・ボーイ
たしかに
君は歩いてきた
カイロ
ベイルート
カルカッタ
シンガポール
きみは
ヴァスコ・ダ・ガマ
のように
勇敢にマストをあげ
そして
壮途むなしく
難破した
…………

おお、ダニー・ボーイ
飴いろのスコッチが
荒れた舌を刺すように
きみの歌は
脆くなったぼくの心を刺す。

………
It's I'll be here in sunshine or in the shadow
Oh, danny boy, oh, danny boy, I love you so.

ぼくもやってきた。
行きずりの黄いろい旅びと。
いくつか
未知の陸地や島々をこえ。
だがまもなく
ぼくは帰らなければならぬ。
紙と木のちいさな砦で
ぼくもうたっているのだ。
きみのあずかり知らぬ
ぼくの日常の歌。

そのおそろしく単調なリフレイン。
きみの歌の
終わったところから
それはしずかに重苦しく
起ちあがってくる。

無花果《いちじく》のうた

強い風が吹いている。
この家の板戸を鳴らし
その隣りの家のガラス戸を鳴らし
闇のなかで街路樹の銀杏の葉を逆撫でする。

熟れた無花果の実が落ちる。
またひとつ落ちる。
それがはじけて果汁が血のように土にしみこんだのを
だれもみていない。

みんな眠ったのか。
あるいは死に絶えてしまったのか。
こんなとき火事でもあるといいのだ。
いきおいよく窓が開けられ
にわかに騒々しくなり
あっちの門口
こっちの街路灯のまわりに集まって
——どこでしょう。
——近いようですねえ。
——だいぶ風が強いですからねえ。

ねむい眼をこすりこすり
花模様のパジャマなど着て
おもいがけぬ親しい視線が
向かい側の暗がりから微笑を送ってきたりする。

強い風が吹いている。
災厄や変事は
ない方がいい。

それに決まっている。

そんなことではないのだ。
あの無花果の重い実。
ひとりで実をつけて
ひとりで落ちる。
風の強いこんな夜に。
くらい土の上にぐしゃっと潰れて。

ぼくらは知っているのだ。
逆らいようもなく
彼がその孤独の陥穽《かんせい》におちるのを。
いちまいの薄っぺらな仕切りのおかげで
全くその出来事に
無関心でいられるのを。

ああ
だれか窓を叩いて
知らせてやるがいい。
いまは火事だと。
みんな燃えていると。

そのふかい眠りをさましてやるがいい。
窓をあけ
寝巻のままで
きみの隣人が無事かどうかを
訊ねるように
教えてやるがいい。

INVISIBLE

ぼくからみえるものが　きみにはみえない
きみにみえるものが　ぼくからみえないこと
もあるだろう

千年も二千年も　生きることはできないし
生きてどうなるものでもない　千年も二千年
も先きのことを　知ることはできないし　知

ってどうなるものでもない

秒速三十キロ弱の速度で自転しているわれわれの地球は　それがなにかの拍子で二十五キロになれば　すべての生物は太陽の熱と光で死滅し　四十二キロになれば抛物線を描いて軌道を離れ　再びこの太陽系に戻ってくることは　ない

なにかの拍子が　どんな拍子か　それは起こりうる可能性の　あるものかないものか　だれも知らないし　知ることはできない

クロッカスの球根　チューリップの球根　グラジオラスの球根　英子の空箱に雑然と転がっているそれらの球根は　それぞれ正確に三月　五月　七月の開花期を待つ　肥料をやり　水をくれているぼくのうしろ姿を　老人のようでいやだと　あるときぎみはいった

そのようにして一体　何を育てているのかをきみは知らないし　実をいえばぼくにもよくはわからない　デパートで買った数個の球根は年毎にふえ　それはもうぼくの手に負えないほどの　夥《おびただ》しい数になった

きっといつか　きみは遠くに離れてゆくだろう　そのときはじめて　あのようにして育てていたのは　実にたくさんの死であったことに　ぼくは気がつくのかもしれない　つまらぬ日常性のなかに　ある夜涼しい一個の流星が飛ぶ　暗い庭にぼんやり突っ立って光芒の行方を追う　そのうしろ姿が子供みたいだと妻はぼくを笑うのだ

失踪について

自分自身のことなら

なんでも知っていると
思いこむのは
仕方のないことなのだ。
僕らの理解する以上に
人間は強力でもなければ
賢くもない。
僕らがおそろしい未知の力や
深い知恵に出会うのは
僕らが僕らでなくなるとき
たとえば眠りのなか
そこで僕らは
子どものように泣きじゃくったり
思わず恐怖の叫びをあげたりする。
なにか自分自身の知らない部分が
そこには在り
その暗い洞穴のような部分に
近づく方法はない。
日常の会話のなかで僕らは向きあう。
親しげに手をふり
彼は左に

僕は右の方にさりげなく
別れてゆくのだ。
そんな風にして手をふった直後に
僕はふとうしろを振りかえったのだが
まだ明るい夕ぐれの舗道のどこにも
もう彼の姿はみえなかったのだ。
西陽の射しこんでくるあの街角に
もうひとつ僕を待ち構えている
洞穴があると
君は信ずるか。
来る日も
また来る日も
あの街角を右に折れて
僕は帰ってゆくだろう。
人生が迷路だというのは
悪い比喩だと
僕は書いたことがある。
プラタナスの街路樹は
いつもの場所でしずかに風に戦《そよ》ぎ
季節が去ればあらわな枝を

鉛色の空にさし延べる。
未知のものはなにひとつなく
あいかわらず僕の鞄は重い。
それなのに一体なにが僕のこころを
こうも騒がせるのか。
ヤキトリ屋の香ばしい匂いが
流れてくる坂道で
アスファルトの小さな凸凹に躓いて
ふと人間を憎む気特になる。
あるいはそんなときが
ありはしなかったたか
君にも。

黄色い繭

1964年のトウキョウで
きみはくしゃみをする。
美しい蝶が
未来に向かって翔ぶ
というのは錯覚で
きみは
オリンピック道路工事の
埃が舞うなかを
疲れて
すっかり不機嫌になって
帰ってゆく。
麻雀牌をかきまぜる手つきで
アタマのなかの
雑多な記憶やら情念やら
乾いた欲望やらを
かきまぜ
しかし
それは
牌をそろえるようには
きちんと揃えることは
できないので
一層いら立って
とあるちいさな店の

暖簾をくぐる。
ところできょうの
巨人阪神戦はどうなりました？
王は？　長島は？
やっぱりねえ。
村山がねえ。
ふん。
なにがやっぱりだ
なにが村山か
東京。新宿。
二幸うらの小さなのみやで
なにかにハラを立てている。
中肉中背
決して色白とはいえない中年男。
眼尻から頬にかけて
薄いしみが
インドシナ半島のように拡がり
隣客を振りかえって
きみはベトコンのように
眼つきを険しくする。

しかし懐中に
一発のプラスチック爆弾が
あるわけでなし
爆発したがっているきみのこころは
たぶんあすの朝
ちいさな後悔でみたされるだろう。
なま暖かく
充血した瞳孔を一層刺激する
重い霧が
すっぽりと巨大な首都を
包みこんでいる。
さあ。
きみはそのなかで
黄色い繭のように眠るのだ。
きみが思想と呼ぶ
そのひからびかけた蛹をひとつ
しっかりと抱えこんで。

韃靼《だったん》人アリギルへの送辞

春の雨が意識的に
きみの心をぬらしている。
韃靼人アリギルよ。
きみは時刻表をみて
それから街に出てゆく。
きみは憂愁を
かくそうとしない。
ホテルは
コンクリートを打ちっぱなしにしたまま
開店の予定が立たない。
あのロビイで
きみは祝盃をあげるはずだった。
琥珀いろの酒が
なんども注がれ
きみはみじかいスピーチをした。
韃靼国の現在と
韃靼人に約束されている
将来について。
きみはまじめに語った。
ここではなにもかも未完成だ。
けれども
きみは現実に満足しなければならない。
恋びとも与えられない。
——もっともそれは
きみ自身がみつけださなければ
ならないものだが。
港にも雨は降っている。
きみの目指す船は
永遠のブイに繋留されたままだ。
デモ隊が
埠頭の近くまで来て
引き返していった。
「帰国促進」と
プラカードには書いてある。
きみはそれを眺めたはずだ。
きみはしかし
ほとんど無感動に

ただ雨にぬれる上衣を気にしているようにみえる。
歴史について考えてみよう。
人間は
あるいは人間らしきものは
百万年前に出現した。
宗教は三千年前に誕生した。
気の遠くなるほど長い時間の帯の
ちりめん皺の
そのシワのひとつに
きみの帝国は存在した。
その末裔である
君ひとりを
その時間帯のなかからみつけだすことは
不可能に近い。
きみはたしかに
存在しているのだが
それはきみの主観においてだけ
といわなければならないのは
残念である。
きみの憂鬱はそこから来ている。

さらばアリギル。
未来学のなかで
ぼくらは会おう。
それはだれにとっても
まだ存在していないものだから。
そしてその時こそ
琥珀いろの酒を
アリギル。

カクメイはいま……

カクメイについて
考えてみたい。
つらいかなしいカクメイについて。
カクメイはどこへ行くか。
つらいかなしい魂はどこへ行くか。

まもなくきみも

出発するのだろう。
女も子供も行くから
残るのは老人ばかりだ。
老人は考えている。
だが、声にならない。
行くな、とはいえない。

戦争があった。
つらいかなしい戦争であった。
それはカクメイに似ている、と
老人は思う。
その思い出は
なにかになったか。
なんにもならない。
あなたを鼓舞したか。
そんなことはない。
であればカクメイと戦争は違う、と
若者はいう。
なにが同じで
なにが違うか。

その問いに答えることは
ほんとにむずかしい。
むかし知りあいだった
だれそれの名前を思いだすよりも
もっとむずかしい。

老人はそこで
黙りこむ。
つらいかなしい魂は
もはや役に立たない魂であるから
考えること自体が
一層ムダである。
カクメイは
いまや光る束のように
ひろく大きないっぽんの道を進む。

戦　場

戦場に雨が降っていた。

小休止の号令がかかると
泥の上に仰向けに倒れて
そのままみじかい眠りをむさぼった。
雨は容赦なく
眠る兵士たちの顔を叩いた。

兵士たち。
ぼろぼろの軍衣を着て
銃をだらしなく
天秤棒のように担いだ
くろい無言の隊列。
それはどこかへ
雨と漆黒の闇のなかへ
吸われるように消えていった。

ぼくはいま
それを思いだしている。
しずまりかえった
瓦礫の街。
くすぶりながら
いつまでも燃えていた立木。
——だが、そんな記録は
どこを捜しても
みつからない。
ある日ぼくが
それを思いだしたとしても
その兵士たちのひとりだったと
いってみても
振りかえるひとすらない。

戦場ははるかだ。
みんな戦場のありかを
忘れてしまったので。
おぼえているのは
ただ

死者たちだけなので。
くろい兵士たちは
いつまでも雨のなかをさまよって
時おり
ぼくの方に
うつろなまなざしを
投げかけてくる。

〈改作〉

Ⅱ　わが郷土望景詩

会津

背丈より高い
葦のあいだを
夢中で駆けぬけた兵士たちは
大川の岸に立って
思わず
あ
と声を挙げた。
渇きも疲労も
いちどに吹きとばす
ゆたかなながれだった。
しかしもっと彼らを驚かせた
ものがある。
幻ではない
おなじ兵士たち。
汚れた戎衣
のびた鬚。
大和を出て何年ぶりだろう。
ひろい川の岸を隔て
思いもかけぬ邂逅に
やがて歓声が
流れを圧してどよめいた。
そのころ

大川や阿賀川は
盆地のどの地点を
流れていただろう。
磐梯山はまだ爆発前の
巨大な山容を
雲上に聳えさせていたかもしれぬ。
噴煙を掠めて
箭《や》のように翔び去る鳥影が
いたずらに
遥かな遠征の日々を思いおこさせる。

だが
それは
どんな史書にも
書かれていない。
某年某月某日
大和朝廷の派遣した将軍たちが
はからずもこの地で会したと*。
なにしろそれは
葦の葉ずれのように幽遠で
とらえようもないむかしのことだ。

大川の岸に立って
僕もそのかみの将軍のように
来し方をふり返ってみる。
アシナやガモウよりも
もっと古く
この地に仏教文化が栄えた時代よりさらに以前に
どこからともなく
ひとにぎりの人間が入ってきて
粗末な家を建て
泥でねったカマドをしつらえた。
鳥獣を追い
わずかな作物を守り育てる
そのおだやかな明け暮れ。
それはある日
はやてのように襲ってきた巨大な斧に
無惨に打ち砕かれた。
彼らがなにを考え
どんなコトバを話したかを

僕らの歴史は教えない。
将軍たちもそれを知らない。
将軍たちは
ただ宗主の命のままに
その版図を拡げたに過ぎなかった。
水はいくどその流れを
変えただろう。
いまそれは僕の眼の下を
ほとんど音もなく
黒い一条の帯となって
西へ流れ下っている。

＊「会津」の地名はこの伝説に由来するという。

芋煮

煉瓦を積み
大きな鍋を据えて
芋を煮る。

青ぞらの下
そのさかんな食欲に誘われて
ぼくもひとりの少年に
還った。

すでに
紅葉しはじめた
眼下の大塚山。＊
その木立ちの間を駆けぬけて
太古の武具をまとった
人影が数個。

すばやく
盆地の日光のなかに
溶けこんだのを
だれも気づかない。

＊大塚山＝会津若松市一箕町にあり最近大規模な縄文期の古墳が発掘された。

馬喰《ばくろう》の町

名物の馬市が廃止されて
何年か経つ。
馬はもう
経済の単位には
乗らなくなったのだ。

ところであの店は
どうなっただろう。
馬喰相手に
ラーメンや丼もの。
それに素泊り二百円の
安宿を営んでいた
小さな店。

八時をすぎれば
街並はどこもまっ暗で
せり場に近い
田んぼのあぜ道を下りてゆくと
しろく泡だつ
あぶくま川の川音がきこえ。

まさに
白河以北一山百文。
きびしい東北の冬は
すぐそこまで来ているのだ。

白く長い道

本宮町から郡山市に通ずる曲りくねった国道が、日和田町高倉部落にさしかかるあたりは、田んぼのなかを突っ切る、めずらしく長い直線道路になる。子どものころ、僕はなんどかこの道をバスで通った。白っぽく乾いた道をバスは根気強く走りつづけ、やがて直角に折れ曲ると、そこが高倉部落であった。

母が迎えに来ることは滅多になかった。僕はたいてい祖母といっしょに、時にはひとりでバスに乗せられることもあった。くどくどと車掌にたのみこむ祖母の声をうしろにバスは街並をあとにする。僕は、わっと泣き出したくなる気持を懸命にこらえて、見飽きた窓外の風景を、首筋の痛くなるほど眺めつづけるのだった。低い空と一層低く押しつぶされた農家の屋根――。バスはいつのまにか直線道路に入り、子供心に、それはどこまでも続く終わりのない長い道のりに思われた。

僕は、あの白く長い道を、いちどじぶんの足で歩いてみたいと考えたことがある。それも夏の、あつい日ざかりの時に。どうしてそうなのか。またそういう機会が決して来ないだろうと知りながら、その衝動に心をまかせていることがなぜ奇妙に楽しくもあったのか僕自身にもよくはわからない。あのころ父は死んでいて、本宮から郡山までわずか四五十分のみじかいバス旅行は、僕の悲しい思い出につながっている。いまにして僕は思うのだが、あの白く長い道をまさしく僕は歩きつづけて来た。時折、わっと泣き出したくなるような思いを、懸命にこらえて。五六才の子供の無垢なこころに、やがて確実にくる未来がおぼろげにも投影されていなかったと、だれがいえるか。

碑《いしぶみ》

これはとにかく
存在したものの
さびしい痕跡である。
阿武隈の山なみを
昇ってくる陽よ。
そのありかを照らせ。

学　校

小樽遠望1

学校を出てから二十年経った。
あの高い丘の上の
大きなポプラの樹のある学校を
ときおり夢にみることがある。

たあいのない風景や出来事の
繰りかえしなのに
夢はいつも
さびしいいろに染められていて
さめてから僕は
一層つらい思いをした。

丘をくだっていった
学生服の仲間たちには
もう二度と逢えない。
たまに街角で声をかけられても
そいつは立派な背広かなんか着て
むかしの仲間とは
似ても似つかない。

ああ
石の下で眠っている
戦争で死んだ友よ。
きみだけがむかしのままだ。
そしていまにも
ピグーだのゴットルだのと
喋りだしそうな顔をしている。

きみよ。
僕がさびしいように
あいつらもきっとさびしい。
思いたったらもう一度
あのポプラの樹の下に集まって
しずかにむかしの歌をうたおう。
勝たずば盾にのるべし、という
ものがなしい出陣のうたを。

海　小樽遠望2

僕はただ
通りすがりの旅人のように
その駅に降りた。
そして岬の突端の
モダンな観光施設のベランダから
初心な観光客のように
その海を眺めた。

海にはもう
鰊舟《にしんぶね》のにぎわいはなかった。
樺太航路に出てゆく
船足のおそい貨客船の
白い航跡も。
鰊のむれは
どこにいってしまったのだろう。
それは僕の青春のように
いまもって所在不明だ。

夏の日のひるさがり。
オホーツクの海につづく
灰いろの空の下で
僕は僕の過去を水葬する
鈍い水音を聞いた。

嘘　小樽遠望3

灰いろの海につき出た
防波堤の突端に
赤と白の
対の灯台が眺められた。
――あの灯台の下では
　よく泳いだものだ。
僕はかたわらの妻を
ふり返っていった。

実をいうと
その灯台の下で泳いだのは
いち度しかない。
過去は巧みにすりかえられ
感傷の遠めがねで曇る。

僕はちいさな嘘で
妻とそして僕自身を欺した。
だが僕が
感傷にのめりこんでいたというのではない。
歳月の
どうにもこえがたい
白々しい断絶というものがあって
そのめまいから
辛くも僕自身を支えたのだ。

むかしの歌 小樽遠望4

僕はきまったあてもなく
街を歩きまわって
みたかった。
そばやとか縄のれんの屋台店とか
あるいは大きな壁画のかかっている
しゃれた喫茶店で
濃いコーヒーをすすりながら
僕が学生だったころのおもいでを
しのんでみたかった。

あるいは昔の下宿の方に下ってゆく
公園の散歩道とか
ひと気のない山上グランドの
たたずまいとか。
しかし僕は
無駄とわかっているプロポーズに出かけてゆく
初心な若者のように

ただおなじところを
うろうろと往きつ戻りつ
しただけだった。

僕がもしも
あの若者たちと違っていたとすれば
彼女の心変わりを
すべての事情が
すっかりかわってしまったということを
顔いろもかえずに
受けとめられる
ことだけだった。

乾　盃　小樽遠望5

僕は二十何年かぶりに
むかしの級友や教授たちに会った。
あるものはまるで老けてしまって
別人のようになり
あるものはまだ
青年のはにかみをその頬にのこしていた。
教授は顎の肉がおちて
笑うとすっかり老人の顔になった。

おなじような変化が
僕の上にも起きていることは
疑う余地がなかった。
ただ僕らがどのように変わったのか
顔の上にまであらわれている
その変化が何を意味するのか
ことさらたずねようとするものはいなかった。

したり顔に説明することはできても
たぶんそれは僕ら自身を
傷つけただけだろう。
そしてそういう行為が
どうして僕ら自身を傷つけるのかは
一層説明しにくいだろう。

僕らはただ
過去を共有する気易さで
勢いよく盃をあげ
またたあいもなく酔いしれたのだ。

D.B.Mackinnon 教授の思い出に
小樽遠望6

なつかしい
という日本語に当てはまる表現は
英語にはない
と、そのアメリカ人教授は
僕らにおしえた。
その時彼がカリフォルニヤの郷里を
思いだしている風もみえなかったが。
あれから二十余年。

もう七十をこえたはずの彼が
しきりに日本を訪ねたがっているという
便りが届いた。
開戦の日
憲兵隊に捕えられ
拷問に傷ついたからだを
やっと故国に運んでいったという彼が
いまごろ
どうして日本を恋しがるのか。
時さえ経てば
傷あともかえってなつかしいと
彼はいうか。

だが
もういちど
なつかしい、という日本語を
彼が発音する時
むかしの生徒たちのだれひとり
教わるものの無邪気なまなざしで
彼らの先生の顔を

直視できるものはいないのだ。

多喜二碑　小樽遠望7

まもなくこのあたりに
小林多喜二の碑が
建てられるはずだ
港を見おろす
小高い丘の突端で
友人が僕に教えた。

僕の入ったおなじ寄宿舎に寝起きして
いくつかの伝説を
残していった多喜二。
築地警察署の調べ室で
ボロ切れのように
踏まれ蹴られて
死んでいった多喜二。

日本の夜明け前の
くらい時代がまだつづいていた。
僕はそれが
どうしてくらいのかもわからずに
ただじぶんの
正体不明の憂鬱のなかに
自慰の毎日をすごしていた。

蟹工船の出漁する季節が
またやってくる。
小樽港の濃い朝靄のなかに
それが幽霊船のように泛《うか》んでいたのを
ありありと僕はおもいだす。

ストーム戯詩　小樽遠望8

——四二・八・十九、小樽高商昭十七卒のクラス会が熱海富士屋ホテルで開かれた。これはその折の大庭定男君の求めによって書いたもの。単に若い時に学んだというに止まらず、多くの級友を戦争で失ったことにより、小樽に対する僕の久恋は複雑な陰影を帯びることになった。

熱海富士屋ホテルの大広間で
大ストームを敢行した。
　木ッ葉微塵に打ち破り
　勝利の栄冠われにあり
　残念か　残念か　残念ならまたお出で
ぼくらの敵は
北大だった。
なつかしい敵〝予科チン〟め！

あれからぼくらは
ほんとうの敵に対面した。
眼前の敵。
みえない敵。

それはもう笑いのない
惨烈な戦いのあけくれだった。

そうしてぼくらは
頬の赤みを失った。
戦友を失った。
実に実に多くのものを失った。

熱海富士屋ホテルの大広間。
旗もなく朴歯の高下駄を
鳴らすこともなく
ぼくらのストームに応える
敵もいない。

窓からみる風景は
小樽の海に似ていて
しかも在るのは
裸電球ともる石炭埠頭のかわりに
水に映えるはなやかなネオンの点滅。
人生はすみやかに過ぎ

忘れていた最後の敵が
いま眼下の闇に
隠見しはじめている。

心せよ、友。

あとがき

■僕は大正十一年九月七日福島県安達郡本宮町で生まれた。よくいう二卵生双生児で、片われの千枝子は翌年疫痢で死んだ。むろん顔もおぼえていない。姉がひとりいる。すでに女学生で、僕の名前は、あまり学のない両親にかわって姉がつけたという。

本宮は郡山と二本松の中間にあるしずかな町で、磐越線が開通する前は物資の集散地として栄え、町は裕福で人々の気分はおっとりしている。町のすぐ裏手を阿武隈川が流れている。僕は早くから水泳ぎを覚えた。大して上達はしなかったが。町の正面は、安達太良山。しかし僕がこの山の頂上まで登ったのはやっと去年のことである。光太郎夫人智恵子の存在を知ったのももちろんずっと後年のことである。

■父は代々二本松藩の御用商人をしていた菓子作りの家の四男に生まれた。いわゆる分家をして本宮に店を開いたが、無口でなかなか腕のいい職人だったようである。東京の三越に水羊羹を納めていた、と母が自慢気に話したのを聞いたことがある。子ぼんのうで、僕が生まれると子守りを一人つけ、それでも心配で家業をそっちのけに子守りの後をつけて母に叱られたという。蓄財もしていたが欧州大戦後のパニックでかなりの痛手を受け、気力も弱っていたらしい。死ぬ前年「晃一はおまえに頼む」と母にいったという。昭和二年僕が五つの時に脳溢血で父は死んだ。五十五歳。朝六時に発作を起こして、隣家の医師が起き出して来るのが間に合わないくらいだった。その時のことはおぼろげに覚えている。

■人の一生をふりかえってみると、なにか大きな運勢の波のようなものがあると思う。人はわらうかもしれないが、僕はわりあいそういうたぐいのことを信ずる。みえないものに対する怖れ（あるいは畏れ）のようなものが僕を動かす。（あるいは立ち止まらせる）父が死を予感したというのもたしかだと思うし僕が生まれる少し前のころから家が衰運に向かってゆるく下降していたというのもたしかだと思う。

僕の初の誕生日はたまたま関東大震災にぶっつかった。暴徒が押し寄せてくるというので、東北の片田舎の町でも固く雨戸をしめ、とても誕生の祝いどころではなかったという。いまはどこの家庭でもやっている誕生日のお祝いを、一応それらしくやってくれるようになったのは近年のこと、もちろん両親も子供もいない夫婦二人きりの家庭で、なんとなくめでたいようなめでたくないようなささやかな祝い事である。そのことで母が生前、いいわけめいた説明として聞かせてくれたのが震災の話なのである。

■僕は六つで郡山に出て、幼稚園から商業学校まで郡山で育った。だから「ご出身は」と聞かれると「郡山」と、答えることにしている。そのたびにちらりとなにかが僕のなかを横切る。本宮は夢まぼろしのなかのふるさとである。郡山には愛憎共に在って、たとえばあるとき、いたずらに母のタンスを引っかき回していて二枚の質札をみつけた思い出などが、分かちがたくまつわりついている。

商業学校は僕が選んだのではない。母は僕を商人にして、いわば家を〝再興〟したかったのではないか。しかし僕はしだいに母の希望と離れた人間になって行き、いつか短歌を経て詩の道に入ってゆく。昭和十五年僕は小樽高商に進んだが、僕はこれで決定的に僕の〝旧世界〟に別れを告げることになる。小樽はいってみれば、僕のStor'm und Drangの時代であって、その酔いは長く続いた。四年の戦地生活でもそれは消えなかった。戦後再び詩を書き出して、まず「荒地」の強烈な魅力の洗礼を受けたが、結局それも一時的にしか僕を変えることはできなかったと思う。それは詩人として幸だったか不幸だったか、たぶん不幸なことだったのではないかと思うがどうにもいたし方ない。

■以上は僕の小自伝のようなものである。なぜこういうことを書きたくなったのか、じぶんでもよくはわからないが、そういうことをふり返る年令になったのだろう。詩の上で、主義や思想よりも生き方の方が大切に思われる、そういった心境で、改めて来し方をたしかめてみたかったのかもしれない。もう一つ戦後なんどか東京に出たいと考えたことがある。友人の何人かは思い切りよく田舎を捨てたが、僕はついに果たせなかった。それが心のつかえになっていた時期がかなり続いた。いまはむろんあきらめているが、同時に負け惜しみではなく田舎に住んでいてよかったと思うこともたびたびある。その得失はいちがいにはいえない。しかしこのごろ、田舎から遠方に東京をみる、という見方がひとつあると思った。なにしろどこまでいっても東京は詩にとって、というのは僕らにとってということになるが、関心の外にはなりえない存在であるから、遠くからみるという見方がひとつあってもいいわけだが、いまはとりわけ都会で都会を、都会から田舎を、田舎で田舎を、田舎から都会をみる、つごう四つの見方がそれぞれ試される時代のようである。僕にはそういう意味で、いままでわけもなく走り回っていた、なんとなく落ち着きのない場所から腰をすえてものをみつめる一つの目標ができたような気がした。いくらか遅きには失したが、それは僕にとって小さな心の弾みでもある。

■戦後のことはとくに記すほどのものもない。僕は新聞記者になり、引っ込み思案になりがちな心を励まして、なんとか今日まで来た。僕の子守りをしてくれた惣太君は化学工場の守衛を定年退職してからある観光施設の夜警員になったが、勤務明けの雨の朝、車にはねられて死んだ。最後まで主従の礼を欠かさないという、律気な男だった。僕がものごころついたころ周囲にいた人たちは、これでひとりもいなくなった。僕の生まれた家はどこにも手を加えずに全く昔のままの姿で下駄屋になっている。いまはあるいはビニールの靴なども置いてあるかもしれない。たまに墓参の帰りその前を通る時、僕はなんとなく恥ずかしいものを見るように眼をそらしてその前を通りすぎる。

■僕はその荒壁の、半ば壊れかけたような家に、いまもなにかの形で僕の人生が結びつけられている、とは考えることができない。そのために僕はこの小文を書いたともいえるのだが、それにしてはずいぶん書くべきことを書かずにしまった。その伏字の部分のいくらかはこんどの作品のなかに書いたが、これからも僕はきっと同じやり方を選ぶと思う。昔風のようだがそれは僕の気質に合ったやり方でもある。

第五詩集

長い冬みじかい夏

（一九七五年）

I　ひとつの旅

捜す

ポンペイの街で
ぼくは迷子になった。
ポンペイの街にはだれもいない。
だれもいない街で迷子になったぼくは
だれを捜して
路地から路地を
さまよえばよかったのか。

それとも
迷子になったぼくは
ほんとうのぼくではなくて
ひょっとすると
博物館のガラス箱のなかで
体をよじらせて死んでいた全裸の男が
ぼくではなかったのか。

なにしろポンペイの街には
人っ子ひとりいないので
たとえ日が暮れるまで
洗濯屋の店先
パンがまのかげ
深い井戸のなかまで首を突っこんでも
ぼくはぼくを捜しだすことが
できたかどうか。

ポンペイの街で
ぼくは迷子になった。
あれからもう
かなりの時間が経ってしまったので
ぼくを見つけ出すことは
だれにもできないだろう。
煙るような真夏の日射しのなかで
きっと汗みたいになにかが蒸発したのだ。

ぼくのいまの期待は

三年　五年
あるいは十年経ってから
もう一度
だれもいないポンペイの街を
たずねて行くことだ。
偉大なシュリーマン氏みたいに
ぼくだけが知っている
一個の伝説を胸にかかえて。

奇蹟というものは
きっと在るとぼくは思う。
そのときぼくは
かならずほんとのぼくに会えるだろう。
どこか知らない
巨大なイオニア式石柱のかげから
ゆっくりと身を起こして
スコップを手にした
もうひとりのぼくがいうのだ。
「遅かったな。
しかしとにかくわれわれだけで
始めようじゃないか。
あと何年生きていられるという
保証もないし……」

パリ・八月

――パリの秋はいいですよ。
またいらっしゃい。
この次ぎはふたりで。

だれかがいっていた。
なるほど。
パリの秋はいいか。
しかしぼくは
二度とやって来る気はしなかった。
マロニエに青い実がなっていた。
あれは食べられないのですよ。

またたれかがいった。

あわてん坊のぼくは
落としものを捜して
汗だくになっていた。
パリの熱い夏。
それから
ツール・ダルジャン*のうす暗い一室で
にがい鴨を噛みしめていた。
黒大理石の天井を
明かるく波打ちながら船が通った。
ノートルダム・ド・パリが
正面の闇のなかに浮き上がった。
もはやなんとも名づけようのない
四十五万何千何百羽目かの鴨が
ささくれだった舌苔のうえに
最後の脂をしたたらせた。

落としものは
たぶんみつからないだろう。

疲れて棒のようになった脚を
テーブルの下で
せわしく組みかえながら
ぼくは黙って
葡萄酒をのみ干すばかりだった。

＊ツール・ダルジャン＝パリの高級レストラン。ここで供される鴨には、一八九〇年創業以来、何羽目に当たるかという通し番号が客に示される。

グランド・コルニッシュで

ジャッカル*と逆のコースを通って
ぼくはフランスを出ていった。
崖を切り拓いたグランド・コルニッシュ*は
どこまでも曲りくねって
道のむこうは
地中海の青に溶けこんでいた。

ぼくは狙撃に
失敗したというのではなかった。
けれども
確かな手応えがあった
わけでもなかった。

まずなによりも
狙うべき頭も心臓も
とてつもなく長い時間をかけて
巧妙に偽装され
ぼくはプラタナスの葉がいちまい
白い葉裏をみせて
ゆっくりと舞い降りたのを
眺めたにすぎない。

ぼくはただ時間をかせぐという
そのことだけのために
カプ・マルタンの石浜で
申しわけ程度の遊泳をたのしんだ。
海岸に面したカフェ・テラスで
イタリア風のにがいエスプレッソをのんだ。

双眼鏡には
白いヨットの上の
男女の姿があった。
しかし彼らの顔に見覚えはなく
彼らも断崖の上の
ぼくの存在に気づくはずはなかった。
要するにぼくは
何を目あてに
あんなところまで出かけていったのか
皆目見当がつかぬという
始末だった。

ただアクセルをいっぱい踏みこんで
だれに命じられたのでもない
自分自身の白い闇に
突っ込んでいくことの他には。

＊ジャッカル＝ドゴール暗殺未遂事件を描いたF・フォーサ

イスの小説『ジャッカルの日』に登場する殺し屋の暗号名。
*グランド・コルニッシュ＝ナポレオンが造ったというコート・ダジュールの海岸道。

長い冬みじかい夏

わたしの方は
冬がとっても長くて
そのぶん夏がみじかいのよ。

——そうですか。
長い冬というのはわかるな。
ぼくの方もやっぱり
冬は長いんですよ。
しかし
みじかい夏。
というのは
何だろう。

一瞬の燃焼　あるいは
目くるめくかがやき。
それで一切は終わって
もう二度と来ない夏。
——まさかあなたの方の夏は
そんな夏ではないのでしょう、ね。

ぼくはそこで
額の汗をぬぐった。
ほんとうは暖房がききすぎて
ここは暑いのだ。
いまは秋なのだ。
もうすぐ長い冬が来るのだ。

ぼくは眩しいものを見る眼つきで
あなたの伸びやかな脚を盗み見た。
エギイユ・ミデイ*の岩場に凭《もた》れて
背中を陽に焼いていたあなた。
——道理であんな高いところまで
太陽を追いかけていくんですね。

あなたは。
ぼくはもう
長い冬の方に戻っていくところだった。
そういえば
自分のことにばかりかまけて
あいさつを交すのも
忘れて来てしまった。
いまからではちょっと遅いが。

——さよなら。
みじかかった夏。

＊エギイユ・ミデイ＝モンブラン中腹、標高三八四二メートル地点。登山ケーブルの終点になっている。

空港で

バンドーム広場の　まだ明けきらない敷石道を　女は
ひらひらと　舞って消えた　それは徹夜の作業で刷り
上がった　いちまいの　白いアジビラのようだった
ついに成就しなかったカクメイの

ロワールの古い城の回廊でも　明かるすぎたニースの
空港でも　彼女を見た　出会ったといえないのは残念
だが　ひょっとするとぼくのいくさきざき　あるいは
ヨーロッパのどんな片田舎にも　彼女は姿を現わした
かもしれない

ヨーロッパはひどくぼくを疲れさせた　一九七三年八
月のヨーロッパはとりわけ暑かった　ぼくはアクロポ
リスの丘に登って　彼女の白いスカートが風にひるが
えるのを　眺めた　たぶん彼女のスカートの下には
何もなかっただろう　ぼくはそれを考古学者のように
ではなく　ひとりの人間として眺める　愚を犯したの
だ

まもなくローマ発ＪＡＬ４６４便が出発する時刻だっ
た　ぼくは両手を挙げ　内ポケット　尻ポケット　と

にかくぼくの着ているもの全部を　国家警察のユニ
ホームを着た男どもが　注意深くさぐるのにまかせた
　なにも入っているはずはない　けれども　さぐられ
て初めて気づいたようなものだが　ぼくは危うく　自
分自身まで置き忘れて　ヨーロッパにサヨナラしよう
としていたのだ

あいさつ

ヨーロッパに行って来られたそうで？
ヨーロッパはいかがでしたか？

うーんと
ぼくは絶句する。
ヨーロッパはいかがでしたか？
ヨーロッパはいかがでござるか？
ヨーロッパはいかがで？
ヨーロッパは？

コート・ダジュールの石浜を
熱い陽が灼いていた。
もっと熱い陽が
無人のポンペイを
ただ白いだけのアクロポリスの丘を
灼いていた。

疲れて不機嫌になって
足の痛みをこらえて
ムルソーのように
ぼくは佇んでいた。

亡びたものが
ぼくのなかで
むこう向きに
もういちど亡びていった。

それを弔っているヒマはなかった。
きみはできるだけ直接太陽をみないこと。
たとえ少量でも

好みの食物をとること。
フォロ・ロマーノ*を見渡す
手すりに寄りかかって
ぼくは一個二百リラのシャーベットをなめた。
シャーベットは救いのように酸っぱかった。
ぼくは同じ観光客の老人に竹編みの帽子を貸した。
すこしくらい手足は不自由でも
見れるうちに見なければいけませんよ。
ほんとに。

南回りのＤＣ８機は
五つも六つもの飛行場を
ジャンプするようにして
ぼくのふるさとに向っていた。
シート・ベルトをゆるくしめて
ぼくはひたすら眠っていた。

ヨーロッパはいかがでしたか。
——そうですねえ。
なんだかまだ
夢のつづきを見ているみたいで。
そうでしょう。
それではまたお近いうちに。

背中がひとつ
遠去かっていった。
いくらか間をおいて
もうひとつ。
——それではまたお近いうちに。
ぼんやり立っているぼくから
二つ目のそれは
ジェット機のスピードで
みるみる遠去かった。

＊フォロ・ロマーノ＝古代ローマの遺跡。ローマ市内にある。

こんどパリに行くときは

ふらんすへ行きたしと思へども　ふらんすはあまりに遠し
（萩原朔太郎）

一年経ったね。
もういちど
パリに行きたいね。

いまごろ
マロニエが青い実をつけているだろう。
枯葉がバンドーム広場を転っているだろう。
まだ八月だというのに。
行きたいには行きたいが
どこかに重い心がある。
それを手に取って眺めるわけにはいかない。
眺めるのは
すこしばかりおそろしい。

パリにいて
やっぱりどこかに
重い心があった。
してみると
あれは日本に置いてきたのでは
なかったのか。

どこにいても
どこにいっても
いくらか
形かっこうは変っても
手提げカバンみたいにぶらさげて
歩いている。

中味を改めたことはない。
改めようともしない。
ぶらさげているのを忘れるのは
一日のうちのほんの数とき。

だからそんなもの
初めからなかったと思いたい。

さばさばと身軽で出かけたい。
こんどパリに行くときは。
こんどパリに行くときは。

顔

パリ
というのは
みんな標札がついているので
どこまでいっても
入りこめないもどかしさを
ぼくは感じていた。

ローマでは
ぼくもけっこう
風に吹きよせられる
紙屑の一片だったが
それはそれで不満だった。

東京。
トタン屋根の首府*
とだれかがいった。
トタン屋根に降る雨の音は
むしろ幼な児の記憶のなかに降る
雨の音であった。
ぼくはほとんど帰るところのない人間のように
またしても
パリに行きたくなるのであった。
この
際限もない繰り返しのなかで
ぼくは細く
針金の芯でできたロウソクのように細く
ただしずかに捩《ねじ》れながら
チリチリと燃えていた。
モンスーンは
どこかのカクメイのほてりを送って来ていたが
それはもう
ぼくの手の届く世界の

出来事ではなかった。

夢のなかで
ぼくはひとつの顔を見ていた。
それは母のようであり
妻のようであり
あるいは恋人のようでもあった。

ぼくはひたすら思っていた。
——この夢はいつまでも
醒めなければいいのに。

＊「トタン屋根の首府」＝安西均作品から。

ARIZONA　COPPER

グランド・キャニオンを見た帰りに、高原の空港の、がらんとした待合室で、銅製のブローチを数個買った。これがつまり、純銅であろうかという、鮮やかな色あいだった。（ブローチは帰国後、中学生の四人の姪たちに配られた。ぼくは、アリゾナ・カッパーというその名称だけを記憶に止めた。）

深い谷間に、インディアンが耕作するというちいさな麦畑を見た。彼らの交通手段は、いまも馬であるという。銅の装身具をつくっては遠くの町の市場に売り、わずかばかりの麦畑を耕して、毎日の糧とする。しかしそれは、ぼくの憶測の域を出ず、空港でもレストランでも、あるいはグランド・キャニオンの、その他のどんな場所でも、ついに一人のインディアンもみかけることはなかった。

機上からフーバー・ダムを見た。あれが即ちＴＶＡ計画である、と友人は説明した。沙漠を横切る一条の高速道路と給油所を見た。どこにも人の影はなかった。

揺れの激しいジェット機のシートに身をまかせて、ぼくが文明について考えた、といったら人は笑うだろうか。少なくともぼくが見たあるいは経過したどんな文明も、アリゾナ・カッパーの、あの純銅のあやしい輝きに及ばないように思われたのは、ぼくの疲労のせいだったろうか。——さびしいインディアン。それにしてもきみたちとの距離は、あんまり遠すぎる。

Ⅱ　もうひとつの旅

そういう時は

（史書によれば）
古代インダス文明では
側溝、下水道が完備し
水洗便所の設備さえ行われた
形跡がある。

それにひきかえ
ここらあたりのトイレはみな汲取式で
側溝は草ぼうぼう。
わずかにボウフラがわくほどの
濁ったたまり水が
ところどころに眺められる。
ぼくらあるいは
驚くべき時間の倒錯のなかに住んでいて
歴史は後方へ後方へと
進んでいるのではないかと疑われる。

インダス文明のあとに
ヴェーダ文化の時代が来る。
しかしこの両者の間に
少なくとも五百年から一千年の
空白がある。

（釈迦が生まれるのは
それからさらに千年ものちのことだ）
そしてこの空白を
どんな歴史家も説明できない。

どうやらいまは
長生きをして待つときだ。
人より早く気づいたことがあれば
決してだれにもいわないことだ。
ひょっとするとぼくらは
モヘンジョ・ダロの灯火を
はるかに望みうる地点に
達しているかもしれない。
そういう時は
確実にやってくる。

＊モヘンジョ・ダロ＝古代インダス文明の都市。パキスタンにある。

ウナギ考

サルガッソー・シーは　大西洋における　ウナギの
産卵場所とされている　長い　辛抱強い探究ののちに
それは確認された　サルガッソー・シーを船で行く
のは　きわめて危険だった　スクリューに藻がから
まって　船が動けなくなるのである
太平洋における　ウナギの産卵場所は　オーストラ
リア近海といわれるが　これはまだ仮説の域にとどま
る　日本ウナギもおそらくその仲間だが　彼らがその
長途の旅に出ていくのを考えると　たとえ相手がウナ
ギでも　なにかひとこと声をかけたいような心境にな
る
なにしろ　ゆくへもしらぬこひのみちかな＊だ　青
い　数百尋のそのまた底の　光りもささぬ深海で　数
知れないたくさんの卵を　彼女は生む　その産卵のと
きの　まじめでかなしそうな顔　それはいくぶん滑稽
な図であるけれども　それを想像することで　どうい
うわけかぼくの心は慰んだ
サルガッソー・シー！　そのふかい青みどろの下に
何が在るか　何がそこまで彼らを導いていくのか――

人間のチエはこのあたりで行き止まりになる　そうだろう　文明などといってもわずかに一万年足らずたとえばこのぼくは　十本の指を全部使っても　小さな水桶のなかの彼らを　うまく攫まえることができぬ

＊曾禰好忠「ゆらのとをわたるふなびとかぢをたえゆくへもしらぬこひのみちかな」（新古今集）

ＦＡＣＯＭ２３０／１０試論

コンピューター・ＦＡＣＯＭ２３０／１０によるとわたしの誕生日　つまり１９２２年９月７日は　モクヨウビで　わたしは　ヒトトアラソイヤスク　かつまた　イサマシクショウガイヲノリコエテ　イチロトッシンスル　べく運命づけられている

また別個のデータによると　１５３３年の同じ日にエリザベス女王（一世）が生まれ　１９０９年の同月同日に　アメリカの映画監督エリア・カザンが　トルコの首都コンスタンチノープルで生まれている　近ごろ流行りの西洋占星術に従えば　われらはきわめて近似した　乙女座の性格と運命を享けていることになる

（友よ　嗤え）

一方　マイクロ・フイルムから複写した同年同月同日の朝日新聞縮刷版には　さしたるニュースはないわずかにチタ政権の動静が一面トップに報じられている　チタ政権とは聞きなれない名前だが　革命に揺れるソビエト・ロシヤの　過渡的な一地方政権であろう

しかし　欧州大戦後のパニックが　父親の生命を縮めた　という母のことばを信ずるならば　チタ政権といえども決して無縁な存在ではなかった　とわたしは思う

運命が　帯電する一条の帯のように　かれらとわたしとの間を結びつけていると考えるのは　迷信に過ぎるであろうか　クイーン・エリザベス　彼女は篤信の新教徒としてイギリス国教会の基礎を確立し　彼女に

敵対するカトリック陣営　スペイン王フェリペ二世の無敵艦隊を破って　以後四百年続いた　いわゆる大英帝国発展への道を拓いたが　初めから幸福の星の下を歩んだわけではない　ヘンリー八世の子として王位継承権を約束されながら　異母姉メアリーにそれを奪われてロンドン塔に幽閉され　母アン・ブーリンは刑死している　囹圄《れいぎょ》の地位からようやく陽の目を見たのは

　１５５８年すでに彼女が二十五才の時である

　エリア・カザンは貧しい移民の子であった　四才で渡米　エール大学を出て１９３２年グループ・シアターの舞台監督助手となり　１９４５年「みんなわが子」４７年「欲望という名の電車」を演出して世界の一流監督の列に入り　さらに「セールスマンの死」「エデンの東」「ベビイ・ドル」などを作ったが　ハリウッドを吹き荒れたマッカーシイ旋風の折　進歩派の裏切り者　密告者の役割を演じたと非難された　彼は最終的に　花田清輝氏がいうように（「映画芸術」６４年９月号）　なんでもカネになるという　アメリカへの渡航のチャンスをつかもうと　野越え　山越えコンスタンチノープルに向かって歩きつづける　彼の小説「アメリカ・アメリカ」の主人公スタブロスであったのかもしれない　とわたしは思う

　だが　コンピューターがなにかを解読する　というのは　全くの幻想か　単なる数字合わせでしかないだろう　皮肉なことに　エリザベスと同名の女王の下では　カトリックと新教徒が　激しい昔の争いを再現している　カザンが誰かを裏切ったとしても　マッカーシイすでに亡く　進歩派のすべての敵は罰せられている……裏切り者のエリア　裏切られたエリザベス　エリ　エリ　レマ　サバクタニ……

　不吉な決定論の光暈《こううん》が　巨大な傘を拡げ　ぼんやりとわたしの行くてを照らしだす　おまえは勇敢で　一路障害を乗り越えたか　否　おまえは決してだれも裏切りをしなかった　否　それならばおまえにいま　実現できることは何なのか――　わたしは庭の片隅に植えこんだ　数個の球根を思いだす　それは確実に芽を吹くか　それとも確実に芽を吹くという　どんな保証

がわたしにあるか
　しかしわたしの五十回目の誕生日は　まちがいなく半年後にやってくる　わたしはオートレインに体をあずけているように　わたし自身がゆっくりと未知の方角に運ばれているのを感ずる　わたしにいまやれるのは　できるだけ身動きをしないようにすることだ　それはわたしにとって　ひとつのむずがゆい緊張である

シシャモが唄う

おれはおまえを識っている
という顔つきで
そばに寄ってくるヤツがいる。
オレは当り触わりのない返事をして
そいつをはぐらかす。

オレもおまえをしっていた。

むかしは。
だがいまは
そばに寄るな。
識ってるような顔をするな。

盃をあげるな。
だれかれの噂ばなしで
唾を飛ばすな。

たぶんそのとき。
焙られるシシャモみたいな
なさけない顔つきで
オレはいただろう。

盃のむこうになにもみえない。
盃のなかになにもない。
昔は。
昔はよかったもんだ。
そいつだって。
あいつだって。

焙られる
シシャモだって
そう思っているだろう。
電気コンロの上に
ジュウと脂をたらして。
なさけない顔をして。

けれども
ふるさとに帰ると
思うな。
むかしの恋びとを
捜し求めるな。
帰るところがあると思うな。

それから
だれにともなくいうのだ。
網わたしの上で
そっくり返り
脂をたらして
息絶える。
そのおしまいの時に
いってやるのだ。

さっきまで
オレは生きていたんだ。
ついさっきまで。

RIVER OF NO RETURN*

——童話風に

ある日戦争があって
たくさんの人が殺された。
そのあくる日も戦争があって
またたくさんの人が
死んだ。
そのあくる日。
そのあくる日……。

キュウは戦争をおぼえていた。
キュウは兵士だった。
戦争をおもいだすと
みえないところにあるキュウの傷あとが痛んだ。

セイジも戦争をおぼえていた。
兵士ではなかったが
兵士よりももっとつらい思いをして
内地に帰ってきた。
サヨリは看護婦だった。
そしていまは平凡なおかみさんだった。
戦争の話が出ると
黙って首をふった。

キュウの戦争も
セイジの戦争も
サヨリの戦争も
おなじ戦争だが
みんな違っていた。
キュウの記憶は
キュウの戦争の記憶だった。
キュウが死んだら
キュウの戦争を知っている人はだれもいなくなるだろう。
セイジが死んだらセイジの戦争の記憶も。
サヨリが死んだら……。

みんななくなるだろう。
しばらくはたぶん
戒名のようなものが遺っているだろう。
あとから来る人たちはそれを読むが
それはパズルを解くよりも
もっとむずかしい。
かれらは歌うように
その文字を口ずさみ
工場の塀にそって
赤土のだらだら坂を下りてゆく。
ほんとはその工場でも
一トン爆弾でたくさんの女子学生が死んだのだが
それをかれらにおしえる人は

もう残っていない。

そうしてみんなみんななくなるだろう。
人はますますふえ
土地という土地は
人でいっぱいになるだろう。
そのなかには
キュウやセイジやサヨリによく似た顔立ちの
男や女たちがまじっているだろう。
かれらは流れてゆくだろう。
大きなひろい河のように。
うたいながら争いながら
どこまでも流れてゆくだろう。
千年杉の根を洗い
マングローブの林を倒し
どんな小さな苔の一片も見逃すことなく
一切を呑みこんだまま。

それはついに
還らぬ河となるだろう。

＊RIVER OF NO RETURN＝マリリン・モンローの歌・映画。日本名「帰らざる河」

未帰還者

おおぜいの人が
この道を南に向かった。
みんな同じ服装をしていたので
だれがだれだかわからない。
親しい人は声をかけた。
（声をかけてはならなかったのだが）
煤に汚れたようなたくさんの顔のなかから
ひとつだけ白い歯がこちらを向いたが
なにしろ迅い流れなので
それもだれだかわかるはずはなかった。

ふしぎなことは

あんなにたくさん
南に向かった人たちのなかに
だれ一人
帰ってきたといううわさを
聞かないことだ。
帰ってきた人は
おそらくいるに違いない。
それもかなりの数だと思うのだが
いまは
こちらの側の流れが
迅すぎるのだろう。

行ったり来たり
その流れのなかで見失なった顔は
もう二度と会えないし
会えるのぞみもない。

じつは
このおれも
帰ってきたひとりなのだが
妻や子供にもそれはいわない。
いってはならない。

だれもそう思って
上手に泳ぎ回っているのだろう。
だから
—俗名なんのたれがし。
それがはっきりわかるのは
たぶんみんな
あの世に行ってからのことになるのだ。

カクメイ・あるいは夢について

カクメイが起きた。
プラプラ王国のまっぴるま。
ドンゴロスの樹が
うつらうつらと昼寝をたのしんでいた
そのひととき。

ドンゴロスの樹が
邪悪な樹であることは
もはや定説だった。
だがそれを伐り倒そうという
勇者は出なかった。
たしかにいまは
勇者の時代ではなく
集団の時代である。
そこでかれらは
権力の象徴を包囲し
しかるのち
息の長い枯死作戦に出るであろう。

カクメイは苦しかった。
愉しかった。
かれら自由の戦士は
指揮官もなく
号令もなく
恋人たちのように気ままに
しかも勇敢に
王宮の柵を乗りこえ
花壇を踏みにじり
黄金の蠟燭立ては武器となり
ギヤマンの鉢は
弾丸となった。

ドンゴロスの樹は知らなかった。
かれが昼寝から覚めたとき
街はいつもと変わりなかった。
樹液は順調に流れているように思われた。
かれは大きく腕をふり
そのしぐさが
いくらか彼の威厳を損うのではないかと
反省したりした。

なにしろ
プラプラ王国における
ドンゴロスの王権は永久的であり
それは代々子孫に引き継がれる。

水とほどよい気温がその繁栄を援《たす》けた。
このような土地柄で
カクメイが起きる　というのは
いかにしても信じがたい。
と後世史家は書くであろう。

けれども事態は変わるだろう。
カクメイは進行した。
もしくは進行中である。
ドンゴロスの樹にとって不利なことは
かれがなにひとつ
人民のために有用な果実を
齎《もたら》さないことである。
樹は実によって知られる。
箴言はいつの世にも
生きているものなのだ。
かくてドンゴロスの樹は
伐り倒されるであろう。
樹皮は剝がされ
それは宣言書の新しい一ページのために
紙に漉かれる……
——もちろんこれは
寓話にすぎないから。
実はわたしも
夢のなかで
一本のドンゴロスの樹であったから。
あるいは勇敢でうら若い
カクメイの戦士であったから。

おお
容赦なく時は流れる。
歴史は書き換えられなければならぬ。
人が真実とすることを
（できうれば）
おのれも真実とせよ。
だから
もうそんなに若くはない妻よ。
わたしが眠りからさめる時
眼尻から涙がながれるのをみても

決してその理由を訊くな。

挿　話

女は
持ち前の大きな眼を
見開いて
ぼくをみつめた。

それはみれんというものですよ
とその眼は語っていた。

やっぱり
みれんか。
そういえば
あれもこれも
みんなみれんというものかもしれないな。

あれも。
これも——。
そう思ってふり返ると
存在という存在は
どれも
ぐにゃりと
アスファルトのように溶けかかって
だらしなく
地面を汚していた。

かといってぼくは
それらを踏んづけて
出て行く元気はなかった。

であればそれは
流れのことをいっているのでもあろうか。
(問題をあいまいにしてはいけない)
ぼくは自分にいってきかせたが
もうぼくの目の玉まで
どろりと流れ出して

これも存在だと
いい張るのだ。

だが要するに
それがみれんさ。
唇と唇を
皮膚と皮膚とを
こすりあわせる
その感触だけがほんとの存在なのさ。
歴史というものなのさ。

どこかで
そういう女の声が聞こえ
あとはもうぶくぶくと
流れにただよっている
男の顔がみえるだけだった。

某月某日

パトカーのサイレンが近づいてくる。
追いかけるように
救急車が到着する。
近くで事故があったらしい。
聞き耳を立てていると
それきりサイレンの吹鳴は止んで
かわりに庭を隔てた隣り寺から
木魚の音が聞こえてきた。
わたしは思わずハッとして
それと殆《ほと》んど間髪を入れずに
じぶんの突拍子もない
ばかげた錯覚に気づきかつ苦笑した。

しかし考えてみると
錯覚とばかりそれは笑えない。
きわめて長時間
一定の間隔をおいて撮影されたフィルムは

植物が芽を出し
茎を伸ばし葉を拡げ
やがて花を開かせるまでのデテイルを
わずか数十秒の画面に
再現することができる。
速かに実に速かに
事は経過する。
われわれはいわば
フィルムのなかの
死の芽である。
花が散り枝葉が枯れ
土のなかで腐ってゆくまでの
たしかな経過を〝生きる〟ことも
できない相談ではないのだ。

わたしは庭に出て
うららかな五月の陽ざしに
グラジオラスの球根がいっせいに芽を吹くのを
辛抱強く待っている。
六年前デパートで買った
赤、白、黄、紫の四個の球根は
いつのまにかふえて
その数
数百個をかぞえる。
きょうもだれかが
耳元で遠慮がちに囁くのだ。
——きみはまだ
いや気がささないのか。
この夥しい
死の立会人であることに。

ある別れに

きみはぼくから姿を消した。
あるおだやかな秋の一日。
どうしてそうなったかは
わからない。
あるいはそうなることが

当然であったのか。
それがことしの秋でなく
来年か再来年の秋でも
よかったのでないかと思うのは
ぼくのおろかさなのだろう。

こんな日には
際限もなくひろい
樹木も人の影もない
赤茶けた大平原の
はずれのようなところに
突兀《とっこつ》たる山がみえてくる。
そんなに高い山のようではないが
あそこに行けば
氷河がみられるということだ。

あるいはきみも
それを見にいったか。
ひょっとするといまごろ
危うくクレバスを避けて
傾斜をこえてゆくうしろ姿が
眺められるかもしれない。

こんなに晴れた秋の日には
いつもなにかが
ぼくから姿を消す。
きみよ。
クレバスに呑まれるな。

猫

露地のまんなかに
白い猫がいっぴきいる
露地に猫がいるのに不思議はないが
猫はなんとなく考えごとをするように
首をかしげて坐っているのだ
横顔だけこっちへみせて

死にがらさえ
人にみせないという
猫にしては不覚なことだ
ぼくはうっかり行き過ぎたが
こんど遇ったら教えてやりたい
考えごとをするときは
決して横顔はみせるなと

ふるさと

ふるさと
ふるさと
とみんながいう。
ふるさとはどこにあるのでしょう。

まるで
くくりひものほどけた
宛先不明の小包のように

きみはきょう
ふるさとに戻ってゆく

さよなら

ぼくはぼくの人名録から
きみの名前を消した
それはもう当然のことで
だれに非難されるいわれもないが

ああ　ふるさと

たぶんきみは
きみのふるさとに帰ったのでしょう。

きょう
ふるさと
ふるさと
といっているのは
きっとどこにも

帰るあてのない人たちでしょう。

防人の歌考

夜
地をなめるような
ひそやかな足音が
街道を北に向かう。
またある夜。

――防人がかえっていく。
闇のなかで
眼ばかり光らせて
人々はうなずきあう。

草の葉末には
もう霜がおりているというのに
ほとんど着のみ着のままで
足音はほそぼそと
絶えてはまたつづき
人々の眠りを浅くした。

――月明の富士。
なだらかにひろがる裾野の闇は
かれらをすっぽりと
そのなかに包みこんだ。
ふかい紫紺の闇。

聖武天皇の天平九年。*（西暦七三七年）理由は定かではないが、北九州地区の防備に当たっていた東国兵が、すべて筑紫兵に交替させられたことがある。記録によると、周防の国（山口県）を通過した東国への帰還兵はその数およそ二千。おそらくは足どりも軽く、妻子の待つふるさとの姿を胸に描きながら、北への道をたどったものと推測できるが、それから何か月かののち、駿河の国（静岡県）までかえりついたのは、わずか千余人に過ぎなかったという。

また別の記録によると、おなじころ田辺福麿は、箱根山中で行き倒れの死人をみた。妻が刈り干してつくったとおぼしい麻の衣を着て、骨と皮にやせ衰えた、みるもあわれな姿であった。聖徳太子は竜田山で、柿本人麿は香具山のほとりで、似たような横死者の姿をみている。

（年表抜萃　＊聖武・天平9・丁丑・疫病流行し、藤原氏の四兄弟あいついで没す。）〔角川日本史辞典〕

上古、わが国西辺の防備は、ほとんど東国出身の防人で固めていた。――と書けば聞こえはよいが、彼らは牛馬のように徴発され、路銀すら与えられずに、はるばる西辺に赴いたものらしい。律令国家のもとでわずかに整備された官道だけでも行程は一千キロをこえ、野に伏し木の根を枕の苦しい旅であった。しかも三年の賦役ののち、解き放たれることはあっても、その何割が国に還りつくことができたか。どんな史書も、なにひとつ彼らの消息には触れていない。天平九年のみじかい記録にしても、要旨は西辺の防備についての記述であって、名もない防人たちの運命についてではない。その事情は、飾りのない、ただ真率な叫びだけをつづった、次のような歌に窺う他はないのである。

父母が頭《かしら》かき撫で幸《さ》くあれといひし言葉ぜ忘れかねつる

また

防人《さきもり》に行くは誰《た》が夫《せ》と問ふ人を見るが羨《とも》しさ物思《も》ひもせず

ぼくがこのささやかな記述に心を留めたのは、ぼく自身、たまたま三年の兵役ののち、海上から富士を眺めた記憶による。昭和二十一年。（一九四六年）六月、遠州灘。目指す浦賀も近く、天気もよく、みんな窖《あなぐら》のような船室を出て、一様に消化不良の青黒い顔を上甲板に並べていたとき、だれかが「富士山だ、富士山だ」と素頓狂な声を挙げた。水平線からちょっぴり頭を出した初夏の富士――。「生きてさえ還れれば…」とみんなが腹の底で思っていた、「生きて還った」証拠のようなものが、つまり、その小さな富士だった。しかし、とくべつ興奮や、ざわめきがあったわけでもなく、七千トンの輸送船上にあふれた、インドシナからの帰還兵、ビルマの敗残兵も、ただしんとして、黒っぽい、ちっちゃな富士を眺めていた。——これはもちろん、ささやかな、ぼく個人の思い出の一片にすぎない。ただ後年、天平の古い記事に重なって、ふと頭に浮かんだというのにとどまる。

　名もない防人たちの生命が、その上にながい眠りを強いられている、関東ローム層の堆積。その赤い土を掘っていた少年が、ナウマン象の骨片を発見したことがある。それは防人たちの時代よりも、さらにさらに古い、石器時代の痕跡である。ぼくはその堆積の上に立って、決して感傷的になることはないが、時たまある種の幻影を見ることがある。あるいは幻影が、即ちぼく自身ではないかという昏迷に陥ることがある。そういう時、ぼくはひどく元気を喪失して、どういうわけか、しばらく帰っていない郷里の方角よりはむしろ、あかるい東京の灯のなかに戻っていきたくなるのだ。

片雲抄

——1680年代の記録から——

延宝八年（1680年）八月　徳川五代将軍綱吉となる。

天和元年（1681年）十二月　白河領簱宿《はたじゅく》ほか五ヵ村の村民、検地による重税にたえかねて強訴に出た他、全国各地に凶作、悪政による農民の暴動、一村逃散が相次いだ。

天和二年五月　幕府は諸国に高札を立て、忠孝をすすめ、贅沢を禁じた。同十二月、八百屋お七の放火による江戸大火。同月、井原西鶴「好色一代男」を出版。

天和三年二月　庶民に衣服制限令。

貞享元年（1684年）四月　江戸市中に出版禁止令。同八月、大老堀田正俊、美濃青野藩主稲葉正休（まさやす）のため江戸城中にて刺殺さる。

貞享四年四月　将軍綱吉は生母桂昌院のすすめにより生類憐みの令を出し、さらに食膳用魚類、土地の売買を禁じた。誤って犬を殺し死罪、遠島の極刑に処せられるものもあり、江戸市民はその圧政に苦しんだ。

元禄元年（1688年）二月　さらに美服禁止令を施行。同十一月、柳沢吉保、綱吉の側用人となる。

——明けて元禄二年三月二十七日の早朝、芭蕉は門人曾良を伴って、二度と帰れないかもしれない遠いみちのくの旅に出た。「おくのほそ道」にいう。

不二の峯幽（かすか）にみえて、上野谷中の花の梢又いつかはと心ぼそし。むつまじきかぎりは宵よりつどひて、舟に乗て送る。千じゅと云所（いうところ）にて船をあがれば、前途三千里のおもひ胸にふさがりて、幻のちまたに離別の泪（なみだ）をそそぐ。

行春や鳥啼魚の目は泪

あとがき

田舎に住んでいると、世界が狭くなるという。そうかもしれない。時たま東京の集まりに出てみて、実にいろいろな人がいるのに驚く。その驚きがあるので集まりに出るともいえる。一昨年ヨーロッパを旅行した。とくに驚きというものはなかったけれども、いくらか感銘があったといえば、風景よりも人だった。なかでも、他人、あるいは他国人の存在というものを全く意識していないのではないかと思われるような人物が、各所にいるのには強い印象を受けた。その一人物についてだけでも長文のエッセイが書けるだろうと思われた。と同時に、そのような人物とも、友人とまでいかなくとも、知人にはなれるだろうという感触を獲たことは、人間というものを考える上で多少の慰めであった。

この詩集は、そういう狭い見聞を、ひそかに悲しんだり、楽しんだりしている人間の、ひとり問答みたいなものであるが、そのために、十分な客観性を獲得できないで終わったケースが多かったかもしれない、と反省している。

作品に注釈は不要だが、一つだけ「片雲抄」について述べておきたい。これは年譜と、「おくのほそみち」冒頭の一節をドキュメントふうに構成したもので、ほとんど作為を加えていない。果たして「詩」と呼べるかどうか疑問もあるが、とにかく一つの試みとして入れてみた。世の中の動きと、詩人の心が直接に結びつく、ということではなく、もっと奥深いものを見たかったわけだが、その意図がいくらかでも出ているとすれば幸いである。

五冊目の詩集をまとめるのに当たって、いろいろ心に去来するものは多いが、おおかたは書かぬ方がまし、ということばかりのようである。そんなことに拘わっているより、むしろ歳月不待人、鈍足にむちを当てて、次ぎなる仕事に取りかからなければならぬ、と考えたしだいである。

1975年5月　　三谷晃一

第六詩集

ふるさとへかえれかえるな

（一九八一年）

石狩原野で

石狩原野で
いちばんありふれた木は
柳である。
柳は枝を折って
土に刺しこんだだけで
やがて芽を出してくる。

けれども
日本海をわたってくる風は強いので
そんなにして芽を出した
大半の柳も
成木になるまえに折れてしまう。
柳に次いで多い
アカシヤもポプラも
似た運命である。

しかしそれが
原野の土を肥沃にするともいえる。
つまり何年か経って
折れた木は腐り
それが土地のこやしになるわけだ。

石狩をたずねた時
そこで十三年。
原野の開発に取り組んでいる旧友が
そんな話をした。
ここの開発も
オレたちの目の黒いうちには
ダメだね。

話はただそれだけのことだが。
そこで
彼も黙り
ぼくも黙った。

あそこには
落日

しかない。
陽は原野の後背地から昇り
原野のはずれ
帯のように長く伸びる
日本海に沈んでいく。

開発予定地三千ヘクタール。
改めてその展望のなかに
彼を立たせてみると
彼もまた
いっぽんの
柳の木のようであった。

ごくまれに

ごくまれに
詩について語りたくなる。
しかしそれを話す相手は
いないので
自分自身を相手に
語らなければならない。
話はたいがい
非常に明快に
一点の曇りもなく話されるので
ぼくは思わずうっとりとしてしまうが。
ひと通り話が終ると
やりばのない不機嫌におちこむか
時おり
なにかがそれを中断するまで
エンドレス・テープのように
際限もなく
同じ話が続くのだ。
そんな時。
詩は酒になり
酒は
もうひとつの宿痾《しゅくあ》である潰瘍を
しずかに
洗う。

さくらの樹の下には

昔。
さくらの樹の下には死体が埋まっている
という
梶井基次郎の作品を読んだことがあった。

若いころ読んだ作品は
いつまでも心に残っているらしくて
時たまそれを思い出した。

わたしは戦場では
一発の弾丸を撃つこともなくて
済んだが
なんどか
殺人者である夢をみることはあった。

ある時は母が
またある時は妻が寄って来て
わたしを揺すぶり起こした。

わたしは
なんでもないといい
なんでもないことを確かめるように
強く
額の冷たい汗を手でぬぐった。

たくさんのさくらの樹のなかには
その下に
死体が埋まっているのもあるだろう。

そんなことを考えていると
夢のなかまで
さくらの枝が垂れて来て
満開の花は
わたしの夜を白くした。

ふるさとは

ふるさとは
このごろ
東京
にだけ
在る
と思うようになった。
東京にだけ
というのも妙なハナシだが
たとえば
ふと迷い出た一角に
それはまるで
博物館の
ガラス箱のなかにある
ミニチュアみたいに
きちんと
存在していた。

そんなことも
あるだろう。
東京はなにしろ
東京だから。
いつまでもそれらは
失くならずに
存在しつづけるだろう。
それからまた
こんなことも
思うようになった。
ひょっとすると
あれも
いつのまにか
おれたちのところから
搬んでいったのでは
あるまいか。
などと。

東京にいくと

東京にいくと
いつも思うのだが。
東京はなま暖かいかぜが吹いていて
まだ寒い思いをしたことがない。
田舎はあんなに寒かったのに、
ぼくは左腕にぶらさげたコートを
じつにいまいましく思うのだ。

なま暖かい東京よ。
なま暖かい思想よ。

ぼくは足の痛みをがまんして
デパートをめぐり
そこで買い求めたチーズやワインや
黒いちごのジャム。
時には伊豆の海でとれた
ひらきの鯵や生乾しの烏賊であったりもするが。

それらに取り囲まれて
わが家での豪華な食卓に満足する。

そこでぼくはいうのだが。
なま暖かい東京よ。

網わたしの上でさかんに反っくり返る
烏賊に向かっていうのだが。
それは酒の機嫌がいわせるのだが。

――どうしてあんなところで
腐敗もしないで
きみは生きて来られたのか。

時間

時間はきらいだ。
時間という
言葉もきらいだ。

時間の
もっと先の
細小路。

そこを
よろよろと歩いていく。
肩を干し物や出窓に
ぶっつけぶっつけ。

いくらか前踞《かが》み。
急ぎ足ふうなのは。

あいつ。
もうちょっとで。
逃げ切れると
思ってるらしい。

神さま

風の強い夜。
山の上に
白光がみえることがある。

何人か見たものはいるが
登っていって
確かめたものはいない。

低い平凡な山だが
村では
神さまがいるということになっている。

ときには
発火信号のように
異様に瞬くという話も聞いた。

いってみたいにはみたいが

——もしもほんとの神さまならば
わざわざ足を運ぶまでのことはあるまい。

いずれ
こらえ切れずに
神さまの方から下りて来るだろう。

破片

いつも
きわめて不完全な形でしか
発見されることのない
土器片のような
ぼくのふるさと。

ぼくは親指の腹で
その縄目模様を読む。
指の腹に触れるのが
山であり
集落であり
触れない部分は
沢であり流れであろう。
指はしばらく
うっとりとそれらの起伏の上を遊ぶが。

そこに欠けている
なにかに気づいて
突然指は立ち止まる。

——そういえば
いちばんかんじんのものが
ない。
だれもいない。
母がいない。

面

——ごめんください。

応えはない。
そのかわり
うず高いお面の山がわたしを迎える。

おかめ　ひょっとこ
般若の面。
恵比寿　大黒　毘沙門と
七福神はみな顔をそろえる。
いまにも飛びかかりそうな
雄狐の顔もあれば
かたわらにやさしい雌狐もいる。

あなたは昔
いってたものだ。
寒中の糊づけも
つらい仕事だが
売れ残った品物を引きとって帰るのは
もっと辛い。

なん十年と
木型を押しつづけた
嫁の手は
いつしか老婆の手となり
拇指は九十度に反りかえって
かたくなに凍りついた。

しし面　武者面
異人の面。
背あて天狗もいれば
烏天狗もいる。

——面をください。
　鬼の面。

面は時として

売り手もろとも
なにがしかのゼニで
人手から人手に渡される。
でもその面を
顔から引き剝がしては
売れないから。

うっすら
時間の埃がたまる
欄間のあたり。
しつこく訪なう声に誘われて
ふいとあなたは
姿を現わす。

木くらげの耳を生やした
おそろしく矮小な人。

——郡山市西田・三春デコ（人形）屋敷で。

昔ばなし

裏の大工の
政おんつぁんの家内は
おしまさんといって
花見どきになると
牡丹園で田楽を売るのであった。

牡丹園といっても
さくら　チューリップといろいろあって
さくらが満開のころは
なん軒も
まわりを紅白の幔幕《まんまく》で囲っただけの
茶店が出るのであった。

ぼくは
さくらの花びらの舞いこんでくる
おしまさんの茶店で
里芋や　トウフや　コンニャクの田楽を食べ

のどのひりひりするラムネをのむと
あとはひどく凹凸のある莫蓙の上で
日の暮れるまで
昼寝をするのであった。

いつも丸髷を結って
忙しく立ち働いていた。
おしまさんよ。
ぼくのところでは
間もなく父が死に
ぼくと祖母を残して母が出ていくのですが
そんなことも
知っていましたか。
それよりも
目の悪い政おんつぁんとあなたたち夫婦。
いつの間にぼくの前から
姿を消したのですか。
おしまさん。
あれからどんなふうに
世の中が変わったか。
とても言葉では
いいつくせないのですよ。
ほどよく味噌の焦げた
里芋の田楽の
あのねっとりとした甘さは
ぼくばかりか
もうだれだって
味わうことは出来ないのですよ。

ぼくは
父の年齢をこえたこのごろになって
やっと気づくのですが
あの一個の
完全無欠な球形の世界は
たぶん
シャボン玉だったのでしょう。
それが
完全無欠であればあるほど
シャボン玉に似かよって来る

そういうものだったのでしょう。

鉢植え

だれかが
鉢植えの木を
持って来てくれたりすると
女房が顔をしかめる。
植木のめんどうまでは
見切れないというのだ。
いいじゃないかと
ぼくが取りなす。
忘れずに水をやるヨ。

だがどちらにしても
結果は同じことで
ある朝それらは
無惨に葉を散らし
物かげに棄てられる。

しかし世の中には
それなりの処方があるもので
ある時やって来た
詩人で園芸家のＯ君が
そのまま土に埋めなさいという。

そんなにして二つ三つ
庭に木が植えてある。
ぼくは外出の仕度で
ふと庭をふり返り
ああまだ生きているなと思う。
花の名も
木の名前も
すっかり忘れられて
年を越し
また年を越す。

意に染まない学校に

子供を無理矢理入れた
そんな感じに似た
少しばかりのうしろめたさと
同じくらいの安堵と。

たまに天気のよい休みの日には
如露で水をくれてやる。
だが
それが彼らの
せめてもの仕返しなのだろう。
花木であるはずなのに
去年もことしも
とうとう花を咲かせなかった。

そいつ

樹の根方に坐って
上を見上げている。

鳥を狙っているのだ。
たまに
とられる鳥もあるのだ。

夜。
窓の下を疾り去る気配があった。
羽音と
断続的な啼き声が聞こえた。

たぶん鵯《ひよどり》だろう。
あいつはバカだから。
いつどこに
どんな陥穽《かんせい》が待ち受けているかも
知らないから。

もう
ただの肉片でしかない鵯のことを
ぼくは思った。
それからしばらくして
自分で仕掛けた陥穽のなかに

おっこちるみたいに
背をまるめて
浅いみじかい眠りを眠った。

庭を隣家の三毛猫が
ゆっくりと横切る。
ぼくは朝のコーヒーを飲んでいた。
「鳥取り奴！」
女房がののしると
痩せて敏捷《びんしょう》そうなそいつは
ちらとこちらを振り向き
ことさら急ぐでもなく
籔の繁みに消えた。

ある乞食の話

ぼくは
男と女の
ふたりの乞食を知っていた。

男は「ジームテイノウ」といった。
町のだれかが
そう名付けたのである。
彼は季節を問わず
体にいっぱいボロをまとい
顔中ひげだらけにして
荘重に町を歩いていた。
うしろから彼の綽名《あだな》を呼んで
はやしたてることはぼくらの喜びだった。
綽名は
ある畏敬される名前に似ていたから
それはひそかな冒瀆の喜びでは
なかったかと思う。

女は「アラソイバッパ」と呼ばれた。
その由来はわからない。
彼女はいつも
破れた番傘を片手に持ち

子供と見ると
それで思い切り殴りつけた。
彼女との突然の出会いを考えることは
身震いするような戦慄だった。
ぼくらはそっと彼女に近づき
いっせいにはやしたてると
小栗鼠《りす》の敏捷さで
逃げ去るのを得意とした。

もちろん彼らはもういない。
ぼくが戦争から還って来た時
既にいなかったのだ。
人々は暮らしに忙しく
彼らの消息を知るはずもなかった。
彼らはいま
昔の悪童たちの
記憶のなかでだけ生きている。
ぼくらは集まると
その噂をし
不幸にも番傘で殴られた少年は
きのうのことのように
その恐怖を物語った。

彼らは死んだのではなく
消えたのである。
——死ぬのと消えるのはどう違うのだ。
——それはまるで違う。
　消えるというのは
まだ生きているかもしれないという
　そういう感じを残すのだ。
もう還暦に近い悪童たちは
いっせいにうなずき
消えるというのも悪くはないナ
とその一人がいった。

つきあい

詩をつくる人たちと

話すのは愉しい。

しかし土建屋さん
メガネ屋、貸ふとん屋さんたちと
遊ぶのもたのしい。

貸ふとん屋は
大学で原子物理学を勉強したが
親父が死んで家業を継いだ。
原子物理学は
倉庫に山と積んだ
ふとんのなかに紛れこんでしまった。

ぼくは彼らと
マージャンのテーブルを囲む。
メガネ屋も親父が死んで
東京から帰って来た。
修業先のメガネ問屋の娘が好きで
十数年
その気持ちを暖めていた。

彼は四十歳のいまも
独身である。

詩をつくる人たちも
それぞれの暮らしを引きずっているのだろう。
だがどうしたわけか
彼らが詩人であるそのほかの部分を
わたしは知らない。
話したがらない。
わたしは詩のなかから
かすかに
ドアの隙間から洩れて来る明かりみたいに
彼らの暮らしの断片を
のぞきみるだけだ。

わたしにとって
どちらが生涯の友人であるか
わたしは決めかねている。
しかしそれは
どちらでもあるのだろう。

連立方程式みたいな
そんな関係があるのだろう。

あるとき
メガネ屋と詩人がいっしょになった。
メガネ屋がふと
真剣な顔をして訊ねた。
マージャンだのカラオケだのに
夢中になってる詩人なんてのも
いるんですかね。

詩人はちらとわたしを見て
アハハと
小さく笑った。
わたしも笑った。
メガネ屋にとって
それはさしたる話題ではないらしくて
話はそれきりになった。

みやげばなし

中国へいって
ほとんどなにも見なかった。
痩せた土地と
紺一色の人民服のほかは。

ぼくは寒く
疲れて不機嫌だった。
けれどもそのなかに
たくさんの好奇の目。
疑うことを知らない目。
そしていくつかの
よく光る目をみた。

目がものをいうと
人はいう。
あの目がいつか
ものをいう時があるだろう。

ずいぶん久しぶりに
ああいう目を見た。
そしてそれが
ぼくのおみやげの全部だった。

ウルピア・あるいは遺跡について

ぼくに
どうしても理解できないのは
遺跡を掘ると
またその下に遺跡があり
ごくまれには
さらにその下から
もう一つの遺跡が立ち現われて来る
という事実だ。

ローマには
エトルスク人たちの
そういう遺跡がある。
エトルスクについては
だれも知らない。
彼らは歴史の白い闇から
隊商のように現われ
また消えたのだ。

五月のある夕方。
ぼくは妻を連れて
いちど訪ねたことのある
ウルピアの店に入っていった。
フォロ・ロマーノの一角。
トラヤヌス帝の遺跡をそのまま使った
地下の窖《あなぐら》のようなその店では
カンツォーネが歌われ
たくさんの観光客でにぎわっているはずであった。
けれども正味二時間。
ぼくらが坐っているあいだに
ついにひとりの新来の客も現われず

楽団は東洋から来たただひと組の客のために
辛抱強く新しい曲を演奏しつづけた。

ぼくらは疑いもなく
ウルピアの店の
狭い石造りの階段を降りたはずだったが
あるいはそうと知らずに
ひとつのラビリンスを
辿ったのかもしれない。

一体
それらの上に
何が経過したというのだろう。
店を出ると
正面のエマヌエル二世記念館の尖頭に
新月がかかり
ぼくらは
その寒さに身震いした。

あとがき

七月十五日に姉が死んだ。七十六歳であった。両親はとうに他界し、夫婦間には子供もいない。肉親と呼べるものは一人もいなくなり、周囲はがらんとしてしまった。姉は、文学には興味も関心も示さない人だったが、たまたま詩集をまとめていたのと突然の他界が重なったので、この詩集は姉に捧げようと思う。歳が離れていたので、母親代わりのつもりだったらしく、死ぬ三日前にも、電話でやかましくわたしの健康のことを注意して来た。なま返事をしていると、なま返事をするといって怒った。わたしは昨年十月から膵臓炎を患い、よく鈍痛が来ていまだにはっきりしないのである。詩集をまとめるのも、昔のようなはずみはないが、姉の死が踏んぎりをつけさせたこともたしかである。

そこで姉の死から一カ月ほど経った夏の一日、天山文庫にこもっている草野心平さんを訪ねた。イラストの一部になるような形で、失礼は承知の上で副題の書を依頼した。右腕骨折が癒ってから初めて筆を握るという心平さんは、何枚も書き直してごらんのような一枚を贈ってくれた。姉は年齢は一つ下だったが、早生まれなので学校でいうと同期である。因縁といえば因縁である。

作品についてはみずから説明するほどのものはない。ポレミックな主題をかかえてはいるが、作品の上にあらわし得たとは少しも考えていない。その糸口さえ捉《つか》めていないというのが正確である。「私詩集」と題して、せいぜいその気持ちを糊塗《こと》したというところである。

出版にあたって歌人の山本友一氏、歌人であり幼稚園以来の友人である阿久津善治氏、それに制作の下ごしらえをKプロ伊藤和さんのお世話になった。ここに記してお礼のことばとしたい。

昭和五十六年十月

三谷　晃一

第七詩集

野犬捕獲人

（一九八六年）

I

野犬捕獲人

わたしは子供のころ
一人の
座敷童子《わらし》ではなかったろうかと
考えることがある。

粗壁の土蔵に穿たれた
鉄格子のはまった
ちいさな窓。
彼はそこから
毎日往還を眺めた。
ある雨の日に野犬捕獲人が来て
放し飼いにしていた彼の犬を押さえ
鈍器のようなもので殴った。

ひとり息子のために
父親は役場にかけあいにいった。
かけあってどうなるものでもなかったが。

死んだ犬と。
それから間もなく
あっけなく脳出血で逝ってしまった父親と。
そういえば
うしろ姿しかみせない
あの男はどこでどうなったか。

殴ってやるョ。
耳のうしろをぐぁんと強く。
夢のなかで
姿の見えぬ野犬捕獲人に追いかけられて
わたしはうなされる。
わたしが必死に振り返るのは
鉄格子のちいさな窓だ。
あれがわたしの救いだ。
ひょっとすると光りだ。

おかげでわたしは
あの時の偏頭痛から
まだ立ち直れないでいる。
父が死んだ年をとうにこえて。

それからまた
こうも思う。
――おまえら。
もう昔語りのなかにしか残っていない
座敷童子がこのオレだと
だれが見破れるか。

DAWN

がまんをするというのは
つらいことなのだ。
それでもわたしはがまんしている。
わたしはまだ少年で
こんなに長い夜があるということを
知らなかったのだ。

わたしは熱を出して
熱は下がりそうもなくて
のどや膝が痛んだ。
海老みたいに体を曲げ
うつ伏せになり
それでも時計はちっとも進まなかった。

母はとうに死んでいて
いつも母の代わりをする祖母は
それより先に死んでいた。
ほんの薄いいちまいの膜の向こうに
死はあって
とても目を開けては
いられないのだった。

そんな時きみはなくか。
おとなならば

ないてはいられまい。
だれかを呼ぶか。
いくら呼んでも
だれも来てはくれないだろう。

体はやがて
水を含んだように重くなり
それからすっと
軽くなる。
みんながやって来るのはそのあとだ。
ハンカチを目に当てて
重々しく沈んだものごしで。

どこかの国の言葉で
Dawnと呼ばれるなまぐさい夜明けに
目をさますものは不運だ。
ある時わたしは
北極海の上を翔んでいた。
陽は昇り
しかもそれは
全く昇り切らないうちにもういちど沈み……

あれが
無明というものだろう。
わたしの視野から隠れていたものが
はじめて姿をあらわした。
わたしのB747も
そのなかを
必死に抜け出そうとしていた。
ひたいに汗をいっぱいかき
腋の下に
体温計をはさんだまま。

内部

継ぎ目なしのいちまいの皮膚に
すっぽり包まれた内部はくらい。

たとえば
噛み砕かれた野菜や肉切れは
なにか得体の知れぬものとなって
管のなかに投げこまれ
どこまでも降りてゆく。
たえず伸縮する奇妙な窖《あなぐら》から
蛇行する長い管を通って
栄養素とか排泄物とか。
ほんとうはだれひとり
その正確な行く先きをたどれない。
くらい坑道のなかの暗黙の作業は
主人であるきみの与り知らないところで
きみを操る。
光りを吸い込んでいる瞳孔は
その裏側までは照らさない。
突然メスが皮膚の内部を切り開いても
きみが眺めるのは
みなれない一個の肉塊。
滴たる血液は
たちまち黒く乾いていく。

この永い幽閉のなかで
きみは発声する。
顎をひきつらせて笑う。
その響きが
なにかを伝えるとでもいうふうに。
いつかきみの器官がその活動を止める時。
知られることのなかった内部は
はじめて「実体」となる。

決してきみにかかわることのなかった人たちが
深く頭を垂れるのは
まさにそのためだ。

影

ある、
ある世界は
ない世界の上に浮いているのだ

と三好豊一郎氏は書いている。*
蛇足をつけると
ある世界とは生きている三好氏自身の世界であり
ない世界とは
三好氏がその最期を看護った
父親の死の世界である。

この言葉を読んだとき
私はなぜか
マグマの上に浮かんでいるプレートを
連想した。
もっと正確にいえば
さらにその上に私自身が乗っかっている
ほそながい島国のことを考えた。

むろんこれは
ちいさな連想に過ぎない。
マグマなどといっても
この矮小な星のなかでのことに過ぎない。
宇宙は際限もなく広く
われわれのどんな精鋭な機器も
追いかけきれるのは
せいぜい百五十億光年止まりだ。
それから先は
やっぱりない世界。
最強のオズマ計画も
その先はすっぱり吸い取られて
森閑と谺《こだま》もない。

その闇に
少しばかり
自分の影を置いてみるのも
詩人らしくて悪くはないが。

ない世界に
なんの影があるものか。
ある世界に
ちんまり胡坐《あぐら》をかいて
不味くて固い
朝のパンを噛んでいるほかに。

*三好豊一郎詩集『夏の淵』から。

光り

あるいていると
むこうから来ただれかが
道を左手に曲っていった。
うつむき加減に歩いていたので
だれであるかはわからない。
しかしそのだれかは
むこうからわたしが来るのに気づいて
急に曲ったのだと
わたしは思う。

だれかが
わたしを尾けてくる。
わたしはしばらく歩度をはかりながら
急にふり返る。
だれもいない。
あるいはだれかがいることもあるが
彼はけげんそうにわたしを見て
そのまま追い越していく。

わたしの歩いていく道は
まっすぐでもなく
曲っているのでもない。
ただごく緩慢に
歪んでいるのだとわたしは思う。
それから
ごく緩慢に下っているのだとも。

わたしは
光りが
どこかわたしの全く知らない空間で
わずかに歪むという話を
聞いたことがある。

たあいのないわたしの想像だが
その空間は
ひどく寒くてなにもなくて
そのために

光りは歪むのだろう。
わたしに届くはずだった光りは
そのために
わたしを外れていったのだろう。

多忙

ある日わたしは
多忙とは何かを考えていた。
多忙のなかで
自分がなにかを果たしつつあるように
思えたので。

わたしは若く
充実していた。
ある時は人が眩《まぶ》しそうにわたしを見た。
どこかにもっと冷たい視線が
あったかなかったか。

気付くはずもなかった。

いまになってみると。
あれは
スライドのコマ送りをするように
いろいろな風景を人を
次々にうしろに忘れ去ることであると思った。

そういう作業のなかで
もしも忘れ去らないものがあるとすると。
全部のコマを送り終ったあと
突然スクリーンに反射する
一個の空白。
レンズの汚れ、埃が
異様な縞模様をつくり
小さな嘆声が起こり
一瞬の幻像が浮かび出て消える。

その幻像は多分
一つか二つのショットだろう。

口に出してはいえない
どうにも説明の出来ない
つかの間の火熱《ほて》り。
つかの間のふるえ。

しかしいってみれば
それが全部だ。
いまならば
その空白の上に
どんな真っすぐの道だって
描ける。

冬の太陽

私には
世のなかで
決めかねていることが
たくさんある。

たぶんそれを
すっかり決めて
それからあの世に行くというわけには
いかないだろう。

だがしあわせなことに
その
決めかねていることのために
眠れない夜を過ごすことは
ほとんどなくなった。

眠らせない心と
眠りたいからだのあわいで
神さまの指図を聴くことのできる
寛解の年齢になったのだろう。

そういうことはきっと
私だけではないので
神さまは忙しい思いをされる。

朝起きると
神さまは
冬の太陽みたいに
ずっと遠いところで
眠い目をこすっておられる。
ぼんやりとうすく
その光りは
体の芯まで暖めてはくれないが。

夜のあいだに
なにが行われたかを
まだ身支度の終わっていない
わたしのなかのなにかが
うっすら
さぐり当てている。

庭の竹林を通して
縞目模様をつくっているのは
もう残りすくない
きょうの平安だ。

訃報

書斎で
横になって死んでいたという。
ちょっとひと眠り、といった格好で。

どんな死が
彼を銜《くわ》えこんでいったか。
うっかり窓を開けておいたか。
どこかに閉め忘れはなかったか。

考え込んで
居眠りをして
居眠りをしたと思っていて。
するりと
魂は窓の外へのがれ出た。

そうだろう。
ぐちゃぐちゃに
チュウインガムみたいに噛まれて。
アルコールで
なんども洗われて。
もう
そろそろだと思っていたんだ。

気が付かなかったが
あのころ
すぐ近くをウロついていたんだ。
熱い泥でこねた不細工な
手榴弾みたいなカタマリとカタマリ。
—ご同役。
戦友。

むうっとして
あの辺りにこもってた匂いが
正体が
いまになるとわかる。
お互い
気付くのが
ちょっと遅かった。

冬の時代

まもなく
「冬の時代」が来る。
むろんそれは
ただの比喩に過ぎないが
比喩のなかで凍えることもあるだろう。

ずっとずっとむかし。
冬にはどんな備えをしただろう。
薪を集め土を掘って野菜を貯える。
そうすると

ひと抱えもある鍋のなかで
冬はほどよく煮えるのだ。

人は鍋を囲み長い時間が過ぎ去るのを待ち
過ぎてしまったあとに
それを
みじかく
得がたい宝石のようにいとおしんだ。

「冬の時代」はもう
てのひらで囲むちいさな火も
把手の取れた鍋もいらないだろう。
暖房の利いた駅の待合室で
口を半分開けて眠り
ある晩は
どこかのカウンターの上で酔いつぶれる。
むろん地吹雪に出会う時もある。
雪は白い微塵のように地を疾り
そこでみんなが立ちつくす。

わずか二、三メートルを隔てて
幻をみるように
人は向かいあうのだ。
比喩のなかできみたちは
対いあっているのだ。
きみに相手の顔が
見えるか。

パーティのあとで

数えてみると
詩らしいものを書き始めてから
そろそろ五十年になる。
深夜
カンテラの明かりで

コンクリートの舗道を掘る工夫のように
わたしも自分の窖を掘って来たと
かんがえていたが。
翌朝
白光に暴かれた地中のありようは
錯綜した無数のケーブルが散乱して
手の付けようもないだろう。
一体どの回路をどう繋げば
肉声がきみに伝わるものか。

パーティのあと。
現場を通りかかって
工夫たちが弁当を使っているのを見た。
車座になって
お互い話を交すでもなく。

げんに彼らが繋ごうとしているものと
わたしがそうしようとして来たものと。
そのあいだを
突き刺すような厳冬の風が吹き抜けた。

深夜の酔っ払いを気にするふうもなく
しばらく行って振り返ると
カンテラの明かりのなかで
食事はまだ続いていた。

夢

35度。
みんな暑さに
うだっているだろう。
野球をしている少年もいる。
テレビをつけると
ブラウン管の上から下に
幾条も汗が流れた。

わたしは
クーラーのきいた部屋にいるので

べつに気にはならない。
いま昼寝の目ざましに
熱いコーヒーを
一杯飲んだところだ。

そうはいっても
いつもわたしが（いいわけのようだが）
ずっとクーラーのなかにいたわけではない。
灼けた砂の上で
鉄砲を射っていたこともあるのだ。
もっと灼けた弾片が
からだのなかで
はじけそうになったこともあるのだ。

しかし
昔はむかし
いまは今。
涼しい風がわたしの上を通り過ぎる。
そのうち
もっと涼しい風が
わたしのなかを通り過ぎるだろう。
目を見開いて。
天井をみつめて。
よかったな、あの暑さは。
ボールを持って
チラと一塁を見て。
わたしの投げる球は
捕手のミットのなかで
まるで弾片のように赤くはじける。

実はこれが
たったいま見た昼寝の夢だ。
でも、だれだろう
あの時。
スタンドからわたしを
手招きしていたのは。
愍《あわ》れむ目付きで
そろそろ
降板しろと
いっているようにみえたのは。

絵

ゴッホはアールの
きいろく熟れた太陽を描き
アンリ・ブラックの海には
みどりいろの太陽が輝いていた。
その他一、二個。
記憶に残る太陽がある。

断わるまでもなく
どれもとっくに
輝きを収めてしまった。
しばらくの間。
地平線のずっと下の方で
孤りで瞬いていたが。

いまは無名の方位に
別の太陽が昇っている。
光りも熱もない奇体なやつだ。

あれがつまり
いまはやりのコピーというのだろう。

わたしの部屋の壁の上にも
そんなのがいち枚。
だれに眺められるでもなくかかっている。

だがある日。
それが突然輝いたのだ。
まるでむかしのアールの太陽みたいに。
糸杉が立ち上がり
麦畑が風に波打ち。

——壁の上に留められた
きんいろの鋲《びょう》。
ちょっとした光りのいたずら。

けれどもそのとき。
わたしは一個の
眩ゆい発光体になる。

わたしの胸のなかで
きみが
ゆたかな髪を波打たせる……。

Perspective

おんなたちについて。
詩について。
死んだ母。
母よりもずっと昔。
あっけなく死んだ父について。
東京について。
古代ローマ。
とくにエトルスクについて。
ガムラスタンで会ったラップ族の無口な老婦人。
その手工芸品の数々について。

わたしが見ていない
わたしが愛したことのない
人と風景について。
手を伸ばし
スプーンで掬い
ゆっくりと味わってみたかった
たくさんの肉や魚の料理。
くだもの。

失意について。
憎しみとみじかい恋と
斑《はん》状《じょう》歯《し》について。

しのびやかに来る老い。
内臓や骨。
皮膚に至る多くの苦痛について。

基地について。
墓石の形態。
そこに彫るべき文字について。
葬列にあつまる

あるいは立ち去っていく
いくつかの顔。
顔について。

Ⅱ

モアイ

モアイは斜面に並んで
海をみている。
彼らはなにかを
待っているようにみえる。
海は昏れていくので
その表情は
いくらかかなしげである。

人は
相似形に欺されやすい。

そこでいっしょになって
海を眺める。
海の向こうには
島影ひとつみえないのに。

かつて殺戮があり
疫病があった。
やくざなにんげんどもは
こんなところまで
目を血走らせてやって来た。

モアイはなんでも見てきた。
けれども
振り返ってみると
時間はただ
海流のように
彼らのまわりを洗っただけだった。

かんじんなことは
彼らが文字として

なにひとつ
記録を残さなかったことだ。
だからそこに
まやかしの入る余地がない。
だからそこで
百千年海を眺めていても
飽きるということがない。

はるばる海を渡ってきた二体のモアイを
わざわざ見に行ったことがある。
冷たい雨の日。
不覚にもそこで
泪《なみだ》をこぼしかけた。
横顔をスポットで照らされたモアイの目は
すこしうつ向き加減に
ただ会場の暗がりだけを見ていた。

太陽の東・月の西。*

海図の上でそれを探すことは
困難である。
あるいは年表のなかにも存在しない
なにものかである。
そこに辿りつく前に
にんげんの旅は終わりかけている。

＊「モアイ」は、チリ西方三八〇〇キロ、太平洋上にあるイースター島の巨石像群。それらがすべて海の方角を向いて立てられているのが特徴である。またそれがいつころつくられたか、どのような方法でつくったか、その文化の経路など、ナゾが多い。住民たちは彼らの島が「地球のヘソ」に当たり、その位置は「太陽の東、月の西」にあるといい伝えている。——森本哲郎氏の著書から。

ホーキ星

ある時ホーキ星が
わたしたちの地球に近づくように
きみはわたしに近づいた。

その尻っ尾はわたしの頬っぺたを撫で
束の間の冷たい熱気が
わたしを至福の炎で包んだが。

たぶん
きみはもうやって来ないだろう。
次の周期があるとしても
その時
わたしはいないだろう。

きみもわたしも
自分で全く感知することのない
怖ろしいスピードで宇宙空間を疾り
しかも
ぼんやりした星の影のように
この貧しい世界に
たたずんでいる。
またきみのホーキ星がやって来ると
みんなが騒いでいる。

だがあの星は
むかしのそれとは全くべつの星だと
きみも思うだろう。

光りの空間で
闇のなかに人はいる。
わたしたちがお互いを認めることが出来るのは
ただ闇が大きいからに過ぎない。

いま闇を突っ切って行った
一点の光り。
一体あれはなんだ。

残念なのは
消え去る前に。
ぼんやりとした
得体の知れないなにかになる前に。
だれにもそれを
伝える方法がないことだ。

光点

パレスチナ
といえば
パレスチナの影が
額を暗くする。

カンボジャ
といえば
カンボジャの火が
眉毛を焦がす。

夥《おびただ》しいニュースの向こうに
世界はぼんやりと
赤くかすんで見える。

月の裏側の電送写真を見るように
きみは
世界の裏側を見ることができるか。

宇宙探査機ボイジャーは金星から木星へ
木星から天王星へと
奇妙な脚を伸ばしている。
そのうち
太陽の何百倍もあるという
巨大な光源を見せてくれるかもしれないが。

四十年前。
草原で別れたっきり
名乗り合うてだてさえなくした
みなしごたちの消息ほども
わたしの心を揺り動かすことはない。

こうしてみると
ひとはみな小さな星で
お互いを隔てる距離は
光年で数えるほどだ。

むかし潮流とモンスーンが

ちいさな丸木舟を
この島に運んで来た。
その伝説は
少年だったわたしの胸を熱くした。
いまわたしたちは
その代わりになにを運べばいい？

この帯のような黒い夜に
異様な速さで
天空を過《よ》ぎっていく微小な光点。
そこからやって来る信号を
ひろい明るい部屋で
だれかがひとりで文字に変えている。
だがここから見えるのは
その大きな背中だけだ。

アフリカ遠望

〔次のコトバについて知れるところを記せ〕
セーシェル　コモロ　ルワンダ　ブルンジ　マラウイ　スワジランド　レソト　ボツワナ　ガボン　サントメ・プリンシペ　トーゴ　ベニン　シェラレオネ……

べつにあなたを試そうというのではない。
これらアフリカの若い国々。
その聞き慣れない名前は
ある時
わたしに眩しかった。

一四四四年。
最初の奴隷船がリスボンに到着してから
およそ四百年。
学者によって数字はさまざまだが
八千万から一億五千万人といわれるアフリカ人が

アメリカ大陸を中心に連れ去られる。
奴隷商人たちは
ヨーロッパ各王室が発行した允許状《いんきょじょう》を手に
野生動物を求める猟人のように
アフリカ奥地深く分け入った。
人と人。
祖先とその子孫をつなぐ
すべての糸が無残に断ち切られる。
奴隷狩りとその輸送の過程で
その三分の二が死亡する。
アフリカ最大の王国ソンガイが滅亡するのは
これより先、一五九一年である。

別の記録によると
一三三一年に東アフリカのキルワを訪れたイブン・パトゥタは
その街を「すべて優雅な建物で、世界で最も美しく立派に建設された都市」と述べ
また一九五九年同じ地方で発見された
ヨーロッパ人渡来以前の遺跡は一四一に達している。*

むろんこれらは
過去の栄光のごく一部に過ぎない。

けれども
甦ったアフリカは
早くも光彩を失いはじめている。
人為的に切断されたワクの内側で
頭はシッポを
尻尾はアタマを求めて争っている。
その姿はもう
わたしの目に眩しくなくなった。

エチオピア　ソマリア　ジプチ　ウガンダ　タンザニア……
その響きはむしろ
異様に腹のふくらんだ幼児のイメージとしか重ならない。
ヘリコプターやジープや自動小銃のシルエットとしか重ならない。
ジンバウェは

トンプクトゥは
もういちど
砂に埋もれようとしている。
悲鳴のように挙げた一本の手が
いま
世界の喉を掻きむしる。

＊寺田和夫・木村重信『甦る暗黒大陸』(新潮社)

夜行《やぎょう》さま

夜行さまが来る。

だれかがそういい出すと
村人は急いで雨戸を立て
闇のなかに息をこらす。

とおくから
かすかな鈴の音が
近づいて来る。
銀いろに芒がけむる
なだらかな山の斜面を
ゆっくりとそれは近づく。

夜行さまがやって来るのは
いつも
明るい月夜。
見たものがいるのではないが
夜行さまは
首のない白い馬に乗った
うら若い娘であるという。

夜行さまを見たものは
必ず命を失う。
それはこの村のいい伝えである。

田んぼに稲束が

うず高く積まれるころになると
なんとなくおちつかない
胸苦しい気持で
人々は毎日を暮らす。

月のひかりはどこまでも届くので
どんな物蔭にいる
生きものの姿も見逃さない。
だから決して
見ようとするな。
雨戸の蔭で
じぶんの呼吸を数えるな。
膝の力を弛め
手はしっかりと心臓を摑むのだ。
これもまた村の教えであった。

＊

この話は、四国のどこかで聞いた。ずいぶん昔のことなので、四国だったかどうかも忘れた。夜行さまが生きていた時代は、さらにさらに遠く遡るだろう。しかし歴史をたどると、ひと晩に、村人全部がいなくなったりする記録に出会うことがある。「重税に耐えかねて」と史書は記している。けれども、無慈悲な領主や代官が、どうしてうら若い娘に化けるのだろう。うら若い娘になぞらえることで、抗うことの出来ない災厄を韜晦《とうかい》した、とでもいうのであろうか。

夜行さまは、ほんとうに死に絶えたのであろうか。夜行さまを見る危険な誘惑は、わたしたちの手を離れたのであろうか。死の表と裏側で、いまも人々は慄えてはいないだろうか。

わたしが会ったこともないフランスの詩人、シュペルヴィエールが、振り向いた馬のことを書いている。馬は、ペガサスのように時空を飛んで、異邦の詩人の眼をかすめたに違いない。首のない白い馬はうしろを振り向かない。振り向きようがない。ただひたすらに、進むだけである。

そのかすかな鈴の音は、いまゆっくりとわたしたちに近づいて来る。

目の時代

むかしの剣術に「半眼の構え」というのがあった。相手に対う時、半ば目を閉じるのだ。そんなふうにしても、視野が半分になるとは限らない。すぐれた剣士は、相手の動きをしっかりと捉える。同時に上瞼《まぶた》が光りをさえぎるので、左右の動きも見える。さらにだいじなことは、背後の気配も察せられるということだ。

この構えはたぶん、正面とだけ向き合う、近代剣道のものではないだろう。四方の敵と戦う、近世以前の「剣術」のものだ。わたしも昔、少しばかり「剣道」を習ったことがある。「剣道」でも、相手の目を見ろ、と教える。剣尖に気を取られずに相手の目を見ていると、打ち込んで来る時の気配がわかる。目のなかに、なにか光りのようなものが、走るのだ。

武士がサラリーマンになって、長い時間が経つ。「剣術」も「剣道」もむかしのものになった。敵が四方から襲って来る心配はない。それどころか、正面の敵もいない。それなのに、まだ人はなにかを恐れている。うしろから襲って来るかもしれない、鈍器のことを。左右に気を取られて、段差につまずくバツの悪さを。いつも落ち着きなく辺りを見回し、思わぬ視線にたじろいだりする。

朔太郎のエピグラムに、時計ばかり見ている男が出て来る。彼は、ちょっとよそ見をした間に、時間が過ぎ去ってしまうのを恐れるのだ。しかしだれもこの男を笑うことは出来まい。きみにとっていちばんいいことは、まず、決して出歩かないこと、人に会わぬことだ。カロリー表と首っ引きで食べ物の量を計り、ホコリのかぶったぶら下がり器を引っぱり出して、首吊り死体みたいにぶら下がるのだ。たまに気が向いたら、庭の空気を吸いに出てみよう。とても眩しくて、太陽なんか見上げることが出来ない。つまりここまで来て、ようやく「目の時代」は終わるのだ。半眼などはいらないのだ。その代わり、目なんかよりもっとすぐれたセンサーが、きみを安全に墓場まで連れていってくれる……

　詩人北原白秋が、深い海底に住む目のない魚のことを歌っている。―目のなき魚の恋しかりけり。光りのない深海では、目はしだいに退化し、たぶんなにかの痕跡を留めるだけになるだろう。人間の尻っ尾や鯨の脚がそうなったように。その時、第五世代、いや第六世代コンピュータの世界にきみは住む。その文明の深海で、きみのためにコンピュータがしずかに半眼の目を開く。きみが愛するかもしれぬ人が、背鰭を揺らしながら、ゆっくりとどこからか近寄って来る……。

国境

わたしはいくつ
国境を越えただろう。

国境のこちら側が
じぶんの国であり
あちら側がよその国である
とは限らない。
よその国からよその国へ国境を越えたことも
たびたびある。

送り出す目と
迎える目。
わたしは点検され
記録され
単なる
ファイルの人となる。

いくつのファイルに
わたしは閉じこめられているだろう。
しかしもう一人のわたしは
勝手に街や小路を歩き回り

たくさんの
理解できない会話が
耳もとを通り過ぎるのを聞いた。
時には
見知らぬ文字がわたしを拒絶した。
彼らとわたしをつなぐものは
何枚かの紙幣
あるいはコインであり
意志表示ですらない
かすかな身振りであった。

それでもわたしは
性懲りもなく
出かけていった。
平野に引かれている
目に見えない一本の線が
その両側に
全く違った人々を住まわせていることに
子供のような興味を持った。
それは彼らにとって
ほとんど越え難い
巨大な壁であることもあった。

一冊のパスポートは
奥深く
わたしの胸のなかに蔵《しま》われている。
わたしはこれで
希望と絶望の間を仕切っている
あの壁の上も越えたのだ。

——それはなにかの役に立ったか。

答えに窮して
わたしはうろたえる。
たぶん
なつかしいという日本語は*
こんな時しか
使い道はないのだろう。
なつかしいという
それ以外に

いまわたしが
きみらに伝える言葉はないのだから。

＊昔、ある米人教授から「なつかしい」という日本語に相当する形容詞は英語にはない、と教わった。実際、辞書について当たっても、このニュアンスを伝える言葉を見付けることは出来なかった。

定刻

「朝はどこにも定刻にやって来る。」
バスが空港をあとに
パリの市街地に入っていく時。
わたしはふと
そんなつまらぬ感想を抱いたものだ。

ベルサイユでは
バゲットを小脇に抱えた老人が
左足を引きずりながら帰っていく。
彼にも定刻がある。
ジャムをたっぷりつけたバゲットに
せめてもの熱いカフェ・オ・レ。
老妻の代わりに
骨に食い込んだ四十年前の小癪《こしゃく》な弾片が
彼の独り言の相手をする。

もちろんこれは
同じ四十年前。
ひとりの兵士だったわたしの
勝手な想像だが。

わたしも宮殿の鉄門が
定刻に開かれるのを待っている。
そして間もなく
石畳を踏んで
古びて黒ずんだ
二百年前の栄華を眺めることになるのだ。

ある「時」が

決まった時刻であるのは
だれが決めようと
避けることは出来ないのだ。
遅れたとか早かったとかいうのは
あとからの思案に過ぎない。

わたしはベルサイユの朝を思い出す。
足を引きずりながら遠のいていく
あるいは近づいて来る
刻限のことを。
ついでに
わたしを待っている
あるいは待っていないかもしれない
熱いカフェ・オ・レを。

雪原で

雪の野っ原で
火が燃えているのをみた。
列車は
遠くからそれを認め
近づき
疾り去った。

あたりに人影はないので
だれが
なんのために焚いている
火であるかは
わからない。

どんなに燃えていても
さむい火というのがある。
暖房のよくきいた車内で
わたしは少しばかり寒む気を覚えた。

時間という闇のなかの一点の火。

決して暖められることなく

あのとき。
わたしはそのすぐそばを
通過したのだ。

Ⅲ

信号

信号を待っていると
最初に霊柩車。
結婚式の客を乗せた
マイクロバス。
そのあとを
地元代議士候補の応援に来た
元総理の車。
そして響護のパトカーが三台。
お昼どきの交差点は
それだけの車が通って
信号が変わった。

最後のパトカーが通り過ぎた時。
並んで立っていた和服のオバさんが
「世の中、忙しいネ」といった。
わたしに話しかけたふうでもなかったが
なんとなく
頷き返す形になった。

まったく
世の中、忙しいネ。
わたしは彼女と並んで歩きながら
チラとその横顔を盗み見た。
彼女も忙しいのだろう。
子育ても家計のやりくりも亭主の操縦も。
あるいはなにかの事業まで
苦もなくやりこなしているかもしれぬ。
横断歩道を渡り終わったところで

彼女とわたしは
右左に別れた。
それからわたしは
忙しい人がみんないってしまったあとの
さびしい交差点で
次の信号が変わるのを待った。

「ゆうびん、し」

「ゆうびん！」の声で
玄関に出ていく。

郵便配達人にもいろいろあって
無造作に郵便受けに突っ込んでいく人。
わざわざ玄関の扉を開けて置いていく人。
声をかける人。
かけない人。

何日おきかに一回
「ゆうびん、し」という人が来る。
なぜ「ゆうびん」のあとに「し」をつけるのか。
わたしの古い知り合いに
会話の尻に「し」をつける人がいた。
会津もかなり奥まった土地の人だ。

玄関の扉が開いて
「ゆうびん、し」の声が聞こえると
いそいそとわたしは出ていく。
しかしその時は
もう扉がしまっていて
その顔を見たことがない。
いつも思うのだが
語尾の「し」には不思議な暖かさがあって
彼が運んで来る郵便物には
よい便りがまじっていそうな気がする。

ほんとうは
よい便りなど

あったためしはないが。

いつかきっと
そんな便りを
彼がもって来てくれるだろう。

——ゆうびん、し。

小さい秋・大きい秋

「小さい秋みつけた」という歌があった。
歌詞もメロディも忘れた。
秋が深まるころ
田んぼに積まれた藁束に寄りかかってうとうとした。
胸も背中もあったかくて
あれがわたしの「小さい秋」だったのだろう。

大きくなって
年をとって
いつの間にかわたしは
「小さい秋」を紛失した。

際限もなくひろく
いまわたしを包むのは
たとえば「大きい秋」
とでもいうのであろうか。

そのなかでわたしは
たぶんどこまでも小さく小さく
地上の
くろいしみのようなものでしかないだろう。

長いまどろみのなかで
日がだんだん暮れていくので。
その時父も母も
いつからか妻であるおまえも
もう二度とわたしを見付けだすことは
出来ないだろう。

高山紀行

飛騨の高山に行って
銭湯に入った。
立派なお城のような銭湯だ。

湯上がりの
火照った体をさましていると
木樵りだと名乗るおじいさんが話しかけてきた。
要するにわたしの腹が
少し突き出ているという
たあいのない話だったが
彼は前からの知り合いに話すように
じぶんの健康の自慢をし
あいさつをして出ていった。
七十過ぎとは思えない引き締った
見事な体だった。

飛騨の高山は
春の祭りだった。
祭りの昂奮のあとは
雨になった。

その晩わたしは
乗鞍岳のふもと
丹生川村の禅寺に泊めてもらった。
明け方近く
異様な気配が部屋に近づき
体を固くしていると
障子を引っかいてなかを覗き
また足早に去っていった。

「やっぱり出ましたか」
朝の食卓で和尚さんが笑う。
べつに物の怪ではない。
正体は寺に棲みつくムササビの夫婦である。
彼らは先住者として
泊り客の素姓を確かめたものであろう。

飛騨も乗鞍も煙雨のなか。
物語のなかでだけ聞く少女たちの足音が
ほそぼそと野麦峠に続き。
あれからもう
百年は経った。
千年は経った。

津和野

石州津和野で
切支丹殉教の地を見に行った。

殉教の物語は
かくべつ珍しくはないが
その史実があわれである。

浦上から津和野に送られた百五十三人のうち
明治元年から同四年四月三十日までに
三十六人が処刑されている。
キリシタン禁制が解かれ
全国十八カ所、一九三八人の信者が釈放されたのは
わずかそれから二年足らず
明治六年三月十四日のことであった。

わたしが思い出すのは
一緒に土地の学校を出た百人のうち
二十五人がこんどの戦争で死んでいる。
あと四、五年。
いや、二、三年生まれるのが遅かったら
だれも死なずに済んだだろう。

こういうことを
間に合わなかったというのか
間が悪かったというのか。

殉教の地は津和野郊外
乙女峠の急坂を上る途中にある。
十二月の山中は夕暮れが早く

ひとりでマリア堂を守っている
青い目の神父さんは
帰り支度だった。
わたしはそそくさとお堂に手を合わせると
妻をせきたて
急ぎ足に山みちを降りた。

小樽挽歌

知り合いの女の子が
夏休みに
小樽に遊びに行くという。

わたしはむかしの学校のはなしをしてやった。
まんなかに広い芝生の庭があり
はずれに
大きなポプラの木が二本立っている。
その下に腰をおろして
飽きずに港を眺めたものだ。
赤と白の灯台が二つ。
そこから樺太に向かう船も出て行った。

帰ってきての報告では
ポプラの木はありました。
でもそばに建物が建ってしまって
あたりは草ぼうぼう。
海を見ている学生さんなんかいませんでした。

運河にも行ったんですが
道路が出来たりして
写真とは全然違うんです。

そうか、そうか。
きっとそうだろう。

でもよかったんですよ、小樽は。
弾んだ声でそういって
彼女は帰っていったが。

（そんなことはわかっていたんだ、実は。）
オヤジの遺産を
二束三文で切り売りしているようなもんだ
あそこは。

小樽には
二度と行くまい。
学校にも行くまい。
石炭もニシンもなくなって
その上
人までいない。

そういえば
娘を亡くして落ち込んでいる
友達が一人いた。
こんなことをいいたくはないが。

ひとりで暮らすには
あそこは
あんまりさびしいよ。

「三春滝桜」伝承

国の指定天然記念物「三春滝桜」は
推定樹令一千年。
根回り一〇・五メートルの巨木である。
開花期には村道を車の列が埋め尽くし
俄か作りの茶店が立ち並ぶ。

花も人も散ったあとに鳥がやって来る。
さくらんぼの実は
彼らの好物だ。
五年、十年、そして百年。
鳥がはこんでいったさくらんぼのタネは芽を出し
やがて一人前の木になる。

ある時

そのことに気付いた人がいる。
滝桜を中心に半径十キロ。
農事のあいまに山野を歩き
根回り一メートル以上のものに限定して
ついに四百二十本の子孫を確認し確定した。
木目沢《このめざわ》伝重郎氏。
昭和五十八年没、享年八十五歳。

一度だけ彼に同行したことがある。
小柄で無口な、目のやさしい老人だ。
彼は死んで、きっとさくらんぼのタネになっただろう。
いつかそれが芽を吹く。絶対に。
木目沢さん。

医王寺《いおうじ》で

福島市飯坂《いいざか》町の名刹・医王寺の
左に深い杉木立を配したいっぽんの細長いみちは
いつもわたしにとって「哲学者の道*」である。
義経に従って西国に戦い
頼朝に滅ぼされた佐藤一族の墓所は
そのいちばん奥まったところにある。

はじめて墓所に詣でたとき
わたしを凝然とさせたのは
墓碑面の文字がすべて削り取られていたことである。

一個の石塊となってのちなお数百年。
その荒々しい削り跡に
凍りついた憎しみとは一体なにか。

元禄二年この地を訪れた芭蕉の句碑が
境内の片隅にある。
――笈《おい》も太刀も五月に飾れ紙幟《のぼり》。*
彼はあえて無残なつめ跡に触れることなく
一族がそのあるじとした人をしのぶにとどめた。

時たま遠くからやって来る客に
もの慣れたガイドのように
わたしは説明する。
一代の詩人にさえ触れることをためらわせた
もう一つの「歴史」への思いに沈みながら。

＊「哲学者の道」・京都南禅寺の近くにある。哲学者西田幾多郎が愛した。
＊「太刀」は義経、「笈」は弁慶のものといわれる。

塩屋埼《しおやざき》で

脂ののったカツオのたたきだの、鯵のひらきだの。
そんなものばかり毎晩の酒の肴になる。

いつか塩屋埼の展望台に立って、ふと考えた。
ここの浜にも
ウニの貝焼き、柳ガレイ、北寄貝《ほっきがい》。
わたしの好物がいっぱいある。

盃を片手に黙っている時。
じつは彼らがわたしの話し相手なのだ。
熟練の海女にも採られないで
岩かげでひっそり内臓を肥やしているウニ。
しっかりとトゲを立てて
まるで眠っているようにみせかけて。

きみの内臓の発振器が
ごく微小なパルスを食卓のわたしに伝える。
小さなうねりはもちろん
十メートルを超すような高波もここには届かないよ。
あんまり静かで死にたくなってくるよ。

こんやの食卓はさびしいが。
その意味が分からないことはないよ。
わが年来の友人。
美味はもともと隠して置くべきものだ。
機会があったらまた
あそこで会おうよ。

木賊《とくさ》温泉

山男U君は
南会津の奥、木賊温泉の風呂のなかで
変なオヤジと知り合いになった。
それが〝大詩人〟草野心平とわかったのは
後日のことだ。
三十年も前の話になる。

詩を解さぬU君はある時。
「カエルの詩人」のために
カエルを型どったハシ置きを買って来た。
U君、わたし、それに歌人のA君。
心平さんを囲んでの酒盛りである。
だがU君の意図に反して
「カエルの詩人」はカエルが嫌いだった。
彼が愛したのはカエルの歌。
反日の嵐のなか。
中国・嶺南大学のひとりぼっちの寄宿舎で
十七歳の少年が聴いた
望郷のうたであった。

しかしU君はいいことをしてくれた。
詩人の心の秘密を解き明かしてくれた。
だいいち木賊温泉という名前がいい。
その出会いがいい。
温泉を包むように奥会津の青葉が迫り
いまもヘンなおじさんやおばさんが
のんびり湯につかっているだろう。
彼らもきっと極めつきの〝大詩人〟だろう。

白河関址

「白河の関」は
いまも昔も白河の関だ。

疎開する小さい姪を二人連れて帰って来た時

黒磯を出てすぐとっぷりと日が暮れた。
薄暗い三等車の片隅で
一人が泣き出すともう一人も泣き始めた。
私はただおろおろするばかりだった。

関址が確定する前に
いくつかの説があった。
その一つ、境明神を訪ねた帰り。
二メートルもあろうかという蛇が
ゆっくりと砂利道を横切っていた。
タクシーは急ブレーキをかけ
辛うじて蛇を避けた。
蛇はこの辺りの農家の蔵の住人でもある。

関址の森のくらい斜面には
春、カタクリの花が咲く。
斜面の下は蛇のようにうねって林間に消える
往古の軍団の濠のあとである。
彼らはそこで
一体なにからなにを守っていたのか。

——白河以北一山百文。
きょうもその山々を覆って
セミしぐれが降っている。

裏磐梯

1888年（明治二十一年）小磐梯は突然爆発し
数百万トンの土石を噴き上げた。
新しい噴出物、つまり溶岩を伴わずに
山体だけが崩壊したので
これを「磐梯式噴火」と呼ぶ。
そういうからには
極めてまれな例なのだろう。
なに式でもいいが
この爆発の特異な点は
落下する土石のもと
だれひとり逃げるいとまがなかったことだ。

消失した村、３村、死者４４４人。
その上にたくさんの美しい湖沼群と
それを囲む緑の樹海が生まれた。
それはまた小鳥たちと
小鳥たちによく似た
若者たちの天国でもある。

あれから百年が経つ。
逃げ場のない一瞬の閃光が
襲って来る時があるとしても
もう、その夥しい死の上に
あたらしい緑が育つことはないだろう。
磐梯はいま秋。
千万のススキがいっせいに手を振って
なにかの合図を私たちに送って来る。

田中冬二・その失われた詩篇について

田中冬二さんと同じ銀行に勤めていたころ。
銀行の雑誌に田中さんの詩が載った。
ひどくなにかにハラを立てて
（わたしのおぼろな記憶では）
赤絵の皿を床に投げつけた、といった
そういう内容のものであった。

没後、全集が編纂されることになった時。
わたしは編集者にその話をした。
彼は銀行はもとより
八方手を尽くして作品を索《もと》めたが
ついに見付け出すことが出来なかった。

田中さんの詩業を振り返ると
それはそぐわない作品である。
いつも典雅でさびしい風景のなかに
突然怒りが噴出する……。

昭和十七年も暮れのころである。
わたしは十二月二十日に入隊を控えていた。
これはわたしの確信だが
怒りは明らかに
のしかかる不条理なものに向けられていた。
少なくともわたしはそう理解した。

全集は完結した。
しかし田中冬二もまた「完結」したというべきであろうか。
この欠落した部分が
将来共に埋め合わされることはあるまい。
それはわたしの極めて矮小な青春といっしょに
どこかの反故紙のなかに埋もれている。

田中さんが富士（安田）銀行郡山支店長から立川支店長に転任し
郡山を去るのが昭和二十一年六月十六日。
そんなことはすこしも知らずに

同じ日の早朝。
わたしは南方から郡山駅に復員した。

詩人の顔

人を取除けてなおあとに価値あるものは、作品を取除けてなおあとに価値のある人間によって作られるような気がする。
〈辻まこと〉

昔ふうの
「いい顔」をしている詩人は
見なくなった。
そのかわり
いまの「いい詩人」はみな
鋭い
戦闘的な顔をしている。
いまは張りつめた
戦闘的な時代なんだ、きっと。

あるときわたしは
生き残りの「いい顔」の詩人*と
酒を飲んだ。
温泉宿の一夜。
詩人はしたたかに酔って
だれもいない浴場の
ひろい浴槽のまわりを
口で進軍ラッパを吹き鳴らしながら
なんども回った。
股間のものをぶらぶらさせ
浴槽のふちに
寝込んでしまうまで。

してみると
「戦闘的な時代」は
続いていたのらしい。
戦場のありかを
わたしが知らなかっただけで——。

朝の食卓で
詩人はすまして
もとの「いい顔」に戻っている。
太い黒縁のめがねの奥の
柔和な眼。

*福島市出身の歌人、山本友一氏。前宮中歌会選者、歌集『日の充実』で、先年「日本短歌大賞」を受けた。

あとがき

「あとがき」のない詩集というのは、なにかもの足りないものだ。しかし小説本には、大体「あとがき」がない。つまり中味を読んでくれれば、わかるということだろう。詩集は「あとがき」を付けて、中味を補なうということではないと思うけれども、作品をそのまま出せば、どこか不安が残る。そういう頼りなさが詩にはあるのかどうか。だから「あとがき」のない詩集に出会うと、こちらが緊張する。作者の自信、といったものに気圧される。わたしには「あとがき」のない詩集を出す〝勇気〟がない。そこでこんども「いいわけ」のようなあとがきを付ける。

＊

まず内容を主題によって三部に分けた。一部と二部は「地球」「鞴《ふいご》」「現代詩研究」など、主に同人誌に書いた。未発表のものもある。三部は雑誌や新聞の依頼で書いたものと趣味でもある旅行の作品の一部。旅行のうたはもっと書いていずれ一冊の本にしたいが、実現出来るかどうか。人に会うのは好きではないが、人を見るのは好きだ。ずいぶん旅行はした。計算したわけではないが、たいへんなキロ数になるだろう。ことしもタイ、ホンコン、それに越後、信濃を歩いた。夏は藤村の木曽馬籠を訪ねた。これからも出かけたい。一生も旅だと芭蕉翁がいっているようだから、この本全部が、旅の詩集の一部かもしれない。その旅も終りに近いが、ただどこか、東北人らしいあきらめの悪さがあり、最後までなにかわけのわからぬことに気を取られていくかもしれないし、同時にいつまでも「脱俗」の心境にはなれないだろう。いささか無駄足のきらいがあったが〝役回り〟だけは自力ではどうにもならないところがあって、こんなふうになってしまった。

＊

まとめるに当たって、「地球」同人の、若い槇さわ子さんの助言を得た。世代の違う人の考え方は貴重な参考になった。女房の意見も聞いた。彼女はとっくに詩の世界を離れているが、性格が反対なので、違う見方があろうと考えたのである。ひとの意見を聞いたのはこれがはじめてだ。それだけ臆病になったのかもしれない。出版に当たって、花神社《かしんしゃ》大久保憲一氏にたいへんお世話になった。また地元の友人今泉正顕、高島季雄両氏がいろいろかげの支援をしてくれた。お礼を申し上げたい。

＊

中村光夫氏が『明治文学史』のなかで、「慌しすぎる変化は、従って本当には変っていないということにもなるので、我国の近代文学の実質は、それに携る人が意識するほど新しいものではない」と述べている。わたしもそれに「携る人」には違いないと思うが、「変化」と「変わらぬもの」のあいだには難しい関係があって、振り返ってみると、右往左往はして来たものの、結局中途半端のところに留まってしまったと思う。「目の時代」ではないが、思い切る距離というものがあり、それを測るのが、残された仕事のような気がする。

昭和六十一年九月　　　三谷　晃一

第八詩集

遠縁のひと

（一九九二年）

I

遠縁のひと

あの人を識っていますか?
あの人はわたしの遠縁に当たるのです。

あの人はある日
前触れもなくやってきて
遠い異国にわたしを連れていったのです。
苦役と望郷の長い日々。
支柱もないひよわないっぽんの木。
それがわたしです。
引きちぎられた卵形の葉。
あか紫の花。

わたしが埋められた場所をご存じですか?
その場所を
わたし自身も知らないのです。

どさりと土が投げ込まれて
その上にひょろりと伸びたいっぽんの木。
それがわたしだとだれが知るでしょう。
もしも
季節が来たなら
せめて地図の上ででも
その花を咲かせてください。
醜いあか紫の花。
あの人にもそれを知らせてあげたいのです。

あの人を識っていますか。
あれはわたしの
遠縁に当たる人なのです。
あの人を憎んでいるかって?

どうしてそんなことが出来るでしょう。
あの人は
なにからなにまで
わたしに似ているのですから。

教えて下さい。
そこの壇上の人。
あなたのよく響く声で。
いったいだれとだれを
憎めばいいのか。
いちどあの凍る野っぱらに出かけていって
その名前を。
あなたの遠縁にも当たる
あの人。
それから
あの人、と……。

おおきな街で

――一九九〇・八・一五

朝の通勤ラッシュ。
それでもまだ働く人が足りないと
テレビはいっている。
集団をつくる無数の靴の重みで
なにかが軋む。
二十四時間不眠の街は
軋みの絶える間がない。

あの時。
この街でなん人死んだだろう。
終戦の春の大空襲の時は――。

沖縄読谷村の村人は
国体会場の日の丸を焼いた。
昭和六十二年十月のことだ。
お蔭でわたしも「よみたん」村の名を覚えた。

東京で死んだ人はかわいそう。
みんなが知ってるはずで
みんなに忘れられて。
石やコンクリートならまだしも
こんなにたくさんのにんげんの靴に踏まれて。

心覚えに

あったことだけ記しておく。
昭和二十年三月九日。
東京大空襲。
焼失戸数二十三万戸、死者十二万。*
——これだけたくさんの亡骸のうえに
これだけ栄えた街はない。

＊「近代日本総合年表」（岩波書店）

ごく個人的な「戦争」の一記憶

昭和十七年十二月二十日。
会津若松東部二十四部隊に入隊した。
雪の日。
学生服を脱ぎ。
サルマタも脱ぎ。
それら衣服を包んだフロシキ包みを
付き添いの伯父が持ち去ると
わたしはもう
わたしでない「なにか」になった。

「飯上げ」というのは
炊事場まで食事を受け取りに行くことである。
暗い兵舎の裏手を
重いアルミ罐《かん》を運んで戻る途中
生垣を通して住宅の明かりが見えた。
わずか二、三十メートルの距離なのに
それはもう無限の遠さにあった。

明けて昭和十八年一月十四日夕刻。
会津若松をあとにした軍用列車は
夜更けて郡山駅に到着した。
ホームにはロープが張られ
駅員以外だれひとり入れるはずがなかったのに
母がいた。
もうひとり乳飲み子を抱いた見知らぬ若い妻がいた。
この厳重な警戒をどうかいくぐったのか。

わたしはわかっている。
母はあちこち手を回して袖の下を使ったのだ。

ここで弁当が支給された。
ひと口食べると
メシはのどに詰まった。
それはすぐ新しい〝戦友〟たちから貰い手がついた。

郡山を出てしばらくして
わたしは眠った。
目を覚ますと
列車は明け方の東京に入っていて
しかも反対方向に走っている。
わたしの胸はとどろいた。
もしかして命令が出て
戻れるのだ。
窓外の風景に必死に目を凝らした。
しかし期待が無駄だとわかるのに
そう時間はかからなかった。
多分機関車を付け替えたのだろう。

わたしは頭のなかが
真っ白になるのを覚えた。

これがつまり〝わたしの戦争〟の全部だ。
あとは余白だ。
あのいくつかの瞬間に
なんにんかの人間は死んだのだ。
それは動かせないわたしの確信である。

学生服に白ダスキをかけ
楽隊の先頭に立って町内を一巡したあと
駅前でバンザイの声に包まれていたわたしは
すっかりちぢこまって
ただ下を向いているだけだった。
どうせ「儀式」なら
大きく胸を張っていればよかったのに。
黒ワクのなかの写真みたいに。

下を向いたわたしは
下を向いたまま

まだ駅前に立ちつくしている。
未練がましく。
落ちかけた陽が
もういちど落ちようとして。

ランプの火屋《ほや》を

ランプをしっているか。
ランプは
歌のなかでだけ
点っているんじゃないよ。
ランプの火屋を磨いたことがあるか。
芯を切り揃えたことがあるか。

むろん
ないよね。

でももういちど
ランプの要る時が来ると思うよ。
そのためにちょっぴり
火屋の磨き方。
とりわけ芯の切り方を習っておくといいよ。

よく磨いた火屋と
じょうずに切り揃えた芯は
きれいに澄んだ
いい火を燃やす。

ひとりぼっちのきみの夜は
大きな闇を引き連れて
その分大きな影を
つまりきみの存在を
世界中に投げかける……。

そんな時を。
きみは。

廃　都

ガタピシする列車に揺られて
街まで出かけていく。
街には劇場もあれば
レストランもある。
わたしたちはさかんに飲み食いをし
ひとわたり見物が済むと
みやげものをいっぱい抱えて
帰って来る。

たまに
高いところから眺めると。
それは栄光の思い出に満ちた
戦艦のように見える。
マストも砲塔も
しっかりしている。
しかしタラップを上がったところに立っているのは
凛々しい姿のセーラー服ではなく
単なるモギリのじいさんに過ぎない。
舷側にぶらさがっているのは
勲章ではなく
あれは夥《おびただ》しいカキの残骸だ。

でも甲板はいつもにぎわっていて
なにごともなかったように
死者と生者がすれ違っている。

ところで（聞いた話だが）
四十六億年の地球の時間を
仮に一年に引き直してみると
人類五千年の歴史は
わずか三十四秒にしか当たらない。
つまり十二月三十一日午後十一時五十九分二十六秒が
われらが共有する偉大な文明の始点
というわけだ。*

してみるといまは
支度をして

「元朝詣り《がんちょうまいり》」にでも出かける時分だ。
（もしも来年というものがあるならば）
それがないとしても
大霊界が待っているという耳よりな話もある。

そういえばきみは
こんなだいじな時。
百階もある高層ビルのレストランに
たったひとりで
生者も死者も一緒くたの暮れの大混雑を
ビフテキをむしりながら
黙って見下ろしていたというではないか。

＊いわき市「石炭化石館」のパネル表示から。

わが祖アテルイ

延暦八年（７８９）。
平安朝廷の大軍五万三千を敗走させた
エミシ戦士の首長アテルイとモライが
大勢の覆すべからざるを知って降伏し
京へ連行されたのは
同二十一年（８０２）四月十五日のことである。

「現地経験主義者」の将軍坂上田村麻呂は
部族間の激論を制して降伏の道を選んだ二人に
助命を約した上
蝦夷の経営は彼らの協力が絶対不可欠と主張したが
「観念主義者」の貴族たちに押し切られた。
彼らは野生獣心
陸奥に還すことは虎を養って患を遺すにひとしい。
それが貴族たちの結論であった。
同年八月。
二人は河内国杜山で斬首され
ここにエミシの抵抗は終った。

観念主義者たちが
事もなげに

いかに多くの殺戮を行なってきたか
それらの例を思い起こす事は容易である。
降伏を肯《がえ》んじない少数の部族は
北へ逃れたといわれる。
いずれ彼らも
覇権の前に慴伏《しょうふく》する運命にはあったが。

いまなにごともなく
われらはその遺跡をめぐる。
多分かの異形《いぎょう》の人形《ひとがた》は
われらの遠い祖先であっただろう。
同時にわれら。
観念に導かれておなじ愚行を演じた
貴族たちの末裔でもある。

われら先史から多くを学び
それを活かすすべを知らない。
いまや
わが祖すなわち
一個の「観念」と化した。

夏草茫々。
そこに一片の
つわものどもの
夢のかけらさえ存在せぬ。

＊「現地経験主義者」「観念主義者」の呼称、および史実は『アテルイとエミシ』＝編著「延暦八年の会」（岩手出版）による。

おくのほそ道　三題

――古池や蛙飛こむ水のをと

この道を往って
還って来た人はない。
草むらで蛙がそれを見ていた。
何代も。
その子もその孫も。
それから先祖がしたように

ちょっと考え事をするフリをして。
勢いよく
そばの古池に飛び込んだ。

*

——暑き日を海にいれたり最上川

十月もまだ末の
霰《あられ》の降るさむい日に
旅人よろしく酒田の町を歩いた。
飲み屋のあるじは
ハタハタはもう獲れなくなって
地物は一尾千円もしますといった。
こんな世の中になってしまって
大丈夫なんですかねェ。
——「あとしばらくのあいだはナ。」
どこかで答える声がした。
わずか二年前のハナシだが
あれから三百年は経ったような気がする。
声の主は海のほうを向き
手扇で
しきりに背中に風を入れていた。

*

——一家に遊女もねたり萩と月

佐渡の民俗資料館を訪ねた時。
元分教場《ぶんきょうじょう》といったところに
ガラクタとしか呼びようのない民具が
所狭しとばかり並べられているのを見た。
まさに
三百年はおろか
千年も二千年も
そこに凍りついている「貧乏」を。

対岸から僧体の詩人もそれを見ていた。
出雲崎《いずもざき》から直江津《なおえつ》、そして親不知《おやしらず》の難所を越え
長途の旅に疲れた身には
そこに二人の
あわれな遊女を登場させないで
どうして話を進めることができただろう。
だから詩人は

まもなく終る物語を次のように結んだのだ。
——蛤のふたみにわかれ行秋ぞ

Ⅱ

竹縮む

「けさは竹が縮んでいる。」と女房。
「フーン?」とわたし。
見えない、わからないというのは
なさけないものだ。
寒さで竹の葉が身を縮めるという。

「けさはどうかな。」とわたし。
女房は起きて来ない。
思いもかけぬ大病をして
彼女も少し縮んだ。
見ててもみえない片輪な目は

竹林を通して見え隠れする
街の気配に気を取られている。

竹が身を縮めるのは多分
氷点下四度か五度。
これはわたしの当てずっぽうだが。
考えてみれば
生き物が身を縮めるのに
確かな数字などというものはなかろう。
身を縮める思い——
というのだってある。

きょうはなにごともなく暮れたというのに
気分はどうしようもなく
滅入る。

いまわたしの
なにが縮んでいるのか。

野良猫に言う

この辺りにはだれもいないので
所在ない日は
毎朝寄って来る
野良猫どもに話しをする。

花も咲き
飽きずに小鳥も囀《さえず》り……。
車は羽飾りをつけて風を切っていくが
歩いているのはセールスマンばかり。
彼らは門前払い同様に
それでもアタマだけはなんども下げて帰っていくが
応対する側の声は聞いたことがない。
だれかがカネを騙し取られたと
時々テレビが伝えるのは
住んでいる人もあるのだろう。
してみると
住んでいるのはカネか。
カネそのものみたいに静まり返って
ひんやりして。

いいか。
あれがご時世だ。
煮干しなんかと
不服そうな顔をするな。
きょうはほんとのことを教えてやる。
お前らの素姓のことだ。

十年ほど前。
雨の日に
濡れ縁の下で震えていた
薄汚いドラ猫がお前らの祖先だ。
あいつにエサをやったのがオレだ。
ブチという名前までもらい
しばらくオレの世話になってから
一年半ほど姿を消し
思いもかけずもう一度やって来たが
二度目の滞在は短かった。

その代わり
お前らの曽々々祖母かなんかを
置き土産に残したのだ。

世代を引き直してみると
お前らのこの十年は
人間の二百年くらいには当たるだろう。
つまりこのオレは
いま
二百年後の世界を見ている勘定になる。

庭先でごろりと横になったお前の目が言っている。
――煮干しなんかでゴマかそうたって
だれが信じるものか！

――それはそうだ。
それに反論はしないが
お前らのうえに何が過ぎ去ったか
オレが見てきたことも間違いじゃあないんだ。
どういうわけか首の回りだけいっぱい毛をはやして

オレが「襟巻」と呼んでいた
黒と茶の、愛嬌のいいトラが
車に轢かれて死んでいたのは
とりわけ忘れられない記憶だ。

もはやブチでもなくトラでもない
無名の眷属《けんぞく》！
お前らのいうとおり
世間は世間。
われらはわれら――。
とにかく
長い付き合いだったナ。
いまとなって
お前らの「勝ち」が目に見えているのは確かだが。

きょうは
鯵を一匹はずんでやるよ。
オレだって人生をセールスして
いまや仲間と呼べるのは
お前らだけ。

その代わり
あれだけは狙うな。
二年か三年に一度しかやって来ない
わが家の珍客。
石榴《ざくろ》の下枝まで来て
たどたどしく歌っているウグイス。

あおばずく

庭にあおばずくが来ている。
女房の注進で急いで双眼鏡を取り出し
部屋を出た。
いる　いる
マユミの木の小高いところで
じっとこちらを見ている。
いっぱいにみひらいた
よく光るまあるい目。
あおばずくが来ている。

知らせは瞬く間に
近所に伝わった。
小学生の甥は
学校でその絵を描き
先生に褒められた。
キミはいいものを見たと。

彼女（？）は
瞬きもせずにわたしを見、
わたしもレンズを通して彼女の目に見入った。
三分くらいは
お互いを見つめあったかもしれない。
双方になにかの〝交信〟があったわけではないが
しかと「対面」はした。

彼女はそこに二、三日いてどこかへ飛び去り
次は二羽の子どもを連れて
やって来たそうだ。
しまった。
わたしはまたとない機会を逃した。

しかしわたしもまた
「いいもの」を見せてもらった。
いまほかに
どんな満足があるだろう。

門を出るとき
日課のように樹上を振り返る。
わたしのあおばずくは
いつだってそこにいる。
八倍のレンズのなかの
まるい大きな目。
その回りの
コロナのような
眩いばかりの金のリング。

わが家の地理

わが家から三〇メートルほどのところに
うまい蕎麦屋がある。
反対方向に八〇メートル行くと
これも評判のラーメン屋がある。
三〇〇メートル圏内に
もう一軒のはやってる蕎麦屋、すし屋、ヤキトリ屋。
ミニ懐石などを食べさせる小料理屋もあれば
芸者が片手間にやっているカラオケバーもある。
女房を入院させた寒い雨の夕暮れに
それらの店を思う。
そこで
独りで飲んだり食べたりしている自分の姿を。

それら顔見知りの店で
わたしは大事にされる客である。
――きょうは奥さん、どうしたんですか。
――うん、あいつは別れた。

軽い笑いが起こり
わたしは少し機嫌を直す。
機嫌が悪いのは
女房のせいでない。
世の中には
これと特定しようのない不機嫌のもとがあって
わたしを無口にさせる。
苛立たせる。

けれども指先は
慎重に杯を口に運んで
悪酔することがない。
いつからこんなに
固く身を守ることを覚えたのか。

けれども
それら一切の心配りが
ムダになる時が来るだろう。
どんなに固く身を守っても
防ぎ切れない「敵」がいて
あるいはその敵は
この三〇〇メートル圏内に
迫っているかもしれないのだ。

せめてそのためには
どこまでも機嫌よく。
おしまいのひとくちは
だれにともなく杯を上げて。

病院の片隅で

休憩室の花屋さんは
いつも見舞客や付き添いさんで
にぎわっている。
菊の花、バラの花。
カーネーション、アザレヤ。
ミニチュアみたいな黄梅の鉢も
もう小さな花をたくさんつけている。

手持無沙汰にながめていると
片隅に「エリカ・七〇〇円」と書いた
鉢をみつけた。
ラベンダーにちょっと似て
けむりみたいにうすいピンクの花。

そういえば
エリカの花がどうとかこうとか
もう歌われなくなった
はやり歌があった。
どことなくはかなげで
風情は似ていないこともない。

ここでは
だれの病気も長く
なかなかなおりそうになく。
やっぱりみんなに忘れられかけて。

窓越しに見る戸外は
冬の日もほどなく暮れる気配であった。

親子丼

わたしの得意料理（？）は
ライスカレー、チャーハン、それにラーメン、親子丼
　の四種。
まるで場末の安食堂だ。

考えてみると
どれもみな幼いころの記憶につながる。
成長期の食事が
一生の「味覚」を決めるというのは
ほんとの話だ。

女房が入院して
ひとりぽっちの夕食に
親子丼をつくる。

（どうせ自分の口に入れるだけ）
ほんの少々「手抜き」をして。
当然のことながら
味もいまいち。

卒然と思う。
ほんの少々手抜きの。

――人生また
いまいち。

一九九〇年正月

なんでも買ってやるョ。
幼児の指は
チラシ広告のうえをあれこれさ迷ったあげく
マル印を三つ付けた。

オモチャ屋で
彼は困惑する。
どのオモチャも
家にあるものばかりだ。

このオモチャの国で
実はわたしも困っているのだ。

無数のオモチャに囲まれて
その上
遊び方一つ知らない。
二つの困惑のあいだで
母親がウロチョロする。

きみはほんとに
ボイジャーが見付けた
フォボスとかいう惑星に似ている。
わたしたちのあいだをぼんやりと未知の靄《もや》が流れて。

きみがつまり

あの「21世紀」か。
上手に出来たどんなマニュアルだって
そのうちきみを説明できなくなるだろう。
さよならボク。
また来年の正月においで。

多忙

ある日わたしは
多忙とは何かを考えていた。
多忙のなかで
自分がなにかを果たしつつあるように
思えたので。

わたしは若く
充実していた。
あるときは人が眩しそうにわたしを見た。
どこかにもっと冷たい視線が

あったかなかったか。
気付くはずもなかった。

いまになってみると。
あれは
スライドのコマ送りをするように
いろいろな風景を人を
次々うしろに忘れ去ることだと思った。

そういう作業のなかで
もしも忘れ去らないものがあるとすると。
全部のコマを送り終ったあと
突然スクリーンに反射する
一個の空白。
レンズの汚れ、埃が
異様な縞模様をつくり
小さな嘆声が起こり
一瞬の幻像が浮かび出て消える。

その幻像は多分

一つか二つのショットだろう。
口に出してはいえない
どうにも説明出来ない
つかの間の火熱《ほて》り。
つかの間のふるえ。

しかしいってみれば
それが全部だ。
いまならば
その空白の上に
どんな真っ直ぐの道だって
描ける。

待ち人来たらず

恋をする。
恋を恋する。
似たようなものだが
どちらかといえば
恋を恋して来たような気がする。

ドアを開けた時
客のいない飲み屋の片隅で
ひとりでウィスキーをなめていたあの男が
わたしの同類だったことは間違いない。
近付くでもなく
遠のくでもなく
二、三度口を利きあったのは
ずいぶん昔のことだ。

「待ち人来たらず」
どの卦《け》にもそう書いてあった。
一点、疑う余地はない。
そんなはずはないと思い込んでいたのは
若さのせい
としておくことにする。

ある日新聞の片隅に

きみの名前を発見した。
そこからわたしが読んだのは
まさしく
伝言板の
なぐり書きの
なつかしい書体だ。
——時間がない、先に行く。

電車のはなし

「koi—ga—sitai」

「koi—siteiru」

「koi—owaru」

ほんの戯れごとだが。

横書きにすれば
いくらか感じが出るというだけだが。

これは
なんども経て来た
小さな駅の名前のようなもんだ。
それぞれの場所で
乗って来た人。
降りていった人がいて……。

定年の運転士は
きょうでおしまいの弁当をひろげて
最後まで
たんねんに飯粒を拾う。
こんなていねいな食べ方をするなんて
最初で最後だろう。
ほんとはもっと早く
そうすりゃよかったのだ。

キミは迂《う》闊《かつ》で

だいじなことを随分見過ごした。
見過ごした分だけ
得るべきものを失った。

電車はもう車庫に入った。
最後にひとつ
ぶるんと身ぶるいしたのは
あれは元の主人に
ちょっと敬意を表したのだ。

只《ただ》見《み》川《がわ》

目の前を
ゆったりとながれている
只見川のなかに
むかしの渓流を捜し求めるのは
むずかしい。
それが出来るのは
たくさんのダムがつくられる前に
この土地に住んでいた人たちだけだ。
彼らの視線は
二つの只見川のあいだをさまよう。
青くゆるやかな流れの底に
祠や地蔵さんや
朽ちかけた里程標を眺める。
ぼんやりと
むかしの暮らしが姿を現わす。
弾けるような
子供たちの声が聞こえて来る。

——たまに行ってみることはありますか?
——いくらか残った人もいるので。
　弔いとかお祝いごととか……。

川はゆったりと
会話の上を流れる。
貯えられた水は二百万ＫＷＨの電気を生み出して
とおくの街を明るくした。

だれに罪があるわけではないが
確実にいくつかの村が消滅した。
いまは人に代わって
コイ、ハヤがもとの家に棲みついている。
ギギもいる。
骨だらけで食べるところの少ない魚だ。
休みの日には
たくさんの人が釣り糸を垂れている。
ギギを釣り上げて舌打ちをする人がいる。
だがどの人も
とおくの街から来た人だ。

山あいの田んぼに雨の降る日は

列車の窓から
線路に接するように
山あいの田んぼが見える。
田んぼは十枚ほど
段々になって上のほうにせり上がっている。
列車は二四〇キロのスピードで
風景を擦過していくので
しさいに観察したのではないが
樹木が密生した両側の山から
田んぼに続く径があるに違いない。
あるいはあのいちばん高い地点から
例えば耕耘機《こううんき》やコンバインが乗り入れられる広い道が
村と田んぼを結んでいるのかもしれない。

農は
ひと握りの専業農家を残して
息が絶えようとしている。
耕している人を見たわけではないが
きっと彼はうつむいているか
列車に背を向けていて
ほとんど逃亡者のようだろう。

山あいの田んぼに雨の降る日は

彼の休日だ。
休日は
いつだって雨だ。

ご馳走

みんな申し合わせたように
うす曇りの秋空を見上げた。
それぞれの父であり祖父である人の柩が
さきほどジュラルミンの扉のなかに
押し込まれるのを見届けたのだ。

待つほどもなく
うすく
だんだん黒さを増す煙が
立ち昇っていった。
みんなはしばらく空を見上げ
やがて安心したように控え室に戻って
にぎやかに食べたり飲んだりした。

スピーカーが集合を告げた。
制服の人が車付きの台を運んで来た。
熱い骨はその上に
まるでご馳走のように白い皿に盛られて
みんなが箸を伸ばすのを待っていた。
それはけむりを上げ
ほんとに出来たてのご馳走のようだった。

わたしは見知らぬ人と対になって
その一片を拾い上げた。
ほてりがじかに指先を灼《や》いた。

けれどもあれがご馳走だとすると
一体だれがだれのためにつくった
ご馳走だろう。

死者は
一段高いところで

あらぬ方を眺めていた。
それはそうだろう。
どんなご馳走であろうと
それはもう
彼の手の届かないところにある。
きれいに
骨だけになって。
皿にすこしばかり
食べかすを残して。

あとがき

先ごろ急逝した「近文」の伴勇さんに、「恋愛詩」の依頼を受けたことがある。そのとき気付いたのは、過去の作品のなかに恋愛詩と呼べるものが皆無に近いことであった。そこで急いで書いたのが、ここに収めた「電車のはなし」だったが、やはり正面から「恋愛」を書くことは出来なかった。当時考えたことは、恋愛詩のない詩人というのはどこか片輪なのではなかろうかということであった。そのあとしばらくして、葵生川玲詩集のなかに「恋うたの書かれない時代」というエッセイを発見して、やはりそういうものかと思った。それなら自分は一体なにと付き合って今日まで来たのだろうかと考えてみて、その相手はおおかた「戦争」ではないかと思った。

実はここ十年ばかり、必要あっていろいろな「年表」を作った。最初は短大の授業のために作った文化史の年表だったが、その後さらにいくつかの文学史や科学史の年表を作り、「現代詩文庫」のために自分自身の「年譜」も作った。そうやって、ある整頓された形で歴史とか自分とかを眺めていたら、思いもかけず「戦争」が、動かし難い存在となってわたしの前に現われて来たのである。それは過去でなく、現実に在るものとしてわたしの前に立っていて、そこから目を離すことができない。「いつまで付き合わせるんだ」と叫びたい気持ちにすらなるのである。このやり切れなさはわたしだけでなく、戦争世代の人たちが皆持っていることだろう。そしてその大部分の人がなにも発言しない。恐らく黙ったまま消えてゆくことになるのだろう。

わたしには詩人としてそれらの人々の代弁をする力はない。こんどの詩集にもいくつか戦争につながる作品はあるが、それらはほとんど「私的」なものである。そして戦争は恐らく、それに関わりを持った多くの人にとっても、全く〝個人的〟なものだと思われる。際限なく長く、薄暗く、そして悲しい……。「戦争」を大数的な観念に置き換えるのは、文学の仕事ではなく、もっと別の立場の人の作業だろう。だが、それぞれの人間にとって、観念でくくられることは苦痛であるだけでなく誤りであり、時には罪悪にすら感じられることだけはいっておきたい。

作品は主に「地球」に書いたが、そのほかは「近文」「銀河詩手帖」に発表の場を与えていただいた。この二つの雑誌の発行者は、伴勇さんと東淵修さんである。お二人ともたいへん〝毛色の変わった〟人物である。伴さんとはもうお目にかかるすべはないが、お互い遠方に住み、普通では知り合う機会さえないはずの、こういう方々と近付きになれたのは、詩に関わったことの余慶《よけい》であると思っている。

平成四年九月　　　　　　　　三谷　晃一

第九詩集

河口まで

（二〇〇二年）

Ⅰ

要約

――20世紀がいま終わろうとしています。

ところでそれを要約しろって？

たとえば　進歩　革命　戦争　環境　人権　ｅｔｃ…
そんなふうに要約出来るのなら
いまのわたしも要約してくれ。
（あらかた20世紀を生きて来たんだ！）

時間を中断された人間をどうする？
たとえば　Ｈ　たとえば　Ｎ…。
焦げて　干からびて　焼け跡の棒杭みたいな…。
胸に飾ったかもしれない小さな勲章。
つまりあれが要約か。

それより街へ出ましょう。
仮設ステージでミレニアム・カウントダウンが始まっている。
５　４　３　２　１　０
終わりました。
いや始まりました。
大群衆を背に
確実になにかが消えてゆきました。
要約も証明も出来ないなにか。

たとえば、１９００年は明治33年
２０００年は　平成12年だが
その間に大正と　長い昭和がある。
大正11年　小さな町の菓子屋で男の子が生まれる。
職人がいて　子守もつけてもらえた恵まれた出生。
昭和２年２月　金融恐慌のあおりで地方銀行が軒並み倒産。
同10月　蓄えをなくして気落ちした父の急死。
（シバイなら〝暗転〟となるところです。）
とても西暦なんぞじゃ括れないのさ。

（まとめるなんて　均《なら》すなんて）
それでもやっぱり見送るのさ。
痛む腰をさすり　眠い目をこすって。
20世紀と名付けられた百年の後ろ姿を。
すると孫みたいな21世紀の青年が
声をかけてくる。
―どうですか、熱い甘酒がありますよ。

駅頭で

駅頭に立っていると
長い髪を垂らし
ミニチュアの戦車みたいな
高い大きな靴を引きずった娘が
携帯電話を耳に当てながら
わたしの前を過ぎた。

と、もう一人。
まったく同じスタイルの娘が
やっぱり携帯電話で話しながら
反対方向から前を横切った。

わたしは夢をみているようだった。
または映画のひとコマを―。
難しくいうと
行為するものが
その胸、腰、あるいは
よく伸びた剥き出しの脚に対し
いくらか心をそそられないでもない観察者の存在に
寸毫も注意を払わないことが
まさしくフィルムのなかの演技者と
等質なのであった。
彼女らはきっとこれから戦場に向かうところだ。
（だからあのようにも武装しているのだ）
しっかりとおのれの行く先を確かめ
戦車みたいな靴は
先々どんなバリアーも乗り越えるだろう。

むかし戦場を経過した経験からいうと
彼女らに勝機はなさそうに思われるが
経験ほどアテにならぬものもない。
なにしろこのもの凄い消耗の時代には
いまのわたしにとって単なる疲れに過ぎない消耗も
彼女たちにとって喜び（のはず）である。

（その行き着く先を見届けたいが
それまでこちらがもつという保証がない！）

通過する新幹線の轟音がわたしを夢から覚めさせた。
ぼんやりと光を投げかける冬の陽は
駅舎のやや南上方にあって
いま西に移ろうとしている。
この世でたった一つ正確と考えられるものが
帰るべき場所に向かって
わたしの歩みを促す。

「求む、詩人」

求人欄の片隅で
みつけた。
性別、年齢、学歴不問。
求む、詩人。

いまどき奇特なことだ。
産廃並みの
詩人をなんて。

求人者はと見ると
「姓名在社」とある。
「詩人に出来ることは？」
いや「詩人に出来ないことは？」のほうが
現実的に思われるが。

朝の食卓でぼんやりした。
きっとゆうべの酔いがまだ残っている。

「求む、詩人」
「求む、詩人」
急いで支度をして
さて玄関で考えた。
果たしてオレが詩人かどうか。
詩人に身分証明書はないのかどうか。

だれか
知っていたら教えてもらいたい。
いまどき
「求む、詩人」なんて。
でもそれはありそうなことだ。
こんな世の中だからこそ？
きっとなにかに渇えているからこそ？

だれかが詩人を捜している。
詩人はいないか。
どこかに詩人が？
求められて
ひとははじめて考えるだろう。

急いで
走りだそうとして。
詩人が
詩人を捜し求める目付きになって。

坂のある街で

坂を下りると街があり
坂を上がってくるとまた街がある。

街のどことどこに
わたしの親しい人が住んでいるかを諳《そら》んじているが
滅多に会うことはない。

坂の下の街には
停車場があり活動写真館があり
旅館や食堂が軒を連ねていて
フーライ*を焼く匂いがした。

坂の上の街から見ると
夜は空に赤い光がにじんで見えた。

坂の上の街の小学校の一室で
少年は歌をうたっていた。
戦いに敗れた貴公子たちの敗亡の歌。＊
乱雑な店先に並べられたバナナやキャラメルが
子供たちの熱い視線のなかで
ひときわ輝いていた。

（坂の下の街のほうで
凶々しい火が空を赤く染めた日があって）

坂の上の街で
もう陽差しがよろめき始めた午後
駐車場を横切るとき
車のなかからあいさつを送って来た人は
ある時期
おどろくほどわたしに近く存在していたのだが
いま彼女を捉えているのは仕事だろう。

彼女は目でそう語ったのだ。

そのとき時雨が（なんとなつかしい言葉だろう）
頬を打った。
わたしには帰るべき場所があり
急いで戻って
その場を暖めなければならぬ。
みんなすっかり冷えきってしまう前に。

＊フーライ＝昔はやったお好み焼きのこと。
＊小学唱歌「青葉の笛」

雪の日郵便ポストの前で

老人は棄てられる
棄てられる
棄てられる。

詩人は無視される
無視される
無視される。

老人の詩人が
雪の日。
傘もささずに
郵便ポストの前に立っている。

あんなにたくさん便りを書いたのに。
ひとつも返事が来ない
返事が来ない
返事が来ない…。

私語　する

私語　するな。
きみは　だれと
だれにむかって
私語　しているのだ。

ワカッテイル。
でも　私語　したい。
だれにともなく。
だれにも邪魔されずに。
恥ずかしいことも。
いってはいけないことも。

私語　だから。
センセイに聞かれてはまずい。
出来たら神様にも。

相手も知られたくない。
中身も。

ある日突然
叔父さんがやって来て。
オレはブラジルに行くんだ。

叔父さんが行くのなら
キミ子ちゃんも行ってしまう。
いま思うと
きっと震災のせいなんだ、あれは。
そうして　ながい時間過ぎて
オヤジもおふくろも
やさしかった隣のおシマさんもいなくなって。
時代までわたしを置いてけぼりして。

あのころの
どんなバカげた希望だって。
それなりに正当ないわれはあって。
それに
思い込みとかカン違いとか。
自分で自分のアタマをガンと殴りつけたいような
恥ずかしさとか。

ああ　ああ　センセイ。
思いっきり　私語　させて。
随分と時が経ったのだから。

それからゆっくり眠らせて　ください。

あとは
放課後。
これからずっと
長い長い放課後なんだから。

旅びと

私の好きな古い流行り歌にこういうのがあります。

荷物片手に傘下げて
どこへ行くだろあの人は…*

うまくは歌えませんが
時折その一片を口ずさみます。
わたしも荷物片手に
どこかへ出かけて行くのです。

傘ではなく
たぶん杖にするでしょうが。

そしていつも
心のなかで考えているのは
帰る日のことです。
出かけるだけでなく
わたしは帰るのです。
そんなに遠くへ出かけるのなら
仮に帰るとしても待っている人はだれもいないでしょう。
それなのにわたしは帰るのです。

駅に降りる。
改札口を出て人込みのなかを街に出て行く。
だれか顔見知りはいるかいないか
しきりにわたしは気にするのです。
少し上っている広い通りを歩いて
ちょっと右に入ればわが家です。
その戸口にたどり着いたところで
わたしの旅は終わるのです。
（そんなバカな）
それは旅じゃなくてただの旅行です。
旅は
途方もないものです。
だからそのために歌が出来たのです。
もういちど歌を聞いてみましょう。

どこへ行くのかわしゃ知らないが
荷物片手に傘下げて

やっぱり傘にしましょう。
雨が降るかも知れません。
袖口もズボンも裾もどっしりと濡れる
激しい雨が。

こんどこそほんとうの旅なんです。
その訳は訊かないでください。
くどきになります。

こうと決心したら
歌のひとのように出て行くだけです。
荷物片手に
傘下げて。

その姿を確かに見たという人がいます。
激しい雨のなか。
雨は舗道を叩いて
行く人の姿を白く包んでしまうので
ほんとうに確かだとはいえないのですが
あれから彼に出会った人はいないし
その言葉に偽りはないでしょう。

さようなら旅のひと。
荷物片手に傘下げて。
心残りは
荷物の中身を聞かなかったことです。
聞いて詮ないことのようにも思えるのですが。

＊野口雨情作詞

歌

――「幼年」詩篇

歌をひとつ歌わせて下さい。
こどもの歌です。

すずめ　すずめ　きょうもまた
暗《くう》らい夜道をただひとり
林の奥の竹籔の
さみしいおうちに帰るのか

むかしおぼえた歌は
一体アタマのどこに蔵《しま》い込まれているのだろう。
七十年も経ったある日
突然それが口をついて出たのだ。
歌はまとまらずに行ったり来たりしたが
やがてほぼこれで間違いないというところに落ち着いた。

五つの時に父親に死なれた少年は

祖母の手で育てられた。
母は生活のため忙しく
文久元年*生まれの祖母を呼び寄せたのだ。
歌は祖母がよく歌って聞かせたものだが
西洋音楽調であるところをみると
明治あるいはそれ以降のものではないかと思われる。

それにしてもある日突然
この歌を蘇らせたものはなんだろう。
アタマのなかのどこか
または魂の深所とでもいうべきところに
不思議な小動物のようにひそみ
少年が祖母の年齢に近づくのを待っていたのか。

このごろ
長く隠れていたものが
時々そして少しずつ姿を現す。
おおかたは声もなく形もない。

祖母はわたしがまだ南方戦線にいた
昭和二十年十月に他界している。
それにしても
文久、元治、慶応、明治、大正、昭和。
その道のりのどこかで生まれた歌が
ある日突然の慰謝となる。
たいして抑揚もなく。
幼いものに聞かせるふうではないが。

＊1861年

奈落へ

街に出て人を見る。
人のかたちをしたものを。
人のかたちをしたものを
仮に　人　と呼ぶことに異存はない。
私もその同類と思われるから。

街には人のかたちをしたものが行き交い
それらを　だれ　それ　と呼ぶことは出来ないのは
もう相手を弁別出来るほどの照明がないからだ。
空にまだ明かりはあるが
暮れ残っているのは高い塔の尖端だけに過ぎない。
薄暗がりのなかで
相手もこちらを見るが
わたしを一瞥して
いくらかは警戒し
いくらかは安心して通り過ぎる。

ごく稀に真正の　人　に出会う。
こうして見ると
人　とはまさに異様なものだ。
彼　あるいは彼女は
わたしを見て
一瞬驚きの表情を見せ
それから急ぎ足にその場から遠ざかる。
相手もまたこちらを　人　だと考えたのだ。
忘れていた懐かしい感情が突き上げて来るが
それを伝える方法はない。
さようなら。
暗さが増している。
気が付くと
さきほどまで灯っていた照明も光を消した。
辺りは海のように
いやこれはもう海ですよ。
饐《す》えた文明がもういちど始原へ還るのですよ。
うす甘くて
憎しみの溶け込んだ鹹《から》い水が溢れて
人も人のかたちをしたものも
おぼろである。
そしてそのまま流れて行く。
手も声も届かない
すでに奈落である。

Ⅱ

救急車

救急車が走っているのを
見たことがあるでしょう。
なんどもなんども
ひょっとして百回も千回も。

救急車は
ものすごい雨のなかを走っていくのだ。
苦しんでいる人を乗せて。

苦しむ人は
際限もなくいるので
救急車はいつまでも
走り続けなければならない。
終わりのない走りを。
間に合うか
合わないかにかかわりなく。
激しい雨のなか
やがてぼやけた赤い二つの点になって。

さようなら　きみ。
長いことほんとうによくしてくれて。
さようなら。
わたしが救急車のドライバーでないのは
まして救急車そのものでないのは
致し方ないことだが。
いつも別れは突然に来るから。
それはどうにも避けられないものだから。

いまのうちにいっておきたい。
さようなら　救急車。

別れ

だれかが死んだという人がいて
死んだ人は確かに記憶にある名前なのだが
顔が浮かんでこない。
あるいはむかし世話になった人のようでもあるが
それがどんなことだったか
思い出せない。
空からはほそい糸のさきに
小さな楕円形の重りみたいなものがぶら下がっていて
それはしずかに揺れて
わたしを招いているように見える。
あれはまもなく下降し始め
やがて着地するだろう。
その場所もわたしにはわかる。
そこはわたしも行く場所だからだ。
だがいまは行けない。

昼なのに暗くて
ひと雨来そうだ。
死んだ人に不義理をしているという思いで
わたしは落ち着けない。
不義理だらけの世の中だからいいんじゃないかという
　声もするが
それでは約束が成り立たない。
まっすぐいけなかったら
回り道でも行く。
それが人間のやることだ。

ようやく雨が落ちてくる。
重りは未練たらしく
少し揺れを増し
下降し始める。
近づくとその横顔が見えて
それがまさしく死んだ人の顔だ。
あなたなら忘れようにも忘れられない。
それなのにどうして思い出せなかったか。
あなたは楕円形の顔を少し傾け
それが世の中だという。

そういえばあなたの顔に
私を責める気配はない。

雨は少しずつ勢いを強めている。
怨も恨も
いずれこの雨に流されるだろう。
人間はもともとキノコみたいに
そのあとに生えてきたのだ。

雨のなかで
泣いている女がいる。
おまえはなにか考え違いをしている。
まだ始まりもしないうちに泣く必要はないのだ。
終わりは始まりなのだ。
それからゆっくり泣けばいい。

私もゆっくりと
雨の中を歩いてゆく。
楕円形の目が
遠ざかる私の背中をみているのがわかる。

　じゃあまたナ。
小さく別れを告げて
その時初めて
目尻をひとすじの涙が流れ落ちるのを
私は感じる。

参加賞

「校内マラソン」というのがあった。
わたしはバテて
おしまいのころは歩きになった。
かたわらを何人もの生徒が走り抜けていった。

ゴールが見えるころ
のろのろとわたしは走りだした。
ゴールには教師たちが数人。
到着を待っていた。
仕方なくわたしは走ったのだ。

四百×十番。
端数は忘れた。
級友のなん人かが非難の目をむけた。
総数で五百人近く参加したはずだから
ビリに近い。
そのころ級長だったわたしは
もっと上位でゴールすべき立場にあると
彼らは考えたようだ。
名誉にはかならず辛い義務が伴うものなのだと。

いま彼ら
つまり教師も級友も
どうしているだろう。
あるものは走り終えて眠っているころだろう。
疲れ切って
鼾《いびき》さえかかなくなって。
私もとうに走るのを止めた。
走るだけの体力は残っていなくて

実際は歩くことも苦痛だ。
あれから
名誉もなくて
義務だけの長い時間が続くなんて
だれが予期しただろう。

もう一つわかっていることがある。
ゴールにはだれも待っていないということ。
すべての行事は終わり
とおくの空が焼けている。
ただ気にかかるのは
たしか全員に用意されたはずの参加賞は
どうなったか。
その中身は？

まだわたしを歩かせているのは
多分それを知りたいという
子供みたいな望みだけだ。
どんな小さな望みだって
それが明かりだ。

疾走

まもなく
東の空が明るんでこようかという頃あいの。
郊外の。
片側二車線あるいは三車線かと思われる
広いまっすぐな道で
信号機が規則正しく
点滅している。
一台の車の影も見えないのに。

それを目指してわたしは行くのだが。
思わず
わたしの胸も忙しく点滅する。
あのそらのほうへ
そらが白む前に
車よ走れ。
車よ走れと念じながら。

夜は
明けかかりながら
まだそらに留まって
望みをつなぐように点滅する。
なつかしいものの気配が辺りにたち込め
ハンドルを握るわたしの手は硬直する。

急いではいけない
これ以上
アクセルを踏み込んではいけないと思いながら
気がつくと
わたしの胸もすこし明るんでいる。

車よ走れ。
あのそらのほうへ。
ざわざわ
名前も知れぬものたちが起きだす前に。
浄罪という言葉はそぐわぬが。
なにかしら私のなかで
面を上げるものの気配がする。

ほんの一瞬の。
光りの矢を浴びるための。

真夜中のラジオ

真夜中に目を覚ましてラジオを聞いた。
懐かしい流行歌を歌っているのは
首を吊った歌手である。
(長年歌で鍛えた喉のおかげで
彼は死ぬことができなかったが
その代わり歌うことも出来なくなった。)

わたしは
いまリハビリに励んでいるという彼のことを考えた。
歌を忘れたカナリアは、という歌があったが
彼は忘れたのでなく
忘れようとしたのである。

詩人が歌を忘れようとしても
首を吊る必要はないな、とわたしは思った。
首を吊るのは
ほかの必要ができた時である。
ほかの必要?
失恋?
借金苦?
治るあてのない長い病気。

わたしはラジオを止める。
だれかが窓際を通り過ぎる。
猫かもしれない。
こんな時間に
動いているものがある。
気配を窺っていると
地震が来た。
割りあい強い横揺れ。
震度3というところか。

わたしは起きだすのを止めて

もういちど布団にもぐった
緩慢にわたしの首を絞めようとしているヤツに向けた
　憎しみを
しっかりと暖めながら。

らむぷ

若いころ詩のなかで
「ラムプ」という言葉を多用した。
多くはひら仮名で「らむぷ」であったのだが。
いま考えるとこの表記は正しい。
私たちは実際には「ランプ」と発音出来ない。
やって出来ないことはないのだが
「ラン」と発音していったん唇を閉じ
次ぎの「プ」を発声するしかない。
だから「ラムプ」であり「らむぷ」なのだ。
ひら仮名である所以は
その字面を好んだのだ。

というよりその字面の奥に
ひっそり点る微量の光源が
若いこころを刺激したのだ。

その囲《まわ》りに
深い闇を繞《めぐ》らせ
それは単に感傷であるよりも
多量の未知
不可視の可能性に
つながるものがあったのだ。

未知がすっかり消えたのではないが
可能性はじりじり後退りして
その薄明のなかから現われたのは
朽ちた帆柱
のようなもの、と
その一端にぶら下がって
使われなくなった
埃まみれのランプ一個。
おれ。

「人生」ということ

ちょっとつけたテレビで
だれか有名のような人が話をしている。
　ボクは人生という言葉をゼッタイ使わない。
　使いたくないんです。

なるほど（前後の内容はわからぬが）
確かに「人生」とひとことといえば
その瞬間
一切がそこに雪崩れこんでいく。
そしてすべて表現し尽くされたように思われるが
輪郭不明。
実体不明。
そんなもの
とても人生といえるはずがない。

と、言い切るのは簡単だが
まともにおまえの人生は？と訊かれれば
返答に困る。

　秋も遅いころ。
たどたどしく林間の道を行く。
こころはすでに冬である。
この冬はちょっときついナ。
思わず萎えそうになる心を励ます。
励ます手立てはない。
強いてそう思うだけだ。
そんな時
「人生」という言葉がふと顔を出す。
それがまやかしだと
どこからか囁く声があって。

もしも「人生」という実体があるならば
きっと脱ぎ捨てた服みたいなものではなかろうか。
ある部分は必要もなく膨らみ
また別の部分は薄切れて
これがオレだとはいいにくい。

皺　汚染《しみ》　よじれ
明らかなものはすべて明らかだ。

そこで億劫でも起ち上がって
ハンガーにかけてやる。
ちょっとズボンの皺を伸ばしてやる。
もとどおりとはいかないが
裾の汚れのなかになにやら周知のものの気配があって
ぼんやりその足跡が見えないわけでもない。

いったいそれ以外のどんな部分に
「人生」が在るのか。
わたしにはまだ
答えが見出せない。

角の菓子屋が

角の菓子屋が引っ越して行き
その隣りの薬屋もいなくなった。
あいさつに来た菓子屋のおかみさんは
玄関で涙をこぼした。

跡地に建った
大きなマンションのおかげで
わが家は日当たりが悪くなった。
「完売」という話だったが
数えるほどしか明かりが灯らない。
時折テレビや洗濯機が運び込まれ
住人らしい人を見かけることはあるが
お互いを見る目は
まるで「異星人」だ。
東京はしずかに翼を広げ
小さな街のあちこちに
日陰をつくり始めている

　さて（日記では）
二月八日。
太陽は

高さ三十七メートルのマンションの屋根を越えた。
やれやれ。
屋根に入った日付はないが
百日がところは
寒い思いをさせられただろう。

人のいい菓子屋のおかみさんよ。
その後商売はどうなりましたか。
陽の当たる郊外の家で
やっぱり越して来てよかったと
そう思っていますか。

ソーメン

庭の片隅で
古い手紙を焼くというのは
なんとなくロマンティックな行為だが
このごろは女房が買い込んだ
シュレッダーというもので裁断する。
いろいろ思いのこもっていたかもしれない手紙の束は
いったんは広げられるが
しさいに読まれることもなく
シャリシャリという耳触りのよい音を立てながら
ソーメンのように垂れてくる。

シャリシャリ　シャリシャリ
過去はソーメンのように垂れてくるなにものかになっ
て
容器一杯に盛り上がる。
どんなおいしい過去も
もはやわたしの舌を満足させることはなく
どんな苦しい思い出も
わたしの喉をしびれさせない。

シャリ　シャリ　シャリ　シャリ
耳触りのいい響きは
夢のなかまで届いて
わたしもまた一杯になる。

踏ん付けりゃ
ほんのひとかたまりだという声も聞こえて来て。
思わず噎《む》せそうになる。
ほんとうは人にはいえぬ
踏ん付けた過去もあって
ちょうどみぞおちのあたり
小さく鳴るものがあるのだ。

シャリシャリ　シャリシャリ
シャリシャリ　シャリシャリ

プリズム

——「幼年」詩篇

三角のプリズムは
向きを変えると
次々鮮やかな夢の絵模様を見せてくれる。
（ため息が出るほども美しい！）

少年は実際に大きくため息をついた。

だが
プリズムを目に当てたまま
走ってはいけない。
少年は転び
したたか路面に顔を打ち付けた。
プリズムは砕け
ただのガラス片になった。

まだ形を成さなかった少年の望みも
粉々になった（はずである。）
広い町の通りに人影はなく
真昼の太陽がキラキラと
砂利道に散った無数のガラス片を煌《きら》めかせた。

なにか壊れるときは
いつだってそんなふうになる！
街はひろがり
道は舗装され

やがてもっともっと多くの可能性があると
信じるようになった少年は
最初の
この手痛い躓きの意味に
気づかなかったのだ。

日曜日

――「幼年」詩篇

たとえ「毎日が日曜日」でも
日曜日は日曜日でなくてはならない。
断じて電話や訪ねる人があってはならない。

ある日曜日は
だれと顔を合わせることもなく
部屋にこもって
ちいさな瞋恚《しんい》を燃やす。
なにに？
だれに向かって？

そんなことはわからない。
わかりたくもない。
たぶん理不尽な一切のもの。
時にはおのれ自身。
それを明確に認識するには
ついに未熟のままだったということだろう。

それら日曜日の記憶のなかに
父も
母の影もない。
そこにあるのは
少年が想像出来るあらゆる喜び
少年が持つことの出来るあらゆる期待の
空しい総量。

遊んでおいで。
遊ぶ相手があるのならば。
出かけておいで。
どこか行く先があるならば。

カレンダーはいつも
子供の好きな赤い色で塗られて。
だから嫌だ。
電話も客も嫌だ。
おとなはみんな嫌だ。

ずうっとあれから。

Ⅲ

東　北

ご存じかどうか。

ただ単に
方角を指すに過ぎない言葉で
土地の名が表示される地方は
「東北」のみである。
東北。
その方角から
生まれてきたものの厖大《ぼうだい》さを識るのは
われらの仕事だ。

いまその広く邃い《おくぶか》潤葉《かつよう》樹林のただなかから
イヌワシが翔ぶ。
クマゲラが翔ぶ。
その碧緑の。
水の滴りのあるところに
にんげんのいない
はずがない。

野鳥論

わたしが鳥ならば
さしずめ「留鳥」ということになろう。

三十年このかた
この土地を動かぬ。
勤めで歩いた年月はべつとして
それ以前の年数を加えると
六十年にもなるか。

この伝でいけば
フーテンの寅さんは「漂鳥」であり
毎年農事のあとにとおい都会に出かけていく
出稼ぎの人たちは
さしずめ「候鳥」であろう。

しかし人は
それほど簡単なものではなく
わたしも時に「漂鳥」を思う。
「漂鳥」となって郷里を思う寅さんは
ときに「漂鳥」であることを悔やむ。

一方「候鳥」は
二つの郷里を持つものの謂《いい》であるともいえる。

水に憩うオオハクチョウ、コハクチョウもその類だが
いっとき
「留鳥」であるしあわせをたのしんでいはしまいか。
岸で彼らにエサを与える黒衣の人は
寒風のなかでの作業に余念がない。
彼はすべて人の親が望むところの
おのれの役割を熟知しているように見える。

氷点下四度。
昼近く雲は飛び
湖水一面は陽光の乱舞である。
遠く天際を望んで
一瞬
留鳥のしあわせを思うのは
ひとりハクチョウのみではない。

竹の風景

東シナ海にあった雲の一団がみるみる広がり
濃密な団塊となって日本列島を覆っている。
しかしそれを見ているのは
わたしではない。
気象衛星。
つまり機械の眼だ。

わたしが見ているのは
風に揺れる庭の竹林。
硝子戸を伝う雨脚。
時に竹の先端は大きく揺らいで
軒先を掠める。

機械の眼はわたしの眼ではないのに
わたしはいつしか「それ」を見ている眼になって。
その二重の眼が
同時にそこにあるはずの「心」を捜す。

あの「心」で
実に多くのものに立ち向かってきたというのが
嘘のように思われる。
遠巻きにする
いわれのない敵意や疎外に
凍えかけた時もあって。
どうやらそれを凌いで来て。

いまになってその「心」が見えない。
列島に立ちはだかる強大な雲の団塊の
迅い不安な拡がりのなかで
その「姿」も、「かたち」も。
せい一杯足を踏ん張り
随分と長いあいだ
抜き難くあの場所に根を張ってきたはずの。

石榴《ざくろ》のいう

庭の石榴に
ヒヨドリが来ている。
石榴はほとんどミイラ化しているが
中身はまだいくらかの果肉を残しているのだろうか。
危うい先端で
サーカスの小娘みたいに反転しながら
素早く嘴《くちばし》を動かせている。

私が身じろぎする気配で
ヒヨドリは鋭い声を放ち
左手に矢のように飛び去った。
弾丸のようにではなく
矢のようにというのは
いちめん雪のなかで
生きる糧を求める意志が
みごとな一本の飛翔線を描いたからである。

庭にはほかに目を楽しませるものはない。
思考はひとつところに留まり
しんから春を待ち佗びる思いもない。
人もまたあのようにミイラ化するものと
思い知るべきなのか。
あるいは多少の果肉は残すものと。

ところでヒトゲノムは
定説の十万個ではなく
ショウジョウバエの二倍
わずか三万個しかないとテレビがいっている。
ウソだろう。
ないのではなく
いつのまにか減ったというのが真実ではないのか。
葉を落として。
数個の黒い残映だけを残して。
ぶらりとぶら下がっている
干からびて矮小な後悔。
なにかが始まってから五千年は経つ。
終わっていいものは終わるころだ。

白樺樹林

オホーツク沿いの道で
黄葉した白樺の林を見た。
白樺が大きな林を成している姿をはじめて見た。
白樺は雨に打たれて
道に人影なく
林に生きものの気配はなかった。

林の向こうは
多分海だろう。
十月半ばのオホーツクは
すでに冬を待ちかねる気配だろう。

このひろい景観のなかに
生きものの影さえないということは。

いやないのではない。
いなくなったのだ。

あの骨のように立ち並ぶものたちが
その証しである。
彼らは深く沈黙して来るものを迎え
また見送る。
一切が固く氷結する前に
訪れたものたちすべて。
この地を立ち去るまで。

車はただ真っ直なだけのその道を
まるで自分でそうと決めたように
にわかにスピードを速め
林をたちまち後方に置き去った。

河口まで

――「幼年」詩篇

　このごろ周辺の村では　養蚕の衰微で使われなく
なった桑畑に　カンニョボというものを育てている。

桑の根元につく小さな巻き貝だ。この貝の身を処理して肝臓に効くというクスリを作るのだ。どれほどの収入になるのかはわからないが街道のあちこちに看板が立っているところを見ると　結構農家の小遣い稼ぎになっているのだろう。

それで思い出したのは　小さいころ　裏の川に取りにいったカンニブのことだ。カンニブは体長二センチくらいの巻き貝で　看板で見るカンニョボの絵によく似ている。畑にできるのと川辺に棲むのと　つまり陸生と水棲の違いはあるが同類であるに違いない。カンニブはよく泥を吐かせ　ひとつまみ塩を入れて煮る。身は爪楊枝でほじくり出して食べるのだ。カンニブの身は青黒く気味の悪い色をしていたが　遊びを兼ねたカンニブ採りは　格好のおやつにもなった。後年医者に肝臓の数値がいいとほめられたのは　子供のころせっせと食べたカンニブのせいだと　笑止にもわたしは信じている。(カンニブに恐ろしいジストマの幼虫がいるときいたのはずっとあとのことだ。)

そのころの人々の暮らしを明確に説明する方法はない。なにしろ時代が違うのだ。金持ちがいないのではなかったがみんながみんな貧しかったから　それはそれで満ち足りていて　おだやかな暮らしがあったのだ。(涙が出るほどにもなつかしい！)

カンニブが採れる川端は　低く傾斜のゆるい自然石の堤防を川水が洗い　川泥をびっしりつけた石の面にカンニブはしがみついている。バケツを手に　滑り落ちないように　絣《かすり》の着物の裾が水に濡れないように足元に気をつけて　ひとつひとつカンニブを拾っていく。川風が無心の時間を静かに撫でていく。父親はまだ元気でいて　カンニブを煮るのは父親の役だった。

昭和二年二月　金融恐慌が起きて地方の小銀行は軒並み扉を閉める。貯えをすべて失くした父親は　十月心労の末あっけなく死ぬ。少年が五歳の秋である。早朝母親にたたき起こされて　隣家の医者まで走ったが　手遅れだった。

戦争が終わって日本はおそろしく金満国になる。こんなことはだれにとっても初めての経験だ。カネがヘドロのように国中に溢れたのだ。体がどんどん沈んでいく底無し沼のように　そのヘドロのなかを人々はのたうちまわった。カンニブにひそむジストマよりももっと恐ろしい毒が　手足の先まで回ったのだ。

カンニブはどこへ消えたのだろう。度重なる水害で堤防は数倍も高くコンクリートで固められ川はすっかり姿を変えた。ある時わたしは　思い立って隣県の河口まで車を走らせた。片道一五〇キロもあったか。川はほとんど流れを止め幅広い白のシートでも敷き詰めたように　ただぼんやりと曇天を照り返し　その先に藍色の太平洋が見えた。要するにそこにはなにもなかった。河口に近い町の　小さな旅館で酒を飲んだ。酒好きは父親譲りである。あのころ父親は　商売の菓子作りを終えると裏の川で手早くアユを釣って来て　晩酌を定まりとした。無口な人だったから　いつも黙って杯を口に運んでいたが　あの酒はさぞかしうまかっただろうと　いまになって思う。酒のあと暗い町に出た。ここにも小さなバーがあって　田舎育ちらしく気持ちのいい若い女を相手にしばらく水割りを呑んだ。旅館に戻ると　帰りの遅い老人の客を心配して宿の主人が門口で待っていた。

あとがき

作品の「河口まで」と重複するが、川の話を少し続けたい。阿武隈川は那須甲子《かし》の奥深い山中に源を発し、宮城県亘理《わたり》郡亘理町の太平洋に注ぐ。全長二二五キロメートル。日本の川としてはおおむね中級の川といえるだろう。その阿武隈川の土手がわが家の裏口からほんの十数歩のところにあった。川幅は百メートルくらいはあったかもしれない。「××川で産湯をつかって」などという言い方があったが、私の生い立ちがまさにそれだった。物心つくと、川にいって川蜷（カワニナ・土地ではカンニブ）を採り、すぐ水泳を覚えた、水源については多少の知識がある。しかしその行き着く先を知らない。あるとき思い立って河口まで約一五〇キロの道を車で行った。河口というのは別になんのことはない。水はほとんど流れているようには見えず、広い水面は銀色に曇り空を映しているだけであった。遠く帯のように藍色の太平洋が見えた。この辺りは漁師町であろう。押し黙った低い家並みの家が続いていて、人影もなかった。引き返して隣りの角田（かくだ）市で一泊した。全く行きずりの宿で、町もまた暗く寂しく、泊まり客は私たち夫婦だけであった。しかしどこか家庭的な匂いのする宿で、子供のころを思い出させた。実際に小学校低学年の男の子がいて、家族みんなで学校へ行くのを見送った。私たちも一緒に見送りの家族に並んだ。私を河口に誘ったのは少年のころの思いの続きだろうが、河口はまた長い道程が終わりに近づいたことを暗示するもののようでもあった。

冒頭に社会風俗的な作品を2篇入れた。これらは現象として既に終わったものだが、その「時」を写している〝記録〟として残したものである。これで詩集は詩画集など取り混ぜて十四冊目になる。大体五年に一冊というところか。同人誌を始めたころ人口5万だった街もいま34万、東北では仙台に次ぐ都市になり、出版活動も盛んになった。そういうことも考えて、こんどは制作、印刷すべて地元に頼った。装画、カットも東京で修業中の、従兄の孫娘長尾彩絵子に描いてもらった。彼女はいまマンガや舞台美術にチャレンジしている。そのほか世話していただいた多くの方々にお礼を申し上げたい。みな、多少の無理をいえる仲間ばかりである。こういう行き方が地方からの発信といえるかどうかはともかくとして、そこに多少の気持ちを込めたことは確かである。

平成14年11月　　　三谷晃一

さびしい繭抄（1973 年）

Les quatre poèmes de Koichi Mitani

translated by Masamichi Matsuo

Conte de Taro Urashima

Taro a rapporté la jolie cassette
laquée aux dessins à l'or
Reçue de Ia hôtesse du Palais au fond de la mer.
— Il ne faut jamais l'ouvrir
à aucun prix, lui disait-elle
Hélas! quelle fatalité qui lui a fait l'ouvrir!
Tout le monde ne faisait que de rire
De la sottise qu'il a bêtement commise.

A force d'avoir répété tant de fois
et à travers tant de siècles
L'histoire de l'étourderic de Taro
On est enfin parvenu à en avoir assez.
C'était seulement à cette époque-là
que Taro commençait a ressentir
dans son intérieur

De l'amertume de sa faute irrémédiable.
Je crois que personne ne comprend
et ne comprendrait jamais
La profondeur de son regret.

On dit toujours "Quelle sottise!"
Et pourtant, vous savez, qu'Il y a ici-bas
Quelque chose d'absolu, d'eternel
que nous ne pouvons retoucher.
Rien à faire dans le cas de Taro
que de supporter patiemment
Le peu de jours de sa vie qui reste
avec ses cheveux tout blancs.
Mais, qui saurait vivre sans regret
trois cents ans ou même trente ans?

Les nuages ne cessent de passer
pour toujours tandis que le regret
d'avoir ouvert la cassette de sa belle hôtesse
S'immobilise dans le cœur de Taro
Sous le ciel qui va s'assombrissant
comme de l'eau crépusculaire.

太郎のはなし

常世べに雲たちわたる水の江の浦嶋の子が言持ち渡る
〈丹後風土記〉

どんなことがあっても
その函をあけてはいけない。
太郎はそういわれて
金蒔絵のちいさな函を
持ち帰ったのでした。
どんなことがあっても
その函をあけるな。
それなのに太郎が
その函をあけてしまったというのは
痛恨の極みでありました。

なんというバカなことを！
ひとは太郎を嘲い
くり返しくり返し太郎をわらい
そうしてのちのちまで
語り継いで
太郎をわらうことに
すっかり飽きはててしまったころに
どうしたことか
太郎のこころはずきずきと疼きはじめ
それはもう後戻りのできない
全く取り返しのつかないことで
そういう太郎の後悔の深さを
だれも知ってはくれない
これからも
知るひとはなかろうと思います。

なんというバカなことを。
（ひとはいいます）
それはあなた
もうどうすることもできないのですよ。
その白髪あたまの
残り少ない余生を
じっとしんぼうして生きるほかには。

生きるというのは
三百年が三十年でも
後悔なしでは
すまされないのですよ。
悠久の雲は流れてゆくのに
開けるということ
開けてしまったということ
その後悔は
ひとつところに留まったまま
いまも太郎のそらは
水のように昏れてゆくというのです。

La légende

Taro Urashima, jeune pêcheur héros
d'une des légendes japonaises
les plus connues,
étant invité de la part du Palais
qu'on croit se trouver tout au fond
de la mer, part sur le dos
d'une tortue.
Il y passe trois ans comme en rêve,
entouré de jolies courtisanes.
Mais, en revenant au rivage
de son pays natal, il sáperçoit qu'il
n'ya plus personne qu'il connaît.
Fort étonné de ce qui lui est
arrivé, parce qu'en réalité sept cents
ans se sont écoulés depuis
sa visite, Taro ouvre par
inadvertance la belle cassette
reçue de la hôtesse du Palais
sous-marin qui lui a bien interdit
de l'ouvrir. Il voit une fumée blanche
monter de la cassette, et lui-même
a changé en un instant en vieillard
aux cheveux tout blancs.

Etenraku

Etenraku: une vieille musique de la cour impériale du Japon provenant de Chine

Je vous air encontré
　　auprès du Palais Royal
Et je ne puis me rappeler
　　même l'habit que vous portiez.
Vous m'avez regardé d'un œil ètrange
Comme si j'étais un être extraordinaire
Je crois maintenant que vous aviez
　　alors quelque chose à me dire.
Mais, juste à ce moment-là
Le vent s'est levé tout d'un coup
　　amenant des nuages sombres et menaçants
Et vous avez disparu.
Est-ce l'Adieu éternel?
Je suis resté là stupéfait, glacé
　　de froid ou d'effroi, je ne sais quoi.
Entraîné d'une force irrésistible
J'ai fait volte-face pour rentrer chez moi
Comme un oiseau qui s'envole.
Tout triste et non sans remords
Je cherche, aujourd'hui, à remémorer
　　ce qui s'est passé à notre rencontre
Et je suis incapable de m'imaginer
　　même le chemin du Palais Royal.
Je vois cependant quelque chose sans nom
Passer d'une vitesse effrayante
Devant moi qui reste immobile et enchaîné

Fantôme

Je me demande ce qu'il y a
derrière le mur.
Qui est-ce qui s'approche avec précaution
en évitant les flaques d'eau?
Sous les lumières
Un grand éclat de rire
des jeunes filles.
Elles se sont tues tout à coup à ma vue
Et elles ont disparu dans la nuit.

Des glaïeuls que j'ai plantés
Deux seulement ont donné des fleurs
blanches et rouges.
Deux autres ne portant que des feuilles
Sont morts à la fin de septembre.
Peut-être que je les ai plantés trop tard
pour leur saison et qu'il
n'y avait pas assez de soleil.

En sommes, je ne suis pas au courant
ni de ce qui arrive
ni de ce qui n'arrive pas.
Quelle en est la raison?

Nostradamus, prophète du 16e siècle
A ecrit que le Japon serait plongé
au fond de la mer en 1999.

Je vois le fantôme s'approcher
Et s'en aller derrière mon dos.
Je ne sais pas ce qu'il est.
Tout ce que je sais, C'est qu'on
ne puit trouver nul part
Le moyen de l'expliquer
à n'importe qui.

越天楽

君とは
王城のほとりで遇ったっけ。
君がどんな格好をしていたかも
おぼえていない。
君は異形をみるまなざしで
ぼくをみたが
あのとき
なにかひとこと
ぼくに告げたいことがあったのだと
ぼくはいま思っている。
しきりに雲が吹きおこって
たちまち君の姿を
みえなくしてしまったが
あれが永訣というものだろう。
ぼくはしばらく
その場に立ちすくんでいたが
寒さともつかず
怖れともつかず
なにかにせきたてられるように
それこそ宙を飛んで立ちかえった。
さびしい
そしてうしろめたい
そんな気持で
あのいっときの出会いを
おもい返すのだが
王城への道も
もう思いだすことができない。
手をつかねたまま
動きのとれないぼくのまわりを
なにか
猛烈に流れてゆくものがみえる。
それだけだ。

幻影

壁のむこうになにがあるか。
注意ぶかく水たまりをよけながら
こちらに近づいてくる人影はだれだろう。
灯りの下の少女たちの笑い声。
彼女らはぼくの視線に気がつくと
急にしずかになって
素早く闇のなかに姿を消した。

ぼくの植えたグラジオラスは
二本だけ白と真紅の花をつけ
あとの二本は葉のままで
九月の末になって
とうとう立ち枯れた。
植える時期も遅かったが
日当たりが悪かったせいだろう。

いったい
なにとなには起こり
なにとなには起こらないか。
１９９９年に
日本列島は海底に没すると
16世紀の予言者ノストラダムスはかいている。
ぼくは幻影が近づいてきて
ぼくの背後に去ってゆくのをみる。
それが何であるかをぼくは知らない。
ぼくが知っているのは
それをだれかに伝える方法は
もうどこにもないということだ。

Un œuf

C'est un œuf gigantesque d'iguanodon
Laissé, oublie dans le désert
un peu écarté de la Route de Soie.

Malgré son énormité
Il n'a jamais été éclos.
C'est un œuf non-fécondé.
Abîmé et bizarrement déformé
de sable au bout de tant de siècles
Il ressemble à une tour blanche
lorsqu' on le voit de loin.

Mais, où sont ses parents, ses frères
et'ses sœurs?
Si on regarde bien le plan
On s'aperçoit qu'une partie assez vaste
de l' Eurasie reste inexplorée.
Il est donc possible que nous marchions
à notre insu,
Sur des dos des iguanodons dormant
encore leur long sommeil.

卵

イグアノドンの
巨大な卵を
沙漠地方に置き忘れる。
シルク・ロードから
少し外れて。

あれは無精卵だ。
大きいばかり大きくて
ついに孵らない。
何世紀ものあいだ
砂塵にいためつけられて
奇妙に歪み
とおくからみると
それは白い塔のように
みえる。

親や
兄弟たちは
どこへ往ったか──。
地図をみると
ユーラシア大陸の
かなり広い部分が
未踏のままに
のこされている。
人間は案外
まだ長い眠りを眠っている
彼らの背中の上を
知らずに
歩いているかもしれぬ。

三谷晃一／篠崎三朗詩画集

『ふるさとへかえれかえるな』

（一九七六年）

きんぽうげの花が咲いている
という書き出しではじまるうたを
書いてみたいと
ぼくはおもっていた
けれどもぼくは
きんぽうげの花が咲いている
という書き出しではじまるうたを
書くことができなかった

きんぽうげのうたは
たぶん
赤ままの花やとんぼの羽根のうた
とおなじように
うそうそとしたひよわなうたで
あるだろう
それでも
いつか
ぼくはきんぽうげのうたを書く
きんぽうげの花が咲いている
という書き出しではじまるうたを

ぼくのように
きんぽうげの花をみたこともなく
ましてきんぽうげのうたを
うたえない人たちのために
それからまた
だれにも好かれない
きんぽうげの花のために

ぼくはきんぽうげのうたを書きたい

たぶんどこかで
祭りがあるのでしょう。
祭りは
いつもあるのです。

わたしがそれを
知らなかったのは
だれもわたしを
招《よ》んでくれなかったからです。

たとえ招んでくれなくても
いつかわたしはいくでしょう。
祭りをさがして。
小さな村、大きな町。

そこでわたしは買うでしょう。
知らない人たちの間に立ち混って。
綿アメやとうもろこし。
掬う先から逃げていく小さな金魚。

そこでわたしは祈るでしょう。
みんな祭りに招んでください。
みんな祭りに入れてください。
祭りはどこにでもあるのです。

ふるさとは
このごろ
東京
にだけ
在る
と思うようになった。
東京にだけ
というのも妙なハナシだが
たとえば
ふと迷い出た一角に
それはまるで
博物館の
ガラス箱のなかにある
ミニチュアみたいに
きちんと
存在していた。

そんなことも
あるだろう。
東京はなにしろ
東京だから。
いつまでもそれらは
失くならずに
存在しつづけるだろう。
それからまた
こんなことも
思うようになった。
ひょっとすると
あれも
いつのまにか
おれたちのところから
搬んでいったのでは
あるまいか。
などと。

ふるさと
ふるさと
とみんながいう。
ふるさとはどこにあるのでしょう。

まるで
くくりひものほどけた
宛先不明の小包のように
きみはきょう
ふるさとに戻ってゆく

さよなら

ぼくはぼくの人名録から
きみの名前を消した
それはもう当然のことで
だれに非難されるいわれもないが

ああ　ふるさと

たぶんきみは
きみのふるさとに帰ったのでしょう。

きょう
ふるさと
ふるさと
といっているのは
きっとどこにも
帰るあてのない人たちでしょう。

蕎麦の秋

いま中央アジヤからシベリヤにかけて
白い秋の陽ざしに
点々と蕎麦の花がひらく
その蛇行する
丘陵の蔭の
巨大なミサイル基地。
そしてここ少年のふるさと
奥会津の山々も
しずかな蕎麦の秋だ
少年はそこで
その淡彩の花に似た少女を娶《めと》り
蕎麦を碾《ひ》き蕎麦を打ち
しずかに老いた。
日本の片田舎のまずしい夕ぐれに
たちのぼる湯気に頬を染めて熱い蕎麦を啜《すす》り
かすかな湯の沸《たぎ》りに
平和への祈りをこめ。

いちめんの
芒ケ原が
かぜに波うつ
光る
この
芒ケ原も
何十年か先には
跡形もなく
絶滅するだろう
磐梯山が
爆発したときには
ここも見渡すかぎり
火山灰に
埋もれたのかもしらぬ
何十年か先には
どうなるだろう
人間は益々ちいさくなってゆく

芋煮

煉瓦を積み
大きな鍋を据えて
芋を煮る。

青ぞらの下
そのさかんな食欲に誘われて
ぼくもひとりの少年に
還った。

すでに
紅葉しはじめた
眼下の大塚山《おおつかやま》。
その木立の間を駆けぬけて
太古の武具をまとった
人影が数個。

すばやく
盆地の日光のなかに
溶けこんだのを
だれも気づかない。

＊大塚山＝会津若松市一箕町にあり、戦後大規模な縄文期の古墳が発掘された。

馬喰《ばくろう》の町

名物の馬市が廃止されて
何年か経つ。
馬はもう
経済の単位には
乗らなくなったのだ。

ところであの店は
どうなっただろう。
馬喰相手に
ラーメンや丼もの。
それに素泊り二百円の
安宿を営んでいた
小さな店。

八時をすぎれば
街並はどこもまっ暗で
せり場に近い
田んぼのあぜ道を下りてゆくと
しろく泡だつ
あぶくま川の川音がきこえ。

まさに
白河以北一山百文。
きびしい東北の冬は
すぐそこまで来ているのだ。

毬《まり》は
地球である
から。
地球は
毬である
から。

かれは
たえず
脱出しようとして
どこまでも
沈降する。

破片

いつも
きわめて不完全な形でしか
発見されることのない
土器片のような
ぼくのふるさと。

ぼくは親指の腹で
その縄目模様を読む。
指の腹に触れるのが
山であり
集落であり
触れない部分は
沢であり流れであろう。
指はしばらく
うっとりとそれらの起伏の上を遊ぶが。

そこに欠けている
なにかに気づいて
突然指は立ち止まる。

——そういえば
いちばんかんじんのものが
ない。
だれもいない。
母がいない。

あそこに埋《う》めた。
だれにも
知られないように
埋めた。

あんまり
時が経ちすぎたので
なにを埋めたかさえ
忘れた。

だれにでもある
ちいさい秘密を
照らすな。
ランプ

いつも秘密と
仲のいい
わたしの
ランプ。

神さま

風の強い夜。
山の上に
白光がみえることがある。

何人か見たものはいるが
登っていって
確かめたものはいない。

低い平凡な山だが
村では
神さまがいるということになっている。

ときには
発火信号のように
異様に瞬くという話も聞いた。

いってみたいにはみたいが――。

もしもほんとの神さまならば
わざわざ足を運ぶまでのことはあるまい。

いずれこらえ切れずに
神さまの方から
下りて来るだろう。

夢のなかで。
じつにたくさん
なにかが実るのです。
そんなはずはないのですが
どれもこれも
あっという間に
かかえきれないほどたくさんの
青い実りをつけるのです。
あのときのよろこびと
そして不安は
決して理由のないものでは
なかったでしょう。

けれども
（いまにして思うのですが）
あれを
恩寵とさとるべきだったのです。
それに気づくのに
ほんのいくらか
幼なすぎたとしても。

空をめぐろう。
血のように
花のようにめぐろう。

もう帰っておいでよ。
そんなに肩を張らずに、さ。

海をめぐろう。
鳥のように
木の葉のようにめぐろう。

もう戻っておいでよ。
そんなに自分を痛めつけずに、さ。

帰れるくらいなら
戻れるくらいなら
ぼくは出発しはしなかった。

捨てられるものは
ぜんぶ捨てて

こんなに遠く来たはずなのに。
気がつくと
まだ足首を締めつけている
銀いろのちいさな鐶。

ブリトンの
ちいさな村に生まれた
チャールズ。
ちいさなちいさなチャールズ。
彼は船乗りの子孫だったが
のちに
王となった。

ぼくは彼を知っている。
王のなかの王。
彼は
ブリトンのちいさな村を
決して忘れなかった。

Mckinley

地球の
白い墓。

あそこに
花を
投げるべきだった。
じぶんで
じぶんを弔えるなんて。
そんな機会は
滅多にない！

あとがきに代えて

三谷晃一

郡山と東京で詩画展を開き、さらにそれを詩画集にまとめることになった。どうしてそういうことになったのか、本人たちにもよくわからぬところがあるが、もののはずみ、といった方が正しいかもしれない。はずみ車の役割を果たしてくれたのが、企画室コアの三田公美子、伊藤和のお二人である。おかげで、ただの顔見知りでしかなかった篠崎さんの世界がたいへん近いものになり、遠くの親戚でしかなかった画の世界が、わたしに語りかけるようになった。

わたしにとってふるさととは、愛憎ともに在る世界である。初め憎が強く、近年愛の割合が増して来ているように感ずる。それをその折々の状態でつづった。一貫した構成は最初から考えていない。そういうバラバラのものに、篠崎さんがしっかりとした像を付与してくれた。出来上ってみて、その喜びは一層大きい。

未収録詩篇

『きんぽうげの歌—ふるさとは永遠に—』
（一九八三年刊）より

熱帯魚のゴーゴー

熱帯魚のお勉強をしましょう。

夏になると
街に泳ぎに
かれらは出てくるのです。
　ヒラヒラ　ヒラヒラ
ヒラヒラ　ヒラヒラ
かれらには
原色が似合います。
ことに、強烈な赤なんか……
シマ模様も悪くありません。
　ヒラヒラ　ヒラヒラ

かれらを食べよう
などと考えてはいけません。
ただ、見ていればいいのです。
見られることで
かれらは一層いきいきとしてきます。
　ヒラヒラ　ヒラヒラ

ほんとうは、あなた。
フナやドジョウの方がもっと好きだと
いいたいのでしょう。
でも、あれはあれでいいのです。
　ヒラヒラ　ヒラヒラ

黙ってやさしく
眺めてやることです。
まもなく夏も過ぎるでしょう。
まもなく夏も過ぎるでしょう。

輪かんじき

飛騨の高山で買ってきた版画を　壁にかけた。ぼく
がいちばん気に入っている図柄は輪かんじきだった。
乗鞍の麓の深い雪の上を　きし　きしと踏んでいく
　輪かんじき。

ぼくの見立てでは　余白は雪だった。黒い輪かんじ
きの下で　きしきしと
雪は鳴った。

吹雪に捲《ま》かれて野麦峠《のむぎとうげ》を越えていく　若いむすめた
ちの　霜焼けにふくれた足にも　ぼくは輪かんじき
を　履かせた。

「端から端まで歩いても二十五分ですよ」タクシー
運転手が無造作にいったことば。一位《いちい》一刀彫《いっとうぼり》、車田《くるまだ》、
合掌造りの百姓家。
そういえば丹生川《にゅうかわ》村の禅寺に棲みついた　ムササビ
の夫婦はどうしているだろう。「東北も冬だね」ぼく
は　ストーブの前で夕刊をひろげている　妻に話し
かけたつもりだったが
それはぼくの思いのなかの会話に過ぎなかった。

五月のうた

こどもが
かん高い声で本をよんでいる。
どこでも窓を
開け放しているので
声はよくとおる。
さくら若葉に
いちょう若葉。

どの枝もすくすく伸びて
そのそらに
コイのぼりが
負けずに五月のうたを
うたっている。

開拓地で

―ある営農青年たちに―

耕して天に至る。
天は低く
暗く
きょうも鋭い雪片が
凍えた手の甲を突き刺す。
安達太良山麓の小さな開拓地。
電灯もなく
ましてカルチや
レーキドーザーはなかった。
いまやそういう時代は終ったと
ハンドルを操る
きみらの明るい瞳は語っている。

けれども日本農業の
基本構造はどうしたか。
天に至る日本列島の険しい尾根が
きみらの行途を阻むことはないか。

たぶんきみら
笑ってわたしの問いをさえぎるだろう。
こともなく重いハンドルを返すその手首の太さは
まさしく
土から生えた百姓のものだ。

＊耕して天に至る　中国革命の父といわれる孫文のことば。彼は、山頂近くまで耕された日本の農村風景を見てこのことばを残した。

《第三詩集『会津の冬』に収録「若い力」の異稿》

登高

なぜ山に登るか。
なんどもくりかえされた問いだ。
「そこに山があるから」
では、答えにならぬ。

ゼンガクレンではないからと
ほっとしてたら
いつのまにかせっせと
山登りをはじめている。
アイゼンだのピッケルだのと
明治大正のくたびれた脚では
とても若者たちの尻は
追っかけきれぬ。

吾妻、安達太良
槍、穂高。
うっかり眼を放していると
ヒマラヤにだって
行きかねない。

きっとそこにはなにかが
あるのだろう。
かれらを駆りたてるなにかが。
せめてそれを想像してみることにしよう。
かれらの眼のなかで
胸のおくで
ひそかにもえているもの。
吹雪の底の山小舎の灯のように
寡黙でしかも人なつこい
なにか。

未来にむかって

イイデーは
ＥＤ型電気機関車であり

デコイチは
D51型蒸気機関車である。
ぼくはそれを
ことし四つになる
オイから教わった。
彼は父親にせがんで
中山宿*まで
蒸気機関車を見に行く。
沼尻の軽便鉄道は
なくなったといっても
納得しない。
「鉄道ジャーナル」は
彼の愛読書である。

汽車も電車もない
山国の子供たちはどうしているだろう。
たまに母親が
町から買ってくる絵本は
彼の最大の財産であるだろう。
都路から葛尾*に抜ける
さびしい郡境の道で
汽車も電車もみたことがないという
開拓地の子供に出会った。
彼はもう立派な青年になって
世の中にはたくさんの
違った形の幸福や不幸があることを
学んでいるだろう。

さあ
たとえどんなに寒くとも
君は野っ原にとび出せ。
田んぼのあぜ道を駆けろ。
それが君のレールであり
未来につづく軌道なのだから。

*中山宿　磐越西線の小駅。郡山から会津に行くのには中山峠という、かなり急な勾配の峠を越すが、昔その麓に同名の宿場があった。ＳＬの時代にはスイッチ・バック式という、特殊な方式で列車を走らせた関係で、急行も停車したが、電化後は時たま走る通勤列車が止まるくらいになり、さらに四十九号国道完成後は車もこの集落の外を素通りす

るようになった。
＊都路《みやこじ》葛尾《かつろう》　福島県のなかでもとりわけ後進地域とされている、阿武隈山系の最奥部。標高はそれほど高くないが、文字通りの過疎地である。

いちばん最初に

自然はみんなに公平とは
かぎらない。
たとえばあたらしい年は
だれの上にもやってくるが
だれにも
しあわせを　希望を
光りを　ゆたかさを
もってきてくれるとは限らない。

それどころか
いつだって多いのは
しあわせよりもふしあわせ
喜びよりは失意——。
けれどももし
わたしたちにそれを選べる力があって
自由に選べるというなら。

きっと母親たちは叫ぶだろう。
希望も　しあわせも
ゆたかさも　光りも
いちばん最初に
子供たちに
それを。

そこに子供たちが

マットレスのようにぶあつい雲がわれて
のこりすくない十二月の日ざしが
ここだけに集まっている

まちのなかのちいさな遊園地。

子供たちは
落葉をかき集めるように
光りをかき集める。
そのあかるい笑い声で。

ブランコをゆすれ。
もっとゆすれ。
君らの夢をゆすれ。
まちじゅうの光りという光りを集めろ。

しかめっつらの十二月。
安物のジングル・ベルの十二月。
おとなたちのもっとも鈍感な心にも
なにかがしのびよる十二月。
一年のいちばんわい雑な季節がはじまる。
けれどもまちに子供たちのいるかぎり
そこだけがあかるくまぶしい。
そこに子供たちがいるかぎり。

椅子

君が来て
そこに坐る。
起ってゆく。

もうひとりの君が来て
そこに坐る。
また起ってゆく。
おなじことがなんどか
繰り返されて。

もうだれも

坐らなくなったちいさな椅子。
ぼくの記憶の
ガラクタどものなかで
そういう椅子がひとつ
うっすらと埃をかぶっている。

もういちどだれかが来て
その椅子に坐ることは
ないだろう。

綿がはみ出て
すっかりしみだらけになって。
ああ　そのおなじ椅子に
あの人が来て坐ったというのが
なにかの間違いのように
思われる日が
きっと来るだろう。

那須の一日

その日。
ロイヤル・ホテルの豪奢なロビイで
ちょっとした賓客の気分を味わい
ファンタラマやゲームセンターで
子供にかえった。

いつまでも暮れない那須の一日。
標高１９１７メートル。
那須岳の噴煙が
プルシアン・ブルウの空に溶ける。
ブナ・シデ・コナラ・タケカンバ
どこまでもひろがる
濶葉《かつよう》樹林のはては
雲海に沈み
そこにあるはずの
巨大な人間集落は
みえない。

精神を絞めつける重苦しい内圧も
ここまでは届かない。

自由になったわたしの心は
鳥のように樹海を滑走し
さわやかな風に乗って
空に舞いあがり
やがて
いたずらな野ウサギのように
九輪草の葉かげに
疲れて眠った。

海辺の村で

みんな帰っていった。
腕や背なかに海のなごりをつけたまま。
子供たちの胸のなかでは
まだ波が揺れている。

青くキラキラと
いくらか潮の匂いをまじえて。

やさしくて平和な海。
しかしそれが
海のほんとうの顔ではない。
海はいま少しばかりさびしく
少しばかりいらいらして
思いきり岩鼻に体をぶっつける。
たくさんの生と死が
泡のように溶けこんでいる塩からい水を
はげしく振蕩《しんとう》させる。

台風の先きぶれが来ているのだ。
それは海の不きげんの
ひとつの原因である。
過ぎたものは決して帰ってこない。

夜を待って
海は一層荒れるだろう。

海辺の村に
赤い旗がひとつ上がっている。

安達太良で

噴火口に降りてゆく道は
中途で切れているようにみえた。
その道を下ってゆく
派手なカラーシャツの
三四人のパーティがある。

岩と砂と残雪と
ちいさな鳥
鳥はたぶんイワツバメだろうと
だれかがいった。

噴火口のはるかむこうに
湖がかすんでみえる。
あの湖のほとりで
キャンプをしたことがあった。
二十年以上も前のことだ。

ふと肩を叩くものがいる。
「もう下りる時間ですよ」

そうか。
もう下りる時間か。
そういえば風が急に冷たくなって
石ころだらけの下り道では
口をきくものがなかった。

振り返ると
黒い頂上がみえた。
もう人影はみえなかった。

しばらくのあいだ
背なかに

だれかの視線があった。

詩選集『星と花火 ふるさとの詩』（二〇〇一年刊）
より

星と花火

夜ぞらをながめていると
ほとんど気が遠くなる。

アンドロメダ大星雲、百九十万光年。
かんむり座第一星団群、七億光年。
うしかい座星団群のあるもの、四十七億光年。

せめて手もとの星座表を開き
七月の星空は
あれがベガ
あれがアルタイル
それにしてもやっぱり
にんげんが
あんまりさびしい生き物に思えるので。

あたらしいビールのせんを抜き
子供たちが残していった
花火に火をつけ。

それはそれで
赤くちいさく
わたしのまわりを明るくした。

雨戸

雨戸を閉める音が聞こえる。
隣りに住む女房の母親に違いない。
聞き慣れているはずの音なのに

ふと胸を衝かれた。
外はまだ暮れるのには早い。
女房も
気配をさぐる表情になった。

わが家はとうにサッシに替わったが
雨戸の時期も長かった。
雨戸を閉めるのは
どことなく気持ちがさびしい。
閉めるというのは
自分で夜を招き入れることなのだ。
戦争が終わったあとの
母子二人だけだった
長い夜。

反対に。
開けるのは悪くはないが
コツが要る。
一枚一枚戸袋にしまう
そのしまい方をしくじると
最後の一枚の動きが取れなくなる。
戸板に指を挟むこともある。
手のかじかむ冬の朝は
子どもには厄介な仕事だ。

突然やって来る部屋の闇。
手さぐりの利かぬ戸袋の闇。
闇は大きく膨らんだり
暮らしのなかから
そっと物陰に隠れたり
それもこれも
闇が毎日の伴侶であったころの話だ。

忘れていた闇が
隣家からやって来て
夫婦を押し黙らせる。
戸を立てるとは
人を拒むことでもある。
どちらにしても
みずから呼び込んだ闇にすくだまって

あてのないものを待つことになる。

胸を衝かれたというのは
つまり虚を衝かれたということだ。
あの時。
ふと気を弛めた隙間に
思いもかけぬ多量の時間が
どっとやって来たのだ。

雨戸よりはサッシが
ずっとたくさんの明かりを呼び込むとは限らない。
気が付くと
この家に住みついた闇は
差し向いの食卓の下にも居座って
ただ杯を重ねるほかに
交わすことばもない。

山の春

バスでいっても
歩いて登っても
山の春は
山の春。
しかしほんとうの山の春は
バスだまりの辺にはみつからない。

山はいろいろなものを
人間の目からかくす。
雪や霧
けわしい尾根
切りたった岩場。
脚のじょうぶな若者よ。
ほんとの春がみたかったら
それらを越えて
行くことだ。

ぬれた肌を乾かせている
ブナ・トドマツ・タケカンバ
ツツジ・ヤエヤマシャクナゲ。
イワツバメも飛び
ひょっとすると
君が突然の対面を夢見た
ライチョウに出くわすことだって
ないとはいえぬ。

せめてこちらは
コートのえりを立て
稜線に消える君のうしろ姿に
若い日の幻を
見るほかはないが。

若い五月に

むかしの詩人がうたいました。

歌を忘れたカナリヤは
象牙の船に銀のかい
月夜の海に浮かべれば
忘れた歌を思い出す

わたしの好きだったピンキーも歌いました。

わたしははだしで
ちいさな貝の船
浮かべて泣いたの
わけもないのに…

象牙の船も貝の船も
もちろんそれはおとぎ話。
うたっている間だけ
ちょっぴりしあわせになる
そういう歌です。

季節は過ぎました。

金の時間も
銀の時間も。
水は花びらを浮かべて
北に去りました。

さあ
君自身の舟を
（たとえ粗末な木のボートでも）
力いっぱいこぎましょう。
波が光って
風が光って
君の耳は
きょう生きているということの
たしかな鼓動を聞くでしょう。

初夏の村で

わら屋根の農家があり
庭にピカピカ磨きあげられたバイクがあり
とおくでテレビが鳴っていたりする。
そういう村をゆくと
どこにも人の気配はないのに
おおぜいの親しいまなざしに
みつめられているような気がして
おもわずふりかえることがある。
たいていそれは
畑に整列しているねぎ坊主で
そのあたりリンゴの白い花がこぼれ
初夏の陽ざしがいっぱいに
ふりそそいでいる。

村にいって
おもいだすことは
たくさんある。
収穫の日にきく娘たちの笑い声のように
いつでもそれは
心にひびいているけれども
いまは団地とか誘致工場とか

あるいは高速自動車道とか
村は村のままで
じっとしていることができない。
そんなところで
立ち止っているわけにはいかない。

ねぎ坊主との対話を楽しんでいるのは
たぶん気まぐれな
アシナガバチが一匹。
こんな日に
人間は一体
どこでなにをしているか。

夏

溶けたアスファルトの夏。
深くブラインドをおろした
ビル街の夏。
だれもいない校庭の夏。
競馬場の
むんむんする人いきれの夏。

白い道を
パラソルがひとつ動いてゆく
田舎の夏。
アイスキャンディ屋の夏。
トンボを追っている
麦わら帽子の夏。
宿題でいっぱいの夏。
トタン張りの
脱衣場の夏。
空き缶のコーラの夏。
貝殻を拾っている
白い素足の夏。
みるみる遠ざかる
モーターボートの夏。

夏はどんなに燃えさかっても

それは意外にみじかいものだから。
すぐに過ぎ去ってしまうものだから。

それはまさしく
若者たちの季節なのです。

魚をとる

そのあたりで
川は流れを止めたように見える。
時間も人も歩みを止め
やぐらの上の人影も動かない。

とおく断続的にきこえてくる
自動車のクラクション
工場の汽笛。
時に救急車のサイレンが
鋭くあたりの空気を切る。

そこに街があり
たくさんの人間の生活がある。
まもなく彼が戻っていく
彼自身の生活も。
豪華でも自由でもなく
そしてただ理由もなく忙しく。

だが水に向かう人影は
無心である。
しずかに引き綱をたぐりよせる
短距離走者のようにはりつめた
彼の前傾姿勢。
彼は知っている。
やがてあらわれてくる網の底に
白くピチピチと躍るのは
汚水や廃水をたっぷりのみこんだ
小魚たちではなく
まさしく彼ひとりの
充実した時間だということを。

白鳥

オオハクチョウ。

ガンカモ科キグヌス属。
冬季わが国に飛来し
春、北に向かって去る。

記述のとおりならば
日本海沿岸の漁夫は
ちょうどいまごろ
雲際はるか
シベリアに急ぐ白鳥の一群を
目撃したかもしれない。

逆光のなか
たたんだ翼の下に
ひっそりとかれらが抱いているのは
なんだろう。

人間社会を避け
ことさら寒冷の地方を選んで生活する
かれらの習性は
ひとつのカギになりそうである。

隠された峻厳の美は
往々にして
そういう形態をとるものだ。

砂地にタネを

文化というのは
まことに空漠たる。
たとえば
砂地に
花のタネを蒔くような
事業だと

ぼくは思うのです。
けれども
それがやがて
たくさんの花を咲かせる
と信ずることから
文化は始まるのです。
文化。
なんと空漠たる
観念の響きでしょう。
しかしあなたも
そして　ぼくも
タネを蒔くその列に
黙って連なりました。

きょう
あなたは去りました。
あなたの行く先きを
ぼくは知りません。
しかしみんなは見るでしょう。
あなたの去ったあとに咲きほころびた
たくさんの花、花を。
まるでいつもそうしているように
しずかに臥床に眠っている人よ。
あなたの多くの息子、娘たちが
それを見るでしょう。
あなたが残していった
実にたくさんの足あとを。
その花、花を。

ランプ

あそこに埋めた。
だれにも
知られないように
埋めた。

あんまり
時が経ちすぎたので

なにを埋めたかさえ
忘れた。

だれにでもある
ちいさな秘密を
照らすな。
ランプ。
いつも秘密と
仲のいい
わたしの
ランプ。

《詩画集『ふるさとへかえれかえるな』の中に無題で収録》

少　年

星を
あつめた。
いっぱいあつめた。

花をあつめた。
できるだけあつめた。
それを冠んむりにした。

原っぱで眠った。
しっかりと
じぶんを抱えこんで。

夢のなかで
なにかが実った。
枝が折れるほど
たわわに実った。

その下で踊った。
その下で泣いた。
できたら
この夢が

いつまでもさめないように。

秋祭り

祭りにはいつも客があった。
叔母であったり
母方の従兄であったり。
かれらはたいてい子供連れで
子どもたちはすぐに仲良しになり
手を取り合って祭りに出かけて行った。

いつのまにかお客をする習慣がなくなって
長い月日が経つ。
子どもたちはみんな大きくなり
サッカーがどうのドラクエがどうの。
山にばかり登っている女の子の
夏の便りは穂高だった。
集まって離れていく
その大きな輪と輪のつながりの
ひとつところに祭りがあって
ほおずきちょうちんの灯りのように
たくさんの親しい顔がその一点に明滅する。

ことしもまた秋の祭りがやって来たと
一体だれに手紙を書こう。
むかしのままに山車は通り
威勢のいいタルみこしが練り歩き
きみに似た晴れ着姿を
参道の人混みのなかに見かけたと。

『朗読詩選』（一九四八年一月刊）より
組詩　眞夏の夜の夢

夏祭の幻想

かぜがはこんでくるさわやかなゆうぐれの物語

道をゆく人の袂にひるがえるあじさいの花模様
ひとつ　ふたつ　子供らのともしてくる
ほおずき提灯の仄かなひかりに
ふるさとの夏の祭のふるびた夢はまたたいている

ドンドコ　ドンドコ　高鳴れ太鼓
とおい　花火が　消えぬまに
わたしの　夢が　去らぬまに
ドンドコ　ドンドコ　高鳴れ太鼓

ふるさとの夏の祭の夜
河べりにしつらえたわたの夢の縁台には
年老いた父もいる
やさしいおさげのいもうともいる
川かぜがいちように単衣《ひとえ》の襟元をなぶってゆき
そしてまたひとつ花火があがる――しだれやなぎ
眩しい星が尾を曳いて河原の砂におちてくる
たまゆらの光りを放ち
それはやっぱり砂の中で冷えてしまう

ドンドコ　ドンドコ　高鳴れ太鼓
とおい　花火が　消えぬまに
わたしの　夢が　去らぬまに
ドンドコ　ドンドコ　高鳴れ太鼓

そのように　わたしの夢も冷えてしまう
けれどもわたしは識っている　こんなときにする
にんげんの哀しいならわしを
わたしはふと起って往き　むなしい祭壇に
あかあかと　ほおずき提灯の火をともす
そして――着替をする
もうひとつわたしに遺《のこ》されたやさしい夢に入るために

※組詩　真夏の夜の夢の伴奏その他
　夏祭の幻想の伴奏は鐘　小太鼓　バンジョーなど打楽器にピアノと明笛の生の音楽をいれると面白い　朗読に入る前しばらくこれらの楽器による音楽をつづける　ドンドコドンから　高鳴れ太鼓までのはやしのようなものは復読あるいは群読　他は男女いずれか一人の朗読が効果的　最後の節半ばから次第に音楽は消える　最後のはやしと次の節
　つまりそのようにの間は相当時間音楽を入れたい

「鞴《ふいご》」一号（一九七六年八月刊）より

四国の旅

四国を旅したとき、仁淀川《によどがわ》に沿って、山の急斜面にへばりつくように、建っている家を見た。一軒や二軒ではない。つづら折りの山道をあえぎながらバスが進み、あたらしい眺めが開けるたびに、同じような風景をわたしは見た。

どうしてあんなところに、家をつくるのだろうとわたしは思った。おそらく人も思うだろう。水はどうするのだろう。電気は。子供たちの学校は——。多分、そうする必要があるのだろう。だが、その必要について考えることは、わたしの手に余った。

全くの偶然だが、その翌日。台風五号の襲来による鉄砲水で、流域にあるその何軒かの家が流されたという、ニュースを聞いた。いつの台風でも、全く被害を受けたことがなかったという話も。

同じ町の旅宿の一室。横なぐりにガラス戸に吹きつける風雨のなかで、わたしは一日テレビに見入っていた。わたしもまた、世のなかの急斜面にへばりついて生きている、というのは単なる比喩でしかないだろう。けれども比喩のなかを遡って、一瞬息を呑ませるなにかが、ブラウン管のおもてを、羽ばたいて去った。

「鞴」二号（一九七六年十二月刊）より

うらむな

うらむな。
だれもうらむな。
父を
母を
きょうだいをうらむな。

うらむな。
祖母をうらむな。
死んでしまった人たちをうらむな。
うらむな。
生きている人たちをうらむな。
その知り人たちを
うらむな。

荒壁の家をうらむな。
その薄暗い
土間をうらむな。
煤けた八角の
柱時計をうらむな。
過ぎてしまった時をうらむな。

だれもうらむな。
村長をうらむな。
駅長も駐在も
うらむな。

酔った時だけやさしくなる
校長先生をうらむな。

はがれかけた
村芝居のビラをうらむな。
うらむな。
野犬捕獲人をうらむな。
いつまでも降りやまない
雨をうらむな。
雨にぬれた氷水屋の旗をうらむな。

ただひたすらに
おまえはうらめ。
おまえをうらめ。
ただおまえだけを
うらめ。

〈わがふるさと抄〉

「黒」二十号（一九七七年十二月刊）より

通 信

パレスチナ
といえば
パレスチナの影が
額を暗くする。

ベトナム
といえば
ベトナムの火が
眉毛を焦がす。

夥《おびただ》しいニュースのむこうに
世界はぼんやりと
赤くかすんでみえる。

月の裏側
の電送写真をみるように
きみは
きみが対っている
世界の裏側を見ることができるか。

鳥はたしかに
きみが海とよぶ
思考のくらい水面に
墜ちていったが
それは霧箱にしるされた
軌跡よりも
もっと不確かだ。

だから遺伝子を
それと識らないで
きみは踏みつぶした。
その大きな足跡。

ぼくは手紙を書く。
それはたぶん

あしたあたり
あの人の許に届くだろう。
会いたいと
その人は書いてよこしたから。

ある日
貿易風が
ちっぽけな帆船を
この島に運んで来た。
その伝説は
ぼくたちの胸を熱くした。
けれどもいま
この帯のようなひろい夜に
ぼくたちをつなぎとめるものは
なにもない。

ぼくはみている。
荒廃したさびしい星。
それがなにかの合図のように
うすら青く
発光するのを。

＊ベトナムも、月の裏側の電送写真もいまや過去のニュースである。この作品は、そのころ書きかけて、最近まとめた。そこに時間のズレを生ずることになってしまったが、当時感じ取ったものを変えるべきでないと考え、そのままにした。（作者注）

「輔」十一号（一九八〇年九月刊）より

雪

一月も半ばになって
この冬はじめての
雪が降った。
（北国でも年々
　雪は少なくなっている）
夜。
雪を踏んで帰って来る。

街が静まっていても
雪は　きし　きし　とは鳴らない。
二三センチ降り積もっただけの雪は
たあいもなく
靴先に蹴散らかされる。

きし　きし　と
昔は鳴ったものだ。
それはわたし自身が
なにかに触れて出す
ただひとつの物音のように
わたしには思われた。
雪は靴の下で
わたしの重量に耐え
わたしはその響きで
わたし自身の重さを測る……。
道はどこまでも続き
わたしはたくさんの汚れのないものを
その下に踏み潰した。

これらはもちろん比喩
に過ぎない。
そういえばわたしは
比喩のなかに
多くのみせてはならないものを
埋めかくした。

——陽が上る。
そうすると
いち早く道は乾きはじめ
それらは
ビニール片や紙屑のように
汚ならしく
舗道に舞った。

「鞴」別冊、加藤進士追悼号（一九八二年七月刊）より

痕跡

机に向かって
詩を書いていたが
なにかを思い出したふうで
書きかけのまま
つと立っていった。

その詩は
未完成ともいえるし
そうでないとも読める。
ずいぶん前のことなので
本人にも
しかと判定はできないだろう。

ぼくはいま
それをながめている。
燃えかけた火が
燃えかけたまま氷った
その痕跡。

おそらく
このような痕跡の十や二十。
ほかにも残していっただろう。
よくみると
ひとところ文字が滲んでいて。
あれはきみの
涙でもあったか。
加藤君。

『福島県現代詩人会詩集』(一九八四年刊)より

湯の岳

——中谷健太郎氏に

湯の岳を
由布院の側《かわ》からみていると
原風景——

とでもいうべきものが
立ち現われて来る。
にんげんが地上に
生まれて来る前の。
泯《ほろ》び去ったあとの。

阿蘇にはまだ
予感
があった。
あるいは記憶喪失者の
記憶に比せられるなにかが。

ここにはなにもない。
冬枯れの枝に引っかかっている
わたしに似た
されこうべのようなもののほかは。

『福島県現代詩人会詩集』(一九八五年刊)より

迷路

随分と
回り道した。
オレだけでない。
みんなもだ。
もっと回り道したヤツだっている。

この町に入って来た時。
あの城門は
確かに
正面に見えていたのだ。
なにを
どう間違えたのだ。

楊柳霞む小運河。
ゆっくりと

小舟を操ってくる藍衣の人。
山と積んだ野菜の
みずみずしい緑はどうだ。

敷石道でこちらが振り向いた時。
ちょっと皓《しろ》い歯をみせた
物売りの小姐。
オレは勝手に「李花」などと
名前をつけたが。
なんとも恥じ入るほかはない。

気が付いてみると
オレたち大勢
辻の各所をウロウロしている。
—指揮官ドノはどうした?
どうした。
日は暮れかかるし
腹は減るし……。

一九八五年今月今日。

自分の行く先きも分からぬ兵隊ども。
格好だけは
新品の背広かなんか着こんで。
あちこちの飲み屋を
出たり
入ったり。

『福島県現代詩人会詩集』(一九九二年刊)より

詩 論

詩は——。

じょうずに炊きあげたご飯みたいに
言葉の飯粒がひとつひとつ
しっかりと立っていなければならない。
ご飯が輝いていなければならない。

＊

そういえば
「銀シャリ」というのがあったナ。
その回りだけ
眩しいほどに輝いていて
それでいて
じゅうぶんにきみが貧しかったころ。

＊

詩句と詩句のあいだに「磁場」が成立しなければならない。
言葉がうまく立たないからといって
パッキングを入れてはならない。

あるいはきわめて巧みに
詩句と詩句のあいだに曖昧な関係を造り出し
それを「磁場」に見せかけてはならない。

＊

油まみれの詩人が
海鳥のように叫んでいた。
かれを取り巻いて
揃いの服を着た多くの人が叫んでいた。

そのかたわらを通り過ぎたことがある。
古いよれよれの服を着て。
強い油の匂いが染み込んではいたが
それでも服は自分の服だった。

＊

深い森のなかで一人だった。
森と思ったのは壮大なビル群だった。
それでも一人は一人だった。

＊

愛する人よ。
こんな夜は
差し向かいで酒を飲もう。
酒のほかに二人をつなぐものがなくとも。

酒が言葉を鞣《なめ》し
言葉は極上の酒となる。
酒は極上の言葉となる。

『福島県現代詩人会詩集』（一九九三年刊）より

戦　友

いまなにをしてる？
子供さんは？
お孫さんはなん人？
それだけ訊いて話はとぎれる。
「お互い元気でいてよかったナァ」

細部は不要。
覚えているのは
二人とも最後の現役兵。
顔色の悪い召集兵が
ほんの少し入ってきたが
あれから徴募はない。
もう
五十年間ない。

昔の初年兵は
「××農協組合長」という肩書きの名刺を残して帰っていった。
せっかく訪ねてきたのだ。
なにかみやげものでも持たせてやるのだった。
気の利かないことをした。
ささいなことのようだが
いまではそれが大事なことなのだ。

酔った時には
孫に昔話でもしているか。
だれにも話せない
話してもわかってもらえない昔話。
その残念は
だれも始末をしてはくれないのだ。
訪ねてこられてわかったようなものだが
昔話が
みやげにならぬ付き合いもあるのだ。

元兵士が二人。

電話ボックスのわきで
話している。
いまとなっては
別れのあいさつしか残っていない。
わたしもいま改めて
戦友に別れを告げる。

五十年経った。
そろそろ次の徴募が来る時期だ。

『福島県現代詩人会詩集』（一九九五年刊）より

テレジン収容所に残された4000枚の絵

わたしは想像力で
あの石の門を入っていくことが出来る。
木の粗末な三段ベッド。
コンクリートのうえでうっすらと凍った氷。

わけもなくわたしに振り下ろされる棍棒。

けれどもわたしは
想像力によって死ぬことはない。
しずかに立ち昇って来る気体に包まれて
目覚めることのない眠りを眠ることはない。
わたしが越えられる壁はその少し手前。
自分の塩辛い涙を塩辛いと感ずるところまでだ。

Arbeit macht frei
（働けば自由になれる）

彼だって働くことができた。
庭に薔薇が咲くころには。
だが薔薇が咲いても
少年はもういない。
さむい煙になって
煙突から出ていったきり。

「一万五千人のアンネフランク」（野村路子著・徑書房）は、

アウシュヴィッツに送られる前、チェコスロヴァキアのテレジン収容所に集められた少年少女について書かれた本である。野村さんは彼らが遺した四千枚の絵をチェコから持ち帰り、日本で展覧会を開いた。私は彼女と知りあう機会があり、この本を広く知らせたい気持ちで一篇の詩を書いた。なおArbeit macht freiという言葉は、ナチスによってテレジン収容所の門に刻まれた言葉だそうである。また終連に出てくる「薔薇」のフレーズは、収容所に残されたある少年の詩のなかに出てくる。

『福島県現代詩人会詩集』(一九九六年刊)より

人事課

詩を読んでいて
会社の人事課を思い出す。
その奥に坐っている
痩せて目付きの鋭い
「名人事課長」といわれるひとの顔を。

言葉Aはここに。
彼には補佐役が必要だ。
形容詞Bをそのかたわらに。
言葉Cはこの位置。
彼は有能で同時に複数の仕事をこなす。
AとCをつなぐものとして
接続詞Dをそのあいだに。

——隙のない配置。
見事な構成。
これで組織は
遅滞なく動きだすだろう。

しかし
少しも面白くない。

グラジオラス

グラジオラスを育てたことがある。
グラジオラスはやがて芽を出し
白と深紅のみごとな花を咲かせた。
清楚な色気さえたたえて。

あれはつまり美である。
自分の手で育てたからだと人はいったが
一体その美の
どの部分にわたしが関与したか。
たしかに球根は買ってきた。
肥料もやった。
しかしほかのだれかがやっても
結果は同じだったろう。

だれにでも代替できるものから
生まれて来る美は
少なくともわたし自身のものではない。

『福島県現代詩人会詩集』（一九九八年刊）より

雲

盆地のうえに
雲がひとつ浮かんでいる。

雲はどこへも流れて行こうとせず
しばらくそこへ留まっていたが。

やがて光彩を帯び
白く
強い輝きを放つと
音もなく四方に砕け散った。

　一八六八年九月二十二日正午。*

あの時盆地から
なにか烈しいものが立ち昇ったのだと

のちのち人は噂した。

＊会津鶴ヶ城は一か月余の激戦ののち、この日午前十時白旗を掲げた。藩主松平容保（かたもり）は嗣子喜徳（のぶのり）との連名で、「いかようの大刑仰せつけられ候へどもいささかもお怨み申し上げ候はず」との書状をしたため、家老梶原平馬、内藤介右衛門以下五名の軍使が麻裃の正装で甲賀町口に赴き、薩軍軍監中村半次郎に降伏した。時に正午。最後まで鶴ヶ城にあって抗戦した藩兵は総数四九五四人、うち婦女子五七四人であった。

「宇宙塵」二二号（一九九九年四月刊）より

詩人のシャツ

濁流に流された
詩人のシャツは
いくら洗っても
白くはならないだろう。
わたしは知っている。
きみはきみの「永遠」を目指し
そこに行き着く一歩手前で躓いたのだ。
いったん逃れて
なぜもう一度家に戻ったのか。
書きかけの詩稿でもあったか。
　かれは長い勤めを了え
眺めのいい川岸の新しい家で
かれの「永遠」を文字に刻むつもりだったのだ。

対岸でそれを見ていた人がある。
最後に柱につかまって
家もろとも濁流に呑まれる瞬間を。
目撃者もまた「永遠」を見たのだ。

嵐が去って
川はそしらぬ貌《かお》でもとの小さな流れに戻った。
一部始終をひっそりとその裏側にかくして。
おかげで
ほんの小さな切れ端にすがって

つまり流れのこちら側で
きょうの安息を人は得ている。

「永遠」の凄さは
（それを知るのは僥倖《ぎようこう》に近いが）
どんな微小な境にもそれが存在することである。

かれはいまも泥中に埋まったまま
なにかしらぬ暗黒をみつめている。
Aよ。
しずかにきみの「永遠」を眠れ。

『福島県現代詩人会詩集』（二〇〇〇年刊）より

某日　人を送る

別れる時は
どんなスタイルで別れたらいいだろう。

ちょっと手を挙げて。
またある時は大きく
なんども手を振ったりして。

しかしそれっきり
二度と会えない別れは。

手を挙げたり
振ったりもすることなく
ただ深々頭《こうべ》を下げ
ひたすら頭を下げ。

（某日　人を送る。）

幻の人はいま
たんたんたる道を行く
野を遠ざかる。
ふかくふかく山へ分け入る。
　死を彼のものとし
ひとすじの生を

まるで新しいもののように
　輝かせながら

その姿を気配ではかる時。
一鳥
鋭く山気を切り裂いて――。

「熱氣球」第四集（二〇〇〇年四月刊）より

永遠のかけら

いちどに六百ミリもの雨を降らせた
前線と台風のアベックが去って
ずいぶん久方ぶりの青空が覗いた。
女房は朝から洗濯機を回し
縁側に出てひとつひとつ
シャツや下着を軒につるしている。
（覆された宝石のやうな朝）*とまではいかないが
よく晴れた空からやってくる陽光の粒々は
しあわせの元素みたいに
愛想をふりまいている。

「永遠」を「哲学」だなどといったのは
どこの誰だ。

永遠というものがあるならば
いつもそこでは女房が
洗濯物をまるで旗のように
高く高く青空にかかげているだろう。
（下着は外につるすなといったのに）
それを横目で盗み見て
永遠のかけらのようなものを
甘く
視線の奥で噛んでいる
連れ合いもいるだろう

ささいな日常のなにごともない朝が
くたびれてしわくちゃになった
心を鞣す。

テレビが大雨による死者のニュースを流している。
死なないですんだ男が
他所ごとのように聞いているからといって
彼に罪があるわけではない。
ウロウロするな。
下手ないいわけはするな。
だれかが覗き見をしているはずはない。
きっと神様だって
片方の目をつぶっている！

＊西脇順三郎詩集『あむばるわりあ』から。

『詩と思想詩人集二〇〇一』（二〇〇一年十二月刊）より

じいさんの話
――幼年詩篇

「ビッコ」は差別語だというが
わたしは足の悪い祖父を
「ビッコじいさん」と呼んで親しんだ。

じいさんはわが家から西へ五、六軒先の裏長屋に
一人で住んでいた。
じいさんは大工である。
大工の前は武士だった。
世の中が新しくなって収入がなくなり
よその町に移って大工の棟梁に弟子入りした。
武士の気位をなくせないじいさんは朋輩に疎まれ
棟上げ式の日に
間違ったフリをして梁から突き落とされた。
人から聞いたじいさんのビッコの理由である。

じいさんはある時
長男に引き取られて横浜に行った。
そして食道ガンで死んだ。
最後が近いという時に
母に連れられてじいさんを見舞った。
久しぶりに孫の顔を見てじいさんはうれしそうだった。

随分昔の話だが
もう一つ覚えているのは
そのあと不忍池のほとりで
大正天皇の葬列を見送ったことだ。
粗筵《あらむしろ》のうえに座り
巡査が頭を上げるなと制止している時に
そっと頭を上げて鳳輦《ほうれん》を見送ったことだ。
夕闇に消えていく鳳輦――。
一緒にしちゃ悪いが
あとを追うようにじいさんが死に
その秋思いもかけずおやじも
急な病でそそくさと生涯の幕を閉じた。

一体あのころ
なにがどうしたというのだろう。
六十余年も続く昭和という不機嫌な時代を
そこから始めろと
わずか五歳の幼児に強いたのは。

（蛇足ではあるが　全国的に中小の銀行が休業し　いわゆる
昭和恐慌が始まるのは　三月十五日のことである　母方の祖父に当たる　じいさんこと旧二本松藩士中澤吉之助が不遇の残生を閉じるのはさらにその一カ月後のことであった）
「銀河詩手帖」一九二号（二〇〇一年十二月刊）より

火山

北西の方角
低い山並みから
少しばかり尖った山頂をのぞかせているのが
磐梯山だ。
その右手
大きく山容を伸ばしているのが
安達太良山。
この位置からは吾妻は見えない。
いずれも火山であり
しかもこのところ頻繁に

火山性微動を麓の地震計に伝えて来ている。
磐梯山が爆発したのは１８８８年（明治２１年）。
念のために記しておくと
溶岩の流失を伴わない水蒸気爆発である。
しかしそのため
およそ6億トンといわれる土石が空中に飛散し
いくつもの川をせき止め
4つの村を水中に沈めた。
安達太良については記録は確かでない。
しかしその噴煙のため
数年前4人の登山者が中毒死している。
いわゆる死火山ではなく
休火山ともいえない。

火山については世界中に多くの記録がある。
好んで火山を訪ね歩く趣味はないが
１９７３年にポンペイを訪ね
１９９４年にはハワイ島で
キラウエア火山の活動ぶりを間近に見た。
溶岩は海に入って盛んに白煙を挙げ
溶岩原を歩く靴底が熱いのである。
山腹に赤い雲が現れたかと思うと
雲はゆっくりと港を覆い
史上最多3万6千余人の死者を出したのは
１８８３年（明治１６年）
インドネシア・クラカトア島でのことである。
赤い雲すなわち
雲仙普賢岳で発生した火砕流と
同系のものだったであろう。
靴の底が熱い。
そんな夏の一日もないことはないが
逃げ込む家があって
あるときは昼寝を決め込む。
火山も遠くで眠っている。
火山性微動は地震計のなかでのことで
体がそれを感じたわけではない。
どこかに火山があって
こちらを見ているように思うのは
気のせいだ。
いずれみんな冷え込むだろうと思うのは

心の迷いだ。
火山のことを考えて
一日が過ぎた。
いまもどこかでふつふつとたぎっているものがある。
みんなそれを知らずに眠っている。
ディスプレイに充血した目を走らせている。
そのとき火は
いきなり沖天《ちゅうてん》を赫《あか》く染めたのだ。
２００１年の夏が終わりかけたある日。

『詩と思想詩人集二〇〇二』（二〇〇二年十一月刊）より

りんごの故里（詩論のような・そのⅠ）

どういうわけか
「演歌」衰えて「詩」また衰えた（と人はいう）。
似て非なるものだが――。
ある時その共通するところを考えていて
むかし習った言葉がチラと頭を掠めた。
すなわち「巧言令色《こうげんれいしょく》 鮮矣仁《すくなしじん》」。

＊

♪ りんごのふるさとはァ　北国の果て……
ＮＨＫドラマ「私の青空」のなかで
大間の漁夫に扮する伊東四朗が低吟する。
ひばりもいいがこれもまたいい。

りんごについて私の好きな挿話がある。
青森、福島はともに大産地だが
開花期は福島が早い。
授粉作業は骨の折れる仕事である。
ある時チエ者がいて
まず青森の少女たちを福島に派遣した。
これが終われば青森が多忙になる。
当然のこととして
こんどは福島が手伝いにゆく。
――かくしていくつかのカップルが双方に誕生した。
いい話ではないか。

ついでながら――。
物語のふるさと大間岬を訪ねたことがある。
山間には雪が残り
脇野沢《わきのさわ》から仏ヶ浦《ほとけがうら》沿いの
石ころだらけの道では車が泥んこになった。
スタンドで車を洗い
我がことのようにさっぱりして
本州最北端
岬の突堤から函館を遠望した。
連休のさなかなのに
宿は私ども夫婦のほか客がなかった。

＊

無口。
決してしなを作ることはないが
歯を立てれば鮮烈。
口蓋に沁み入るものが
萎えた神経を洗うではないか。

低唱すべし。
低吟すべし。

よくは聴き取れずとも
その声いずれ耳底に達すべし。

「銀河詩手帖」一九七号（二〇〇二年十一月刊）より

大正　がない！

いくらか関わりのある団体から
アンケート用紙が送られて来た。
さしたる内容のものではない。
気軽に住所、氏名と書いて来て立ち止まった。
「年齢」の欄に
おっ「大正」がない！

「大正」のない世界が始まったのだ。
大正は十五年十二月二十五日でストップし
わずか一週間の昭和元年を経て
六十四年も続く長い昭和が始まっている。

いまの世はあらかた昭和。
そのあと平成が来るが
元号を全く使わない世代がいて
大正はいわばあってもなくてもコトは済む。
君主制などという
カビの生えたシステムは不要だという人が
至るところにいるのだ。

驚くことはない。
でもせっかく元号で年齢を問うならば
しばらくは大正を置いておいてくれよ。
人の言う大正ロマンチシズムなんだこちらは。
日露戦争の後の沈滞があり
第一次欧州大戦
関東大震災と
ロクなことはなかったと思うが
もっとわるい時代が来る前の
ちょっとした息抜きだったんだ。
田舎町の小さな菓子屋の倅《せがれ》が
ふた親の期待を一身に集めて
呱々《ここ》の声を挙げたんだ。

泣くほど辛い思い出だって
おやじがこしらえた
ねっとりしたスアマに包まれて
いまもその甘味が
口の奥処から湧いて出てくる。
もう少しもう少し
味わわせてもらって
消してしまうのはそれからにしてくれ。
大正天皇はスマートで気さくで
皇統のなかで最高の漢詩人だったという人がいる。
詩人はひ弱くて
だから大正も弱かったか。
親父は大正が終わるのを待ち兼ねたように
その十カ月後に死ぬ。

いま大正に出来ることは?
さもないアンケートにさえ
省かれるという時代に―。

省かれないように。
時には数に入れてもらえるように。
せめて机の前で
居住まいを正す。

いずれ現れる敵の姿が
なるべくよく見えるように。

「銀河詩手帖」一九九号（二〇〇三年五月刊）より

手続き

死ぬまでには
たくさんの手続きが要る。
役所みたいなものさ
死ぬということは。

最後に実際に役所に行くのは
キミではないだれか。
こうなると手続きは
定食の献立みたいに簡略なものになって
どんな気難しい役所も
胸襟《きょうきん》を開いてくれる。

厄介なのは病院さ。
きれいな受付嬢は要注意だ。
そこで最初のダメージを受ける恐れがある。
アタマを低く。
長い廊下を行くときは
伏し目勝ちがいい。
だれからも声をかけられないように。

検査こそは最大の行事だ。
晴れの日の消防団長のように
荘重に
しっかり前を見て進むのだ。
キミに正面した大型の感光フィルムが
最後の記念写真になるとしても。

全体に黒くある部分は白く。
少々のボカシも入れて。

その他すべて個人差である。
運、不運は避けられない。
（キミに幸運がありますように）

どうかそれまでの辛抱に
うんざりするな。
ひょっとするとそれが
生きるための
大事なステップなのかもしれないのだから。

「銀河詩手帖」二〇〇号（二〇〇三年八月刊）より

奥大道《おくたいどう》

「奥大道」をご存じか。
歴史に疎いわたしは
古いむかしに「奥大道」というものがあったと
初めて知った。*
「奥のほそみち」よりはるか古く
１１８９年平泉征討の頼朝軍２８万４千騎の主力が
この道を通過している。
その少しあと
奈良東大寺再建の資を求める西行法師。
念佛をみちのくに広めんとする一遍上人ら時宗の門徒
も――。

郡山市の南部
旧国鉄操車場跡地が
その「荒井猫田遺跡」の所在地である。
いまはその上に巨大なコンベンションセンター
「ビッグパレット」が建つ。
驚くのは側溝を伴うわずか三百メートルの道路跡から
建物を建てるための柱穴約二万四千基
製鉄のあとに出る鉄滓八十六キログラムが
発掘されていることである。

つまりここに一種の工業都市とでも呼ぶべきものが存
　在した
というのは誇張に過ぎようか。

この際シロウトがいつまでも歴史に関わることは止め
　て
その推移のあとを偲ぶだけにとどめよう。
芭蕉が奥のほそみちをたどるのは１６８９年。
遺跡を隔たること北東にわずか数百メートルの
旧奥州街道である。
また遺跡の西百メートルの地点を現四号国道が走り
すぐ東側を東北本線と新幹線が走っている。
わたしたちが知ることの出来る総量は
ただそれだけだ。
そしてそれだけで十分である。

芭蕉はさらに長途平泉に至り
山野を埋める大軍勢が
かつてみちのくを彩ったきらびやかな光彩を
完膚無きまでに破砕するのを見た（はずである）。

　夏草や兵どもが夢の跡

大道はなお
北へ続く。
暮れなずむその遥か上空を
いずこかへ急ぐ一羽の巨鳥《おおとり》は何？

＊資料は青山学院大学教授藤原良章氏による（東北電力刊
　「白い国の詩」〇三・二月号所載）、また発掘は一九九六年
　郡山市教育委員会。

「宇宙塵」七号（二〇〇三年九月刊）より

日常性（詩論のような・そのⅡ）

詩人Ｙ氏が
日常性と非日常性の問題を論じている。
非日常性の側から日常性を逆照射せよというのだ。

＊

正論だろう。
だがそれにしても
どちらの側にわたしはいるのだろう。
おおかた人が決めることだが
わかっているのは
いまやわたしの日常性は
ひどく狭く平たいものに成り下がったということだ。
狭く平たいだけでなく
（不平を言うのでないが）
先行きの見えぬ不安の時があって
むしろ非日常性とやらの方角へ
深く身を沈めたいと思うことさえある。
ひょっとしてそちらの方角から眺めれば
日常性は
冬の日の小さな日だまりのように
遠赤外線みたいなもので
静かに暖めてくれるのではあるまいか。

過去についていえば
私の考える非日常性は
人には見せぬよう小脇に抱えて歩いて来た。
時に逆照射線が脇腹を灼《や》く。
それを人には言わぬと決めて来たが。

あれは誤りだったか。
その小さな呟きはきみの耳に届かなかったか。
届かない声は
ないに等しいときみは考えていたか。
（物言わぬむかしの友よ）

『福島県現代詩人会詩集』（二〇〇三年刊）より

水を飲む鳥（詩論のような・Ⅲ）

5月の夕方
送られてきた詩の雑誌をなん冊も読んだ。

めまいがするくらい詩人の多いこと。
その詩の立派なこと。
（決して皮肉じゃなしに）

詩はなんの役に立つか。
ある時文学はなんの役に立つかで
フランスの文学者たちが論争した。
論争はのちに本になったが
結局はなにをいっているのかが
わたしには判らなかった。

5月のある夕方。
木々は緑に
ザクロも一斉に薄紅色の芽を吹き
水飲み場に鳥たちがやってくる。
スズメ、山鳩と違って
ヒヨドリは水浴が目的である。
一羽が5回も6回も水浴する。
その習性の違いは不可解である。

詩人にも習性の違いがあるかもしれない。
何かの役に立とうと思わない詩人は
ダメな詩人であろうか。
彼はただ鳴くだけの
煩《うるさ》いだけの
鳥のようなものであろうか。

5月のある夕方。
詩人はヤカンにいっぱい水を入れて
水飲み場に出て行く。
鳥に水をやって
次ぎは彼が酒を飲む時間である
酒は詩になる（はずであった）。
だが意図に反して
酒は詩人を酔わせただけだった。
詩人は
いつもの倍も盃を重ね
鳥のように空を羽ばたく夢を見た。

「宇宙塵」八号（二〇〇四年十月刊）より

彼

古い話だが。
ふるさとを行商している
と悪口された詩人がいた。
ふるさとを〝行商〟するって
どんなことだろう。

しばらくして——。
わたしもふるさとを〝行商〟したいと
まじめに思ったことがある。
津々浦々を回って。
風光　珍味　人の情など。
泪したいほど心かき立てるふるさととは
たとえ行商してでも
売りたいものではないか。

いちど
テーブルを挟んで語り合ったことがある。
詩のことなんかじゃなく
彼の両親のこと。
父親は遊び事に忙しく
母親はひたすら信心の人だった。
死が彼らを迎えに来た時。
父親はそれこそ帰するが如くこの世におさらばし
母親は一心に延命を仏に願った。

どうせならやっぱり遊んだほうがいい
とは彼は言わなかった。
ただそういう話をしただけだった。
彼のトシを過ぎてふと思い付いたことだが。
ふるさとは詩人のなかで
此岸にも在り
彼岸にも在ったのだろう。
どこにでもあれば
売る必要もなかった。
まして買い手を捜し回る必要なんて——。

ある日鎮守の森で

故・安積国造神社宮司安藤貞重先生の思い出に。

台風の夜。
神社の大欅が倒れた。
あれだけ大きな樹が倒れて怪我人が出なかったのは
神様のお蔭だとみんながいった。

そのあくる年。
九十歳になる神官が世を去った。
まるで欅のあとを追うように——。
神官はジョークを得意とし
ジョークのなかで時に鋭く
人の仮面の下にあるものを言い当てた。

人々は
欅の下に暑さを逃れ
神官のジョークのなかに隠されている
心を癒すやさしさも受け取った。

ここにはいつも
悠久の時が流れていると考える人が
時々石段の中途で
空を見上げていることがある。
その空にぽっかり穿たれた
欅の空間。
一緒になって空を見上げているのは
樹のなかほどまで登ったことのある
あのときの少年だ。

（一九九九・二・四）

桐

桐は
やさしくて勁《つよ》い木である。

嫁にいく娘みたいに。

雪が降って溶けて
また雪が降って根雪になって。
桐はながい眠りにつく。
枝先に
固いつぼみを着けたまま。

そんなにして二十年ちょっとは辛抱して。
嫁にいく日を待っていただろうか。
娘と一緒に。
娘の思いをいっぱい詰めた
ひと棹の箪笥《たんす》に生まれ変わって。

桐も結構
はるかな道を旅してきたのだ。
この山あいのちいさな村を
終《つい》の栖《すみか》と定めるまで。

桐にとって
雪は恵みであり
恐れである。

幼いつぼみを抱え
いのちを枯らす地吹雪の重圧に身をさらす。
耐え抜いたひと冬ひと冬が
やがて年輪となり
柾目《まさめ》となる。

桐も夢を見ることがある。
雪の消える五月。
いっせいに花を開いて
夢と同じいろに空を染めて。

桐を育てて
成木になるのを待ち切れないで
この世を去った人もいれば
あるいは自分ではどうすることも出来ない
望みに駆り立てられて
村を出た人もいる。
それでも
とおい故里を思って
夢はやっぱり

同じうす紫に染められるだろう。
風はどんな遠くにでも
さわやかな花の薫りを運ぶだろう。

桐は寡黙《かもく》でやさしい木である。
子供たちがそれを知るのは
ずっとあとあとのことだとしても。
桐がしずかに暖めてきたものが
どんなものであるかを
だれもが知ることとなる。

春五月。
いちめんに花が咲く日に。

《ＮＨＫから依頼されて作詩》

「鈴木　伝のあゆみ」より

鈴木　伝氏に

文化というのは
まことに空漠たる。
たとえば
砂地に
花のタネを蒔くような
事業だと
ぼくは思うのです。
けれども
それがやがて
たくさんの花を咲かせる
と信ずることから
文化は始まるのです。
文化。
なんと空漠たる
観念の響きでしょう。

しかしあなたも
そして　ぼくも
タネを蒔くその列に
黙って連なりました。

きょう
あなたは去りました。
あなたの行く先きを
ぼくは知りません。
しかしみんなは見るでしょう。
あなたの去ったあとに咲きほころびた
たくさんの花、花を。
まるでいつもそうしているように
しずかに臥床に眠っている人よ。
あなたの多くの息子、娘たちが
それをみるでしょう。
あなたが残していった
実にたくさんの足あとを。
その花、花を。

「盆地」（一九九五年十月刊）より

ECHO

庭先で
古い手紙の束を焼いていたら
前蹲みになっている
僕の後頭部を
だれかが　鈍器のようなものが
力任せに殴りつけた

それきり僕は失神して……
いまも　時折やってくる
刺すような疼痛に眉をしかめる
最後によんだ手紙の一節に
なんと書かれてあったか
だれの手紙であったのか

ひどくそれが気にかかり

深夜　ベッドに入るとき
なにかに向って眼を閉じる
人生の不条理にしずかに禱《いの》る

ひょっとしたら僕も
だれかを傷つけていはしないかと
僕の手紙の一行に
だれかが血を流さなかったかと

さむい窓ぎわで
僕が眠りに陥ちるとき
みえない星の言葉に喚び起されて
僕の傷口は眼をさます
爛《ただ》れた　くろい小さな傷口

《第一詩集『蝶の記憶』に収録「Echo」の異稿》

作詞五篇

ほんとの未来

作曲　中村裕介

未来ってのは　前にあるだけじゃない
後戻りする未来だって　あるのさ
思い出せるかい　あの川のほとり
流れに顔を映して　きみは見ていた
きみの行く道を

白い月が出ていた
ススキの穂が風に揺れてた
未来もまた揺れていた
キラキラと眩しく

きみを見てるトモダチがいたよ
その陰に父さん母さんの顔も
たくさんの視線が　キラキラと眩しく

きみを見つめて波の間に
揺れていたよ　揺れていたよ

あそこから来たんだ
泣きながら　転げながら
歩いて歩いて　時には走って

思い出すかい　あの道のりを
挫折なんて　考えもしなかった
デコボコ道　険しい坂

いまもあそこに　きみは立っているのさ
少しばかり涙ぐんでいるけど
あの時きみは　その腕いっぱいに
抱えていた大きな未来　輝く未来

未だきみの　知らなかった
ほんとの未来　ほんとの未来
ほんとの未来　未来へ

（二〇〇三年）

水

作曲　丸尾めぐみ

あの川を　どこまでもさかのぼって
ずっと奥
ブナやクヌギの生えているあの森に
行ってみたい

あの森の樹の下に　きみとふたり
片寄せて
宇宙の声を聴いているひとときは
ぼくらのもの

ひょっとすると　ぼくたち
ブナ　クヌギ　ミズナラ
天を指して　伸びるいのち
愛と　そのカタチ
水の流れ　永遠が呼んでいる声
どこまでも
空の深みに　吸われる心

生きていこう
肩と肩　手と手を組んで
往く道は
果てしなく
星が導く
遥かな国へ

（二〇〇三年）

フロンティアこおりやま
～郡山市民のうたへ～

作曲　中村裕介　編曲　丸尾めぐみ

☆一尺を拓けば　一尺の仕合せあり
一寸を耕せば（一寸を耕せば）
一寸の幸せあり*

◇雲は急ぐ　北へ
人は耐え　耐えて闘う

むかしの人が言ったよ
あれからもう　百年は経つさ
雲の流れは　街に
小さな影を　落とすけど
不安なんかないさ
音もなく歓びは熟すよ　胸の中に

こおりやま　わが街

悩みのなか　苦しみのなかに
夜明けがはじまる
ふるさとを捨てて　われらは歩いた
父も母も　年老いたその親たちも
長い　長い　デコボコの道のり
幼子は眠った　母親の背中の上で
新しいふるさと　夢に見て

*明治6年、安積開拓についての福島県告諭書より

（二〇〇四年「街こおりやま」
創刊30周年記念で制作）

◇　くりかえし

山も眠る
みんなをやさしく
ふところに　抱きかかえて
川は流れる
古い夢も　染み付いた苦労も
みんな水に浮かべて

こおりやま　わが街
この土に　きみは生きる

O We must learn to walk
before we can run

We must learn to walk
before we can run

☆　くりかえし

花

作曲　丸尾めぐみ

朝焼けのそらを　見たことがあるかい
そっと　光が生まれ
どこからか　うたが湧いて
そよかぜの　かすかなゆらぎ
小さな鼓動

宇宙のまんなか　地球の片隅
そして　どこでもいい
きみがいて　わたしがいる
愛　なんていいたくないが
それでも　愛

花を持とう
一本のばら
愛　愛が広がる
朝焼けの空のように
赤からオレンジに
それから淡いブルーが
いちめんに

希望がどんなにして生まれるのか
きみも知るだろう

花を持とう
一本のばら
そのばらをきみに
きみのあしたに贈りたい

（二〇〇四年）

おにぎり

作曲　丸尾めぐみ

☆丸いおにぎり　三角おにぎり
味噌のおにぎり　のり巻きおにぎり

◇おにぎり　おにぎり
手のひらにのせると
まだ温みのある　おにぎり
おにぎり　おにぎり
母さんの温みが
伝わってくる　おにぎり

☆　くりかえし

随分世界を歩いたけれど
どこにも売っていなかったおにぎり
苦しい時も　ひもじい時も
それを考えるだけで
心を慰めてくれた　おにぎり

おにぎりの中に
いったい何が　詰まっていたのだろう
それを知っているのは
きっと　神様だけ！

おにぎりは　きっと宇宙
その中に　きっと世界

いつも母さんが湯気の向こうで
笑っている　微笑んでいる
そしてまた　その向こう側で
母さんの　母さんも

おにぎり　おにぎり　おにぎり　おにぎり

◇　くりかえし

おにぎり　おにぎり　おにぎり　おにぎり

（二〇〇五年）

詩碑「地蔵櫻縁起」（二〇〇五年四月建立）より

地蔵櫻縁起

図の指定天然記念物「三春滝桜」は
推定樹齢一千年。
根回り一〇・五メートルの巨木である。
開花期には村道を車の列が埋め尽くし
にわか作りの茶店が立ち並ぶ。

花も人も散ったあとに鳥がやって来る。
さくらんぼの実は
彼らの好物だ。
五年、十年、そして百年。
鳥がはこんでいったさくらんぼのタネは芽を出し
やがて一人前の木になる。

ある時
そのことに気付いた人がいる。

滝桜を中心に半径十キロ。
農事のあいまに山野を歩き
根回り一メートル以上のものに限定して
ついに四百二十本の子孫を確認し、確定した。
山峡のそらに羽をひろげる清婉《せいえん》の紅枝垂「地蔵櫻」は
その筆頭である。
木目沢（このめざわ）伝重郎氏。
昭和五十八年没、享年八十五歳。

一度だけ彼に同行したことがある。
小柄で無口な、目のやさしい老人だ。
彼は死んで、きっとさくらんぼのタネになっただろう
いつかそれが芽を吹く。絶対に。
木目沢さん。

＊「三春滝櫻伝承」のうち—。なお「地蔵櫻」は郡山市中田町木目択（きめざわ）にあり、同地在住の木目沢さんが調査を始めるきっかけになったものと推測される。彼はこの功績により、「日本さくらの協会」の表彰を受けた。

《第七詩集『野犬捕獲人』に収録「三春滝櫻伝承」の異稿》

詩碑「湖南頌」（一九九〇四月建立）より

湖南頌《こなんしょう》

ここで真船豊が生まれたころ。
向こう岸では、町が生んだ若い医学者の
世界的な大発見のニュースが
アメリカから届こうとしていた。
この大きな水甕はなんでも映している。
むかし激しい戦いがあって
そのあと武士たちの一群が
ひっそりと、この南の岸に移り住んだことも。
布引山の上に立って
磐梯山を眺めよう。
湖上を吹きわたる歴史の息づかいを聞こう。
どっさりと雪の降る一日も
いつもその底に
にんげんの火が燃えているやさしい村。

1990年 4 月湖南町舟津公園に建立された詩碑

詩論

「熱氣球」第八集（二〇〇九年二月刊）より
詩の会こおりやま・結成二十周年記念特集

思い出すこと

（1）

わたしの記憶の仕方は、酔っ払いのそれに似ている。脈絡がないのである。前後左右、いずれもあいまい模糊としていて、とくに心に残る場面だけが、スポットライトを当てたみたいに輝いている。幼稚園からの友達で、県の歌人会長もつとめた阿久津善治君というのはえらく記憶力のよい男で、幼少時代のことはわたしに代わってこの阿久津君がみんな覚えていてくれる。「あの時どうだったかね」時々わたしはそういう質問を阿久津君に発するのである。

しかしわたしが詩を書き始めたころから、阿久津君は病気をしたり短歌を書き出したりで、違った道を歩むようになり、ここに書く詩や詩人についての思い出を阿久津君にたずねるわけにはいかなくなった。だからこの文章もひどくたよりないものになりそうである。そのことをあらかじめ断っておきたい。そしてなにか気づいたことがあれば教えて頂きたい。県詩壇の歴史を書こうというのではないからかまわないようなものだが、間違ったことを書いて誤解を与えてはいけないからである。

さて前置きが長くなったが、わたしが詩を書き始めたのは昭和十二年だった。それまで並木秋人主宰の「走火」という雑誌に短歌を書いていて、いっぱし歌会にも出席していた。いまの郡商の生徒のころで、八木眼科医院（郡山）で開かれた歌会の記念写真には、黒い詰えり姿のわたしが、かしこまった姿で写っている。わたしを短歌の道に誘い入れたのは、わたしの家に出入りしていた渡辺明人という土建会社の社長さんで、この人はのちに戦死したと聞いた。わたしが短歌をやめるといった時、並木秋人先生はそれを思い止まるように二度ハガキをくれた。並木先生は偉い歌人であったので、このハガキはわたしの心を強く揺すぶったが、そのころ既にわたしは詩の魅力のとりこになっていた。藤村、晩翠、あるいは上田敏の若干の翻訳詩、わたしが最初に耽溺したのはそういう詩人だったと思う。わたしはほとんどそれらをそらんじていて、その前近代的な感傷の調べは、旧套《きゅうとう》で色彩感に乏しい（と思われた）短歌の世界では、到底味わえないものであった。わたしは躊躇なく短歌を棄てた。

最初の転回は、その年の暮れ、見知らぬ少年、当時安中（現安積高）の一年生くらいであった菊地貞三君の訪問に始まる。菊地君が、どうしてわたしが詩を書いていることを知ったのかはわからない。しかしとにかく、わたしは菊地君の誘いで、丘灯至夫（コロンビア作詞家、当時の筆名岡登志夫）の主宰する「蠟人形」郡山支部の例会に出席した。それは世間を知らぬ田舎者の少年にとって、心の浮き立つような華やかなサロンであった。菊地君もわたしも、やがてその虚飾的なサロンの雰囲気に抗って離れていくのであるが、ここで、いまは故人となった太田博、岡部信次の二人の詩人と出会ったことは、わたしの前半生で最大の〝出来事〟のひとつであった。太田は沖縄戦で戦死し、岡部は無事復員して来たが詩を離れ、十年ほど前脳出血で亡くなった。しかし当時の彼等の作品はいま読んでもみずみずしく、しかもおとなの風格を備えている。県詩壇の記録にも彼らの名前はないが、その力量は西条八十主宰の「蠟人形」でもたびたび大きな活字で印刷されるほどだった。そのころの「蠟人形」常連には鮎川信夫などの名前もみえる。福島県は惜しい人材を失ったものである。

（2）

わたしは昭和十七年の十二月二十日、会津若松の東部二十四部隊に現役兵として入隊、ここにはわずか二十日間置かれただけで、中国浙江省の前線に送られた。そして大陸戦線を転々としたのち、いまのベトナムに入り、サイゴン（現ホーチミン市）で終戦を迎えた。内地に帰るのはさらにその一年後、昭和二十一年六月のことであるが、その間はほとんど詩作することがなかった。小さな手帳に五、六篇の詩は書いたであろうか。しかし大事に持っていたその手帳も、敗戦後英軍の検閲があるというので焼き捨てた。そのことはとくに残念だとは思っていない。もしも残っていれば、記録的に多少意味があっただろうと思う程度である。詩だけでなく、日記めいたものも書きつけておいたから。

それはともかく、帰国後菊地貞三君から聞いた戦時中の話を一つ紹介しておく。菊地君は戦争にいかなかった詩人たちと語らって「現代詩懇話会」というのを結成した。どんなメンバーであったかは聞き洩らした。そのころ郡山駅の正面にあった日本通運郡山支店の一室を借りて会合を開いていたそうだが、いつもその会合には郡山警察署の特高刑事が来ていたという。そういう時代だったのである。わたしも同じころ戦地でひどい目にあっていた。知り合いだった書店の奥さんが、詩の雑誌やリルケの本を慰問袋に入れてまめに送ってくれていた。わたしは自分が異端視される理由を知らずにいたが、それらの書籍が中隊の下士官たちの問題になっていたのである。わたしにはいつの間にか〝反戦主義者〟というレッテルが張られていたことを、復員後に聞いて知った。

さて、昭和二十一年六月十六日、わたしは浦賀に上陸した。あとでわかったことだが、その同じ日に、田中冬二さんが郡山を去っている。田中さんは当時の安田銀行（現富士銀行）郡山支店長で、菊地君は時々田中さん宅を訪ねて詩の話を聞かせてもらっていたらしい。その翌年「銀河系」を創刊した時、菊地君にたのんで田中さんに詩を書いてもらった。当時既に高名の詩人であった田中さんは、快くそのためのみを聞き入れ、わざわざ「わたしたちのための」作品を書いてくれた。それはぜひ紹介の必要があろう。題は「樅《もみ》の木のある小駅の近くにて」である。

白にすこしの青味や赤味があっても／もうそれは真実の白でない／塩には塩の重量（おも）さがなければならない／林檎やマルメロは北方の果樹である／鮭は北方の魚である／詩人よ　君たちは　カペルラのやうな／ヴェーガのやうな宝石を持ってゐる／それが　硝子玉に摩替《すり》へられぬやうに

こんな形で詩を紹介するのは失礼である。そのことを田中さんにお詫びしなければならないが、余分なものを全く省いた、その硬質の詩感はいくぶんか伝わるであろう。

そんなことでわたしは田中さんとお会いする機会を逸した。そして三十年も経ってから、たまたま東京青山会館で行われた「地球祭」で田中さんに初対面のご挨拶をした。「郡山の三谷と申します」「三谷晃一か」これが田中さんの第一声だった。わたしのことをはっきりとおぼえておられたのである。わたしはそれ以上なにもいうことが出来ず、田中さんが差し出した手を握った。年もとり、かなり痩せてもおられたが、その手は力強いものがあった。

（3）

昭和二十一年六月に復員するとすぐ、わたしは赤痢にかかった。起き上がるまで一ヵ月くらいかかったと思う。そのころはまだ十分に若かったとはいえ、それはわたしにとってかなりの消耗であった。籍は田中冬二さんと同じ安田銀行（現富士銀行）本店にあって、銀行からはすぐに出社するようといって来ていたが、東京に戻る気力はなかった。家にはわたしの復員を待ちわびていた母がひとりいるきりだったし、それに帰郷途中に見た東京の焼野原のことも頭にあった。わたしは銀行に退職願を出し、ぶらぶらしていた。どこかでわたしの復員のことを聞き込んだ菊地貞三君が、「ほむら詩会」への出席をすすめに来たのはそのころのことである。

たしか八月初旬のことだったと思う。わたしは浴衣を着て八幡坂を下り、久方ぶりに詩の集まりというものに出ることにした。おぼろげな記憶であるが、夕方の街には活気があり、それがわたしを感傷的にした。いまの駅前大通り、柏屋本店の前あたりは麦畑になっていた。会合の場所は中町の日本堂レコード店、当時の横田治右衛門邸の二階だったと記憶する。そこにだれが集まっていたかはほとんど覚えていない。いまの女房と初めて会ったのもこの時である。彼女の母とわたしの姉が安女時代からの友達だった関係で、名前だけは聞き知っていた。それから菊地君と、あとで菊地夫人になった、当時安女教諭の五十嵐亨子。そこでなにを話したのかも忘れたし、その後たびたびそういう会合があったかどうかも忘れたが、間もなく「ほむら詩集」が出たところをみると、かなり活発な交流が行なわれたのだろう。

「ほむら」詩集はがり版刷りではあったが、横型の小さな、いかにも清楚な感じのする本で、それもこれも菊地君と亨子さんの努力に成るものだった。わたしはそれに「范氏花に捧げるソネット」といった題の、いくらか長い、甘美な恋の詩を書いた。范氏花（ファン・ティー・ボン）は、わたしがサイゴンで知り合った十七才の少女であった。敗戦という巨大な衝撃を間にはさんでも、わたしはまだ幼く、彼女との短い恋の揺曳《ようえい》から脱却出来ていなかった。

これより先、昭和二十一年九月にわたしは福島民報社に入社した。一ヵ月余の本社勤務ののち、郡山支社に転勤になり、既に新聞への幻滅を味わったりしていた。そしてノートに「新聞は拡散であり、詩は集中である」などと書きつけたりした。昭和二十一年の暮れ、東白川郡竹貫村で詩誌「銀河系」を出していた本郷清市郎氏が、郡山市寿泉堂病院でなくなった。わたしは本郷氏に面識はない。どういういきさつからか、菊地君が本郷氏に傾倒し、死の床で「銀河系」をたのむ、と本郷氏にいわれたという。わたしと菊地君が協力して、第二次「銀河系」を出すことになったのはそういう事情からである。

昭和二十二年二月発行の第二次「銀河系」の創刊号をみると、次のような名前がある。まず前号にも書いたが、田中冬二さんの作品、次いで岩田一男先生の「遠い笛の音」。岩田先生は一昨年暮れ亡くなったが、わたしの恩師で一橋大学で英語を教えておられた。あとは本郷清市郎氏の遺稿二篇。同人は上野菊江、故岡部信次、光谷圭一（斎藤庸一）、菊地貞三、五十嵐亨子、三谷、佐藤浩、樋口勇（この人については全く記憶がない）、それにいまの女房である阿部正子と、以上九人が書いている。文章は菊地君とわたし。題字は本郷さんのものである。

（4）

約二ヵ月のヨーロッパ旅行を終えてわが家に戻ったら、うず高い郵便物の山のなかに、安部一美君からの会報原稿依頼があった。しかしアタマがぼんやりしていて、ものを書く気が起きない。そうこうしているうちに締切りの日が来てしまった。

仕方なく、古い「銀河系」や、県史文化篇に書いた「戦後福島県詩史」を読み返してみる。いま福島県の詩壇は、福島県現代詩人会が出来て、百三十人近い会員が加盟している。恐らく福島県の詩の最盛期ではないかと思うが、その熱気はどうか。わたしの回想のなかでは、戦後「銀河系」が発行されていた時期の方が、もっと熱気に満ちていたような気がする。

いま郡山市八幡坂に「匠ギャラリー」となっている「匠クラブ」には、あのころほとんど毎晩のように若い詩人、あるいは画家たちが集まって、芸術論に花を咲かせていた。「匠クラブ」は岡野六郎設計事務所長が、自宅一階の事務室を集会所としてわれわれに無償開放してくれていたもので、ことし亡くなった岡野さんの姉、横屋ふくさんが、わが子みたいにわたしたちの面倒を見てくれた。いまと違って、設計事務所も大した仕事があるわけではなく、仮に設計を請負っても、設計料を払うという習慣が確立されてはいなかった。そういうことで岡野家の家計はかなり苦しかったに違いないが、そんななかから、全く畑違いの詩や絵画、あるいは音楽家のタマゴたちに、集会の場を提供し、あの物資欠乏の時代に飲みもの、食べものまで気を遣ってくれるというのは、普通では出来ることではない。

こういうことを書いていいかどうかわからないが、わたしがたまたま郡山市の文化功労賞審議委員であった時に、岡野さんに対する授賞を力説し、それがすんなりと決ったばかりでなく、委員のなかから、岡野さんくらいこの賞にふさわしい人はないという意見が出たのは、わが事のように嬉しかった。これはむろん、報恩というようなことではなく、この委員の発言のように、岡野さんの無償の行為が、戦後の郡山市の文化活動にどれだけ大きな支えとなったかは、だれもが認めることなのである。

その当時のメンバーを見ると、詩人でいちばんひんぱんにこの場所を利用したのは、菊地貞三、のちに彼の奥さんになる五十嵐亨子、それにわたし。佐藤浩、粒来哲蔵らがおり、郡山在住ではないのによくやって来た人に大滝清雄、斎藤庸一らがいる。菊地に至っては、板の間の上に膝をかかえこむようにして明け方まで思いに沈んでいる、といったぐあいで、横屋のおばさんもさぞかしアタマの痛かったことであろうと思う。詩史という形に書けば「銀河系」があり「龍」であるということになるが、実質は「匠クラブ」であった。このなかからたくさんのラブ・ロマンスも生まれた。後年日高パーティというのが話題になったが、岡野パーティはもっと中味が濃かった。ラブ・ロマンスは付随的出来事であって、彼らが最大の関心事としたことは、詩であり、画であり、音楽であったからである。戦後という特殊事情もあって、こういう熱気はもはや蘇らすすべはないかもしれぬが、県の現代詩人会の交流にも、なにがしかあの当時の若さを注入したいとわたしは思う。それなしに、どんな芸術も文学も育ちはしないからである。

（5）

前号に「匠」の話を書いたが、「匠」は詩人、画家、音楽家などいろいろな分野を志す人たちのサロンであった。当時そのほかに、詩人だけのサロンがあった。西白河郡矢吹町の大滝清雄氏宅である。

大滝さんがいつごろわたしたちと接触を持ったかは明らかでない。わたしが最初に大滝さんにお会いしたのは、郡山市阿弥陀町というところにあった故吉田一蔵氏宅である。吉田さんは詩人であり、歌人であり、そのほかなんでもこなすという、いくらか器用貧乏的なところもあった人で、やさしい声と長髪をかき上げる仕草が印象に残る人であった。確か戦前の「郡山文学」の同人であったと思う。郡山の文化活動の面で、一時期リーダー的な役割をつとめたが、この人が大滝さんを「連れて来た」のか、あるいは大滝さんの方から訪ねて来たのか、とにかく吉田宅でわたしはこの未知の詩人、しかも中央では既に文名を知られているという先輩詩人に初めて対面し、熱っぽい口調で説く詩論を傾聴した覚えがある。その時に多分菊地貞三君も同席し、やがて菊地、粒来の両君が、大滝さんの主宰する「龍」同人に加わるのであるが、わたしはその時、同人の誘いがなかったことに不満を覚えた記憶がある。その不満は、菊地、粒来両君が「銀河系」の仲間としてずっと一緒にやって来ている、ということにも起因するのはいうまでもない。

そうこうするうちに「銀河系」の行き詰まりが来た。大滝さんの「龍」が、相田謙三、泉沢浩志、木村利行、それに菊地、粒来ら力ある詩人を加えて隆々としていること、一方「銀河系」をわたし一人の力で維持することが次第に苦痛となったことが、行き詰まりの原因であったであろう。どういうきっかけがあったか忘れたが、「龍」「銀河系」の合同の話がまとまり、ある夜、金子鉄雄氏宅だったと思うが、「新抒情派」旗上げの話が合意された。「新抒情派宣言」はわたしが起草することになった。いま、その当時の「龍」が手許にないので内容は紹介するわけにはいかぬがなにか、われながら壮大な気宇に満ちていたような気がする。そしてこの「宣言」は詩誌「詩学」で紹介され、〝新折衷主義の誕生〟と見出しされた。つまりからかわれたわけであるが、しかしわたし自身は、中央の詩誌が取り上げてくれたことにまんぞくした。

それからわたしの〝矢吹通い〟が始まるわけであるが、いまその頃のことを考えると、詩に対する基本的な考え方は、当時と殆《ほとん》ど変らぬことに気づく。三つの魂百までということであろうか。作家はその処女作に向かって成長していくという言葉もあるが、成長云々はともかく、わたしのいまの仕事は、当時ヤミクモにやっていたことを、形の上で補足していく、そういう姿のものであるような気がする。

大滝さん宅のサロンは殆ど夜であった。遅くなって泊めてもらったこともある。いま思い出すのは、近くを通る東北本線の夜行列車の響き、それと丈高いトウモロコシのそよぎである。矢吹は「文芸のふるさと」となり、県詩人会も矢吹を発火点に誕生した。県詩人史三十年を、矢吹町を中心にたどってみたら、また別個の、興味ある展望が出来上がるのではないかと思うのである。

（6）

昭和二十年代の詩活動は、「銀河系」を出発点に、次いで「龍」へと移ったが、その間に仲間であった人たちが、次々と福島県を離れる、ということがあった。いちばん先きにだれが出ていったかはおぼえていないが、ちょっと思い出してみても、リーダーの大滝清雄さんが足利へ転出したのをはじめ、菊地貞三夫妻、粒来哲蔵、上野菊江、真尾倍弘、泉沢浩志、瀬谷耕作らの名前を挙げることが出来る。この傾向はその後も続き、そのなかには故好川誠一、酒井蜜男、中潟寿美子の名前もあった。

終戦後「福島県作家協会」というものが出来、郡山市安積国造神社境内の茶室で創立総会を開いた。三十人ほどの作家、詩人が集まったが、主力は鈴木善太郎、榊山潤、諏訪三郎、影山稔雄ら疎開作家たちであった。これは全く戦争のもたらした偶然であったが、当時、文化の地方分散などといってそこから新しい地方文化が生まれてくるような期待を人々は持った。しかしこれらの作家たちは間もなく去り、前述の有力な詩人たちも福島県を捨てた。仲間で残ったのは、わたしのほか斎藤庸一、菊地啓二ら数人に過ぎなかった。わたしと斎藤はそれから「詩」という雑誌をつくって新しい活動を始めるが、いま考えてみると、福島県の詩壇はあそこで一度〝分解〟したのだと思う。それは、残った人たちの、その後の歩みをしさいに見ると、そうとしか考えられぬのである。なお上京した人たちのなかに、川内康範（県在住当時は河内潔士）、丘灯至夫（同、岡登志夫）の名前を加えておこう。また瀬谷耕作は行く先が水戸であるし、ちょっと事情も違うので除いておいてもよい。とにかくそういうぐあいで、オーバーにいうと、福島県はガラ空きになった。熱気も去った。空白といえばその空白は、こんど県現代詩人会が結成されるまで続くのである。

わたし個人についていえば、わたしもまた東京に出ていきたかった。そのための多少のあがきもあった。出ていけない、あるいはいかせなかった理由はいろいろあるが、最終的には老母との二人暮らしという家庭事情が、わたしを縛ったと思う。母は昭和35年に死んだ。しかしもうその時〝脱出〟の意欲はわたしから失われていた。いまになって、田舎にいてよかった、とか、地方の詩は、とか思ったり語ったりしているが、いったんは田舎を裏切ろうとした、そのうしろめたさが消えるわけではない。そのために余計、田舎にこだわる部分もあると思う。しかし反面、田舎を語れる強味、というとおかしいが

〝二重国籍者〟の、郷里に対する贖罪のような心理が、なにかしらわたしを励ましている面もあると思っている。

しかし福島県から出ていった人たちとは、いまも親しい交流がある。大滝さん、菊地君。一時詩から遠ざかったように思われた上野さんが、最近「五釆」という雑誌にさかんに詩や文章を書いていて、毎号送って来てくれる。大滝さんにはとくにお願いして、草野心平さんのあと福島県文学賞の審査員を引き受けていただいた。しかし時折わたしは思うことがある。これらの人たちは郷里というものをどう考えているだろうと。郷里はなつかしいものなのか、恥ずかしいものなのか、あるいは全く関心の外なのかと。郷里を出たことのないわたしには、それは想像のつかないことである。

（7）

去年の十二月八日「無限祭」のとき、人ごみをかき分けて近づいて来る人があった。「わかりますか?」「さあ」わたしは困惑した。「真尾倍弘です」実にびっくりした。「よくわたしの顔がわかりましたね」こんなふうにして立ち話が始まった。街頭ですれ違ったら絶対にわからない。真尾氏も半信半疑の気持ちで近づいて来たらしい。真尾氏はいま「龍」のほか、雄山閣から出ている立派な詩の雑誌「鮫」に書いている。むろんそのことは知っていた。しかしなにしろ、真尾氏と別れてから三十一年経っている。真尾夫人の悦子さんが「たった二人の工場から」という生活記録で世に知られたのは、別れて数年後のことだったが、それから消息はぷっつり絶えた。お二人が元気で活躍しているのを知ったのは数年前のことである。突然逢ってもすぐに思い出せるはずはない。あのころ、というのはいまのいわき市平に、なにかわからぬ奇妙な文学的雰囲気があった。昭和二十三年、四年、ちょうど平事件、下山事件などの起きた物情騒然たるころである。この中心に、俳優中村敦夫君のお父さんである故遠藤節氏が坐っていて、周囲に作家の川内康範氏（当時河内潔士）ファッション評論家の鯨岡阿美子さん、社会主義詩人の日野利春氏といった人たちがいた。〝紋次郎〟の敦夫君は、まだ小学生だったと思う。時折俳優の鈴木伝明氏夫妻もあらわれたりして、遠藤家の梁山泊はにぎわっていたが、真尾氏もそのなかの一人で、胡麻沢の池のほとりに住んでいた。わたしは一度だけ彼の家を訪ねて、胡麻沢でとったというウナギの蒲焼をご馳走になった。たしか光田年雄という詩人がいて、なんとかいう雑誌を出していた。わたしも真尾氏もその同人の一員ではなかったかと思う。川内氏にはその後二度程会った。一度は地下鉄銀座駅（？）のホームで、一度は那須のあるパーティで呼び出しがかかり、けげんに思っていってみると昔ながらのキザなスタイルをした川内氏が人なつこい笑いを浮かべて立っていた。鯨岡さんには一度新聞の仕事で原稿を依頼したが、折悪しくパリ滞在中でダメだった。全くあのころのことを考えると、なつかしさで胸がいっぱいになる。若くて、貧乏で、無我夢中であった。思い出すのはさっきのウナギの話とか、川内氏を平駅で見送ったこと、鯨岡さん、伝明さんたちとのダンスパーティとか、まことに断片的なことででしかない。おかげで「無限祭」は、折角お招きを受けながら、どんなスピーチがあったのやら、分からずじまいで終わってしまった。

郡山から平までの車中で、草野心平さんと一緒になり、「銀河系」に書いた作品について懇切な指導を受けたのもそのころである。詩について、わたしはついに師と呼べるような人を持たずにしまったが、勝手に心平さんを師ときめているのは、あの二時間半の車中の記憶のせいである。

（8）

思い出すことのタネも、そろそろ尽きて来た。その第一の理由は、わたしに友人、知人が少なかったためである。このごろ大分改まったが、若いころのわたしは、人に近づこうとせず、近づけようとさせなかった。その上古いつきあいは、死んだり仲違いしたりして決して増えるということがない。死んだといえば、ここ一年くらいの間に、木原孝一、黒田三郎、田中冬二の三氏が亡くなった。このなかでは木原氏といちばん多く会っている。彼はわたしと同年で、福島県にも三度来た。もっと来ているかもしれないが、会って一緒に飲んだのは三度である。酒が入ると、ちょっと持て余すふうのところがあったが、なんとなく憎めない感じであった。わたしが日本現代詩人会に入る時、推薦してくれたのは彼である。もう一人、黒田さんが推薦人になってくれた。これも木原氏の口添えである。黒田さん、それに田中さんとは、機会があったにもかかわらず、わたしの引っ込み思案のため、ゆっくり言葉をかわすことをしなかったのが、いまになって悔やまれる。

六月、菊地貞三君の久しぶりの詩集「淋しがりやの宇宙人」の出版記念会の時、泉沢浩志に会った。ほとんど三十年ぶりである。長いつきあいなのに、彼が新日鉄の社員であったのをその時初めて知った。定年で辞めたという話からである。彼は飄々としたところのある人物で、双葉郡の方に住んでいたころカラスを飼っていて、町に出る時いつもカラスがついて来る。用事でどこかの店に入ると、カラスは辛抱強く軒先にとまって待っていた、という話を印象深く覚えている。よく山歩きをして、そのころ起きた殺人事件で山狩りに入った警官隊に、殺人犯と間違えられた、などという話も。

変ったつきあいでは上野菊江さんもその一人である。彼女はわたしより一つ年上で、同じ会社の編集局で机を並べていた。ある時誘われて彼女の下宿に行き、夕食をご馳走になって泊まって来た。別室ではあったし、当時はなんの疑問も感じなかったが、ずいぶんあとになって、とんでもないことをしたものだと反省した。わたしには、先輩のところで世話になった、くらいの意識しかなかったのである。そういう点では、わたしも変り者の一人であったかもしれない。

すべては推移する、というのがいつもわたしの考えの基底にある。その考えが根づいたのは、谷崎の小説「少将滋幹の母」で、一人の僧が一椀の粥を食べようとして、ふとみるとそれがみな蛆虫に変っていたという下りを読んでからである。「僧はさめざめと泣いた」と谷崎は書いている。タネが尽きたところで、この稿を終りにしたい。これを書いたために気持ちのカタのついた部分がある。それはもう〝推移〟したのである。その幻をいつまで追ってみても

しかたがない。　　　　　　　　（完）

編集部注
・筆者は元「詩の会こおりやま」会員、平成十七年二月二十三日没、初代福島県現代詩人会会長
・本稿は福島県現代詩人会会報第2号（昭和五十三年十月十五日）から第9号（昭和五十五年八月十日）まで連載されたものから転載

『福島県詩人選集』（一九六八年十一月刊）より

戦後の福島県詩壇

戦争が終わって二十余年経った。当時の二十代の青年もまもなく五十に手が届こうとしている。一体何をたよりに、あるいは何を信じて今日まで詩を書いてきたか、と考えると非常に茫漠としていてつかみどころがない。山男たちが口にする「そこに山があるから」という答えもあまりにポピュラーになりすぎたが、詩人はそんなときにどう答えたらよいものだろう。「なぜ書くのか」「なぜ書いてきたのか」という問いに対して。アンドレ・マルロオはスペンダーに向かって「詩は時代おくれの芸術だ」といったというが、その〝時代おくれの芸術〟を、しかも中央との結びつきもない草深い福島の田舎でせっせと二十余年も書きつづけた努力というものは、あるいは徒労と呼ばれても仕方のないことかもしれない。しかし、いってみればそれは人間が生きていることを証明する最低の努力のようなもので、たとえ酬いられることはなくとも、また他人にとっては無価値にみえようとも、それは存在証明であるからいまもわれわれにとってひとつの意味をもつ、という種類の仕事である。従ってその仕事を集大成し、またはその足跡をたどることも決して意義のないことではない、と思う。

福島県には戦前にもいくつかの詩活動があった。その代表的なものは、「北方詩人」と「蠟人形」である。「北方詩人」は現在もつづき、「蠟人形」は西条八十の影響下にあり、丘灯至夫を中心に「蒼空」を出していた。その詳細は「県史・文化篇」にくわしく紹介されている。しかしそれは時代環境もあって局地的な動きにとどまった。福島県の詩活動が内容的にも活動範囲も全県的なものになったのは戦後のことである。それは敗戦とそれにつづく混乱が直接の契機である。こう断定的にいうのはむろん私見である。異論があるかもしれないが、そう考えてよいたくさんの理由がある。敗戦とくに詩という芸術の本質は敗戦によるいろいろな拘束からの解放という時代の空気に最も敏感に反応するものをもっていた、というのが最大の理由と考えてよかろう。とにかくそういうことで敗戦後の本県詩壇は非常に熱ぽい雰囲気に包まれていた。昭和二十二年の八月、郡山市の如宝寺書院と福島一小講堂で催された「夏の詩祭」は大勢の市民でふくらんだ。あれだけ盛んな詩の催しはそれ以前にもなく、それ以後もみられない。昭和三十九年、中央から伊藤桂一、安西均、秋谷豊、高田敏子ら著名な詩人を招き、郡山信金ホールで現代詩の集いを開いたが、七十人の聴衆を集めるのがやっとだった。〝詩ブーム〟などといわれている今日でさえそうである。当時の空気は異常というほかはない。しかしこういう異常な空気のなかで、数々の有能な若い詩人が輩出した。グループ活動の先端を切ったのは「詩祭」の推進力ともなった郡山の「ほむら詩会」で菊地貞三が中心だった。このグループは間もなく「銀河系」を出し、斎藤庸一、菊地亨子、佐藤浩、上野菊江、三谷晃一らがその同人となった。「銀河系」はその後二十六年二月「竜」と合併するまで約五年にわたって県詩壇の主流となった。やがて菊地、上野、粒来哲蔵は上京し、中央でも活躍するようになるが、その他の同人は現在も県内に残り、鈴村満のように会津ペンクラブ会長として創作に活躍するなどなにかの形で県の文学界に寄与している。

「銀河系」に次いで県詩壇をリードしたのは大滝清雄の「竜」である。大滝は戦前から文名のある詩人だったたか、戦後矢吹中の教諭となり、「竜」を発行、相田謙三、木村利行、泉沢浩志ら実力のある若手詩人を集めたが、のちに「銀河系」と合併、県内最大の詩人集団となった。大滝は経験と教育者らしい熱心さでよく若手を指導、県詩壇にとって忘れられない人となった。大滝はいま足利市にあって「竜」を続刊しているが、若い人だけで暴走しかねなかった県詩壇をひとつのレールにのせることに大きな功労があった。中央との結びつきをはかったのも大滝の仕事である。

大滝が去ったあと「銀河系」の流れが再び「詩」の発行となって復活、それは現在の「黒」に引きつがれた。川上春雄、瀬谷耕作、高草陽夫、小川琢士らが新しいメンバーとなり、斎藤は土井晩翠賞、川上は第一回詩学賞を受けて福島県の詩の豊饒さが中央の注目を受けるようになった。とくに斎藤の方言詩、評論「霧のなかの架橋」は第一級の仕事として詩壇の高い評価を受けた。

この他県詩壇の有力グループとしては「北方詩人」と「浪曼群盗」を挙げておかなければならない。「北方詩人」は最も息の長い詩誌であり、故大谷忠一郎、大友文樹、宗像喜代次、高橋新二ら、県詩壇の草分け的なメンバーから成り、そのわかれは高橋の「場」「エリヤ」となってたくさんの若い詩人たちの勉強の場となっている。小林金次郎、長谷部俊一郎、高橋重義らも同人の一人であり、そのサロン的雰囲気が斎藤らの「黒」と相容れないが、集団としては現在最大のものとなり、その影響力は無視できない。「浪曼群盗」は新城明博の個人誌的傾向が強いが、県内外の異色ある同人をそろえてレベルは高い。ただこの雑誌のハイ・ブラウな傾向は福島の土質に合わないという感じで、県詩壇全体の流れからはやや孤立した形の存在となっている。

これら一応名を知られた詩集団の他に最近になって各地の若手詩人たちの間に同人誌の刊行が目立ちはじめた。若松の「るい」をはじめ「硝子」「の」「ポエム」など地味ではあるけれども地域的にまとまって勉強する人たちがふえ、それぞれ特徴があって県詩壇の新しい希望となってきている。この人たちがいろいろな機会に集まって交流するあるいはもっと大きいグループに結集するという動きがあれば、さらにそこからなにかが生まれる可能性も出てくるのだけれども、交通の便利になった現在かえって以前よりそういう働きに乏しいのはなにか原因があるのであろうか。あるいは孤立化する傾向がいまの時代の特徴のように考えられるフシもあるので、しばらくは黙ってかれらの営為をながめていたい気持である。

『ふくしまの文学Ⅲ』（一九八五年十一月刊）より

福島の詩

ある時伊藤信吉さんが「昔は、詩は群馬だったが、いまは福島だね」と心平さんにいったそうである。草野心平さんからじかに聞いた話である。昭和五十三年に福島県現代詩人会が発足して、最初の入会者が百二十三人を数えた（現在は約百五十人）ころのことである。伊藤さんがいい加減なことをいうはずはないが、この話は詩の隆盛に対してではなく、詩人会の隆盛に対していいわれたものと私は理解した。その考えはいまも同じである。

福島県でまとまった詩人団体がつくられたのは二度目である。最初は故大谷忠一郎氏を中心に結成された「福島県詩人協会」である。高橋新二さんが世話役になって、なんどか会報を出したりしたが、三十八年大谷さんの死去と共に自然消滅の形になった。五十二年、西白河郡矢吹町で「県詩祭」が開かれた時、午後のシンポジウムで県単位の詩人団体の結成がテーマとなった。詩祭の世話役である矢吹の詩人たちの発想によるものと私は考えている。それから一年間、初代理事長になった小川琢士君らが日曜をつぶして県内を車で走り回った。主なグループの詩人たちを説得するためである。そういう努力は結成のあとで聞いた。先の詩人協会が大谷さんを中心にした、いわば有力詩人の集まりであったのに対して、新しい詩人会は若い層からの盛り上がりでつくられた。会員の数が多いことはその結成のいきさつと関わりがある。

こういう詩人団体があることとないことの意味の違いは、さしたることではないと思う。問題はそういう点にあるのではなくて、広い福島県で、それぞれが孤立したグループ活動、あるいは作品活動をしていて相互につながりがない、その孤立感が団体結成へのエネルギイになったと私は見る。そしてこの点に結成の意味があったのだと思う。それがはたから見て〝隆盛〟の印象を与えたのだろう。だから詩人会が在る意味を問われるのは、これからのことである。

県史、文化篇に、戦前の部を高橋新二さんが、戦後の部を私が書いた。いまそれを読み返して感じることは、福島県は、詩の豊饒の地ではないということである。みずからの郷里をおとしめるのではないが、福島県は関東と東北のはざまにいて、二つに引き裂かれた部分がある。文学はまず「様式」だが、その様式の確立に苦しんでいるというのがありのままの評言だろう。その意味では、もし伊藤さんのお言葉を借用するなら「昔は群馬だったが、いまは岩手か山形だね」ということになるかもしれない。「様式」はアイデンテティのなかから生み出されることが多い。福島県は、前に述べた地理的条件、徳川時代は全国一といってもよい多数の藩に分割されていた。みずからのアイデンテティを確立することは、容易な仕事ではない。

むろん私は個々の詩人たちの歴史も見て来た。若い時に東京に出てすぐれた業績を残した人たちもいる。この人たちはなにかの形でこのシリーズに紹介されるだろうからここでは触れない。むしろ歴史のなかに埋没したなん人かの詩人たちのことをちょっと書いておきたい。その一人は終戦の年の九月、東白川郡塙町の生家で亡くなった鈴木亮吉である。二十二年に遺稿集「花と心」三十一年に「時と貝」が草野心平の序文を付けて昭森社から出版されている。いま中央で活躍する画家杉三郎は叔父に当たり、同じころ周囲に曽宮一念がいた。彼は環境と天分に恵まれていたのである。同じころ隣り村に本郷清市郎がいた。県詩史に残る「銀河系」の創刊者でもあるが、彼も二十二年病没した。これより先、郡山市安積町に秡川光義がいた。その詩風は朔太郎の影響が強いが、唯一の詩集「暮春賦」は彼が朔太郎の、凡々たる亜流でなかったことを示している。「郡山の文学」を研究する塩谷郁夫氏によると、詩集は大谷忠一郎ら詩友の援助で出版され、四十年生地の近くに建立された詩碑も、やはり昔の詩友たちの力でつくられている。それだけ、その才能を惜しまれたということであろう。余談のようだが、これらの詩人たちはいずれも結核で早世した。啄木も賢治も中也もそうであったが、実に多くの才能を夭折させた、当時の〝国民病〟の観点から、一つの文学史を書くことも出来る。と、私はひそかに考えている。この暗い、大きな〝落とし穴〟は戦前についてのどの文学史にも書かれていない大切なポイントの一つのように思われる。

さてそれはそれとして、いろいろな思い出のなかに、なんどか通った矢吹・大滝清雄家の一夜が浮かんで来る。戦後外地から復員した大滝氏は、矢吹中学に勤めるかたわら、教育者らしい熱心さで実によく後進を指導した。私が泊まったのは一度だけのような気がするが、ある時期の大滝家は〝梁山泊〟みたいなものではなかったかと思われる。もののない時期で奥さんもさぞ難儀したことだろう。やがて大滝さんは、こんどは自分自身のため矢吹を去って足利に移るが、その蒔いた種子は確実に芽を吹いた。矢吹町は県から「文学のふるさと」事業地区に指定される。県現代詩人会も矢吹を起点に結成される。草野心平、猪狩満直、三野混沌のいわき、佐藤民宝の会津とともに、福島の文学史に特記されてよい人物であり風土である。

福島の詩史を通観して感ずることの一つは、モダニズムの傾向が根付かず、社会主義的志向も乏しい。もちろん皆無ではなく、なん人かのすぐれた詩人の名を挙げることが出来るが、この辺りに福島県という土地の風合を見て取ることが出来るかもしれない。それがよいことか望ましくないことか、私には判断がつきかねるが、いまは県とか地域とかいう垣根をつくる時代ではないだろう。だからといって、モダニズムとか社会主義のように初めから垣根を取り払って済むことではなく、そこに、予め与えられた「地方」に生きる詩人の困難があると思われる。伊藤さんのいわれる〝隆盛〟には当たらぬかもしれないが、百五十人の会員を持つ団体の活動を通して、それぞれが模索して行くべきものだろう。どこにいても、詩に困難は付きものである。

「黒」一六号（一九六九年七月刊）より

架空の対話　連載第一回

――「週刊朝日」だったと思うが日頃いいたいと思っていることをなんでもいう、といった企画が話題になっている。テレビのモーニング・ショウをみても非常に広い階層の人を画面に登場させて、いいたいことをいわせている。新聞の投書欄を開いてみると一億の人間がみな評論家になったのではないかと思われるくらいだ。中国の〝百家争鳴《ひゃっかそうめい》〟という言葉がそのまま当てはまるのがいまの日本だ。どうしてこんなに、いいたいことがいっぱいあるのだろうと思う。これはとりも直さず、いいたいことと同数のたくさんな問題があるということだが、考えてみると戦後二十余年経って日本は世界に類のない高度成長を遂げ、〝昭和元禄〟というようなことばも聞こえる。これだけ国が豊かになり、国民の生活も向上しているのに、問題はかえって年々ふえてゆくようにみえる。社会全体がなんとなく騒がしく落ち着かない。これは一体なにに原因があるのか。政治が悪いのか。他に理由があるのか。詩人だってそういうことを考えて悪いという理由はない。逆に詩人だからそういうことを考える責任がある、というふうにいい方もできる。

こまかい専門的なことはわれわれの守備範囲にはないが、問題が人間そのもの、あるいは人間精神に関わることとなるとそれはわれわれの問題となる。そしてまたそういう匂いがしないでもない。これは決して無駄なお喋りではないと思うがどうだろうか。

その通りだ。しかし正直のところそういう問題についてあまり喋りたいとは思わない。僕にはなにか結論がみえているような気がする。だがそう考える一方で、われわれ大正年代に生れ、いわゆる戦中派と呼ばれているものたちが、なにかいまの時代にひとこといっておかなければならぬ責務に似たものがあるような気もする。戦中派という呼称はいやだし、また戦中派といってもみな同じ考えを抱いているわけでもないが、戦前と戦後と現代の日本を二つに染め分ける、その双方の時代に同時にいちばん浅い精神的つながりをもっているのが、いわゆる戦中派ではないのか。そういう意味で、責務みたいに感ずるものはわれわれの思い過ごしであるかもしれないし、また全くの無駄であるかもしれないが、ひとことといいおいてゆくというか、少なくとも僕の四十代はまさに過ぎ去らんとしているのだし、なにかいっておくのならばいまがその時期だという気もするのだ。

——たしかにそうだ。そしてまた徒労感と、一方でなにかいわねばならぬ責務といったものを感ずる、そういう心理がからみあってるところ、いかにも戦中派という感じがするが、それはまあそれとして、いまの政治の問題——。

最近ベルジャーエフを読んだが、デモクラシーには貴族的なものと大衆的なものとがある、というんだ。西欧に生まれたデモクラシーは当時の貴族階級というものをバックとして育ってきた。従って大衆をデモクラシーの高い理想に引き上げようとする努力があった。しかしいまの大衆デモクラシーは大衆と歩調をそろえる、いってみれば万事大衆の線までレベルを引き下げようという意識的、ないしは意識下の配慮が働く。これはデモクラシーの堕落であるという。

——それはそうだが、その考え方ははじめから大衆は愚なりという前提に立っている。だいいち十九世紀風の貴族的デモクラシーをいまの時代に通用できるものでもあるまい。

むろんできない。ただ大衆迎合のあまりデモクラシーのもつ高い理念まで見失なうのは困る、というんだ。この考え方に異論はないと思う。しかしこれには理想主義的な匂いがある。理想主義的な、ヒューマニスティックな、あるいは全人格的な、そういった全体的な人間像というものをイメージしたものの考え方は平たくいってもう流行らなくなった。近ごろ未来学で日本でも有名になってきたアメリカ・ハドソン研究所のハーマン・カーンがいっているが、そういうものの考え方、感じ方と全く相反する感覚主義的傾向は七世紀のころから人類史の上に現われ、いまではもう全世界を制するまでになった。そしてこの傾向はますます末梢的に強まるばかりだろうという。カーンがヒットラー・ムッソリーニのやったことをこの感覚主義的な流れに対する（最後の）抵抗という風にみているのが印象に残った。

われわれは一体どういう形で政治に参与しているかといえば、すぐに考えられるのが選挙だ。われわれの一票にはわれわれの意見が表現される。しかし悲観的な考え方にとられるかもしれないが、表現される、というのはほとんど気休め程度のものにすぎない。実際問題としてわれわれの投票によって選び出された国会議員にしてもどれだけ自分自身の政治理念を政治の場に反映させているか。非常に疑問だ。実にひとにぎりの政治家とこれを支える、ないしはこれに併立する巨大な官僚機構というものが政治を動かしている。いやこれらの政治家や官僚だってほんとうに自分が政治を動かしているとは考えていないだろう。ごく少数のうぬぼれ屋を除いては。政治をほんとうに動かしているものはわからない、といった方がむしろ真実に近い。僕もわからない。ただ確実にいえることは政治の機能と一般大衆のつながりはますます稀薄になってゆくということだ。しかしそれと併行して、いま新聞やテレビの上で百家争鳴のようにあらわれている大衆の政治に対する不満もかなりの程度解消されてゆくだろう。

――それでは一体民主主義、共産主義はどうなるのだ。

民主主義とか社会主義、共産主義とかいわゆる政治上のイデオロギイは現在すでに力を失いつつある。民主主義の精神は日本でも戦後声高く叫ばれたが、いまはほとんど形骸にすぎない。政策面からいえば自由陣営の諸国でも社会主義的な諸政策が前面に押し出されてきている。一方共産主義国家群、ここでも共産主義的なもろもろの実験が全面的に後退を余儀なくされている。後進国の間では社会主義あるいは共産主義が当分力を保持してゆくだろう。それは今世紀の終わりごろまで続くかもしれないが、先きはみえている。

――それはつまり信念、だな。

ま、信念、といっていいかもしれない。しかしこれは僕の考え方とは別個に、他の人たちも同じことをいっている。マルクスは彼の理論のなかでいまのコンピューター時代の到来を予測してなかっただろう、とある人はいっている。マルクスとエンゲルスが共同執筆した共産党宣言の冒頭の有名な言葉――一つの怪物がヨーロッパを歩き回っている。共産主義の怪物が。――を読むと僕もそういうことを感ずる。比喩的にいえば共産主義の怪物がコンピューターの怪物に取って代わられる……。しかし所詮怪物は怪物でしかない。人間が怪物に支配されるがままになってよいものではないのだ。歴史的にいえば共産主義は人類の社会生活と意識の向上に大きな役割を果たした。しかしいささかその分をこえた、というべきだろう。思想の一元化ということは永久政権の夢をかなえる有力な手段であるけれども、これは簡単にいって人間の本性に反している。いつかは必らず破綻が来る。ソビエトのいわゆる修正主義、チェコの自由化への動きは歴史教科書のきわめて退屈な例証にすぎないものとなるだろう。人間の自由への渇望はあれほど強大な武力を背景にしてもなお抑えきれないほど強烈なものなのだ。

一方、民主主義も、これまたコンピューターによって骨ぬきにされてゆくだろう。これは未来学者の予測を借りた方がよいと思うが来たるべき未来社会、これは農業社会、工業化社会のあとに来る脱工業化社会（ポスト・インダストリアル・ソサエティ）と呼ばれるそうだが、そこでは一次産業、二次産業に働く人間の割合が急激に低下し、三次産業、四次産業の就労比率が五〇％以上に達する。アメリカはサービス部門に属する人間の比率がすでに五三％に達して、脱工業化社会の入口にさしかかっているというが、この社会では労働者の余暇が増大して一般国民はきわめて〝優雅な〟生活を楽しむようになる。そして社会を動かすのはごくひとにぎりのエリート、というか支配層になる、というのだ。こういう社会の民主主義を想像してみたまえ。世論とか絶対多数の希望とか、そういうものを尊重する上ではまさに旧来の民主主義に似ているが、それはわれわれが好んで口にした〝血の通った民主主義〟というものにはほど遠い、民主主義の怪物、といった感じがするなにものかだ。それでも決して革命は起こらないだろう。その時には人々はみな豊かに満足した生活を送っているのだから。

――なるほど。しかしそういう時代が来るとして、その時人間そのものはどういう風になるだろう。それともわれわれ自身を含めてわれわれがよく知っている、いまのままの人間が、自然と移行する、というかなんらの抵抗なくその新時代を受け容れているものだろうか。

それはなんともいえない。しかしおそらくはいまのまま、ということはないだろう。極端なことをいうといまの人間とは容貌、体格まで変わった人間が出現しているかもしれない。こういうことをいうと、まさか、と君は笑うだろうが、戦後の二十年をみても日本人の体格が非常に変わっていることは君も知っているだろう。環境の変化というのはバカにできないのだ。戦争中僕は短期間上海にいたことがあるが、そこで僕は特徴的なひとつの事実に気がついた。それは日本内地では決してみかけないひとつの顔、女性的な感じのするよく整った卵型のつるりとした若い男の顔をいたるところでみかけた。むろん戦争中の若い日本人にはそういう顔は全くみられなかった。僕は中国各地を歩いたが、不思議なことにそういう顔を発見できたのは上海だけだった。戦後ときたま上京して、僕は再び記憶の底にある同じような顔に出会った。僕はその印象を植民地文化に結びつけてある雑誌に書いたことがある。そういう若い男の顔はいまでは珍らしくなくなった。テレビをひねればいつでもみられるし、僕の住む地方都市にもたくさんいる。これはいまでは簡単に〝植民地文化〟に結びつけてよいかどうかわからないけれども、環境が顔をつくるというのは疑いないところだ。顔をつくるのなら、体質も体格もつくってゆくだろう。鯨の脚が退化して痕跡を残すだけになったように。

ルーマニヤの作家コンスタンチン・ゲオルギウの「25時」は戦後小説のベストセラーのひとつだが、このなかに〝退化種族〟という言葉が出てくる。善良な農夫がちょっとしたことで巨大な全体主義機構のなかにとらえられ、彼自身は田舎でかわいい奥さんと平凡な生活を送ることの他なんの望みも抱いていなかったのに、そういう彼個人の生活や心情、あるいは思想、善意その他、とにかく彼の全存在と全く関わりのないひとつの巨大な流れが苛酷な運命を彼に強いる、いまならばさしずめ「オレは一体どうなっちゃってんだろう」とでもいうところだ。ゲオルギウは「彼ら（全体主義機構に属する人間）は心臓の代わりにクロノメーターをもっている」と書いているが、この表現が適切かどうかはともかくとして全体主義機構にせよいまのコンピューター時代にせよ、きわめて隠微な形においてではあるが、人間を変えつつあり、変えてゆくだろうことはたしかだと思う。人間のなかのどの部分が変わるか、恐らく肉体も精神も変わってゆくだろう。よく変わるのか、悪く変わるのか、おなじことでも人によって見方は違うだろうが、ゲオルギウのいう〝退化種族〟であっては困る。一般的には世のなかが豊かになる、便利になると、漠然と明かるい未来図を描いて喜んでいるようだが、さきごろ上映された「猿の惑星」という映画のようにはっきり退化種族として人間の未来を描いているものもあり、僕はどちらかというと悲観的に考えざるをえない。最近そういう考え方を詩の形である雑誌に書いたものがあるんだが、それは次のようなものだ。

日本語が話されるずっと以前に
ぼくらの祖先が
なにを話したか
それを想像することで
ぼくの心はときめく。
けれども
もう一度それを聞く方法がない
と考えるのは実にさびしい。

人間の暮らしが
いつごろ始まったか。
少なくともピテカントロプスや
ネアルデルタール人の時代に
遡ることはない。
遺跡から出てくる石斧や石鏃。
あるいは木製のクワやスキをみていると
おぼろげながらそれがわかる。
ことばがことばであり
道具がまさしく道具である時代の
終末が近づく。
そのとき人間も
人間であることをやめるだろう。

それにしても
たかだか一万年。
それだけかかってまだ届かない
星の光りが
あるというではないか。

（日本語が）

――しかしすべてが便利となり、経済的に豊かに暮らせるとしたら、格別不服をいう必要がない、とも考えられるが。

たしかにそういう考え方もできる。人はパンのみで生きる、というよりパンがなければ生きてゆけない、という考え方が普通になっている世の中だ。だから人が未来社会をどう受けとるか、は、これは全くその人次第だ。それに時代の推移は個々人の上にはごく緩慢に訪れてくるものであるし、人間はすぐ新しい時代に適応できるだろう。そういう時代は〝心ある〟人間にとって非常に生きにくいと考えるのは、あるいは全くの杞憂かもしれないと思う。実はそういう時代の到来はちかごろの未来学の力を借りるまでもなく、ヴァレリーもハックスレイもずっと昔に予言している。ヴァレリーは「ヴァリエテ」のなかで〝心ある〟人々の筆頭に詩人を挙げているが、しかし紀元二千年にいまのような形で詩人が存在しているかどうかも疑問だ。

――まあ、詩についてはあとでゆっくり話しあうことにして、その〝未来〟だが、紀元二千年に僕は喜寿の齢に達している。それまで生きられると仮定しての話だが、そういう先きざきのことより僕にはいまの世界にもっと関心を向けるべきだと思うんだが。

それはそうだ。ただこういうことはいえる。未来学というものが果たして学問として成り立ちうるものかどうか、という議論があるんだ。学問というものはどこまでも事実に根底をおく。しかし、まだ〝事実〟となっていない不特定の未来はその出発点からして学問の対象とはなりえないという議論だ。これはたしかにもっともな意見だが、それに対して未来学者は未来学の出発点となっているのはあくまでも過去および現在の事実であって単なる仮説ではない、というような説明の仕方をしている。未来学者は実際にそういう方法を用いているわけだが、そのようにして組み立てられた〝未来〟はたくさんの〝事実〟という部分品から成っているから、当然その部品の将来的価値という批判性を含んでくる。つまり未来学は単に未来はどうなるかという絵物語をデッチあげて人々の好奇心を満足させるのではなく、現在に対する批評として大きな意味をもってくるわけだ。そういう遠地点から現在をながめてみると、たとえば日本の場合など経済の高度成長は周知の事実だがそれに見合うだけ国の体質も向上しているかというとそうではない。そこに大きなアンバランスがあっていわゆる社会のひずみというものが出てくる。ことに危険なのは広い意味での教育の立ち遅れだ。三十年後の未来社会はいま小学校から大学までの教育機関で教育を受けている青少年が中堅以上の指導層を形造る。しかし教育はそういう展望というものをプログラムに組み入れて行っているかというとその形跡はほとんど皆無だ。新しい時代に即応する技術者の養成は比較的短期間でも間に合うだろうが、人づくりはそう簡単にはいかない。例えばさきにも触れたように脱工業化社会は多くの余暇をつくり出す。しかしその余暇をどう過ごすかは個人が決める問題だ。〝眠られぬ夜〟はマージャンでもして過ごすか。しかし一億人が毎晩マージャンをやっているわけにもいくまい。

大体余暇というと釣りをするとかゴルフに行くとか、あるいは庭いじりを楽しんだりする、そういうものであってそれ以外のものではない、一般にはそのように、つまり生活のシッポのような部分に考えられている。たしかにそれにまちがいはないだろうが、シッポが生体にとって、直截《ちょくせつ》にいえは余暇が人間生活の内容を高める上にどれだけの役割を果たすものか、それを考えてみなければならぬと思う。しかも大量余暇時代とでもいうか、未来社会は個々人が余暇をどのように扱うかによって社会全体の質まで変えてゆく、というような面を予測しなければならない。これはひとつの例だが、このような事例をとりあげてみても未来社会は一面コンピューター社会であると同時にやはりそこに住む人間がいちばん問題となる時代であるといえるだろう。従って人づくりの問題は実はいまの時点の大問題であって、やがて来る未来社会の問題だとすましていられるものではないことがわかるわけだ。

ベルジャーエフは機械文明――少なくとも彼の時代にはコンピューターの出現は予想されていなかったが――と全体主義の重圧にあえぐ人間の救われる道として究極のところキリスト教をもってきたが、宗教が現代人にとって果たしている役割を考えると未来人が宗教によって救われると期待するのは甘すぎると思う。梅棹忠夫が「未来への対話」（雄渾社刊）のなかでいっていることだが、宗教というものは人類史十万年、百万年の最後の三千年のところで地上に現われてきた。それまで人間はどうして生きておったのか。しかしこれから何がその役割りを果たすのかというと過去三千年の宗教のままで行けるという期待はあまり持てない。そこでそういう宗教時代の最後の末期現象としてイデオロギーというものが出てきた、とイデオロギーをいわば宗教の代用品という風な発言をしている。もうひとつの宗教がダメだというのは腹のくちくなった人間を説得する力に乏しいということ。それからイデオロギーについては人間を駆りたてるドライビング・クオースとして意味がある、少なくともあったと思うけれども、それがこれからの情報時代に同じように通用できるかどうか、といっている。僕も同じ意見だが、梅棹が情報時代に通用できるかどうかわからないとひかえ目にいっているところを、僕ははっきり通用できない、とこれはすでに別ないい方で前にも触れている。

要するに未来を考える考え方、が現在の姿勢を決める、ということになる。それにしても未来学をやっているのはほとんど経済学者だ。僕はあるところに「未来は詩人の所有物であったのにそれまで学者にお株を奪われてしまう」嘆きを書いたが、これは一面仕方のないことだとしても、なにかもうひとつあきらめきれないものが残るな。

——さきほど話題に出たハーマン・カーンが「二十一世紀は日本の世紀」といっているそうだが。

うん。だがハーマンは条件をつけている。「日本人がいまの勤勉さを失いさえしなければ」という条件だ。しかしその話に入る前にぜひ触れておきたいことがある。それはけさの読売新聞（44年1月21日付）にのったアポロ8号飛行士の手記のことだが、そこに次のような一節がある。

月から見た地球の光景は私を魅了した。それは三十八万キロ離れた小さな円盤だった。この小さいものが、こんなに多くの問題と多くの欲求不満をかかえていると考えるのは、むずかしいぐらいだった。民族主義的な問題も、飢えも、戦争も、疫病も、この距離からでは見えなかった。宇宙のほかの場所から、気まぐれな宇宙人が、宇宙船に乗ってやって来たとして地球を見ても、そこに生物が住んでいるとは全く考えないだろうと思った。だが、同じ宇宙人も、仮に地球に生物が住んでいるとすれば、そこに住むものはすべて必然的に、相互に関連し、協力する運命にあることを知ることは確かだろう。われわれは、宇宙の中に浮かんでいる、地面と水と雲が一体になったかたまりを見た。この距離では、地球は確かに〝一つの世界〟であった。

実に詩的で、詩よりも詩的なこの一節は同時に実にたくさんのことを考えさせると思う。われわれがどこから来てどこに行くかはだれも知らないが、われわれが地球という一個の球体の上に棲息するきわめて微少な生物のひとつにすぎないという巨視的な認識はいまはことのほか必要な時だと思う。

たびたびで恐縮だが、これをよんで僕はむかし二十代に書いた自分の舌足らずの作品のことを思いだしていた。

　地上には
まだたくさんの荒地がある
という想念が　ある日僕を
なぐさめる。
ひろがり　うねり
未知の彼方に波うってゆく
黒土の団塊！
「未だ光は来たらざるか」
死んだ友が歌っていたが
もう　暗い　とはいうまい。
たくましい樹草のむれが
視野の一角からわきあがり
あるとき地球は
優雅なみどりの毬のようであった。　（地上）

――この時代に君はまだ未来にバラ色の希望を抱いていたわけだ。

いや。いまだってまるきり希望を失なったわけではないがね。しかし事態が日を追って改善されている、とはどうしても考えられない。まあ、この問題についてはいずれもう一度考える機会をつくるとして、さきほど話の出たわれわれの祖国日本の問題だが、いつだったか小林秀雄が伊藤整との新聞対談で日本民族の優秀さということを語っていた。この人にはめずらしくまともにそういう趣旨の話をしゃべっているので印象に残ったのだが、日本人が優秀であるということは僕も疑う余地がないと思う。とにかく敗戦でなにもかも失なった昭和二十年からわずか二十余年で驚異の高度成長を成し遂げた。その活力というか実行力というか、これはたいへんなものだ。この高度成長の秘密は内外のいろいろな人がくり返し分析している。そのなかには一面的なものもあるけれども、カーンのお墨付をもらうまでもなくこのままゆけば二十一世紀は日本の世紀になるだろう。しかし最近こういう話を新聞で読んだ。外国人というのは実に計算が下手だ。パリでもニューヨークでも香港でもマニラでもつり銭の勘定にヒマがかかるので日本人の観光客はほんとにイライラさせられるという。日本人ならソロバンか暗算であっという間に勘定してしまう。しかし外国人はその不器用さを逆に生かして電子計算機を生み出したという。いわゆる必要は発明の母というあれだ。われわれの周囲でも学校の優等生、必らずしも社会の優等生とは限らない、という伝説がある。日本人は世界の優等生かもしれないが、その優等ぶりになんとなくマイナスの感じがつきまとう。小回りはきくが、大きくどんと仕事を成し遂げそうななにかがない。これはどういうことだろう。

——それは日本の地理的条件によるところが大きいと思う。ある外人は日本には風景はあるが自然がない、といったが、ちまちまとした小さい島国に住んで当初においてはいくらか血液の混淆はあったものの民族としての純血性というか処女性というかそれを長く保っている。それに国家としても世界で数の少ない単一民族国家だ。

そういうことかもしれないね。だから二十一世紀が日本の世紀になるとしても、素直に喜んでばかりはいられないのだ。敗戦の時でもいわゆる左翼以外の人で敗戦を喜んだ人がいた。戦争に勝った日本人が大きな顔で外国に対して征服者として君臨し、国内では軍人や官僚がいばり返る図というのは想像するだけで肌に粟を生ずる、というのだ。その気持は実によくわかる。これからも、むろん軍事的に日本が世界を征服する、というようなことはありえないけれども日本の経済的地位というものはますます高まってゆくだろう。しかしそういう時に日本人がいわゆる今成金根性で世界をのし歩くという事態は決して予想できないことではないのだ。とにかくいま日本中いたるところでみられる拝金主義の風潮は恐るべきものだよ。一体こういう風潮はどこから来たのだろう。とにかくみんな焦っている。先きを急いでいる。極端にいえば火事のときに財産をもち出そうというような目の色だ。それをマスコミがさらにあおりたてる。これを好意的にみる見方もないではないが、少なくとも三十年後は日本の世紀といわれるような国の状態ではない。謙虚さとか羞恥心とか、いわゆる奥床しいといわれた日本人の美徳はどこにいってしまったのだろう。日本人の悪口はともかく、二十一世紀が日本の世紀などといわれてもうひとつそのまま受けとれないことは、世界史的な流れからみて国家というものの果たす役割りというか存在意義というか、それがどんどん変わってゆくだろうということだ。ヨーロッパではいわゆるゲゼルシャフト的なEECが生まれた。もともとヨーロッパには運命共同体に近い考え方の底流がある。世界的にも世界連邦とまで行かなくともそれに近づこうとする考え方が成長しつつある。それは昔流の国家主義を排除してゆこうとする考え方で、これは宇宙開発が進んで地球というものを遠地点からみる見方が人々の心に生まれてさらに拍車をかけた。そういうときに一国の繁栄というものにもこれまでにない別の役割りが付与されてくるのは当然で、それもただそういう情勢の変化に即応するというのではなく、国、あるいは国民自体がそういう世界的な意識を進んで身につけるべきなのだ。そういう点でも政治はなにもしていない。彼らがやっていることはせいぜい有事即応だ。

――しかしこういう浮わついた繁栄がいつまでもつづくとは思えないが。

全くどういうことになるのかね。考えれば考えるほどまた悲観的になってくるが、ここではしばらく文学――われわれにとっては詩ということになるが――に焦点をしぼって、そこから必然的に人間の問題が引き出されてくると思うので、そういう方向に話を進めてゆきたい。

（続く）

「黒」一七号（一九七〇年八月刊）より

架空の対話　連載第二回

——しばらく顔をみないうちにいろいろのことがあった。アポロ11号・12号で、人間がはじめて月に着陸した。大学紛争がエスカレートしていわゆるゲバ学生が武装集団化し、学外にまで火の手が及んだ。伊藤整氏がなくなった。これは新聞の〝ことしの十大ニュース〟の焼き直しでもなく、また取り合わせも変わっていると思うかもしれないが、われわれがこれから話を進める上で、いわばマクラとして必要だと考えた出来事を並べてみたわけだ。重要性という点からいえば他にもいろいろあるかもしれないが、まずこういうことをきっかけとしてきょうの話をはじめてみたい。

アポロの意義についてはすでにくり返し解説されている。もう一度復習するまでもあるまい。ただ印象に残ったのは11号の時のあの大騒ぎ。たしかにあれは大騒ぎをするだけの「価値ある」出来事だが、そのあとの12号の時の一般の、といってもこれは日本国内でのことだが、実に対蹠的な反応のそっけなさ、あきっぽいというか、あるいは社会事象的に関心の移り変わりの激しさというか、全くあきれる他はない。天が下にはなにひとつ驚くべきことがないといわんばかりだ。どんな大事件が出来しても人は驚かないし、また多少は驚いてもすぐに忘れ去る。そしてこれは日本ばかりの現象ではないように僕には思われる。これが単なるスノビズムだけなら、いずれ沈静する時期もあろうが、その底にいいようのない、自分以外のものに対する無関心がひそんでいるとすると、これは容易なことではない。これは恐るべき頽廃だ。そのような頽廃のなかで芸術や文学の永遠性が信じられるものかどうか。永遠とは一体なにか。文学青年のタワゴトにすぎないのではないか、という気さえしてくる。

——まあ、その問題はひとまずさしおいてトインビーの話をしよう。彼は「試練に立つ文明」（社会思想社・深瀬基寛訳）のなかでヴァスコ・ダ・ガマの航海について次のようにいっている。「西欧の小学生ならどんな子供でも、四世紀半ばかり前に西欧の航海者たちによって行われ、諸々の発見をもたらしたところの大洋航海がひとつの画期的な歴史的事件であることを知っているのですが、ただそれだけの理由でもって、西欧人は大人になってのちまでも、その発見の諸々の結果を当りまえのことと考えてあえて怪しまない傾向があります。それゆえに、ただいま西欧の諸君を聴衆としてお話をするに当たり、大洋を航海したわれわれの祖先たちの偉業の結果がいかに劇的なものであり革命的なものであったかということをいまここにわたくしが指摘しても別に弁解の必要はないかと存じます。その結果はまさに世界地図を全部塗りかえてしまったといっても過言ではありません。」

いくらか字句修正の必要はあるかもしれないが、トインビーのこの言葉がアポロについていわれたといってもわれわれは疑いをさしはさまないだろう。アポロの意義は人間が地球以外の星に到達した、ということより地球以外の星から地球を再発見した、ということにあるのではないかと思う。それは前回の話で君が触れたアポロ8号飛行士の手記にはっきりとあらわされている。

たしかに君のいうとおりだ。だからそれはわれわれ地球人全体にとってはアポロを推進したのがアメリカでなくて他の国であってもよい。ただ、ダ・ガマはあの危険にみちた航海のはてに西欧文明とは全く異質の、他の人間文明を眺めたが、アポロ飛行士がみたのは全く不毛な他の天体だった、という違いはある。それにしてもこの二つの異なった〝航海〟が在来の文明に対してもつ衝撃は等質的なものがあると僕は思う。われわれが謙虚であるかぎり、彼らがもたらしたものはわれわれにひとつの反省を強いる、ということだ。

——反省、というならば大学紛争についても同じことがいえると思う。体制側の反省についてはマス・コミがしばしば書いている。しかしヤング・パワーの爆発ということは単に体制内の反省にとどまる問題ではない。若者たちの鬱積した感情のよってきたる源は実に深いと思う。それは文明の問題であり、歴史の問題なのだ。体制の問題はその行き詰まりのひとつのあらわれにすぎない。

六十年安保の時中共は一種神格化されていたという。しかしいまの学生は「中国もなかなかよくやってるヨ」というようなことをいうそうだ。それだけ彼らは賢明にもなっているし、またより複雑にもなっているといえる。一本調子のデモをくり返した六十年安保の時と違って、火炎ビンや鉄パイプ爆弾を使ったり、一般市民まで紛争の巻きぞえにしたり、なんともふてぶてしいやり方をとるというのは、それなりに理由がある。ただ機動隊に対抗して戦術がエスカレートしたというだけではない。あれは絶望的であり、少なくとも指導者は絶望的であることを知っていると思うのだが、それをやらないわけにはいかない。

こんどの紛争は、体制がいかに強固であるかということをみせつけることで終わった、いや終わると思うが、そのあとに来るものが問題だ。それが限りない物質的繁栄となんともやりきれない精神的空虚でなければよいと思うけれども。

ところで話は変わるが伊藤整の突然の死。まだまだ働ける元気な人だと思っていたが。

——伊藤氏の追悼記でだれかが伊藤氏は文壇では傍流の人と書いていた。高見順のあとを継いで近代文学館の理事長をつとめ、まあ一種の世話役的な存在で傍流の人とも思えなかったが。ただ小樽高商を出て東京商大を中退という経歴は作家としては変わっていて傍流の人というのもうなずけないこともないが。

たしかに日本の文壇の親分子分的な流れというものからは別のところに立っていたと思う。なにか非常に明晰な、という感じがあって、おそらく〝文学がわかる〟という点では小林秀雄に次ぐ人ではなかったか。〝文学がわかる〟というのは文学について非常に広い展望をもっているという意味も含まれるが。

――文学がわかる、という言葉を〝詩がわかる〟といいかえることは適当でないと思うけれども、いま名前の出た小林秀雄、高見順、それに伊藤整と、いずれも日本の文壇人では数少ない詩人、あるいは詩の理解者だ。日本の作家も近ごろになって詩に血縁ないし近親関係をもつ作家がふえてきたけれども、この三人が出た昭和前期には詩と小説とは別の道を歩いていたと思う。伊藤整は知られているように「雪明かりの道」で詩人として出発した人だけに、貴重な人を失なったという気がする。

「荒地」をはじめとする戦後詩のチャンピオンたちの特色は自分の世界をしっかりと把握している、いってみれば自家薬籠中のものとしている、というところにあると思うが、これは最近のすぐれた小説についても同様のことがいえる。しかし戦前は作家も詩人も自分の稟質にたより切っていた。よく〝作品が筆をひっぱってゆく〟というようなことをいっている人がいたものだが、ある意味では作品はいまはやりのハプニングでもあったのだ。しかしたとえば三島由紀夫のような作家はそういうことはいわない。彼は美の重味をはっきりと自分のてのひらで計っている。伊藤整という人も自分の世界をしっかり把握していたと思うし、そういう意味では日本の文壇での先駆者、いちばん最初の〝近代小説〟の書き手だったと僕は思う。

――しかしはじめからしっかりとプロットを立て、構成というか計算というか十分にそれを考えて書いていた作家もいたと思うが。

いなかったとはいわない。プロットも構成も準備しないで書ける長篇小説というものはないのだ。しかしプロットを立て、それに肉付けする、ということが小説作法ではないのだ。これは詩についても同じことがいえるが、作品はまずそれが書かれる前に、一個の生きた全体として作家のなかに把握されていなければならぬ。骨も肉も思想も感情もそなわったものがつまり〝生きた〟ということなのだ。小説を書くという作業はそれにはっきりとした形を与えてゆくつまりある意味では不完全な生命体をvisibleなものにしてゆく、いわば補完作業だ。この現代的な小説作法はむろん西欧から来た。しかしわが国でほんとうにそれが会得されたのは一般的にいって戦後のことだ。そういう点で伊藤整は先駆者だと僕はいいたいのだ。彼が傍流だったとしたら彼が文壇に出るのが少し早過ぎた、ということではないかと僕は考える。

——そういわれると、彼が近代文学館理事長という世話役のような仕事を黙ってやっていた意味がわかるような気がする。彼は世話役に向いていた、というより公平であった、その公平さは彼の明晰さと無縁ではないという感じがする。意地の悪いいい方をすれば、彼は天才でもなく、まただの職人でもなかった、ということになるね。そこに〝明晰な〟彼の文学の限界もある、ということにもなるが。

「雪明かりの道」や初期の作品をよむと、彼もまた扱いにくい一個のデモンを抱えていたと思うよ。彼の死は新聞では案外あっさりと扱われていたが、一般の記憶に残る彼はせいぜいチャタレーの被告、それに「女性に関する十二章」というベスト・セラーの書き手、くらいのところだからそれも仕方がなかったかもしれない。しかし日本の前近代と近代の境目に生まれて、地味ながら彼がやろうとしていたことの意味はいずれもう一度ふり返って考えられる時期があると思う。

——伊藤整で思いだしたが、いつだったかの新聞対談で正宗白鳥が「きみ、日本という国は不思議だね、文学も進歩するんだね」と伊藤整をつかまえて語っていた。

いかにも正宗白鳥らしい発言だ。もともと文学は変化すれども進歩せず、だが、日本では、といっても明治以降の話だが文学はたしかに進歩している、形跡がある。

いろいろな意味でこの百年の間に日本は進歩したのだ。文学もその例外ではない。ただ小説は伝統文学のしっかりした基盤があったけれども、詩は伝統詩と絶縁した形で出発した。藤村は「藤村詩集」の序に「遂に、新しき詩歌（しいか）の時は来りぬ。そはうつくしき曙のごとくなりき。……誰か旧き生涯に安んぜむとするものぞ。おのがじし新しきを開かんと思へるぞ、若き人々のつとめなる。生命は力なり。力は声なり。声は言葉なり。新しき言葉はすなわち新しき生涯なり」と書いて、新詩の誕生を謳歌した。詩はそういう意味で日本の文明開化と歩調を合わせて進んできたといってもよい。要らぬ苦労だと考える人もいるかもしれないが、それはいわば宿命のようなものだ。その結果詩は小説よりもはるかに遠回りの道を歩くことになった。西欧近代詩に近づくための回り道だ。進歩の跡というのはその努力の跡ということになるだろう。つまり伝統詩という師匠から離れて、自分自身の語り口をみつけだすまでに百年かかったというわけだ。

――藤村のいわゆるマニフェストはいかにも意気壮んなものがあるが、いま読んでみるとその意気はともかく内容は疑いもなく伝統詩の延長の上にあると思うね。

新しさ、という点からいえば蕪村の方が新しいくらいだ。たとえば「春風馬堤曲《しゅんぷうばていきょく》」とか次のような俳体詩。俳体詩というのは蕪村自身の命名によるものらしいが。

君あしたに去りぬ
夕べの心千々に何ぞはるかなる。

君を思うて岡の辺に行つ遊ぶ
岡の辺なんぞかく悲しき。

…………

朔太郎はこれについて「まさしくこれらは明治の新体詩の先駆である。……百数十年も前に作った蕪村の詩が、明治の新体詩より遥かに芸術的に高級で、且つ西欧詩に近くハイカラであったといふことは、日本の文化史上に於ける一皮肉といはねばならない」（郷愁の詩人与謝蕪村）といっている。

――朔太郎で思いだしたのだが、彼が川端康成にやんわりたしなめられたことがある。昭和六年に書いた文芸時評の一節だが、

萩原朔太郎氏は例の通りに肩を張って、「時事新

報」紙上に「文壇を唾棄」してゐられる。氏の文壇観もまた、自分の眼を費す労を惜んで、今日では街頭の小僧も知ってゐる悪たれ口を、借りて来たに過ぎぬ。昨日の高潔な詩人が、野次馬に声を合せて快しとせられる徒労を、私は悲しむものである。文学は、「文壇とは全く交渉のない他の方面から漸《ようや》く正に新しい革命を呼ぼうとしてゐる。」と、氏が信じられるならば、その革命を語ることだけが、文壇を救ふ道であるはずだ。

（昭和十三年改造社刊、川端康成選集第八巻）

これに対して朔太郎がどう答えたかはわからないが。

それはなかなか象徴的なエピソードだ。僕はさきほど「詩は小説よりもはるかに遠回りの道を歩くことになった」といったが、詩と小説の歩き方のビッコの状態というものは、ずいぶん長く続いた。作家にとって西欧は、ややオーバーないい方になるが、まず目新しい到来物にすぎなかったといってもよいくらいだ。しかし詩人はそれどころではなくなにもかも最初から始めなければならなかった。詩人がいつまで経っても口ばしの黄いろいのがとれないのも仕方がなかった、といえる。康成と朔太郎のやりとり、というものを想像するとこれは大人と子供のけんかだ。戦前の詩人の高峯といえはまず朔太郎に指を屈するわけだが、その朔太郎にしてこういう具合だ。役者子供という言葉があるが、いってみれば詩人子供——詩人たちの非寛容は必らずしも彼らの純粋さのためばかりでもないと僕は思う。

——日本の詩は百年かかって自分自身の語り口をみつけたといったが。

それは伝統詩との関わり力、という角度からひとつ、証明できるような気がする。藤村詩が伝統詩の延長の上にある、という話はさきほど出たが、それは結果としてそうなった、というだけのことで詩人の意識としては—あるいは無意識的にも—伝統詩の世界から遠心的に遠心的に離れることを考えて動いてきたと思う。戦後しばらく経ってからも、小野十三郎が〝短歌的抒情の止揚〟というようなことをいっている。これはこれで別個に考えなければならぬ事情を含んでいるが、伝統的手法に筆を染めた三好達治が、有形無形の強い反撥を受けたことも僕らの記憶に新しい。

酷ないい方をすればこれは一種の後進国意識だ。文明開化の世の中で、チョンマゲ姿をばかにしたのと考え方の基盤は似ている。しかしこれは他に仕方がなかったのだ。サルまねといおうとなんといわれようと、髪はザンギリにしてチンチクリンの背丈に洋服を着こみ、ひたすら西洋人に似せようと努力した。僕はそういう努力をさげすんでいっているのではない。むろんその中にはいいものも悪いものもきわめて雑然と入りまじってはいるが、全体として例えば日本が現在世界の経済大国として、ハーマン・カーンが二十一世紀は日本の世紀といっているような経済的繁栄と可能性をあわせそなえたのはそのような努力の積み重ねによっている。この繁栄は戦後におけるアメリカの援助とか朝鮮戦争の余慶とかに理由を求める人も内外に多いが、それらは繁栄のテンポを早めるのには役たったが真の理由とはいえない。それらの要素を取り去っても遅かれ早かれ日本人は今日の成果を獲得することができただろう。

話が横道にそれたが、詩について考えてみても同じようなことがいえる。詩も十九世紀の科学や実証主義と同じように、われわれの祖先にとって全く目新しい輸入品のひとつだったのだから。

――そうすると詩も経済的繁栄に肩を並べるような成果を獲得した、というようにきこえてくるが。

文学の世界はそう簡単には行かない。さきほど、詩も自分自身の語り口を発見した、という話が出たが、これはいってみれば文学の入り口にすぎない。成果と呼ぶにはまだほど遠い。

――まあ、君の評価をそのまま認めるとして、自分自身の語り口ということについてもう少し。

まず、伝統文学との関わり万、という点だが、いわゆる攘夷も拝外もともに後進国型文化の顕著な特色だ。伝統文学が正当にバランスのとれた位置をその国の文学のなかで占めているのでなければ、それは一本立ちの文化とはいいにくい。唐突ないい方になるが、僕は以前に安西均の「心中天網島」を素材とした作品を読んだとき、非常に健康な精神というものを感じた。

天の網島

「俺の作る劇《シバイ》は憂愁でなければならぬ」
——近松門左衛門

蒼白たる星明りのなかを
糸と木作りの魂がよろめいてゆく
商人《アキウド》の都の橋を
ことごとく歩き尽して
まだ売渡されぬ素足が
岸辺の霜を踏むときに
二枚の夜に締めつけられて
見えざる鷗の声が軋み
神無月の楕円の空の端で
繊い秤がさらと傾《カブ》くのがみえた。

ここにみられるものは、まぎれもなく安西という現代詩人の語り口だ。古典にもたれかかっているのでもなく、古典を便宜的に借用して自分勝手な造型を試みているのでもない。篠田正浩の映画「心中天網島」も観たが、安西氏に比べるとまだまだ生硬で未完成だ。篠田は古典と彼自身の〝現代〟との間で格闘している。その格闘は見ごたえがないといわないが、それは日本の近代詩がとうにやってきたことだ。映画は芸術作品といわれるようなものでも商業政策のなかで庇護されてきただけにずっと遅れていると感じたね。

詩の問題に戻るが、これが三好達治となるとそうはいかない。三好という人はフランス詩もたくさん訳しているし、フランス近代文学の香ばしい空気を腹いっぱい吸いこんで育った人だ。しかし彼が戦前文語雅語を使った詩を書きはじめた時、その詩のなかに彼の西欧的教養のかおりは十分に認めることはできたけれども、フランス近代文学の精神が新しい生命を付与されてその詩のなかに息づいている、とは到底いうことができない。といってもこれは三好達治の才能をうんぬんするのではなく、また彼を弁護するのでもないが、要するに時代がそれまで熟していなかった、ということなのだ。それは三好ばかりでなく、戦前の詩人すべてについて同じことをいうことができるが、ただ三好以外の詩人はおおむね東洋あるいは日本の古典というものにソッポを向いていたからその仕事のなかで東洋と西欧の出会いということがはっきりしていない。また古典を踏まえるという意識もないところでは、はっきりしようもないわけだ。彼らは三好の文語詩を非難したが、そういう点で彼らには非難する資格はなかったといえる。逆説的にいえば三好を非難した人たちより三好は一歩進んでいた、ともいえるが、三好達治に個人的にも近かった安西均が「心中天網島」のような作品で三好の造りえなかった世界をつくりあげた、というのはひとつの運命のようなものを感ずるね。

——ところで、時代が熟していなかったという、その戦前を終わって戦後詩の世界に入るわけだが……。

戦後詩ではなんといっても「荒地」グループが問題となる。いま話題となった安西氏が「詩学」の「荒地特集」のなか?で、〝まぶしい従兄弟たち〟という一文を書いている。いま手許にはないが同じ戦中派というか同年輩の「荒地」の人たちが安西氏にとって実にまぶしい存在だ、という安西氏らしい味わいのある文章だった。われわれも親戚のなかに抜群の秀才でもいると、よくそいつのことを引きあいには出されるし、まつきあってなかなかおもしろいヤツではあるし、まことに困った存在である場合があるが、この感じは実によくわかる。二十年経ってこの人たちの当時の仕事をみると、やはり生硬で未完成の部分はかくせないが、とにかく光っている。とくに鮎川信夫、黒田三郎など、当時からはっきりと、さきほどいった自分自身の〝語り口〟というものをもっている。日本の詩がこの人たちの時にはじめて成熟というか大人の時代を迎えた、という感じがある。僕はさきほどこれは文学の入り口にすぎない。成果と呼ぶにはほど遠い、といったが、少なくとも彼らは入り口を開いた。結論を急ぐわけではないが、それから二十年の戦後詩は彼らのやった跡をなぞっているのにすぎないようなところがある。才能に不足はないと思うけれども、「荒地」以後それほど目立った仕事はない。いつか三好達治が「現代詩手帖」の大岡信との対談で――あれは多分六七年ほど前だと思うが――日本の詩はいま悪い時代にさしかかっている、といったあれだ。なぞっている、というのはいいすぎかもしれないが、彼らの引いたレールの延長の上を走っていることは疑えない。むろんこれは〝荒地〟の思想とかかれらの詩法とかそういうこととは直接関係がない。

――さきほど出た古典、というか伝統との関わりあいはどうなるのだ。

これはどこまでも僕の推測だが、グループ全体として、とはいえないかもしれないが、彼らは伝統というものをあの時点で十分に意識していたと思う。これは彼らの作品から直接僕が推理するわけで彼らの詩論もそう読んでいないし、また〝荒地〟の本家（？）エリオットがしきりに〝伝統〟ということを口にしていることも一応考慮に入れないで考えたことだ。むろんエリオットは有力な傍証にはなるけれども。またそう推理しないと、彼らが入り口を開いた、という僕の意見は成り立ちにくいのだ。

――これまでの話を総合してみると、日本の詩が西欧詩の模倣、あるいは影響というものから脱け出て、自立するというか、君のいい方を借りると、自分自身の語り口をみつける、というか、そうなるためには一度伝統詩の世界、もっと広くいって伝統の世界をくぐりぬけなければならなかった、そういう直接的ないい方で悪ければほんとうの自立というのは伝統との関わりの上ではじめて成立する、という解釈ができてくると思うが。

どちらのいい方にしても、それは直接的すぎる。西欧渡来のものと伝統とをほどほどにミックスすればほんとうのものが生まれる、というようなものでは文学はない。そんなことは子供でもわかる。もちろん君もそういうことをいうつもりはないと思うが、日本の近代文学の歴史はある意味で西欧と日本（あるいは東洋）との葛藤の歴史だ。それはとくに詩の歴史の上でいちじるしい。小説はある時旧家にハイカラな跡つぎができて、いろいろ内部や家風を模様がえしたという風なところがある。しかし詩は家出息子だ。いまはやりの〝断絶〟だ。その葛藤は小説の比ではない。にも拘わらず、正確にいって昭和二十年までは彼はやはり素封家××家の息子であり、いかに新しがってみても血統は争えない、というところだったと思う。しかし昭和二十年の敗戦でその呪縛は消えてしまった。彼はいまでは非常に客観的に、また暖かみのあふれたまなざしで彼を生んだ旧世界のことを考えることができる。そうなるまでにさらに二十年の月日を要したことはたしかだが。つまり結論的にいうと西欧と日本、その関係というか方程式は変わらないが、主体となる人間そのものも対象の意味、内容もまるで変わってしまったのだ。エリオットが〝伝統〟といった時それは戦前の日本人もむろん知ってはいた。けれどもそれがほんとうに理解されたのは戦後のことだと思う。〝伝統〟は戦後むしろ反故紙同然だった。〝伝統〟は日本浪曼派や御用文学者の専売特許のようなものだったから。しかしそのような状況のなかでむしろ〝伝統〟の真の意味が復活しようとしていたのではないか。「荒地」にこだわるようだが、一九四九年に鮎川信夫が次のようにいっている。「僕たちが戦争中日本の伝統といわれたものに対して反撥した感情は、今日では逆に正しい文明の伝統を求めようとする気持を、一種のロマンティシズムの形で支える源泉的な感情になっている。それは僕たちのあらゆる仕事の原動力といえるものである」(鮎川信夫詩論集)

「荒地」の声価がなにに依って生まれたものか、今日どのように評価されているかは知らないけれども、伝統という角度から――それは彼らのなかではっきりと形をもったものとはいえないにせよ――もう一度彼らの仕事を眺めてみるのも無意味ではないと思う。エリオットの「荒地」↓日本戦後詩の「荒地」という方程式よりは興味ある推論が引き出せそうな気がする。少なくとも彼らの仕事は根無草でなかった、というのが今日の僕の見方だ。

ここで話を前に戻すが、どうも文学というのは時間がかかる。もし敗戦という大事件がなかったら日本の詩はどうなっていたか。これは仮定の話になるが、実に気の遠くなるほど回りくどい道だ。「不思議だナ、日本では文学も進歩するんだナ」正宗白鳥のいっている言葉の意味がよく分かる。むろんこれからも日本の文学は進歩するだろう。しかしそれはせいぜいマイナー・チェンジだ、気にするほどのことはない。なにしろ意識が変わってしまった。

——そうするといまのところは問題なしか。

いや、そうはいかない。戦後詩の話も「荒地」のところでストップしてしまったし、「日本の詩もいま悪い時代にさしかかっている」という三好達治の言葉も気になる。しかし時間もかなり経ったのでそれを考えるのは次回のことにしよう。（続く）

「黒」一八号（一九七一年十月刊）より

架空の対話　連載第三回

近ごろはすっかり怠けてしまってこうして君と会ってもロクな話題もない。世の中はあいかわらず騒がしいが、総体的にみると動きが小粒になってとりあげるほどのことはない。戦後二十六年経ってひとつの反省期がやってきたという感じがする。経済界にも教育界にも。文学の方はよくわからない。僕の記憶の悪さかもしれないがここ一年の話題は清岡卓行の「アカシヤの大連」くらいのような気がする。

――「アカシヤの大連」はおれも読んだ。なかなか面白かった。こういう本が賞をもらったり、一般受けするというのは、君のいう反省期のせいという感じだね。

どうも人間はいつも二つの傾向の間を揺れ動いているにすぎないと思うね。二つの傾向というのは、たとえば司馬遼太郎が会津について書いた文章（「歴史を紀行する」文春新社・昭和四十四年刊）のなかにこういう個所がある。「私は自分の身辺の東北出身の畏友にいつもいう。『東北人というのは、自分のような上方者にとって二つの点でかなわないところがある』ということである。文学や絵画の世界の類がわかりやすい。会津をふくめた奥羽のひとびとは、こと文学に志すとどうにも根元的な、第一義的な、たとえば人間いかに生くべきかといったふうの大岩壁のような命題にむかって頭をぶっつけ、体をたたきつけ、血みどろになりつつもなおその岩壁をかけらでもかきとろうとする。宮沢賢治、石川啄木、葛西善蔵、石坂洋次郎の初期、中山義秀、太宰治といったひとびとの共通点をひきだしてくれればほぼこの意味がわかってもらえるだろう。上方や瀬戸内海沿岸の出身者は、栄光ある例外をいく人か認めることができても、多くはストーリー・テラーになり、画家はカラーリストになり、造形の骨髄にせまることをむしろ野暮とするようなところがある」

長くなったが、これはいわゆる東北人と関西人の対比だ。むろん非常に大ざっぱな比較だが、これを仮に東北人的時代傾向、関西人的時代傾向というふうにおきかえてみるのがつまり僕のいう二つの型だ。いまの時代は関西的なものが終わりに近づいて東北型が出てくる時代のような気がする。もちろん司馬遼太郎の言葉には謙遜があるから、どちらの型をよしとするわけではないが。

――君本昌久、岡田兆功といった神戸の詩人たちの仕事を時々みせてもらう機会があるが、たしかそういう異質さは感ずるね。日本詩を語る上にも、詩人たちを出身地別に分類すればなにか出てくるような気がする。それにもう一つ地方出身、東京在住の詩人を。

いや、これは冗談でなしにそういう分類には意味があると思うよ。高見順の「いかなる星の下に」ではないが、われわれの思考、詩的世界がなにかわれわれ自身のものでないものによって支配されているかもしれないと考えることは、ある種の人々にとってはたえがたいことかもしれないが、時折そういうことを反省してみる必要は大いにあると思う。つまりわれわれ人類のなかで自力で最高に跳び上がったものでもせいぜい地上二メートル数十センチしか跳んでいないということだ。明治以来詩人はなにを考えて来たか。自分が全き他者でありうるというのは幻想でしかないのではないか。これは宿命論ではない。一つの反省なのだ。

――大分反省しているらしいね。問題はその反省から何が生まれるかだ。

なあに、大したものも生まれないだろう。なにしろ地上二メートル数十センチだ。ま、これは冗談だが、そういったこともあって、近ごろ若い詩人たちといっしょに「銀河系」を復刊し、また高校生の詩のグループと接触している。高校生との接触ははじめてのことなのでうまく対話が進行しているとはいえないが、彼らはたとえば鈴木志郎康などを読んでいる。ごく控え目にそういう名前を口にするだけなので反応はつかみにくいが、そのうちなにか出てくるだろう。彼らの作品は次のようなものだ。

償い

おじさんの人形を壊してしまった
でも
おじさんは少しも怒らないで
僕の手指を一本一本切ってくれた
それが悲しそうに動くので
口に放り込み
しゃぶりながら熱と狂声の玩具箱に入った
そこには
心棒の折れた独楽や
絡みあって取れなくなった知恵輪などが
都会の童歌に陶酔し遊んでいた
それらは
生臭いにおいに気が付くと
接着剤のような涎を垂らし
僕を押え込んだ
そして服を剝ぎ取ると
全裸になった身体をべるべると嘗め始めた
………
………
（以下略、原文のまま）

また次のような作品もある。

ネジ式に　Ⅲ

………
ゆるむほんみん
たにつるなんも
といのばんぶら
きんによんのむる
むらろんまるろん
やゆみこるぶら
とりみすとるふる
たんぶるのんま
めんごいとしぼは
ねんねごよ
あしたはとうちゃんも
けえてくる

こういう一種ドロドロしたカオスのようなもの。昔カオスという言葉を口にしたころはメタフィジックの匂いがした。いまは違う。鈴木志郎康とも違う。鈴木志郎康はもう少し整頓されている。つまりおとなのやり方だ。こちらは彼ら自身にも捕捉できないなにものかだと思うが、そこを突きぬけたものが青空だとも思えない。三好達治が「日本の詩はいま悪い時代にさしかかっている」といってから十年近く経つが、次のメドはついていないような気がする。ダダのあとにシュールレアリスムが来たようにはうまく行きそうがないのではないか。なにしろあの時代にはまだ信仰があった。ブルトンの「シュールレアリスムの歴史」を読むとそういう熱情のようなものがしたたかに感じられる。

――もう一度伝統に戻ることはできないものかね。

伝統か。たとえば日本浪曼派。最近になって橋川文三、大岡信などが「日本浪曼派」をしらべ直している。しかしもう〝復権〟は成らないね。「日本浪曼派」の改めての位置づけはいいとして、時代のテンポが早すぎる。じっくりと反芻しているヒマがないのだ。そういう点でもいまは悪い時代だといえるね。

――君の話を聞いていて、スペンダーを思い出した。スペンダーは彼の自伝「世界の中の世界」(高城楢秀他二氏訳・南雲堂刊)のなかで次のようなエピソードを紹介している。彼は一九三七年内戦下のマドリードを訪れ、そこでアンドレ・マルローに会った。その時マルローが次のようにいったという。

詩は偉大な芸術たるにはもう時代遅れになった。単純なものがいくつかそのまま精神の象徴として受けとられるような、そんな世界においてしか詩は大芸術たりえない。森とか、ライオンとか王冠とか、十字架とか、こういったものの現実の生きた実体が、誰にでもすぐわかるような意味を中に含んでいたような時代、そういう時代になら詩人は詩の中に、そういったはっきりわかる象徴をつかうことができた。それは聖体(サクラメント)とか船首像とか信仰とか、この世における、生活の中の詩ともいうべきものを象徴したのである。ところが日々新しい発明のなされつつある今日、過去において詩の象徴としてもっとも力のあったものでさえ、機機の生む新しい象徴によって追放されてしまった。新しい象徴には、しかく激しい攻撃的な力はあったが、追放された過去の象徴がもっていた、あの明鮮な、精神的な深い意味はなかった。のみならず、産業文明社会の諸現象は、各人各様人によってその象徴するものを異にするので、現代詩人は詩的空想をはしらせる前に、象徴の妥当性を確立する必要があった。したがって詩は極めて複雑な難解なものにならざるをえない。なぜなら詩は、表現することと、表現のための言語の確立と、この二つを同時に行うことになるからである。ところが、人々の個性と環境を、その特徴をとらえて描くのは、これは実は小説家の仕事であって詩人の仕事ではない。

残念なことにスペンダーはこのマルローの意見を十三年間いろいろと解釈しなおしつづけた、とはいっているが彼自身の意見はなにもいっていない。なるほど。それはむずかしい問題だ。スペンダーがそれをどう受けとめたか。ただ今日の詩の〝分裂〟のありようをみると、マルローの指摘は当たっている、としかいえない。〝産業文明社会の諸現象は、各人各様人によってその象徴するものを異にするので〟詩人がおのれの〝象徴の妥当性〟を確立しようとすれば、分裂は必然の運命になる。実はそのことだが、ある研究会のような集まりで「詩の分類」についての質問が出た。その時僕は大体次のような話をした。

象徴派とか人生派、あるいは超現実派といった、従来行われてきた詩の分類は現在はさして意味あるものとは思えない。それよりも詩が今日当面している困難さ、つまりマルローの指摘にあるような困難さをどう受けとめるか、その受けとめ方によって少なくとも二つの行き方があるように思われる。一つはマルローのいうように、産業文明社会の諸現象をそのまま受けとめ、その上におのれの象徴の妥当性を確立するという方法、これは当然複雑難解への道を辿らざるを得ない。もうひとつは複雑多岐な諸現象の底を流れる不変のものに心耳を当てていこうという考え方だ。ある人にとってはそれはいかにも古めかしい大時代なものの考え方にみえるかもしれないが、そういういい方をそのまま使えば、詩というものにはもともと大時代なものがあるんだよ。卑近な例だが原爆詩というものがある。原爆という素材はもっとも現代的な方法でなければ書けないかといえば決してそんなことはない。そこにあるのは死という不変の座標軸であるはずだ。サッフォーの時代の死と現代の死がどう違うか。なにも違わない。ただ背景が違う。たしかに背景は違うが、それが魂に投影する。投影の仕方はきわめて微妙な振幅の差でしかない。この振幅は重要なモメントであることは間違いないが、それを表現し得ないほど現代詩人が貧困であるとも思えない。そういう意味で現代詩を分類すれば少なくとも二つの傾向はある、という話を僕はしたのだ。ひと昔前、詩人は雑学の大家でなければならぬ、という意見があった。雑学むろん大切だが、詩人はもうこれ以上手を拡げるべきではない。忘れることが大切な能力の一つだというのは現代にあっては詩人にも必要なことだよ。高村光太郎の詩に「天然の素中に帰らう」というのがあったが、素中に帰る努力を怠ると詩は現代の複雑多岐な諸現象のなかに拡散してしまうおそれがある。詩人はスポンサーのその時々の要求に応ずるコピーライターではない。

——詩人がこれ以上手を拡げるべきではない、という意見にはちょっと抵抗を感ずるが、その分類の仕方は一応理解できる。だが分類だけで問題は片づかないのだ。一人の詩人がどう生きようかという時に分類はほとんどなんの役にも立たないのだよ。

いや、そうとばかりはいえない。分類はどう書くべきかの問題と同時に何を書くべきかの問題も含んでいる。君のいうことはわからないのではないが、僕が分類という時にそれは態度のことをいっているのだ。人生派とか超現実派とかいう分類が無意味だというのはそれがただの分類に終わっているからなのだ。最近草野心平が高校生たちにビートルズの話をしていた。ビートルズはスタイルだが、日本で流行った同系のものはファッションだというんだ。ビートルズのことはよくわからないが、スタイルかファッションかという〝分類〟は僕なりに理解した。たとえば次のような詩。

鴨　　会田　綱雄

鴨にはなるなと
あのとき
鴨は言ったか

ノオ

羽をむしり
毛を焼き
肉をあぶって食いちらしたおれたちが
くちびるをなめなめ
ゆうもやの立ちこめてきた沼のほとりから
ひきあげようとしたときだ

「まだまだ
骨がしゃぶれるよ」

おれたちはふりかえり
鴨の笑いと
光る竜骨を見た

これは〝スタイル〟だよ。実に新しい。

――実例というのは強い、ね。まあ、たくさんの実例を出してもらって、その最大公約数を想定すれば、そこに君のいう現代詩像も浮かび上がってくるというものだろうが、それは追ってのこととして、それにしても詩が極めて困難な時期に到達しているという感じは動かないようだ。いまはいろいろのものが大きな反省期にさしかかっているといえる。文明自体もそうだ。われわれは鴨をしゃぶるのではなく、しゃぶられる鴨なのだ。まだまだしゃぶれると思っている人が多いようだが、誰が誰をしゃぶっているかに気がついたら寒む気がするに違いない。

寒む気もするが疲れもした。どうやら黙る時期が来たらしい。またぞろ性懲りもなくものをいいたくなる時が来るに違いないが、きょうはこれくらいにしよう。いくらかいまいましくないこともないがしばらくファッションの移り変わりを眺めてみよう。喋っている間は眼はお留守になる。それはわれわれの願いとする方向を裏切るものだ。

「詩と思想」一九九二年八月号より

現代詩の〝系図〟を読む

いま書かれているたくさんの詩を見ていると、実に多くの才能が力を競っていて、こういう時代は過去になかったのではないか、とさえ思われるほどである。しかし一方では、これほどの才能がどうして詩など書いているのか、もっとほかにその才能を発揮できる場所がヤマほどあるのではないか、という、不謹慎な考えがアタマを過ぎる。〝妄念〟に類するものかもしれないが、それをどうにも振り払えない部分があるのも確かである。

むかし二葉亭四迷は、「文学は男子一生の業にあらず。」といって筆を折ったが、いま私を閉じ込めつつある考え方はそれと同じものではない。詩と詩人が対置する姿は変わらないが、世の中の変化で詩の置かれている立場が次第に矮小化させられて来ているので、結果として有り余る才能をムダに消費しているような感じを味わわさせられるということなのである。最近しばしば〝つまらない現代詩〟の話を聞く。またなにかの座談会で、谷川俊太郎氏が、詩がいたずらに「消費」されつつある現状を指摘していた。詩は本来「消費」されるべき性質のものでなく、（時には長い時間をかけて）「消化」されるものと私は考えてきたので、指摘のとおりならば、確かにいまは異常で、「消費財」でしかない詩がつまらないといわれるのも仕方のないことである。

こういう時代には、ありふれたやり方ながら、「初心」に戻るとでもいうか、近代詩が歩み初めたその源と、その後の変化の節目を辿ってみるのが必要ではないかと思われる。そしてそのいちばん手っ取り早い方法は近代文明の歩みを尋ねることである。私は近代とそれ以前を隔てる境目は、一七六九年、ジェームス・ワットによる蒸気機関の画期的改良という〝事件〟にあると考えている。そこで、ちょうど二世紀隔てた一九六九年、アメリカの人工衛星が月面に到達するまでを「文明史二百年」として一表にまとめてみたが、少なくとも文学や詩に関わりを持つと思われる文明史上の事件は三十四を数えた。それを詳しく述べる紙数はないが、そのなかで私を捕らえた考えは、人と「もの」との相互関係であった。「もの」というのは、人間を取り巻くすべての事物、時には「ひと」であり、社会、自然など意味するがこれが時々刻々変化していく。形のうえでは「直接」から「間接」への変化であるが、私はこの変化を「意味」から「感覚」への移行と考えている。身近な一例を挙げれば、フランスにおける一八三九年の市販用カメラの発明である。三十五年後の一八七四年、パリで初めて印象派の展覧会が開かれるが、これは写真機の発明と全く無関係だったであろうか。正確、精密が写真家の仕事となった時、画家は描くべき対象を、相手から自分に移すべき時期であると考えはしなかったであろうか。余りに単純、素朴といわれるかもしれないが、世の中の本体は実はそのように単純な性質を持っている。数千年慣れ親しんだ、疑いを入れる余地のない「もの」がその「意味」を希薄にする時、人間はわが五感、いい換えれば「感覚」だけを頼ることになる。「感覚」ほど確かなものはないからである。同時に「感覚」ほど〝無政府的〟〝恣意的〟なものもない。十人十色、拠るべき基準がなく、「意味」と違って多彩ではあるが、人間の心に届く、その到達距離は短い。一方で多くの実りを生みながら、それはただ〝消費〟されるだけ、という反面を持つ。いまある一見華やかな姿こそ、二百年後の惨憺たる実像ではなければ幸いだと思う。

ほんの表面だけを撫でた議論にとどめるが、〝本家〟西欧もまたおしなべて同じ壁に突き当たっているのかどうか、文明が当面する問題として改めて探ってみる必要があろう。

「詩と思想」一九九八年十一月号より

現代のなかで持つ「地域」の意味

「地域」を定義づける

はじめに、自戒として紹介しておきたい言葉がある。以前に、たしか「朝日新聞」で読んだことだけは覚えているが、ある大学教授の「地方を強調しすぎると、かえって東京を中央だと認めることになる」という趣旨の発言だった。十数年も前になるか、「地方の復権」が時の言葉にもなったころのことである。「地方」あるいは「地域」の扱いは難しい。そういうことを頭に入れてこの論に入っていきたい。

まず言葉の定義の問題だが、「地方」と「地域」とは微妙に違うようである。例えば、「東北地方」「近畿地方」という表現は、なんの留保もなく常用されている。内容は地域である場合もあり、ことさら地方を強調するための場合もある。しかし慣例として、「東北地方」を「東北地域」とはいわない。つまり、この用法はかなり曖昧だということである。そこでまず、英語の用法に従って二つの用語の違いと考えられる点を述べてみたい。

英語で（Webster による）、「地方」には locality, region, district, section など多くの用語があるが、単に地理的な範囲を示すのでなく、伝習や民俗などいかにも地方らしい様態を表現しようと思う場合は locality が用いられる。この場合の語釈は a particular district（特殊な地域）となる。一方、地理的範囲を示す場合は region または district であって、その意味するところは、前者は an indefinitely bounded part or area（そう明確でなく区切られた土地）、あるいは a broad continuous area（広い、つながった土地）であり、後者 district は逆に、明確に区画された地域となる。いずれにしても「地域」は「地方」の上位概念となるようである。

以上、わざわざ英語での用例を引用するまでもあるまいと考える人がいるかもしれないが、地域とか地方とかいう日本語の用例は、実はその成立は比較的新しい。そのために、時代をさかのぼる英語の用例を用いて、両者の関係をより明確にしたほうがよいと考えたわけである。ここで当然「地方」は「地域」に含まれ、のちに触れるが、例えば「方言詩」のようなものは、まさにlocalityの概念にふさわしく、ある「地域」のなかの貴重な文化財、あるいは文化活動の一つとしてその存在を主張することになる。

「地域」の再生

さて以前にも書いたことがあるが、テーマとの関連からもう一度紹介したい意見がある。ECが東京に設置している駐日代表部にジル・アヌイという人がいた。とうに帰任しているが、よく日本の各地方に出かけて、いわば〝日本通〟ともいえる人である。その彼に「地方の再生」という日本語の文章がある。タイトルにはRenaissance of Regionsと英語の題が添えられていて、あるいは原文は英語かもしれない。たしか山形訪問のあとに書いたもので、日本で発行されている「ECジャーナル」(現在は「europe」)85年の1月号に載った。その趣旨は、まず「地方」Regionsが対等であること、次にそれらは「星雲」のように存在し、お互いに競合して文化的に再生を目指すべきこと、そのなかには民芸や民俗など、いわゆるlocalityを含むこと、ヨーロッパでいえば、フランスやドイツなど国家のワク組みを超えること、などが強調されている。

当時この文章にたいへん鼓舞された記憶がある。たしか、エジンバラとデュッセルドルフとの経済的競合の例が引いてあって、地域に跼蹐《きょくせき》することの愚を教えられた気がした。むろんこれはヒントの一つに過ぎないが、地域文化という時、東京に対するそれぞれの地域、といった図式は、最初に取り去っておく必要があると私は考えている。

「二十世紀」の私的総括

「現代詩」が行き詰まりに来ている、または閉塞の状態にあるという時、まず私の頭に浮かぶのは、すでに絶頂に昇りつめた感のある「近代技術文明」のことである。私はいつも、行き詰まったのは、はたして

「現代詩」だけであろうか、という疑問に行き着く。一国のある状況のなかで、一つだけが行き詰まるということは考えにくい。詩にとどまらず、恐らくすべてのものが、一種の閉塞状態に陥りつつあるのが現状ではなかろうか。経済大国を実現した日本型発展の方式が破綻しつつあることは周知のとおりである。教育も同様、教育関係者は「荒れる学校」「荒れる子供たち」に、ほとんど為すすべを知らない姿に見える。このような例は数えればキリがない。恐らく「現代詩」も、同じ状況にあるものと見て不審はあるまい。その閉塞状態がどこから来たのか。見方はいろいろあろうが、この問題は「近代技術文明」の発展との密接なかかわりを外にしては考えられぬものである。回り道にもなり、問題が大きくて手の届かないもどかしさはあるが、なるべく大づかみに、要点を絞って考えてみたい。

ジェームズ・ワットが蒸気機関の改良に成功したのは一七六九年、これが「近代」の始まりであり、ヨーロッパ社会のあり方を大きく変える「産業革命」の発端となるが、私はある必要からその後の主な近代技術の発展史を一つ一つたどってみた。そして、アメリカの人工衛星が月面に到達した一九六九年の項に至って、小さな興奮を覚えた。下二ケタがワットの発見と同じ年次だったからである。まさに二百年。私はこの私的な年表を『技術文明二百年史』と名付けて、それ以上項目を追うことを止めたが、これで十分という思いもあった。それはさておき、以下、十九世紀について、その主な項目をたどってみよう。

一八二七　ニエプス、彼が撮影した風景写真をイギリス学士院に提出。
一八三九　ジル（フランス）市販用カメラを製作。
一八五三　オーチス、ニューヨーク博でエレベーターを発表。
一八六三　ロンドンで蒸気機関車による地下鉄営業開始。
一八六六　ジーメンス、発電機、電気モーター製造に成功。
一八六七　ノーベル、ダイナマイトを発明。
一八七六　グラハム・ベル、電話を実用化。

一八七七　エジソン、蓄音機を発明。
一八七九　エジソン、白熱電球を発明。
一八七九　ジーメンス、ベルリン博で電車を発表。
一八八一　エジソン、発電所を建設、いまの配電方式の基礎を作る。
一八八五　ダイムラーとベンツがガソリンエンジン自動車を製作。
一八九一　エジソン、活動写真を発明。

煩を厭わず、十三項目にわたる発明、発見の主なものを並べたが、これでわかることは、いま私たちが享受している、いわゆる「文明の利器」の原型となるものは、十九世紀にすべてといっていいくらい生み出されていることである。

これらの技術史の変遷のなかで、こんどの議論に関わるものとして、いくつか取り上げておきたいことがある。第一は美術史の領分に入ることであるが、写真術の発明が印象派が出現する近代美術の誕生と、わずか半世紀と間を隔てないということ、第二は、当時機械といわれていたものはすべて個人の手にはなく、大型で形として洗練されたものでなかった。これが一九二〇年代における「アール・デコ」芸術運動を招来したとされることの二点である。つまり二十世紀に至って顕著に目立ち始めた芸術の際立った変化と、十九世紀を通じての技術文明の発展は切り離せない関係にあるのである。これらはすべて専門家によって十分に解明され、論述されていることであろうが、出来ればもう一度それらの事実をここで思い返してもらいたい。それともう一つ、ダイナマイトの発明とマルクスの『資本論』の発表が同じ年であることも記憶に留めておきたい。

さて、反伝統、反文明、反合理を唱えたトリスタン・ツァラらの「ダダ」運動が発足するのは一九一六年である。その八年後（一九二四）アンドレ・ブルトンの「シュールレアリスム第一宣言」が発表される。ピカソのキュビスム宣言（一九〇八）まで含めて、「モダニズム」と総括される文学芸術の新しい〝波〟の誕生である。「ダダ」の最初の集まりは一六年二月、チューリッヒのカフェ「ヴォルテール」で開かれる。人類のすべての伝統的なものの解体を目指すとして、みずから「文化のボルシェビズム」と呼んだが、当時レーニンがいつもこのカフェに顔を出していたといわれることは注意する必要がある。それぞれ進む方向をべつの空間に描いていたとしても、彼らが「反伝統」のテーゼに同じ目標を見出していたことは疑いがない。ピカソがいっている。「私の一枚の絵は破壊の集積である」。二十世紀は、技術文明の長足の進歩と歩調を合わせて、ひたすら「破壊」への道を歩む。その主調音を奏でたのは、第一次、第二次と続いた、大戦によるる「実体」ある破壊であったが、「ダダ」が唱えたように「伝統、文明、合理」三つの面で破壊や変革が行なわれたのではなく、目標はもっぱら「伝統」に向けられた。彼らが「合理」と「文明」を嫌い、その対極に立とうとしたことも確かだが、本来「文明」も「合理」もともに、手を携えて歩むものである。彼らがやがて達成したのは、もっとも〝合理的〟であることを必要とし、同時に「文明」がその成果を誇示する経済的商業的成功に擦り寄るものであったのは皮肉である。これが二十世紀を特徴づける「モダニズム」と呼ばれるものの実体である。繁栄があって、破壊があり、躍動があって、るいるいたる死屍がある。彼らは二十世紀芸術に新しい地平を開いたが、一方で、二つのものを同時に求めて、いま分解の時刻を迎えたということが出来よう。

現代詩を眺めていていつも私が気がかりに思うのは、モダニストたちがこの歩みから何を学んで来たか、あるいは彼らの「教養」の核を成すものは何かということである。先ごろ亡くなったさる著名な詩人が晩年、自著についての新聞のインタビューに答えて次のように述べている。「花鳥風月とは、いわゆる日本的なあらゆるもので、いい文学も沢山あるわけです。しかし三十代半ばまでは、優れたものも通俗的なものも一緒にして、全否定という感じでした」。この人はのちにいくらか考えを変えるが、花鳥風月が伝統的なもののすべてといわなくとも、〝全〟否定は厳しい。しかし現代詩の有力な流れを作る詩人たちの「教養」が、おおむねこの辺にあるのは疑いない。その傾向は戦後、伝統蔑視の風潮に合体して、あらゆる点で圧倒的な流れとなる。かつて皮肉屋の正宗白鳥が小林秀雄にいったことがある。「小林君、日本では文学も〝進歩〟するんだねえ」。日本の近代とは、「進歩」の観念と伝統の軽視とが、いつも手を携えて歩いて来た時代なのである。

現代のなかで持つ「地域」の意味

議論の範囲を広げ過ぎた。初めに戻って、「地域」を振り返らなければならない。いま圧倒的な「技術文明」の優位から逃れられるものはほとんどない。逃れられると思うのは気休めでしかない。少なくともおなじ平面で争う限りは――。私たちはいま別の地平を探さなければならない時期に来ている。いくらか文明の〝汚染度〟が低いと考えられる場所を――。それが「地域」region であり、「地方」locality であるというのは強弁に過ぎるであろうか。かつて日本を訪れたフランスの文化人類学者レビ・ストロース氏の言葉を参考にしたい。「東洋や極東の偉大な文明には、これまで〝原始的〟と誤って呼ばれていた謙虚で控え目な文化が含まれており、……この第三のヒューマニズム（と同氏が呼ぶもの）が人類を救済出来るかもしれないと考えたことがある」。自然とか伝統というより、「謙虚で控え目な文化」というほうがわかり易くはあるまいか。まさに locality こそ、「謙虚で控え目な文化」そのものではあるまいか。

事実として、いまの「地域」を特徴づけるものはそう多くはない。私たちの「地域」も都会と同じくたっぷりと「文明」の利便を享受している。しかしまだそこには都会にない自然があり、細々ながら伝統も死に絶えてはいない。さらに世界に目を広げれば、文明の〝汚染〟を受けない地域は〝汚染〟された地域をはるかに上回るだろう。希望を捨てるのは早いのである。

アメリカのある犯罪映画を思い出す。いくらかコメディタッチのこの映画では、容疑者を追う白人と黒人のコンビの刑事が、捜査の必要上白人が黒人にバケることになる。顔にスミを塗りたくってそれらしくジャズのステップを踏んで見せるが、どうにも黒人刑事の気に入らない。腰の振りが違うというのである。この違いは、おおげさないい方のようだが、伝統の違い、文化の違いなのである。均《なら》して一つ、にはならないのである。「腰の振り」まで含めて、「地域」は実に多様な違いを持つ。細川元首相が熊本県知事であった頃、『鄙の論理』（光文社）という本で、当時の出雲市長岩国哲人氏と対談している。細川氏「昔は薩摩藩でも長州藩でも非常に強力な地域主義というものを持っていました。薩摩弁と肥後弁では言葉が通じないくらい違いがあったわけで、……」。岩国氏「元来、文化というものは、地域的、ローカルなものです。日本とソビエト、アメリカなど相容れない文化のいわば同じ森林であっても異種の大木が林立しているように、それぞれが独立し、決して一つに成り切れない面を持っていると思います。つまり文化は根源的にローカルなもので、森の中の木と同様に、独立しているからこそ、森全体の繁栄が見られるように、ローカルだからグローバルであるといえるでしょう」。とくに説明は要しないであろう。

「日常性」ということ

ここでいったん「地域」から離れて、「日常性」の問題に触れておきたい。「日常性の詩」といういい方の評言がある。例えば買い物に行ったとか、風呂に入ったとか、短歌の世界では「タダゴト歌」といわれる種類の作品に対し、かなり軽侮の意味を込めて使われる。もちろんそういう種類の作品があることを否定はしないが、評者が一体「日常」をどうとらえているのかが問題である。高麗の高僧大覚国師の言葉に「仏法は日用を離れず」というのがあるが、「日用」つまり「日常」である。これを「詩法は……」と言い換えたらどうか。大覚国師の言葉を敷衍するまでもなく、私たちの「生」はもともと「日常」を離れては存在しない。だいじなことはその「日常」になにが詰まっているかであって、それを問わないで「日常性」をいえばそれは偏見である。そしてこの「日常」こそ、今日「地域」が最も豊かに、いってみれば地下水のように「保持」しているものなのである。

金時鐘氏があるとき、「現代詩人たちは、思念の造形という、情感にとってかわったつもりの美意識でもって、意外と自分のタコツボだけを掘っているのではなかろうか」と述べたが、まさにその通りである。現代詩は「形而上学」「修辞学」「美学」から成っている、と私は考えている。「形而上学」metaphysicsという場合のphysicsは手で触われる〝もの〟、時に「情感」も「日常」も無形の〝もの〟として詩の素材となってきたが、「日常性」を評価しない現代詩人にとってそれは「低位」の概念とされがちである。それに代わる「高位」の概念を追求して彼らは「形而上学」に行き着いた。Physicsを突き抜けた「形而上」の青空は、一見際限もなく自由だが、同時にそれは、表現の恣意、一種の無政府状態をもたらすものでしかない。これがいま私たちが直面している現実である。

「地域」は、あるいは「地方」は、いまその「保持」する「異種の大木」を、あるいは「森」を「地下水」を、捜し出す時期に来ていると私は思う。自分の財産に目を向けずに、技術文明が教える共通のものだけを追っていては、「詩」が「詩」である意味を失なう。現代が達成した高度のテクノロジーの手法を言葉でなぞることは、実は過誤であるだけでなく、不可能な道なのである。例えば言葉が獲得出来る「微妙」の世界は、ナノグラムとかミクロンといった単位では計れない。単位でいえば、私たち東洋人が知っている最大の単位である「京」で考えたほうがいい。「京」は「兆」の一万倍に相当し、千京分の一を「虚」と呼ぶ。この辺が人間の能力の限界であり、かつては「虚」に遊んだ詩人もいたのである。ここまで来て読者は、はじめて「虚」の凄さに衿を正すことになろう。

高度成長に入る直前の、昭和三十八年ころだが、三好達治は大岡信氏との雑誌対談のなかで、「日本の詩はこれから悪い時代に入ってゆく」と述べた。その翌年、三好さんは他界する。詩人は死をまえに、やがて来るものを正しく見通していたのだと考えられる。

「街こおりやま」No.246（一九九五年十月刊）より

「神の声」

■5歳幼児の詩　長いこと佐藤浩さんが面倒を見ている児童詩誌「青い窓」の最近号を見ていたら、次のような詩が目に付きました。ほんとうは詩ではなく、5歳幼児のなにげない言葉を、お母さんがメモしておいたものなのですが、それはこういう言葉です。

お母さん、地球で一番最後の人が死んだら
だれがそう式するの？
神さま？
それとも風？

これは詩でなく、といいましたが、この言葉が書かれたいきさつからそういったまでで、実際はこれこそ詩でしょう。あるいは詩でなくともいい。とにかく良質の詩が人の心を打つ、それと同じ力をこの言葉は持っていると私には思われます。

■フランスの核実験　こんどは少し方向を変えて、おとなの話をしましょう。ムルロワ環礁で行われたフランスの核実験のことです。難しいことはよく分からないのですが、フランスが足踏みしているあいだに、核先進国の技術はかなり進んだらしいのです。核はアメリカとロシアがほぼ独占しています。後を追っているのがイギリス、フランス、中国などですが、ECがEUと姿を変えつつある時期にあって、ヨーロッパ、つまりEUを代表する国はフランスしかないと、フランス人は考えたようです。地理的条件やEC成立のいきさつからして、同じ核保有国でもイギリスは代表たり得ないと思っているわけです。ドイツもまたフランスの立場を尊重しているようです。簡単にいってフランスに遠慮しているのです。フランスの焦りはここから出てくるのです。戦後の国際舞台でフランスが「主役」になったことはありません。世界各地からの激しい非難に対して、フランスが逆に大いに高揚しているように見える原因はこの辺にあります。反核グループに対する態度もこれまでのフランスらしく、実に断固たるものです。フランスはこんど初めて「主役」の立場に立つ考えなのです。

■変わった「核」への観念　核実験をめぐる情勢分析はこれくらいにして、「核」について世界が抱いてきた観念は、ここに来て大きく変わったように私には思われます。「核」が世界を滅ぼすという観念は、世界の人たちが多かれ少なかれ抱いてきたことですが、残念ながらそれはまだ「知識」の段階に留まっていました。それがいま、まだ一部の国ですが、「信念」の形をとり始めました。どうもフランスはこのような変化に目をつぶっているか、あるいはよく認識していないのではないかと思われるのです。この現状認識の甘さがフランスにとって、大きな不利をもたらさなければよいがと、フランスびいきの私は、がらにもなく心配しているのです。親日家のシラク大統領のためにも。

■「中華思想」のこと　「中華思想」という言葉があります。自分の国が世界でいちばん、という考え方です。言葉の出所からしてこれは中国人の考え方ですが、実はフランス人も実によく似た考え方を持っているのです。この二つの国が、いま問題の核実験の当時国であるのは、まことに不思議な偶然です。彼らはいまが、米ソと肩を並べる、すなわち「核4極」の一角を占める最後の機会だと認識しているのです。

■不毛な「パワーポリテックス」　これはパワーポリテックスというのでしょうが、そのようにして最後にだれが生き残るというのでしょう。つまり最後に「だれがそう式する」のでしょう。5歳幼児の声は、まさに「神の声」と、私には聞こえました。

「街こおりやま」No.295（一九九九年十一月刊）より

論外！東海村事故

■ただ驚き呆れる　東海村の事故にはただただ驚き呆れました。このような不始末を評する日本語の最大限の表現をあれこれ考えましたが、適切な言葉が見つかりませんでした。それほどにひどい、論外の出来事です。あの騒ぎのなか、小渕総理から、日本人の心のありようを戒める趣旨の発言があったそうです。当夜の野中官房長官の記者会見のなかで聞いたのですが、翌日の新聞では見当りませんでした。長官の言葉どおりだとすると、いち早く事の核心を言い当てた言葉だと思われますし、マスコミが騒ぎに気をとられて聞き逃したとすれば、残念なことです。

■難問だらけの新時代　私は長いこといろいろなところにエッセイを書いて来ましたが、原子力についで触れたことは一度もありませんでした。先月号に書いた「餅は餅屋」の精神を守ったつもりです。20世紀が創り出した、この新しい技術については、何一つ知るところがないからです。署名その他の形で賛否を求められたこともたびたびありますが、応じたことはありません。先日、街頭で「脳死は死ではない」という趣旨の運動に署名を求められましたが、断りました。重ねて「脳死を死だとお考えですか」と聞かれましたが、「そうだ」と答えることも出来ませんでした。いまの世の中には即答、即断出来ないことが多すぎます。出来ないことは出来ないとするほかに、どんな道があるでしょう。私個人は脳死についてまた別の考えをもっていますが、それを説明すべき場所とは思われませんでした。

■現場従事者の感覚　そこでまた原子力の問題に戻りますが、それがごく新しい技術であるために、専門家に対してもある種の危惧を持っていることは確かです。ある程度の理屈はわかります。しかしシロウトには、その限界を知ることが出来ません。従ってここでは、危惧を持つという、それだけは言っておきます。もっと大きな恐れを持つのは、専門家よりも、実際にそれを扱う現場の従事者のことでした。

そのためにマニュアルというものがあり、従事者はそれに従って作業を進めるわけですが、東海村の事情を新聞などで知る限り、彼らはまるでだるまストーブに石炭を投げ入れる感覚で作業していたようです。論外、話のほかというのはこのことです。

■専門家の大罪　この問題は専門家と、現場従事者の二つに分けて考える必要があります。まず現場のほうからみますと、マニュアルそのものがいい加減である点はさておいて、それさえも守らないというのは重大な反則です。従って彼らにはそれ相当の罰則が適用されていいでしょう。一方、専門家の場合は、はるかに厳しい社会的刑罰を与えるべきだと私は考えます。現場を指揮するＪＣＯの幹部がまさしく専門家だとすると、彼らはこんどのようなずさんなやり方によって起こり得べき事態を予見出来た、とされても抗弁は出来ません。世間ではこれを、「未必の故意」と呼んで来たのではないでしょうか。管理者のこの怠慢、このずさんさは大量の傷害、殺人につながるものです。まさにオウムに匹敵する重大犯罪といってさしつかえありませんし、それだけの社会的報復を受ける必要がありましょう。

■多難な原子力の前途　小渕総理の発言がそのとおりだとすると、国民の病弊は来るところまで来ていると思われます。国民の多くは、原子力関係の仕事はすべて官営であると、漠然と考えていたようです。私もそうでした。ところが実態は、官営どころか、最初に現場に着いたある学者は「まるで町工場だ。」と吐き捨てるように語っていました。政府はにわかに、こんごの監督を強化するといっていますが、原子力行政に対する信頼が失われたいま、前途は多難なものになりましょう。将来を考え、ただため息が出るばかりです。

絶筆「街こおりやま」

平成17年3月号通巻359号抜刷

■心に残るイベント　『街こおりやま』が30年を超える年になって、こちらもある締めというか、くくりをつけなければならないと感じるようになりました。

それは小樽のことです。私の学校の関係からしばしば小樽を話題にして来ましたが、こんど小樽で一つ、心に残るイベントに巡り合いました。いろいろ記憶に曖昧なところがあるのですが、数年前のある日、小樽から学校の大先輩が訪ねて来ました。「あっ！」と声をあげるような珍しい人です。用件は、かねて持っているパンフレットのようなものを教会に寄付したい、ついてはその立会人になって貰いたいというのです。

少しややこしくなるので、この辺からぐっと省略して話すのですが、彼は小樽に教会を持っているというのです。そのパンフレットというか、教会に深い関係を持つ記念の印刷物は、当然教会に属すべき貴重な品なのですが、彼は高齢となって、教会の建物そのものを寄付したいと思い、手続きを済ませましたが、印刷物を寄付する段になって、所有者と寄贈者が同一ではうまくないとなった。ついては、寄贈者に私の名前をお借りしたい、ということでした。もちろん、早速承知しました。

■歴史ということ　教会はなかなか立派なものでした。必要なセレモニーがあり、なにしろ経て来た歴史の重さがあって、私は大変に重要な役割を果たした満足感とともに、その場を後にしましたが、のちになってふと考えたことは、なるほど歴史というものは、このようにして伝えられるものだな、と言う得難い感覚でした。つまり一枚の粗末なパンフレット、それが周囲が貴ぶ歴史感覚で扱われれば、即歴史であるということです。郡山の歴史というものも、同じ感覚で扱われなければいけないものでしょう。

■30年という年は　フランスの詩人ジャン・コクトーは、30歳という年齢は、屋根の梁にまたがって、過ぎて来た年月を振り返り、これから歩み出す未来を展望する年だと言ったそうです。

30年という年は、そんな年なんです。生まれて学校を出て、結婚をし、子供を産めばもう30年です。たいしたことはないんじゃないか、と思いたいのですが、それは若さがそう思わせるだけで、世界が一つ違います。この交替が3回目になれば、老、病、死があなたを待っています。世界も同じです。世界は錯綜しているだけに、その区別が付きません。私たちは、みすみすその錯綜に巻き込まれています。

■愛惜に堪えない土地　私は少し長生きをしてしまったため、いくらかその外に弾き出され、おもわぬシーンに立ち会う羽目になったに過ぎません。私たちは、その老、病、死のシーンをひとつずつ立ち会っているだけなのです。対象としては、郡山、小樽、それに山形（正確ではありませんが、その周辺）などが入ります。いずれも、私にとって愛惜に堪えない土地ばかりです。

9年9ヵ月連載して参りました「三谷晃一の竹さゝゝ」、今月号の原稿は病床で途中まで執筆し、絶筆となってしまいました。

平成17年2月23日午後1時20分永眠。享年83歳。

合掌

故 三谷晃一　一周忌によせて
「街こおりやま」連載随筆 「囀声塵語」「竹さゝゝ」

解説

知的抒情のなかの〝ふるさと〟

菊地　貞三

三谷さんの詩について語るこの小文を、私は極めて個人的なことから書き始めなければならない。というのは、日本現代詩文庫「三谷晃一詩集」巻末の年表にあるとおり、彼と私との出会いは五十余年をさかのぼる少年時であり、しかもそれが詩を通してであって、以来現在まで身近な心情的位置で彼の詩を見てきた私は、彼の詩の本質するものを、その形成過程の初期にこそ読みとるからである。

年表にくわしいから詳述はさけるが、昭和十二年暮、地方小都市郡山の商業学校三年生の彼と中学校一年生の私は西条八十主宰「蠟人形」投稿で知り合い、勉強会に参加した。その三年後彼は北海道の小樽高等商業学校（当時）に進学、卒業後日ならずして学徒動員入隊し中国大陸を転戦、復員後は新聞記者になった。その間、私が共にかかわった詩の同人誌やグループは、戦前戦後を通し「木星」「蒼空」「ほむら詩会」「銀河系」「龍」「地球」。彼が郷里福島県に腰を据え、私が東京に移って詩の活動の場も離れたが、親しい友人としての交流はいまなお続いている。

第一詩集『蝶の記憶』から最新の『野犬捕獲人』まで数冊の詩集を読んできて、三谷さんの詩の本質を私は端的に〝知的抒情〟と見る。知的ボンサンスとセンチメントの結合である。そしてその成立は、彼の半世紀に及ぶ詩的体験のなかで、戦地でのそれや四十年にわたる新聞記者生活のそれも無視はできないが、何にもまして彼の詩の資質を決定づけ、いまなお息づいている小樽における青春、昭和十五、六年代の北国の学生生活にあった、と私は確信する。短歌に始まり「蠟人形」でめざめた彼の詩の生い立ちに根ざす抒情性は、多分に知的センスの素地を持っていたが、この小樽の三年間で強烈な知的洗礼を受け、文学的思想形成の芽をふいた。福島県の風土と北海道・小樽という風土とのカルチュアの出会いと結合。（当時、帰省するたびにカロッサを語りニイチェを説く彼の知的昂揚の輝きは、いま思っても単なる青年のカルチュアショックなどという以上のものであった）。それからの戦後四十余年、それは年輪とともに沈潜し熟成してきてはいるものの、彼の詩のもつ知的抒情―文明批評性と情緒性とのバランスはくずれず、時にシャープに時にはダルにゆるみながら頑固なほどに一貫している。そのバランスを、彼がジャーナリストであったことと詩とのかかわり、という風な常識的通説で私はとらえない。それ以前に、すでに彼の詩の土壌に培われた良識、バランス感覚なのである。

　三谷さんの詩を概観して気づく特徴に、北方志向とふるさと思考がある。作品例は挙げるまでもなく数多いが、注目しておきたいのは、彼のいう北方とふるさとは必ずしも風土を意味しないことでイコールであり、むろん郷里でもない。それは、しばしば作品に見る〝死んだ母〟でもあれば、初期の作品「小樽遠望」から三十年後にも再び「小樽挽歌」を書かねばならなかった彼のなかの〝小樽〟でもあった。また時には「ふるさとは／このごろ／東京／にだけ／在る／と思うようになった」（「ふるさとは」）という「なま暖かい東京よ／なま暖かい思想よ」（「東京にいくと」）の多分に象徴的比喩的な〝東京〟であったり、「しばらく帰っていない郷里の方角よりはむしろ、あかるい東京の灯のなかに戻っていきたくなるのだ」（「防人の歌考」）という感懐になったりもする。「僕のなかにも一人／頑固な冬が　立ちはだかっていた」（「冬」）と初期のころ彼は書いたが、流れゆく時間のなかで、三谷さんのふるさとと、それは彼のセンチメントの母胎をなす（誤解をおそれずにいえば）保守的佇立性、頑固な良識と呼ぶこともできようか。

　さて、付言すれば、私が知的抒情の詩人三谷晃一のその保守的佇立性、頑固な良識をこそ信用する所以は、たとえば次のような一篇を挙げれば足りる。ある詩人団体の訪中旅行の後、記念に特集した小冊子の、それぞれが思い思い中国の文物、景観を書いていたなかの、

中国へいって
ほとんどなにも見なかった。
痩せた土地と
紺一色の人民服のほかは。

ぼくは寒く

疲れて不機嫌だった。

に始まる「みやげばなし」という作品だ。このあと、現地の人のたくさんの目、疑うことを知らない好奇の目、いつかものをいうだろうああいう目をずいぶん久しぶりに見た、と語り、「そしてそれが／ぼくのおみやげの全部だった」と結んでいる。極論のようだが、これが彼のふるさとと思考を生む一貫した精神姿勢なのだ。

《「詩と思想」一九八九年八月号 より》

自律の発光

——三谷さんの人と作品——

真尾　倍弘

ごくまれに／詩について語りたくなる。／しかしそれを話す相手は／いないので／自分自身を相手に／語らなければならない。／話はたいがい／非常に明快に／一点の曇りもなく話されるので／ぼくは思わずうっとりとしてしまうが。／ひと通り話が終ると／やりばのない不機嫌におちこむか／時おり／なにかがそれを中断するまで／エンドレス・テープのように／際限もなく／同じ話が続くのだ。／そんな時。／詩は酒になり／酒は／もうひとつの宿痾《しゅくあ》である潰瘍を／しずかに／洗う。

「ごくまれに」と題する作品の全文である。この作品からも窺われるように、三谷さんにとっての〝詩〟とは、文字表現だけではなくて、宿痾なのだ。詩人とは多かれ少なかれ、このようなものなのであろうが、三谷さんの場合はすこぶる異質である。〝人に会うのは好きではないが、人を見るのは好き〟という三谷さんは、ジャーナリストとしておそらくは普通の者よりも、はるかに数多の人に接していたはずである。右の作品は新聞社を退職された翌年に上梓された『三谷晃一私詩集』（副題・草野心平氏銘「ふるさとへ／かえれ／かえるな」）に収められていたものだが、ここでのダイアローグは、沈潜した自己とである。この自己嫌悪に至る連鎖反復は、必然のように〝酒〟への移行となってはいるが、ここに描出された苦汁は、また不思議な爽快ささえ伴っている。この自己凝視には、誰もが己れの裡《うち》にひそむ何かを感ずるはずである。

「夜の希望」「東京急行便」「送電塔の歌」など、三十年も前に〝詩人以外の人々からも好評〟を受けた作品だが、これらは発表されたのが新聞紙上だったということだけではなくて、この詩集を読まれた方には、その由来はきわめて素直に把握されるだろう。

〝ひとつのイデー、あるいはテーマによって構成しよう、などと考えたこともない〟と言われた三谷さんが〝僕がいちばん興味を抱いてきた分野は文明批評であるが、どうやら文明も文明批評も行きつくところまで来た。詩は批評を軸としないで何を軸とすべきかというのが、現代詩の未来図を描くにあたって僕の抱く最大の困惑である。これはしかし、考えすぎかもしれない〃と述べられたのも、もう二十年以上も前のことである。この感懐は三谷作品の一貫した姿勢で、たとえば「防人の歌考」、

　夜
　地をなめるような
　ひそやかな足音が

で始まるその足音。それは絶えてはまたつづき、街道の人の眠りを浅くする。懲役を終えて北の故郷を目指す困憊《こんぱい》した防人たちの死を予測させるような、その足音を、街道沿いの貧しい人たちは自らのこととして聞くのである。しかしこのやわらかな感触描写は、一転して史実の概要となる。全く大胆な、とも思える手法の転換であるが、それでいて何の違和感も与えない。復員船で眺めた富士への感懐とともに古《いにしえ》の防人たちに思いを馳せ、生きて還れた自分を時代の彼方に重複させる敬虔な祈りの姿だ。そしてそれら〃名もない防人たちの生命が、その上にながい眠りを強いられている、関東ローム層の堆積。その赤い土を掘っていた少年が、ナウマン象の骨片を発見したことがある。それは防人たちの時代よりも、さらにさらに古い〃と地質学とか考古学への誘引を示唆し、その石器時代の堆積の上に立って〃感傷的になることはないが、時たまある種の幻影を見〃、その幻影を〃ぼく自身ではないかという昏迷に陥〃り、自己の存在に対しての痕跡をも捕捉しようとするのだ。これは天体と人間の終末を予測する「ホーキ星」という作品と対比すると作者の視点がより鮮明になろう。

「片雲抄」という作品も〃１６８０年代の記録から〃と傍題しているように、全くの記録として見られがちだと思うが、ここでは単的に十七世紀末のわが国の政治と庶民の生活を問い、現代への皮肉を内蔵させている。いわゆる詩形がいかに整理されてはいても、何ら詩情を伴わぬものと、何の衒いもない小説や随筆の中に深いポエジーを見る場合があるが、行為とし

ての見解はその人がいかに詩人たり得たか、であろう。その意味で三谷さんは当初からその人であったと思う。重圧な情感を平易な表現で醸成させ、読者にいたずらな負担を与えず、意思の伝達がきわめて普遍なのである。

「もしもそういう時が……」という作品は、人間や動植物がすべて死滅したなら、われらの美しい毬藻のような地球はどうなるのか、という問いかけである。これも最も顕著な文明批判だ。文明の悪に対する憤怒を何と美しく昇華させているることか。この作品でも形式への拘泥は更にない。地核の変異を主題とした「裏磐梯」と比較すると、この地球と文明の果ての愚かしさが皮肉な相を成している。また「そういう時は」という作品の内容構成とも対比できるが、これらの思念は随所に融合されていて、古代との対象にきわめて独特な展開がなされている。〝主義や思想よりも生き方のほうが大切〟と初期から語っていた三谷さんその人の思想が、その生き方の上にきわめて哲理的に表明されていると言えよう。あるいは人間世界を臆病なまでに見つめつづけた結果なのだろうか。その眼は柔軟でさらには一徹だ。いいかえれば硬質ともいえる。これらの表現の伝達力は三谷さんの天性のものだと思う。〝思想よりも生き方を〟というのは、内外の旅行でも〝感銘があったといえば、風景よりも人〟に強い印象を受けたという、そのことと同様に解せる。これは長い間の職業意識だけではなくて、持って生まれた感性に依るものと考えるのが妥当であろう。

初掲の遊学時代を回顧した「小樽遠望」の〝人知れぬなみだ〟から第七詩集『野犬捕獲人』に到る五十年、先にも記したようにその姿勢は試行錯誤もなく一貫している。それには強い土着の精神があり、〝ふるさとはどこにある〟と自らに設問し〝ふるさと／ふるさと／といっているのは／きっとどこにも／帰るあてのない人たち〟と、人間存在への考察を追及している。「ふるさとは」という作品と対比させると、三谷さんの言う〝ふるさと〟は願望としてのふるさとであることも明瞭であろう。「RIVER OF NO RETURN」の〝土地という土地〟の思考と対照してみても、失われたものへの啓蒙を知らされる。それはいろいろと喪失された世代への認識覚醒とも思える。そして、哀れと思える自己への提言なのだろう。

また、若い日、梶井基次郎の〝さくらの樹の下には死体が埋まっている〟という作品を読んだ感興が、戦場で一発の弾丸も撃つこともなくて済んだ自分なのに、まるで自分が殺人者である夢を見る。

ある時は母が
またある時は妻が寄って来て
わたしを揺すぶり起こした。
（「さくらの樹の下には」）

この心象風景も三谷詩の特色である。

〝おしまさんよ〟と語りかける「昔ばなし」、「ある乞食の話」の、畏敬された人物に似た渾名の〝ジームテイノー〟など、回想は簡明に映像化されていて、現実として今そこに見えるようだ。それらをも果たして〝ジャボン玉〟だったのだろうか、と三谷さんは言い澱む。

座敷童子《わらし》は東北のある地方で、旧家の奥座敷などに住みついているといわれる妖怪の民俗伝承だが「野犬捕獲人」では〝わたしは子供のころ／一人の／座敷童子ではなかったろうか〟と自問する。また、その姿を見た者は必ず生命を失うといわれる「夜行《やぎょう》さま」などこれらはよき時代ともいえる過去への暖かさを不思議な感動で伝えている作品だ。それに相対譬喩としての「冬の太陽」と「神さま」。〝神さまの指図を聴くことのできる／寛解の年齢になっ〟て〝もしもほんとの神さまならば／わざわざ足を運ぶまでのことはあるまい。〃いずれ／こらえ切れずに／神さまの方から下りて来るだろう〟の観念詳察にも思わず膝を打ちたい気分だ。

戦争詩も数篇含まれてはいるが言及の要はないだろう。三谷さんにとってはそうしたことよりも、より以上に語りたいことがあったわけだ。戦争や闘争に関しては古今を問わず作品中にそれらの挿話は随所に語られていて、それを証明してくれている。この本はその意味するものの集成なのだ。重ねていえば、三谷さんの作品は事物を広い視野で把握し、その事物と感性の適合を鮮明に映像化させるということだったと思う。それは特質的にあらゆる要素を含んだ三谷風土ともいえる土壌からの発光としか言いようがない。

冒頭の「小樽遠望」1で、若い教師のよく透る声〝(ああ俺もむかしは些《すこ》しばかりよい本を書いた)あるときツァラトゥストラの著者はかく語った〟その教師の声に〝生徒が一人／うるんだ眸を外の芝生に抛《な》げていた〟とあるが、その生徒こそ三谷さんその人ではなかったろうか。

《『日本現代詩文庫・三谷晃一詩集』
(一九八九年四月刊)より》

三谷晃一さんの風景

槇　さわ子

灌木や丈高い草をわけながら登ってゆくうちに、山がだんだん深くなる。楚々と咲く名も知れぬ花や雑木に囲まれて立っていると、物音ひとつしない静かなたたずまいのどこかに、深いまなざしを感ずることがある。それは、人間をはるかに超えた、大きな存在のしるしかも知れない。そんなとき私は畏れをもって、しかも深い信頼と安らぎに満たされて、立ち尽す。

私が三谷晃一さんというひとに向うときも、これに似た感じを持つ。三谷さんと初めてお会いした時のことは、今でも強烈な印象として、心に残っている。昭和三十四年、私がまだ二十歳の頃であった。その頃の三谷さんは、いわば壮年時代で、恐らく詩人としてもお仕事の面でも、油がのっているときであったと思う。男性としての魅力に輝いていた。まだ若いだけが取柄の文学少女であった私には、三谷さんの詩についての理解や、お人柄について、充分にわかるというわけにはゆかなかった。後に「地球」同人となり、接する機会が多くなったこと、「福島県現代詩人会」創設直後から、会長としてお働きいただいた約十年の折々に、触れた表情や言葉や行動を通じて、人柄の魅力、詩の魅力を発見していったように思う。

三谷さんは厳しい人である。だからこそ優しく、他人に対する思いやりの深い人である。また、無類の淋しがり屋で、かつ、いさぎ良い人である。いさぎ良くなど生れついていない人間だからこそ、いさぎ良さが大事なのだと教えられたことが、三谷さんとの触れ合いのなかで、何度もあった。詩人であると同時にジャーナリストであるお仕事柄のせいもあるだろう。時代を見つめ、事象を見抜く目と適確な判断は、いつも鋭く鮮やかである。

三谷さんの詩の根底には、人間に対する愛と思いやりの気持が、とぎれることのない川のように流れている。私は作品の中で、悠久の流れのほんのひとときに、生命を燃焼すべく生かされている人間の孤独を、静かにひっそりと見つめている、そんな三谷さんと出会うのが好きだ。〈「小さい秋みつけた」という歌があった。／歌詞もメロディも忘れた。／秋が深まるころ／田んぼに積まれた藁束に寄りかかってうとうとした。／胸も背中もあったかくて／あれがわたしの「小さい秋」だったのだろう。／／大きくなって／年をとって／いつの間にかわたしは／「小さい秋」を紛失した。／／際限もなくひろく／いまわたしを包むのは／たとえば「大きい秋」／とでもいうのであろうか。〉（『野犬捕獲人』より「小さい秋・大きい秋」）最終連にいたって、永遠に還ってゆくひとの姿が暗示されているこの詩を読んでいると、原初以来繰り返されてきた人間の営みや生きる姿が、絵巻のように、茜色の空に浮んで見えてくる。〈いつもきわめて不完全な形でしか／発見されることのない／土器片のような／ぼくのふるさと。／／（中略）——そういえば／いちばんかんじんのものが／ない。／だれもいない。／母がいない。〉（『ふるさとへかえれかえるな』より「破片」）

男性が母を想うこころは、女性と違って交り気がなくまっすぐで、深いのだろうか。そればかりか男性にとって母は、自分を産み育ててくれた存在にとどまらず、もっと広い、人間とか人格とかいうよりももっと大きな自然、山や川や海を抱えたふるさと以上のふるさとなのかも知れない。同性であるが故に、何かにつけて母を身近な批評の対象として見がちな女性には、この様に純粋で率直な母を偲ぶうたは、書けないような気がするのだ。いまや美しい自然の一部となって、雲の上、海の底、オリーブの木のてっぺんにも感知することができる自由で幻想的な母は、しかし現実には居ない。その喪失感が読むたびに、いたみのように伝わってくる。

キャラメルや夏みかんを
リュックにつめて
でかけてゆく。

遠くの山はどこまでも遠く
いたむ足を引きずるときもあるが
遠足はいつも
あおい空にさわやかなみどりの風。

ああ
遠足にゆこう。

リュックサックには
希望も心配ごともみんないっしょにつめて。
もしも手をつなぐひとがあれば
その手をしっかりにぎって。

（「遠足」）

この詩は、昭和三十九年刊『会津の冬』に収められている。恐らくは三谷さんの数多い詩の中で、中心に据えられる作品ではないかも知れないこの小詩が、私はたまらなく好きだ。どれ程しっかりと手を握り会ったとしても、癒される筈のない淋しさ。人間の孤独をくっきりと映してあおい空。けれども希望も心配ごともみんな背負って、でかけて行こう。この詩からは感傷的映像でなく、象徴的ではあるが、鮮明な意味のありかを読みとることができる。かつて三谷さんと訪れた、夏の名残りの湖や山々、或いは一人で五月の海を見に行ったときも、ふと気がつくと、この詩を思いだして口ずさんでいた。考えてみれば三谷さんの詩は、孤独や哀しみをうたっても、無常感や遁世の流れに傾むくことなく、つねにそれらを肯定してゆく詩であることに気付かされる。

あるとき三谷さんとお酒を呑んだ。話題は楽しく縦横に行き交うのであったが、そのなかで特に強い共感をもって心に止めた言葉がある。それは「人をよく見なさい。人を見ないで他に何を見るか。」というものであった。〈昔ふうの／「いい顔」をしている詩人は／見なくなった。／そのかわり／いまの「いい詩人」はみな／鋭い／戦闘的な顔をしている。／（中略）あるときわたしは／生き残りの「いい顔」の詩人と／酒を飲んだ。〉（『野犬捕獲人』より「詩人の顔」）これは福島市出身の歌人山本友一氏をうたったもので、氏の姿をほうふつさせる作品である。この詩には辻まことさんの「人を取除けてなおあとに価値あるものは、作品を取除けてなおあとに価値のある人間によって作られるような気がする」との言葉が、サブタイトルに置かれている。この言葉は、人間に対する深い信頼と肯定なしに発せられたものではない。その言葉に共感を持たれた三谷さんの考え方と、前述の言葉とは、そう遠からぬつながりを持つのではないか、といま思う。ここに引用したわずか数篇の詩の中にも、人間を信じようとする三谷さんの温かさと孤独が、詩の風景の中にくっきりと示されている。また近い内にお酒を酌み交わしながら、三谷さんの風景に触れたいと思う。凛々しくシャイで鋭い感性を持っている詩人の――。

《『日本現代詩文庫・三谷晃一詩集』（一九八九年四月刊）より》

ふるさとを潔く生きた、志の詩人

――三谷晃一論序説――

深澤　忠孝

1　その詩的出発

誤解されそうな標題だが、あえて「を」とした。に・でもでもなく、実存主義ふうの「を」とした。三谷晃一（以下、晃一と書く）は、実存主義に早くから関心をもっていたようである。小樽高商時代を回想した詩「小樽遠望　1」（『蝶の記憶』昭31）は、実存主義の先駆者といわれるニィチェを主題としている。広辞苑によれば実存主義の一般的特色は、「科学的方法によらず、人間を主体的にとらえようとするもので、人間の完全な自由と責任を強調し、理性の指針には不信を持ち、実存は孤独・不安・絶望につきまとわれる」という。絶望はともかく、この説明は晃一論に積極的に援用できそうである（晃一「新抒情派について」によく現れている）。

晃一の詩について、文明批評性、知的抒情ということが公式のように言われるが、論理的な説明にはついぞお目にかからない。もっとも、前者については詩人自身が繰り返し強調しているし、後者は多くの詩人にもあてはまることである。

例えば『会津の冬』（昭39）の「あとがき」で、「僕がいちばん興味を抱いてきた分野は文明批評である」「詩は批評を軸にしないで何を軸にすべきか」といい、自ら担当した『福島県史・文化Ⅰ』（昭40）の詩の項で、控え目ながら「三谷晃一は存在論というよりは文明批評の精神で詩を書いている」と書いている。

しかし、文明批評性が正面に出てくるのは『東京急行便』（昭32）以降で、『蝶の記憶』は知的抒情という以上にナイーブな純粋抒情、情緒に満ちている。『詩学』（昭31・4）の「詩学図書室」はこう紹介していた。

この詩人は『龍』を経て、現在『詩』に拠っている。戦後、東北の詩壇にあってみずみずしい感受性を示して来た。この詩集は敗戦直後、そこから過去へ向って書かれたリリック四十数篇を集めたもの。無署名だが、ほぼ妥当な紹介であろう。これで『蝶の記憶』は、全国版への扉が開けた。

　続いて盛大な出版記念会（斎藤庸一『防風林』と合同）が行われた（東京・高田馬場、大都会）。島本融、草野心平、会田綱雄、唐川富夫、堀川正美、粒来哲蔵など、錚々たるメンバーが集った（記念写真による）。

　私が『蝶の記憶』に出会ったのは、感謝すべき偶然であった。早稲田の古本街は、全国的にみても神田に次ぐ。大学から高田馬場駅に向って、明治通りまで続いている。大学の帰りにはいつも、文学書を主に扱う何軒かの店を覗いた。あのオレンジ色の表紙が鮮やかで、すぐ目についた。早速求めて読み、次の詩などが特に印象に残った。

　ぼたん雪

ぼたん雪が　ふる
永い冬が
終ったというしるしに
おもい　ぼたん雪がふる
雪は舗道に触れるともなく消えてしまう
それは消えるためにだけ舞いおりるようだ
余念なく
定かでない天の一方からおりてくる
ぼたん雪

睫毛がぬれ　ほおがぬれ
首筋が濡れる
暗い天をみつめて佇っていると
しずくはやがて恢復期《コンバレサンス》の快い迅さで
僕の心臓をぬらしてゆく

　先に純粋抒情詩と書いた時にも、こんな詩が念頭にあった。しかしこの詩なども、明るく優しいばかりの抒情詩ではない。末尾3行までくると、何やら急に重たく、暗いイマージュとなる。「暗い天」ということばがあるからだけではない。

　秘密は「恢復期」にありそうである。晃一の仏語好きは小樽高商時代からのようで、「恢復期」にコンバレサンスという仏語でルビをふるのは、格別の意味をこめてのことであることはいうまでもない。

その前に「ぬれ」「濡れる」と慎重に書き分けられた後で、「しずく」は「僕の心臓をぬら」す。それが「恢復期の快い迅さで」というのである。その「恢復期」の内実が最大の問題であるが、ここで先の「詩学図書室」の指摘を援用する。私はあの無署名の文章は、木原孝一のものだろうと推定しているが、「敗戦直後、そこから過去へ向って書かれた」という指摘は鋭い。

「過去」は、当然現在の「僕」を「恢復期」の中に置くべきなのだが、そうはしてくれない。「恢復」を与えてくれるのは季節、春に先がけての「ぼたん雪」だけだというのである。「僕」が見つめているのは「暗い天」、そこからおりてきて「触れることもなく消え」、「しずく」となって「僕の心臓をぬら」す「ぼたん雪」。象徴の奥に暗喩的意味をこめているのだ。

晃一の詩的出発は郡山商業時代であったが、当然習作の域を出なかった。小樽高商時代もそうだった。短い安田銀行本店時代、軍隊時代は詩を続けようという心掛け程度であった。本格的に書き出すのは復員して、郡山の「ほむら詩会」(田中冬二の指導を受けて菊地貞三が中心になっていた)に参加してからである。

以下『2次銀河系』『龍』『詩』『黒』『地球』『3次銀河系』『鞴』『宇宙塵』と8誌に及ぶ約60年の道程で、選詩集も含めて14冊の詩集を刊行した。晃一が詩により自覚的になるのは、当時矢吹町で大瀧清雄が主宰していた『龍』に参加(8号から16号まで)してからである。菊地貞三は創刊(昭23・10)から同人であったから、おそらく彼からの勧誘なり推挙があってのことであろう。

『龍』同人になると同時に大役が待っていた。「新抒情派について」(いわゆる「新抒情派」宣言)の起草である。主宰者大瀧清雄と6号から同人になったばかりの金子鉄雄(NHK郡山・部長)と晃一が、『龍』の刷新を賭けて討議、検討、合議の上で晃一が起草したという。書きあがると何の訂正もなく8号(昭26・2)の巻頭を飾った。

早速『詩学』(昭26・10)に批判が出て「新折衷派」と決めつけられた。ただしこれはコラム風の文章であり、無署名なので、そう目くじらをたてることもないだろうから措くことにする。

「新抒情派について」はかなり長く、テンションの高い文章で、非常に分かりにくい。頭脳明晰、敏腕記者とはいえ、詩的実績も年齢も自分よりははるかに高い2人との合議、しかも2人の目の前で書いたというために、そうなったのであろう。

そこでここでは『龍』100号記念号（平6・6）に鈴木正和（編集責任者）が抄出《しょうしゅつ》した「新抒情派について（抄）」によることにする。原文よりは分かり易いが、それでも難解な文章である。

十九世紀以降の際限のない知性の分析的傾向は、人間を瓦解させた。回復されなければならないのは、思考そのものを含めて、政治、環境、機械に対する人間性の優位であり、それが現在の不安を克服する唯一の、かつ最も困難な突出口であり、未来への橋である。

われわれが、詩の本質は抒情にある、という命題から出発して新しい抒情のありかを探ったのち到達したのは、このような立場であった。それは真のインテリジェンスに正しい方向づけすることに於て反「知性主義」的であり、第一義的な人間感情を踏まえることによって悪抒情詩的傾向を否定する。それはまた、最も強く人間性の優位を欲求するがために、反合理主義的なものとなるであろう。われわれはもっと裸かに、そしてまずはなによりも人間になることを要する。その方向をあえて一言に要約すれば、それは新しいルネッサンスを準備するものだといえよう。

しかし晃一は、この文章は相当自信を持っていたようで、合議の上とはいえ、最終的に自分が纏めたことを誇りにしており、私にもそのことを何度か語った。右によって、晃一の詩とその方法に関する基本的な考え方は読み取ることができる。右の「抄」が取りあげなかった部分に「革命詩人の集団を自負するエコール」云々という一節があるが、これは『荒地』『ピオネ』『芸術前衛』『新日本詩人』などを指しているのであろうか。『列島』はまだ出ていない。いずれにしても、いわゆる社会派、主知派（モダニスム）は退けられている。

また「新抒情派」と言う以上、その前提として既成の抒情派があるわけで、主流は言わずとも『四季』及びその傍系、あるいは亜流ということになる。

御覧のように「新抒情派について」はまず人間の回復、人間性の優位を主張する。次いで詩の本質は抒情だという立場に立ち、真のインテリジェンス（知性）に正しい方向づけをし、「人間性の優位」を堅持することによってそれは果されるという。

さらに、反知性主義的、悪抒情詩的傾向、反合理主義的なもの、新ルネッサンスといった概念が提示されるあたりになると、論理の屈折、飛躍もあって理解しきれない。気迫の漲りは十分感じられるのだが――。

起草者晃一個人に還元してみれば、要するにこういうことだろう。『四季』的抒情、詠嘆的抒情、短歌的抒情との訣別、湿っぽい日本的抒情とは正反対の立場に立とうということ、それを果すのが「真のインテリジェンス」だというのであろう。そこに出現するのが取りも直さず文明批評性であり、乾いた情緒、抒情に支えられた知的抒情詩、すなわち「新抒情派」のそれだという。持って回った解読になって疲れたが、そう誤ってはいないはずだ。


40年代後半から50年代前半にかけて大いに新しい詩論が求められたが、詩や文学の世界では絶対唯一のそれなどありえないのは当然で、右は第2期の刷新を期しての『龍』の主張というよりは、晃一個人の主張というべきであろう。というのは、金子鉄雄はすぐ東京転勤となり、11号（昭27・6）で同人を辞めている。また大瀧清雄が足利に移り、『龍』は内部分裂の形となって、16号（昭29・8）で「2次」は終ったから。

当時、ネオ（ギリシャ語で新しいの意）を冠して、多くの主義主張があった。それに倣って言えば、ネオ・ヒューマニズム――ネオ・リリシズムであり、その先にはネオ・ロマンチシズム（秋谷豊らの『地球』後、晃一もこれに参加した）があるようにみえた。しかし「ネオ・――」の概念はついに明確にはならず、運動と共に曖昧だった。このことについては先に「現代詩55年の中の地球」（『地球』１２６号）を書いたので繰り返さない。

こうして晃一は、自らの詩論、方法に自覚的な歩みを始めるのだが、「新抒情派」宣言を離れて、晃一の目指した方法・方向を纏めていえば、社会的視野を持った抒情詩を書くことであった。言葉を替えて、社会化された抒情詩、あるいは抒情詩の社会化、ということもできる。

2　母とふるさと

晃一の60年を越える詩的道程には、母とふるさとが一貫している。血と地である。ふるさと（地）は血を含む。

例えば、選詩集を含めた14冊の詩集には「ふるさと」が標題か傍題になっているのが、実に多い。

詩画集『ふるさとへかえれかえるな』
詩　集『ふるさとへかえれかえるな』
詩　集『きんぽうげの歌――ふるさとは永遠に』
選詩集『ふるさと詠唱』
詩　集『星と花火――ふるさとの詩』

その他、詩篇に「ふるさと」「ふるさとは」「ふるさとにて」等、また初出時には「わがふるさと抄」「ふるさと抄」と傍題されたり、付記されていたのも多い。

こうした際、晃一は故里、故郷、古里等の漢字は、決して使わなかった。大和ことばの、やさしいひびきを愛してのことである。その「ふるさと」には「母」がぴったりとついていた。文明批評的詩篇を含めて、晃一の詩の成立の秘密やその本質を解く鍵のひとつがここにある。

次は代表作の1篇、「破片」の全体である。

いつも／きわめて不完全な形でしか／発見されることのない／土器片のような／ぼくのふるさと。

ぼくは親指の腹で／その縄目模様を読む。／指の腹に触れるのが／山であり／集落であり／触れない部分は／沢であり流れであろう。／指はしばらく／うっとりとそれらの起伏の上を遊ぶが。

そこに欠けている／なにかに気づいて／突然指は立ち止まる。

――そういえば／いちばんかんじんのものが／ない。／だれもいない。／母がいない。

（『ふるさとへかえれかえるな』）

右は晃一のふるさと詩篇の、絶唱と言ってもいいと思う。「ふるさと」はあるものではなく「発見」すべきもの、そこには山川風土と人間の生活があり、その中心に「母」がいる。しかし、右の詩ではそこに「だれもいない。」「母がいない。」のだ。破片ではなく、丸ごといないのだ。

考えてみれば、こうしたことは人間の歴史の始源からずっと続いてきたのではないか。

それにしても、晃一の「ふるさと」の認識と思想は難解である。詩画集と詩集と2種ある。「ふるさとへかえれかえるな」が、端的にそれを示している。この逆接、反語的表現は晃一のいかなる認識、思想を示しているのか。

すぐ想起されるのが室生犀星の「小景異情　その二」である。「ふるさとは遠きにありて思ふもの／そして悲しくうたふもの／よしや／うらぶれて異土の乞食《かたい》となるとても／帰るところにあるまじや」と前半で歌いながら、後半では「ひとり都のゆふぐれに／ふるさとおもひ／涙ぐむ／そのこころもて／遠きみやこにかへらばや」という。名詩と言われながらすんなり受け入れ難いのは、「ふるさと」と「都」「みやこ」の関係にある。この点では、晃一の「ふるさとへかえれかえるな」という認識、思想と相似形である。

晃一はこの形を絶えず反芻する。例えば「ふるさとは／このごろ／東京／にだけ在る」と思うようになり、東京に行ってみるとそれは「ミニチュア」（「ふるさとは」）なのであった。

また東京は「なま暖」く、「なま暖い思想」に満ちているから（「東京に行くと」）、そこで生きることは到底できない。

晃一が生きられる人間性優位の空間は、「ふるさとを思っては、幾夜さか人知れぬなみだを流」せる（「小樽遠望――2寄宿舎」）所であり、「五月の花の咲くことを」願えば、「母が／近づいている」（「生」）所である。

犀星の「小景異情」はもちろん絶唱と言ってよく、細やかな情感、妙麗な日本語のリズムは無類であったが、犀星にはふるさとらしいふるさとはなく、生母は顔もみたことがなく、養母との関係、何人かの恋人との関係も不幸であった。犀星のふるさとは「遠きにありて思ふもの」「そして悲しくうたふもの」「思ひ涙ぐむ」対象でしかなかった。

晃一が、「ふるさとを思っては」「人知れぬなみだを流」しても、これは青春の郷愁であり、「五月の花の咲くことを」願えば晃一には、「近づいている」母があった。

この母子像は貴重だ。晃一が5歳の時に父は死去、母は本宮の家をたたんで郡山に移った。自筆の年譜によれば、祖母、母、姉に晃一、女系の中の男ひとり。母「そよ」は、二本松藩士の娘であった。ということは、祖母は、二本松藩士の妻である。ここに流れている藩士の血。

二本松藩といえば戊辰戦争の強硬派、頑強に抵抗、少年隊が全滅した悲劇で有名である。(ただし、藩士たちは藩主一族を米沢に逃亡させたというから不可解だ。)

晃一の母はおそらく、会津の娘子軍《じょうしぐん》以上に気丈な人で、息子をきっちり、かつ厳しく育てたのであろう。晃一の風貌に漂う武士の面輪、倫理厳しい人生態度からもそのことが窺える。

『郷土の名詩』というアンソロジー(大和書房　昭61)がある。都道府県別に人選して、風土に即した作品とその自筆解説を載せたものである。福島県の部には、相田謙三、三谷晃一、菊地啓二、有我祥吉、浜津澄男、若松丈太郎などの懐しい人が並んでいる。私も末席を汚している。

晃一の作品は「蕎麦の秋」、その解説が面白い。

わたしは1922年(大11)福島県安達郡本宮町に生まれた。すぐ裏手を阿武隈川が流れ、町の正面に安達太良山の全容が見える。こう書けばすぐに、光太郎の『智恵子抄』を思い出すだろう。智恵子の里はさらに十キロほど北に寄ったところにある。妙な自慢をするようだが、彼女の生地は山の右手にあり、眺めはわたしの町から見るのが最高である。(傍点、筆者)

私はこれを読んで、おやっと思った。そして笑ってしまった。まるで自作の「蕎麦の秋」の解説になっていない(後半には出てくるが)。もっと言えば、全く関係がなく、まさに「妙な自慢」なのである。

こう書いた晃一には、明らかに高村光太郎の詩「樹下の二人」と智恵子の里への対抗意識があった。詩集『智恵子抄』は売れ、映画になり舞台にもなり、歌謡曲になり（たしか倍賞千恵子が歌った）ちまたの話題をさらっていた。その中心に「あれが阿多多羅山、／あの光るのが阿武隈川」（「樹下の二人」）や「あどけない空の話」があった。

晃一はそれらに抗し、否定したかった。つまり、それほどに晃一には生地が、わがふるさとこそがいとおしかったのである。ここでは「本宮」だが、5歳で移り住んだ「郡山」にも同じ思いを持っていた。そのいい例が『ふるさと詠唱』（街こおりやま社　平3）である。作曲を前提とした詞章が多いが、詩としても十分自立しえる作品である。

A　ふるさとよ
　わたしを生んでくれた
　母よ　大地よ
（「ふるさとへの手紙」）

B　かつみ　かつみ　と
　尋ね歩いて
　日が暮れる。
　夕映えが
　みるみる沼を染め
　あだたらはるか
　会津嶺はなおはるか。
（「安積野の芭蕉」）

C　ふるさとは
　いつもやさしい
　やさしいふるさと
（「郡山讃歌・序章」）

説明など特に要しまい。「ふるさと」への愛と思いにあふれた部分の抄出である。Bの5行は、ほとんど『おくのほそ道』の本文である。これが後に繰り返される。

こうした軽やかで明るく、鮮かな詞章は、詩人三谷晃一が自らの詩法を磨きながら、西条八十――丘灯至夫の『蝋人形』で歌謡詞を学んだ賜であったと思われる。

3　北の町、北の海

あこがれた小樽高商は、学徒動員で繰り上げ卒業になったが、北の町小樽での学生生活は晃一にとって、かけがえのない青春であった。自筆年譜にこうある。

一九四〇年（昭和十五年）

小樽高等商業学校（現・小樽商大）入学、新聞部に属し、かたわら文学研究会に入り、上級生の議論のレベルの高さに畏怖の念を覚える。先輩に伊藤整、小林多喜二、高浜年尾らの名があり、その文学的雰囲気に影響される。学校新聞や札幌在住の先輩坂井一郎発行の同人誌『木星』に作品を発表。

40年（昭15年）の全体である。この3文、6行の簡潔な記述に晃一の青春がぎっしり詰まっており、かつその生活が十分に充実していたことが感じられる。

郡山と小樽は不思議な位置関係にある。北緯約35°の郡山から43°の小樽は、ほぼ真北に９００㎞、この一直線の北上はそのまま晃一の北方志向と重なりあっている。晃一が郡商に入ったのは家業を再興したいという母の意を受けてというが、小樽高商入学はどうだったのだろう。商業や経済のさらなる勉強というだけならば、すぐ膝元に福島経専（現・福大経済学部）があった。そこを飛びこえて北へ一直線に９００㎞、そこには晃一の北の町、北の海、港町へのロマン、内なる北方志向の発露があった、と私は思う。

小樽遠望　２　寄宿舎

吹雪のそこに埋もれた／わたしの寝床は暖かだった／固く脆いものを／卵のようにあたためていた

春さき／おおかたは素早く消えて去ったが／あるものは根雪となって　永く／日蔭に遺った

寄宿舎の窓から眺めくらした／八重桜の重たい花びら／その花びらが沈んでいった湿っぽい場所

そのころめったに街に出なかった／ときに寮歌をどなった／ふるさとを思っては　幾夜さか人知れぬなみだを流した

（『蝶の記憶』）

初めてふるさとを離れ、母を離れ、寄宿舎に鬱々とこもる18歳の晃一の望郷、贅沢といえば贅沢なのだが、その孤愁は実存の必然として素直に納得される、ソネ形式の14行、その手法にはすでに冴えと安定感がある。
晃一は年譜で4人の先輩をあげた。伊藤整は道南生まれだが塩谷育ち、高商卒業後一時、小樽市立中学（旧制）の教員をした。『雪明りの路』で詩人として出発したが、やがて小説家、評論家、17歳上。小林多喜二はあまりにも有名なプロレタリア作家、国家権力の非情の犠牲者、19歳上。高浜年尾は、正岡子規の孫弟子にあたる俳人、選ばれた血筋の才人、22歳上。坂井一郎、生っ粋の小樽人、後札幌に出て自営業、傍ら詩を書き続け、詩誌『木星』を主宰し、戦後もいち早く同誌を復刊（昭21・9）、そこに田中冬二の『離愁』を載せるなど、『四季』に繋がる詩人、7歳上。
小樽高商にあって詩に志せば、整の『雪明りの路』はバイブルのような詩集であった。晃一も当然読んでいた。風土や風景とのかかわり、その切り取り方などに影響があったかも知れない。晃一は高商在学中から一郎主宰の『木星』に作品を発表していたというが、今のところ未調査。2人の間にどれほどの交りがあったのかも分からない。一郎が晃一に目を掛けていたことは間違いないが。

海　――小樽遠望　2

僕はただ／通りすがりの旅人のように／その駅に降りた。／そして岬の突端の／モダンな観光施設のベランダから／初心な観光客のように／その海を眺めた。

海にはもう／鰊舟のにぎわいはなかった。／樺太航路に出てゆく／船足のおそい貨客船の／白い航跡も。／鰊のむれは／どこにいってしまったのだろう。／それは僕の青春のように／いまもって所在不明だ。

夏の日のひるさがり。／オホーツクの海につづく／灰いろの空の下で／僕は僕の過去を水葬する／鈍い水音を聞いた。

（《さびしい繭》）

当然といえば当然なのだが、駅に降りても海を眺めても、昔日の面影はない。鰊舟も樺太航路の貨客船も、「僕の青春」とともに所在不明、その揚げ句「オホーツクの海につづく灰いろの空の下で」する「僕の過去」の「水葬」。もう何も残っていない。この喪失感の深さ。やがて「小樽には／二度と行くまい。」（「小樽挽歌」）ともなる。晃一は10篇ほどの「小樽遠望」を書いている。「小樽挽歌」もまた形を替えた「小樽遠望」であり、過去を水葬しても挽歌を歌っても、北の町の風物、北の海の風景は晃一の心に生き続けていた。
北の町、北の海は、小樽と石狩湾だけではなかった。

「おくのほそ道」から

十月も末の
霰の降るさむい日に
旅人よろしく酒田の町を歩いた。
飲み屋のあるじは
ハタハタはもう獲れなくなって
地物は一尾千円もしますといった。
こんな世の中になってしまって
大丈夫なんですかねェ。
——「あとしばらくのあいだはナ。」
どこかで答える声がした。
わずか二年前のハナシだが
あれから三百年も経ったような気がする。
声の主は海のほうを向き
手扇で
しきりに背中に風を入れていた。

＊暑き日を海にいれたり最上川

日本現代詩人会編『現代の詩・１９９１』（大和書房　平3）に代表作として自ら提出した作品だが、詩集『遠縁のひと』（土曜美術社出版販売）に収められた時、標題と詩形が改変された。

これは不思議な作品だ。15行プラス芭蕉句という構成だが、構造的には複雑で、奥が深そうだ。解読、鑑賞の鍵は「旅人よろしく」と「声の主」にありそうだ。

誤解を恐れずに言えば、晃一は自らを芭蕉に擬しているのだ。「声の主」は飲み屋にいる他の客という設定だが、その人は一瞬、芭蕉になるのだった。と読めば末尾3行もよく分かるし、芭蕉はつぶやくように句を詠んだというのであろう。手品のような作品だ。

酒田に旅した「二年前」を仮に1990年（平2）とすると、「三百年」も納得できる。芭蕉がこの地を旅したのは1689年（元禄2）であるから。

周知のように酒田は最上川河口の町、港町、江戸期から日本海航路を代表する港町である。最上川は庄内平野はもとより、上流から米沢・山形・新庄盆地を潤し、文字通り出羽国（羽前）の母なる川で、今も滔々と流れている。紅花を頂点に農産物、木材の北前船で、栄えに栄えた町である。今もその面影がはっきり残っている。

晃一はこの町をはじめ、山形という土地を愛した。『街こおりやま』に10年近く、147回連載した「竹さゝゝ」の絶筆にこうある。病床でワープロしたものだが、さすがに集中力は衰え、一部混乱してもいる。伊藤編集長はあえてそのまま載せたという。その最後の項（第4項）が「哀惜に堪えない土地」である。

■哀惜《ママ》に堪えない土地

私は少し長生きをしてしまったため、いくらかその外に弾き出され、おもわぬシーンに立ち合う羽目になったにすぎません。私たちは、その老、病、死のシーンをひとつずつ立ち会っているだけなのです。対象としては、郡山、小樽、それに山形（正確ではありませんが、その周辺）などが入ります。私にとって哀惜に堪えない土地ばかりです。

一読、推敲はほとんどなく「哀惜」の変換ミス、前半と後半の不整合、それでも「愛惜」に堪えない土地が郡山、小樽、山形であることは分かる。郡山と小樽については先にもふれた。では、なぜ山形なのか。答えはひとつ、簡単である。松尾芭蕉その人と『おくのほそ道』である。

私は『おくのほそ道』はその紀行的要素は尊重しつつも、短篇小説として読むべきだと主張してきた。大学の10年を越える「俳諧研究」の講義もその立場からであったし、研究論文も発表してきた。5か月余、2400㎞に及ぶ旅の体験、それを短編小説的に構成したのだからとても簡単には言えないが、芭蕉の気迫が漲り、集中があり、展開の妙をみせる部分、土地がいくつかある。いわば、いくつかの「山場」である。今は2つに限っておくが。

ひとつは白河の関から飯塚(坂)、もうひとつは尾花沢から酒田である。酒田は象潟《きさかた》からの帰りにも通った。晃一は両方を作品化しているが、先に引用した「〈おくのほそ道〉から」は後者の代表である。「暑き日を海にいれたり最上川」はまた、芭蕉を代表する秀句である。

「海」は当然日本海、晃一にとってはもう一つの「北の町、北の海」であった。

4　芭蕉を生きる

晃一が歴史や古典に材を取り、あるいはモチーフを求めるようになるのは第3詩集『会津の冬』(昭39)からで、顕著になるのは次の『長い冬みじかい夏』(昭50)からであった。契機は詩誌『地球』での安西均との出会い、交友からだと断言していい。

晃一が『地球』同人になったのは64年(昭39)6月で、均はずっと前からの同人であった。私はこの2人の推薦で同人になったのだが、2人より先に辞めた気がする。それはともかく、当時の均は粋でダンディで、羽振りがよかった。もっとも、心底には憂愁を秘めていたのだが――。朝日新聞東京本社学芸部記者、といえば物書きならば誰でも一目も二目も置いていたものである。

均は55年(昭30)11月、詩集『花の店』を出し、俄然脚光を浴びた。第1詩集でありながら、知的でかつ浪漫性あふれるスタイル(文体)を持った抒情詩、特に古典や歴史的人物に材を採った小詩篇は完璧に近かった。「人麿」の章に収められた「西行・人麿・新古今断想・天の網島」等は、読む者を吊りこみうならせた。私も吊りこまれ、うならせられたひとりである。

また均は、同時期、記紀や万葉を素材にしたエッセイを意欲的に発表し続け、詩人の新しい仕事として注目されていた。私は元々古代文学専攻（特に『古事記』）であったので大いに関心があり、何度か2人で議論も討議もし、意気投合もした。期せずして均の古典とのかかわりを主題に「安西均論」を書かされもした（『詩学』昭49・1）。粗っぽい論なのに、均は大いに喜んでくれた。

晃一とは私以上に意気投合したろうと思う。投合だけでなく、刺戟や触発もしあったはずである。同業者でもあった。新聞記者同士、片や大朝日の学芸部、片や地方新聞記者だが、デスククラスである。侠客ともいえそうな似たような気質、詩的資質、知的抒情詩人への志向、傾向、同士は「同志」となっていった。

次は均が書いた晃一の『長い冬みじかい夏』の帯文である。

海外旅行のほか、どんな素材にも〝男の粋〟をたっぷり感じさせる詩集だ。彼は陸奥、私は筑紫、どちらも辺境に生まれ育ち、しかし独自の文化伝統を血のなかにひそませている。そのせいだろう、私達は音叉のように共鳴し合うのである。

短いが的確で、魅力的な文章である。均には芭蕉を材とした作品はないので、ほぼ同時代の近松からあげる。

天の網島　――俺の作る劇《シバヰ》は憂愁でなければならぬ

近松門左衛門

蒼白たる星明りのなかを／糸と木作りの魂がよろめいてゆく／商人の都の橋を／ことごとく歩き尽して／まだ売渡されぬ素足が／岸辺の霜を踏むときに／二枚の夜に締めつけられて／見えざる鴎の声が軋み／神無月の楕円の空の端で／繊い秤がさらと傾《カブ》くのが見えた。

（『花の店』）

分析や説明は愚であろう。読み浸るだけで十分だ。晃一の芭蕉にかかわる作品では「医王寺で」が秀作だが、注を含めると長すぎるので「片雲抄」にする。ただしこれは「医王寺で」以上に長いので、要約と終章の本文だけにする。

片雲抄　――１６８０年代の記録から

。延宝八年　綱吉　五代将軍となる（悪政の始まり）

◦天和元年　白河領旗宿村外の農民強訴　農民の暴動
◦天和二年　贅沢禁止令　西鶴「好色一代男」刊
◦天和三年　衣服制限令
◦貞享元年　出版禁止令　大老堀田正俊刺殺される
◦貞享四年　生類憐みの令　庶民悪政に苦しむ
◦元禄元年　美服禁止令　柳沢吉保側用人に
〔以下終章、本文のまま〕
——明けて元禄二年（1689）三月二十七日の早朝、芭蕉は門人曽良を伴って、二度と帰れないかもしれない遠いみちのくの旅に出た。「おくのほそ道」にいう。
不二の峯幽（かすか）にみえて、上野谷中の花の梢又いつかはと心ぼそし。むつまじきかぎりは宵よりつどひて、舟に乗て送る。千じゅと云所（いうところ）にて船をあがれば、前途三千里のおもひ胸にふさがりて、幻のちまたに離別の泪（なみだ）をそそぐ。
行春や鳥啼魚の目は泪

これも不思議な作品だ。1680年代の歴史的事項の選択、その羅列、「おくのほそ道」への旅立ち、最後の6行は「おくのほそ道」の本文そのものである。

江戸幕府が成立して70年余、愚かな大将軍の出現、悪政の連続で庶民が苦しんだことは、歴史が教えている。しかし、一方、元禄期は上方文化の華の時代である。西鶴の文学は、町人への初期資本集中を背景に、激動する上方の人間と社会を、悲劇、喜劇として描いたものである。愛欲や金銭、人情がらみの葛藤や貧困があっても、町人たちは生き生きと生きていた。「心中」もひとつの行動に違いなかった。

芭蕉は1694年（元禄7）に死んでしまったけれども、その頂点に輝く仕事は元禄年間に成っている。『おくのほそ道』と『猿蓑』（俳諧7部集の第5）をあげれば十分であろう。西鶴が資本の初期集中期、つまり元禄文化の上昇期に活躍したというならば、芭蕉は繁栄期であった。

対して門左衛門は、その退潮期を生きた。一方に幕府の悪政、圧政があり、愛欲と金銭問題は、歯車がひとつ狂うと悲劇となる。心中は元禄末から続発した市井事件であったが、門左衛門は曽根崎天神の森で起こったそれを素材に「曽根崎心中」を書き、大当りをとった（初演、元禄16）。彼の心中物（世話物）は11篇もあるが、その頂点に立つのが『心中天の網島』（初演、享保5）である。夫婦と遊女の三角関係の展開を描き、結局男と遊女が心中するのだが、あの愛と悲しみ、それを表現する浄瑠璃の至高の美しさ。均はこれに目をつけた。

晃一は芭蕉に目をつけた。『おくのほそ道』は芭蕉の傑作というにとどまらず、世界的といってもいい。いったい、17世紀というのは世界的にも文学の世紀で、シェイクスピア、モリエール、ミルトン、蒲松齢（『聊斎志異』）とあげていけばきりがない。わが国ではこれまでに言及してきた西鶴、芭蕉、門左衛門（18世紀初期まで）をその3人としておこう。少しはずれたので元に戻す。

晃一が少年期と復員後、24歳から住んだのは福島県内で、『おくのほそ道』の白河の関から飯塚（坂）まででは、まさにわが足元である。福島民報記者としての白河勤務、郡山は当然、福島勤務、芭蕉の道そのものだ。

標題「片雲抄」の片雲も『おくのほそ道』だ。序章の「予もいづれの年よりか、片雲の風にさそはれて」によっている。

重ねて言うが、「片雲抄」は不思議な作品である。幕府の圧政、悪政を逃れて、〝野ざらし〟も覚悟でわが風流に生きる芭蕉に共鳴、そこに詩人の生き方、理想像をみての作だとは言えばいいか。どうも文章が、しどろもどろになってきた。しかし、飛躍を恐れるには足りない。晃一は芭蕉を生きようとしているのだ。芭蕉を生きているのだ。晃一は芭蕉を生きたのだから――。

歴史や古典に材を取り、あるいはモチーフとした佳作は意外に多い。11篇だけあげてみる。

「会津」「芋煮」「馬喰の町」（『会津の冬』）
「そういう時は」「うなぎ考」「防人の歌考」（『長い冬みじかい夏』）
「太郎のはなし」「越天楽」（『さびしい繭』）
「モアイ」「津和野」（『野犬捕獲人』）

この拙い稿は、詩人三谷晃一の全体像にはほど遠い。
「序説」とする所以である。
（二〇〇五・十一・二十七）

付記　本編は、詩の会こおりやま編・刊《熱氣球》第六集──三谷晃一追悼号（二〇〇六・二・二十三）に発表された。本文の前に、次の目次と詩12篇の題をあげていた。

深澤　忠孝・選　三谷晃一詩選

・ふるさとにて
・残照
・花のようのなものが
・芒ヶ原
・海　小樽遠望2
・カクメイ・あるいは夢について
・ふるさと
・ふるさととは
・木賊温泉
・田中冬二・その失われた詩篇について
・「おくのほそ道」から
・雪の日郵便ポストの前で

※『宇宙塵』9（05・10）「三谷晃一作品集」及び他に選録された作品との重複は、原則として避けた。

「還らぬ旅びと――三谷晃一の詩を読み解く」

ぼくを見つけ出すことは　だれにもできないだろう
――三谷晃一「捜す」

若松　丈太郎

1、はじめに

三谷晃一（一九二二年〜二〇〇五年）の詩集は、

1『蝶の記憶』（詩の会・五六年）
2『東京急行便』（詩の会・五七年）
3『会津の冬』（昭森社・六四年）
4『さびしい繭』（地球社・七二年）
5『長い冬みじかい夏』（地球社・七五年）
6『ふるさとへかえれかえるな』（九藝出版・八一年）
7『野犬捕獲人』（花神社・八六年）
8『遠縁のひと』（土曜美術社出版販売・九二年）
9『河口まで』（宇宙塵詩社・〇二年）

以上九冊である。

以下の文中で、引用詩句の収載詩集名をいちいち挙げることが煩雑と思われるときには、作品名のあとに、たとえば『蝶の記憶』の場合には①というように付記した。

2、鈍器で殴打された、とは

三谷晃一は三三歳のとき、最初の詩集『蝶の記憶』を世に送り出した。その一篇に、後頭部を鈍器のようなもので殴られ失神したという奇妙な作品「Echo」がある。その冒頭二連を引用する。

庭先で
古い手紙の束を焼いていたら
前踞みになっている
僕の後頭部を
だれかが　鈍器のようなものが
力任せに殴りつけた

それきりぼくは失神して……

いまも　時折やってくる
刺すような疼痛に眉をしかめる
最後によんだ手紙の一節に
なんと書かれてあったか
だれの手紙であったのか
いまだに思い出せないのだ

引用部分以外の作中には「なにかに向って眼を閉じる／人生の不条理にしずかに祈る」という詩句があって、最終連を「さむい窓ぎわで／僕が眠りに陥ちるとき／みえない星に向って／僕の傷口は眼をさます／爛れたくろい傷口」と結んでいる。

このほか、三谷晃一の詩には殴打された頭痛について述べている作品がいくつかある。たとえば、おなじ『蝶の記憶』の「記憶」には「衝たれて／思わずよろめいてしまった僕に／永い／めまいする時が過ぎた」、第二詩集『東京急行便』の「夜の希望」には「後悔と重い頭痛がわたしを押し倒し」、第三詩集『会津の冬』の「彼」には「あれから／ぼくの内側で／多くのものが悶絶した」といったぐあいである。

ここで注目したいのは、「いまも　時折」とか「永い／めまいする時が過ぎた」あるいは「あれから」といったことばである。この表現は、殴打されたのが最近のできごとではないと言っているのだ。

しかも、「Echo」の発表から三〇年を経たのちの詩集『野犬捕獲人』の表題作にも類似の表現がくりかえされていて、こちらで殴られたのは放し飼いにしていた飼犬だが、以来〈わたし〉は夢のなかの野犬捕獲人にうなされ、「おかげでわたしは／あの時の偏頭痛から／まだ立ち直れないでいる」のである。後頭部を殴りつけ、失神させ、三〇年過ぎても立ち直れないでいる、その病を与えた〈野犬捕獲人〉とはなにものだろうか。

『野犬捕獲人』につづく詩集『遠縁のひと』のこれも表題作に「あの人はある日／前触れもなくやってきて／遠い異国にわたしを連れていったのです」「あの人は／なにからなにまで／わたしに似ているのです」と書かれている。殴打はしなかったが、〈わたし〉を遠い異国に連れていった遠縁の〈あの人〉とはなにものだろう。

「Echo」で殴りつけただれか、〈野犬捕獲人〉、遠縁の〈あの人〉、これらはおなじ存在なのだろうか。

これとは別に、詩集『野犬捕獲人』に「田中冬二・その失われた詩篇について」という興味ぶかい作品が収められている。これは戦中の四二年、出征直前の三谷が安田銀行本店に勤務していたとき、おなじ銀行の郡山支店にいた田中冬二が社内誌に載せた詩について書いている作品である。それは、田中冬二が「ひどくなにかにハラを立てて／（わたしのおぼろな記憶では）／赤絵の皿を床に投げつけた、といった／そういう内容のものであった」と説明したあと、「これはわたしの確信だが／怒りは明らかに／のしかかる不条理なものに向けられていた。／少なくともわたしはそう理解した」と述べている。

先に引用した「Echo」に「人生の不条理にしずかに祈る」という一行があったのを思い出す。理由も知らされない不当な殴打あるいは不当な拉致による肉体的な痛苦を受けただけでなく、それを「のしかかる不条理」と意識したのであれば、精神的な痛苦をも味わっていて、それをもたらしたものへの怒りが生まれることになるのは必然の帰趨である。おなじころ、おなじ怒りを抱いていたからこそ、三谷晃一は田中冬二の怒りを理解したのにちがいない。三谷がおなじ詩集の「冬」に「いわれのない瞋恚の感情に苛まれ」と、また「ほそい雨の糸は」に「僕の生れたくに。／僕を育てたふるさとのつめたい雨のなかで／やりばのないいかりを僕はもて余す」と言っているのを見出すことができる。

「Echo」で殴りつけただれか、〈野犬捕獲人〉、遠縁の〈あの人〉、これらがなにものか、三谷晃一の戦争体験が答えを用意してくれそうである。

彼は、四二年の年末、二〇歳で召集され、翌年正月に出兵、釜山から天津・南京・杭州を経て武義（浙江省）へ、四四年には上海から高雄・広州を経て南寧へ、さらに四五年は仏領インドシナに入ってサイゴンで敗戦をむかえた。優に一万キロを超える移動と作戦とへの参加だった。そして、四六年初夏、二四歳で復員帰国するという軍隊体験をもっている。三谷は主計伍長として物資の収集や食糧補給の役にあたったほか、分哨勤務などをしたという。（「年譜」などによる）

「ごく個人的な『戦争』の一記憶」⑧の一節「わたしはもう／わたしでない『なにか』になった」は、入営した日の意識である。これこそは召集を不条理として受けとめたことの実感であろう。

「わたしは戦場では／一発の弾丸を撃つこともなく／済んだ」（「さくらの樹の下には」⑥）とはいうが、一方では「一緒に土地の学校を出た百人のうち／二十五人がこんどの戦争で死んでいる」（「津和野」⑦）といういたましい現実がある。

詩誌『詩と思想』八九年八月号の巻頭写真ページは三谷晃一特集である。そのいくつかの写真のなかに、四九年というから復員して三年目、二七歳のときのものがある。和服姿なのだが、いたいたしい若さも身にまとっていると見える写真である。このような若者を、この写真のときよりもさらに七歳も若い青年を、戦場に拉致する権利をだれが所有しているというのだろう。「戦争があった。／つらいかなしい戦争であった。」（「カクメイはいま……」④）とは、きわめて率直な感慨にちがいない。

第三詩集『会津の冬』は、『東京急行便』を出版した年に福島民報社会津若松支社長となってから六二年に本社に戻るまでの期間に書いた作品を一冊にしたもので、前半「きんぽうげのうたの歌」と後半「会津の冬」とで構成されている。三谷晃一には、「野犬捕獲人」や「遠縁のひと」に限らず、寓喩的な詩が多く、この詩集の前半「きんぽうげのうたの歌」にも寓喩的な作品が収められている。「栄養考」「ペンギン考」「ペンギン考　その2」「ペンギン考　その3」「！」などである。

「！」という奇妙なタイトルの作品は、内容も奇妙である。カール・マルクスとフリードリッヒ・エンゲルスという名の二人組の杏盗人が、木を揺すって盗んだ杏を籠に入れ、逃げていった顛末を書いている。最後の一連は、「あわてるな／諸君／杏盗人はもういない／いま／木にとまっているのは／一羽の鴉である」というのである。これは社会主義に対するカリカチュールなのでもあろうか。社会主義体制が崩壊する三〇年まえに書かれた作品である。

「栄養考」は、乞食がぶくぶく肥っているのは厨芥を漁っているからだと断じたあと、「いまかれらは／

厨芥を漁る乞食のように／残りすくない眠りを貪る」と言っている。乞食に喩えられている〈かれら〉とは、資本主義の過消費社会のなかで飽食しているわれわれなのだろうか。

この二篇にはさまれて、「ペンギン考」という詩三篇が載っている。おそらくそれぞれ独立した作品として発表したものだろうが、三篇をまとめて読むとそれらは有機的に関連しあって、わたしの脳裏に、あるイメージの喚起をうながすのであった。それは、昭和天皇のすがたである。

いくつかの詩句を書きあげてみよう。「　」部分が引用詩句である。

・皇帝ペンギンの「王国は健在らしい」
・「それはまだ僕の視野から消え去ろうとしない」
・氷と海と空気しかない極地に住む「われわれ人間どもより／ずっと高級な動物」
・「老人ペンギン」「多くの寛容と／すこしばかりの滑稽さ／それに適度の厳粛さ」
・「あらゆる考証を拒絶する」その死
・「烈しいブリザードは／彼の王国とこちら側の世界を／大きく隔てた」

このような詩句があって、読むほどに、「ペンギン考」は昭和天皇および天皇制へのカリカチュールとして書かれた作品にちがいないという確信が、わたしのなかで育ってゆくのだった。

のちの『ふるさとへかえれかえるな』に「ある乞食の話」と題した作品がある。〈ぼく〉が子どものころ、その乞食は「ジームテイノウ」と人びとに呼ばれていたというのである。作者は「綽名は／ある畏敬される名前に似ていたから／それはひそかな冒涜の喜びでは／なかったか」と回想している。こうしたことは、戦前に子どもだったものたちのだれもが体験していることだろう。この「ある乞食の話」には、「もちろん彼らはもういない」「彼らは死んだのではなく／消えたのである」「消えるというのは／まだ生きているかもしれないという／そういう感じを残すのだ」という注目すべき詩句が含まれている。

七五年刊行の詩集『長い冬みじかい夏』の「カクメイ・あるいは夢について」も寓喩作品である。プラプラ王国のドンゴロスの樹は、代々子孫に引き継いでいる永久的な王権に居座っている邪悪な樹だ。カクメイが起き、「人民のために有用な果実を／齎さない」「ドンゴロスの樹は／伐り倒されるであろう」という事態になっている。

　ドンゴロスとはもともとインド産の粗い麻布や麻袋の名称だったが、旧制中学の制服や軍服の綿布のことも言ったというので、おそらく詩人はこちらの意味を知っていて、旧体制を象徴するものとして用いたのだろう。この解釈が正しいとすれば、夢のなかの〈わたし〉は、ドンゴロスの樹であるとともにカクメイの戦士でもあったという作者の認識は十分に納得しうるものである。

　「Echo」で殴りつけただれか、〈野犬捕獲人〉、遠縁の〈あの人〉、これらは、あきらかに天皇を頂点とする国家体制、強権的旧体制、あるいはその構成者たち、さらにはその支持者たちの寓喩だと断じてまちがいない。殴打する、連れ去るという行為は、「放し飼いしていた犬」、自由に生きていた〈わたし〉を軍役に召集し戦場へ送りだしたことの謂いである。「Echo」に登場する「最後によんだ手紙」とは召集令状ではなかったろうか。これらの人びとと〈わたし〉とはおなじ国土をうぶすなとしていて、遠いどこかで血がつながっていて、おなじ顔つきをして、おなじ体形をしているのだ。それだけに〈わたし〉の後遺症は重症だったのである。

3、戦後は〈恢復期《コンバレサンス》〉だったか

「Echo」を収載している『蝶の記憶』の一篇に、抒情的な「ぼたん雪」がある。短い作品なので全体を掲げる。

　　ぼたん雪

ぼたん雪が　ふる
永い冬が
終ったというしるしに
おもい　ぼたん雪がふる

雪は鋪道に触れるともなく消えてしまう

それは消えるためにだけ舞いおりるようだ
余念なく
定かでない天の一方からおりてくる
ぼたん雪

睫毛がぬれ　ほおがぬれ
首筋が濡れる
暗い天をみつめて佇っていると
しずくはやがて恢復期《コンバレサンス》の快い迅さで
僕の心臓をぬらしてゆく

きびしい冬を生きる雪国に降るぼたん雪は春を知らせる使者である。そんなぼたん雪に託して春の到来をよろこぶ思いを、「ぼたん雪」はよく表現している。だが、この作品はそのことの表現のみを意図したものとは思いにくい。この詩には〈恢復期〉という言葉が用いられていてフランス語のルビが振られている。作者はこの言葉に、あきらかに特別な意味を与えているはずである。

「残照」と題した作品にも「病んで荒れた孤独な心」をいだいている〈わたし〉の思いが書かれていて、ある早春の一刻「穏やかな夕ぐれ」のなかで「その煖もりが慰謝のように届いている」のに気づいたりもするのだった。身内だと考えていたものたちからの不当な殴打あるいは拉致による痛苦、それをもたらしたものへの怒りを病としていた戦後の若き三谷晃一は、それらからの恢復と慰謝とを必要としていたのである。ここでの病は、すくなくとも、青春の一時期にだれもが経験するはしかのようなものであるはずはない。

ところが、〈恢復期《コンバレサンス》〉であるべき戦後は〈恢復期《コンバレサンス》〉ではなかった。

戦後の現実を三谷がどうとらえているか、三冊の初期詩集から抜き書きしてみると、たとえば、

「この邦のただれた憂鬱」（「ほそい雨の糸は」）
「歪つな地球の影」「炎えるアジア」（「夜の希望」）
「世界が暗くたそがれている」（「花のようなものが」②）
「このそらぞらしい〈現在〉」（「止り木の上で」③）
「この暗く巨きな夜／恐ろしく頑丈な鎖が／しっ

かりとその夜をつなぎとめている」（「死んだ犬に」③）

というようなことばでとらえているのが目につく。

『東京急行便』が出版された一九五七年までのあいだ、第二次大戦後のアジアでは戦争と事件が止むことはなかった。まず、四六年から四九年までの国共内戦、四六年から五四年までの第一次インドシナ戦争、五〇年から五五年までの朝鮮戦争。これらは奇しくも三谷晃一が帝国陸軍の一員として進駐した国々で起きている戦争である。それだけに、「残された最後の窓が閉じられ／またしても硝煙が荒れた東洋の岩鼻を逆流してくる」（「夜の希望」）との嘆きは実感をともなっている。（ヴェトナム戦争はこののちのことだ。）また、冷戦のもと大国による核実験がつづけられていた。集中の「もしもそういう時が……」は、五四年の第五福竜丸事件など、こうした冷戦下の状況をふまえたうえで、「ことごとく死んでしまったら／われらの地球は／どうなるだろう／この美しい　毬藻のような　地球は」と危惧を表す。米大陸での核実験を「世界ハコノ荒涼ヲ遠巻キニシテ／シキリニシロイ灰ヲ降ラセテイル」ととらえた「大鹹湖」という作品もある。

そんななか、作品「眠りのなかから」は「この暗い巨きな虚無」である世界の夜に眠る人びとの「苦しみ悩み／ちいさなかくれた歓び」に共感を寄せる好詩篇だ。

この冷戦を背景に、国内では敗戦直後には息をひそめていた旧体制が復活しはじめる。戦後は、戦場に拉致され、あるいは、後頭部を殴打されたものにとっての〈恢復期《コンバレサンス》〉ではなかったのだ。六〇年、七〇年の安保闘争を経て、気づいてみれば、結局はなにも変わらない現実があるだけで、「ある乞食の話」のなかの「もちろん彼らはもういない」「彼らは死んだのではなく／消えたのである」「消えるというのは／まだ生きているかもしれないという／そういう感じを残すのだ」という予感が実際のものとなっているのだ。

こんな現実を反映しているのが、カタカナ表記の〈カクメイ〉について書いた作品である。七〇年代の『さびしい繭』と『長い冬みじかい夏』に〈カクメイ〉という語があらわれる。そのうちの一篇は先に引用したプラプラ王国のドンゴロスの樹について書いた詩「カクメイ・あるいは夢について」である。もう一篇、〈カクメイ〉の語を表題に使っているのが『さびしい繭』収載の「カクメイはいま……」で、そのなかでは、

「つらいかなしいカクメイ」

「カクメイはどこへ行くか」

「つらいかなしい戦争であった。／それはカクメイに似ている」


というかたちでこの語が用いられている。

このほか『長い冬みじかい夏』の「空港で」では「ついに成就しなかったカクメイ」として、おなじ詩集の「顔」では「どこかのカクメイのほてり」「それはもう／ぼくの手の届く世界の／出来事ではなかった」と表現している。

これらの作品で〈カクメイ〉と表記している理由は、それらが社会主義革命とはちがうという意味を込めてのことなのだろう。戦後社会のなかで旧体制は生き残り、また、地上に争いのない日はない、そんな現実を詩人は「ついに成就しなかったカクメイ」と言っているのである。


また、「野犬捕獲人」には「うしろ姿しかみせない／あの男はどこでどうなったか」という二行があり、おなじ詩集の作品「目の時代」では「正面の敵もいない。それなのに、まだ人はなにかを恐れている。うしろから襲って来るかもしれない、鈍器のことを」と述べ、さらに作品「夜行《やぎょう》さま」では「夜行さまは、ほんとうに死に絶えたのであろうか。（略）死の表と裏側で、いまも人々は慄えてはいないだろうか」と表現している。「Echo」から三〇年ののちになっても〈わたし〉がなお野犬捕獲人を恐れつづけながら生きねばならない現実が目のまえに存在していることを詩人は感じているのだ。

詩集『遠縁の人』に「あとがき」が付されていて、そのなかで七〇歳の三谷晃一は、

自分は一体なにと付き合って今日まで来たのだろうかと考えてみて、その相手はおおかた「戦争」ではないかと思った。

と述べている。もうすこし引用しよう。

それは過去でなく、現実に在るものとしてわたしの前に立っていて、そこから目を離すことができない。「いつまで付き合わせるんだ」と叫びたい気持ちにすらなるのである。このやり切れなさはわたしだけでなく、戦争世代の人たちだれもが持っていることだろう。

戦後半世紀を経てから気づいたと三谷晃一は言うのだが、彼が特別に意識しなかったとしても、彼のそれまでの八冊の詩集すべてには「戦争につながる作品」が含まれていて、たとえば「野犬捕獲人」では「夢のなかで／姿の見えぬ野犬捕獲人に追いかけられて／わたしはうなされる」と書き留めているのである。

三谷は初期詩集に収めた「蟇の歌」①、「廃都」②、「豚の顔」②などで、雨中行軍や、破壊された市街地での行軍、それにいなかの集落を進軍したときの実体験を書いている。また、「防人の歌考」⑤では帰還船のデッキから富士山を見た思いを、「ごく個人的な『戦争』の一記憶」⑧では、郡山駅を通過する軍用列車の息子を見送ろうと「ホームにはロープが張られ／駅員以外だれひとり入れるはずがなかったのに／母がいた」のをみつけたときの思いというように、個人的な戦争体験を作品化している。

しかし、時間の経過とともに戦争の記憶が過去に押しやられてゆく現実のなかで、そのことに対する嘆きと、戦死した友人への思いが抑えられなくなってゆく。そうした思いを、作品「未帰還者」⑤で直接的に書いたほか、

「戦場ははるかだ。／みんな戦場のありかを／忘れてしまったので。／おぼえているのは／おれたち死者／だけ」(「戦場」③)

「戦争で死んだ友よ。／きみだけがむかしのままだ」(「学校」④)

「ある日戦争があって／たくさんの人が殺された」「キュウが死んだら／キュウの戦争を知っている人はだれもいなくなるだろう」(「RIVER　OF　NO　RETURN」⑤)

などというふうに多くの作品で表明することになる。

小論「三谷晃一」(『詩と思想』九八年七月号特集「現

代詩の50人」)で、わたしは「三谷の詩の重要なテーマは〈喪失感〉と〈伝ええない思い〉である」と述べた。その〈喪失感〉と〈伝ええない思い〉の因ってくるゆえんである。

たとえば、「還ってこない」あるいはその同義語である詩句が彼の作品にはいかに多いことか。『会津の冬』『さびしい繭』『長い冬みじかい夏』から選びだしてみると、

「彼は雪のみちを北へ向って去った」「むろん彼は還ってこない」(「彼」)

「戦友を失った。/実に実に多くのものを失った」(「ストーム戯詩」)

「あんなにたくさん/南に向かった人たちのなかに/だれ一人/帰ってきたといううわさを/聞かない」「もう二度と会えないし/会えるのぞみもない」(「未帰還者」)

というように。これらはほんの一部なのだ。

このように三谷は多くの「戦争につながる作品」を発表してきた。しかし、だれも三谷晃一を反戦詩人だとは言わないだろうし、彼自身も自らを反戦詩人だと考えたことはないだろう。あくまでも三谷晃一は個人的体験を書きつづけたのだ。そのあたりに、「いつまで付き合わせるんだ」と叫びたい気持ちとやり切れなさとが終息することがなかった理由があるのだろう。

4、還らぬものたちへの思い

第一詩集『蝶の記憶』には、青春特有のメランコリックな抒情がいろこくただよっている。たとえば、作品「小樽遠望」は「固く脆いものを/卵のようにあたためていた」若き日の回想をうたっている。

ソネット形式で書かれている「蝶」という作品を引用しよう。

蝶

おまえは音符のとんでゆく儚なさで
とおい野の方へ消えうせる
おまえはかげろうの炎えるひそやかさで
ふかい空の青みに吸われる

蝶よ
おまえは何？
燦びやかなおまえの形姿《かたち》は？
惑っているおまえの精神《こころ》は？

そして　蝶よ
ある日おまえは名もない空に旅立った
（その空が拡げられ　深められるのはいつだろう）
―見給え　どのはぐらかされた
指先にも　虹のように
翅粉が　陽にきらめいている

「蝶」は、かつて身近にあって、いまは「消えうせ」てしまったもの、「旅だった」ものの謂であって、その蝶をとらえそこねた自分の指先にわずかな「翅粉」のなごりがとどめられているだけだというのである。この旅立っていった蝶は青春そのもののことではないのか。

戦場から友人たちが「還ってこない」という思いをあらわした作品がいかに多いかという例として、『会津の冬』などからいくつかの詩句を引用して示した。しかし、還ってこなかったものは友人たちだけではなく、彼の青春期に襲いかかってきた不条理な暴力は、彼の青春そのものも奪い去ってしまったのである。三谷晃一は本質的には抒情詩人であり、『蝶の記憶』はその眼を自己の内面に向け、鬱屈した青春の日の思いをうたった良質な抒情性がゆたかな詩集である。しかしありきたりの抒情詩集にはなっていないゆえんがここにある。

作品「冬」には「いわれのない瞋恚の感情に苛まれ」「窓に背を向けて（略）坐ってい」る〈僕〉がいる。

また、作品「記憶」にはこうある。「暗い夜に／ひとりめざめていた花」に「衝たれて／思わずよろめいてしまった」「永い／めまいする時が過ぎ」「僕の肩に／償えぬ過失のように／かなしく重量あるものが／かかってくる」と。

『蝶の記憶』以後も、いろいろなものに仮託して思いを語る。煩雑になるので作品名は省略するが、失われた希望であったり、むかしの秘密であったり、孵ることのない繭や孵らない卵であったりするそれらは、失われた「僕の過去」や「僕の青春」の比喩である。

失われたものは、それらにとどまらない。しかも、年を経るにつれてその範囲がひろがってゆく。父、母、祖母をはじめとして、知人、詩人、戦地で見かけた中国人青年？　あるいは、飼い犬、ハレー彗星、そして、生きもの、時代、さらには、幻影、そして、〈わたし〉もそのひとつだと言っている。

あらゆるものが失われゆくのであれば、「こんなに晴れた秋の日には／いつもなにかが／ぼくから姿を消す」（「ある別れに」⑤）と嘆き、「この世が迷路であるのは／（略）お互に行きあうことがないから」（「迷路について」③）と嘆き、迷路で迷子になってしまった自分を意識しては「迷子になったぼくは／だれを捜して／路地から路地を／さまよえばよかったのか」（「捜す」⑤）と嘆くのである。

5、二度と来ない夏のおわりに

初期詩集のころから認められた三谷晃一の社会への関心は、七〇年代当初の『さびしい繭』以後になるといっそう強まり、文明批評というべきものへと高まってゆく。『遠縁のひと』の「ランプの火屋を」を読んでみる。

ランプの火屋を

ランプをしっているか。
ランプは
歌のなかでだけ
点っているんじゃないよ。
ランプの火屋《ほや》を磨いたことがあるか。
芯を切り揃えたことがあるか。

むろん
ないよね。

でももういちど
ランプの要る時が来ると思うよ。
そのためにちょっぴり
火屋の磨き方。
とりわけ芯の切り方を習っておくといいよ。

よく磨いた火屋と
じょうずに切り揃えた芯は
きれいに澄んだ
いい火を燃やす。

ひとりぽっちのきみの夜は
大きな闇を引き連れて
その分大きな影を
つまりきみの存在を
世界中に投げかける……。

そんな時を。
きみは。

郡山商業学校の生徒だったときから三谷晃一を知っている菊地貞三は、エッセイ「知的抒情のなかの〝ふるさと〟」(『詩と思想』八九年八月号)のなかで、「三谷さんの詩の本質を私は端的に〝知的抒情〟と見る」と述べている。「ランプの火屋を」にはここで言われている知的抒情が好ましいかたちで文明批評に生かされている作品だと言っていいだろう。

『さびしい繭』(七二年)から『野犬捕獲人』(八五年)に至る中期の詩集群では、社会批評の目はさまざまな分野に向けられている。

戦争犠牲者が忘れ去られてゆくことを、「時間を中断された人間をどうする?」「焦げて　干からびて焼け跡の棒杭みたいな…。/胸に飾ったかもしれない小さな勲章。/つまりあれが要約か」(「要約」⑨)と批判、「このもの凄い消耗の時代」「(その行き着く先を見届けたい)」(「駅頭で」⑨)と憂え、ひきつづく戦乱と内戦を、たとえば「人為的に切断されたワクの内側で/頭はシッポを/尻尾はアタマを求めて争っている」「砂に埋もれようとして/悲鳴のように挙げた一本の手が/いま/世界の喉を掻きむしる」(「アフリカ遠望」⑦）と嘆いている。

そして、われわれの文明が「育てていたのは　実にたくさんの死であった」（「INVISIBLE」④）、「いや気がささないのか。／この夥しい／死の立会人であることに」（「某月某日」⑤）と訴え、「存在という存在は／どれも／ぐにゃりと／アスファルトのように溶けかかって／だらしなく／地面を汚していた」（「挿話」⑤）、さらには「きみは／こんなだいじな時。／百階もある高層ビルのレストランに／たったひとりで／生者も死者も一緒くたの暮れの大混雑を／ビフテキをむしりながら／黙って見下ろしていたというではないか」（「廃都」⑧）と人間そのものをも批判するのである。

かくして、三谷晃一は、人間の文明のありように思いをいたさずにはいられない。

『長い冬みじかい夏』以後の詩集から、煩雑なので作品名を省略して、いくつかの詩句を引用しよう。

「地球の時間を／仮に一年に引き直してみると／人類五千年の歴史は／わずか三十四秒にしか当たらない」としたうえで、人間の文明を「時間という闇のなかの一点の火」「シャボン玉」「一瞬の燃焼」「二度と来ない夏」と比喩し、「文明などといってもわずかに一万年足らず」「なにかが始まってから五千年は経つ。／終わっていいものは終わるころだ」「にんげんの旅は終わりかけている」「時間はただ／海流のように／彼らのまわりを洗っただけだった」と文明の終焉を予知する。

映画「ユリシーズの瞳」の一場面、アルバニアとマケドニアの国境に近い雪の山中で、ギリシャ人タクシー運転手に、アンゲロプロスは「おれたちは死ぬんだ。何千年も、割れた石やら彫刻やらに囲まれて生きてきた。死んでもいい頃だ」という台詞を与えている。三谷晃一もアンゲロプロスも同じ思いを懐いたのだろう。

「怨も恨も／いずれこの雨に流されるだろう。／人間はもともとキノコみたいに／そのあとに生えてきたのだ」「まだ始まりもしないうちに泣く必要はないのだ。／終わりは始まりなのだ」（「別れ」⑨）

詩誌『龍』（第一二二号）に、瀬谷耕作による三谷晃一追悼の文章「指先のむこうに」が掲載されている。それによると、『龍』第8号の「新抒情派宣言」は三谷が筆を執ったもので、そのなかに「現在が、（略）人類が決定的な破滅の予感に苛まれている戦前にあることを自覚している」という一節があるということである。〈戦前〉という時間がどんな時間であったかを熟知していたからこその認識であろう。

　また、文明の逆行をも考える。作品全体を紹介した「ランプの火屋を」のほか、次の詩句をふくむ作品がある。「ぼくらあるいは／驚くべき時間の倒錯のなかに住んでいて／歴史は後方へ後方へと／進んでいるのではないか」「ぼくらは／モヘンジョ・ダロの灯火を／はるかに望みうる地点に／達しているかもしれない」（「そういう時は」⑤）

　さらに読者はまた、「千年も二千年も先きのことを知ることはできないし　知ってどうなるものでもない」（「INVISIBLE」）とのつき放した思いを表明している詩句も見出すはずだ。

　文明のゆくえを案じる警世家としての三谷晃一は、この思いを伝えようとする。伝えることの希望を『東京急行便』のころはまだ確信していた。だから、「CQ　CQ　日本のどこかでまだ目覚めている人たち「僕らは呼びかわす／お互いの名を」と言うことができた。しかし、『会津の冬』から後は、伝ええない思いがつよまってくる。

「いくら呼んでも／だれも来てはくれない」

「どの回路をどう繋げば／肉声がきみに伝わるものか」

「あんなにたくさん便りを書いたのに。／ひとつも返事が来ない」

「名乗り合うてだてさえなくした」

「君らに伝える言葉はない」（この部分、作品名を省略）

　このくりかえし発せられる伝ええない思いは、はやい段階では親しい死者たちとの会話ができないという思いが中心だったが、文明の終焉を確信してからは「この確信を／いずこの空間に向って打電すべきか」（「ペンギン考」）、あるいは「得体の知れないなにかになる前に。／だれにもそれを／伝える方法がないことだ」（「ホーキ星」⑦）とのごとくに、宇宙空間の暗がりの彼方に向けられている。

　有我祥吉主宰の同人詩誌名を『宇宙塵』と命名した

のは、同人のひとりであった三谷だと聞いている。この誌名は、宮沢賢治が言うところの、人がたべることによって人たりうるものとしての宇宙塵に因む命名かもしれない。しかし、わたしは、宇宙に遍在しているたくさんの塵のなかの特定の一個の塵、人の生存の場である塵、つまり、地球の意味をもたせて名づけたのではないかと考えている。そんな宇宙観、地球文明観を三谷晃一はもっていたのである。宇宙や地球にかかわる内容の作品は、「INVISIBLE」のほか、「影」「ホーキ星」「光点」など、枚挙にいとまがない。

6、要約も証明もできないなにか

人間の文明のありようを危惧する一方で、三谷晃一は自らをも問う。

一般に、ひとは少年から青年の時期に、自分という存在を問う。自分はどこから来たのか、自分はどこへ行くのか、自分とははたして何者なのか、自分はこのままでいいのだろうかと、つまりは自分という存在の根源を問う。そして、老年に至ってひとはふたたび自分という存在に向き合い、それを深く問うのである。そんななかで、生涯をとおして自らを問いつづけるひとがいる。彼はそのひとりである。

三谷晃一が自己という存在をどう認識してきたかを具体的な表現によって確かめることにする。

まず、初期詩集では、「黒い罪過の記憶／だれもそれを顧みるものはない」（「廃都」②）というように、「罪過」という宗教的な意識がくりかえし語られているのが注目される。おそらく、自分だけが生きて還ってきたという意識が罪過としてはたらいているのだろう。それだけに、「僕は／後悔を繰返さなければ／ならなかった」（「迷路について」）のである。自分の内側を覗きこむと、「継ぎ目なしのいちまいの皮膚に／すっぽり包まれた内部はくら」く、「永い幽閉」（「内部」⑦）に耐えているものがいると認める。

そんな思いを抱えて生きる自分をさまざまなものに見倣して、詩人は「破片の一つ」「熱い泥でこねた不細工な／手榴弾みたいなカタマリ」「孵ることのない繭」「地上の／くろいしみ」「支柱もないひよわないっぽんの木」などと表現したのである。（この部分、作

品名を省略)
晩年になると、辛抱ということばが多くなる。ここに罪過をいだき、つねに「まもなく/ぼくは帰らなければならぬ」(「Danny Boy」④)と決意を固めていながら、「帰るところのない人間」(「顔」)で、「手をつかねたまま/動きのとれないぼく」(「越天楽」④)にとって、〈恢復期《コンバレサンス》〉ではなかった戦後を生きるということは、言い換えれば、「じっとしんぼうして生きるほかには」(「太郎のはなし」④)ないのだと諦観しつつ、「やがて順番が/回ってくるのを/辛抱づよくぼくは待つ」(「病院で」③)ということであった。「暗くたそがれている」世界のかたすみで「ちんまり胡坐をかいて/不味くて固い/朝のパンを噛んでいる」(「影」⑦)わたしがいるのである。
そして、「まだ身支度の終わっていない/わたし」だが、「もう残りすくない/きょうの平安」に身を置いて、「神さまの指図を聴くことのできる/寛解の年齢になったのだろう」(「冬の太陽」⑦)との死生観をもつに至って、ながい待ち時間がようやく終わりに近づいているのを知る。

晩年の三谷晃一は、自分を旅びとになぞらえている。『河口まで』収載「旅びと」の一節を次に掲げる。

そしていつも
心のなかで考えているのは
帰る日のことです。
出かけるだけでなく
わたしは帰るのです。
そんなに遠くへ出かけるのなら
仮に帰るとしても待っている人はだれもいないでしょう。
それなのにわたしは帰るのです。

もうひとつ、おなじ詩集『河口まで』の表題作の一部を読もう。子どものときにカンニブという巻き貝を採ったりして遊び、自分を育ててくれた川は、ひとの一生に相当する時間を経て、いまではすっかり姿を変えてしまった。

ある時わたしは　思い立って隣県の河口まで車を

走らせた。片道一五〇キロもあったか。川はほとんど流れを止め　幅広い白のシートでも敷き詰めたように　ただぼんやりと曇天を照り返し　その先に藍色の太平洋が見えた。要するにそこにはなにもなかった。

河口は、川の終わりであり、海のはじまりである。ひとの一生が川の流れであるならば、自分がこれから行こうとしている生と死の境界に、なにがあるのかを確かめたいと思い立ったのである。だれもが知りたいと願っているそのことを、河口に立つことによって確かめられるのではないかとの思いである。

「要するにそこにはなにもなかった」というのがそこで得られた解答である。そんなものかもしれない。生と死の境界にはなにものも存在しないのかもしれない。

北川東子『ハイデガー』（ＮＨＫ出版「シリーズ哲学のエッセンス」）に、

　意味がわかるというのは「ああ、そうであったのか」という納得の体験であり、それをもとに生きていけるということである。

との説明があった。〈わたし〉はここで納得の体験をしたのである。そして、こののちの残された生を生きてゆくちからにすることができたのである。

これとは別に、街の雑踏を書いた詩「奈落へ」（部分）⑨は、もうひとつの河口の景観そのものをとらえている。

さようなら。
暗さが増している。
気が付くと
さきほどまで灯っていた照明も光を消した。
辺りは海のように
いやこれはもう海ですよ。
饐えた文明がもういちど始原へ還るのですよ。
うす甘くて
憎しみの溶け込んだ鹹い水が溢れて
人も人のかたちをしたものも
おぼろである。

ここには、川、人、文明の終わりが三重に重ねられている。

この章の冒頭で、ひとは老年に至ってふたたび自分という存在に向き合い、それを深く問うものだ、と書いた。「ただ単に／方角を指すに過ぎない言葉で／土地の名が表示される地方」（「東北」⑨）である〈東北〉で生をうけた者は、そのアイデンティティーをエミシに求めることが多い。たとえば、島尾敏雄は五六歳のとき「奥六郡の中の宮澤賢治」を執筆するための岩手への旅行で、あらためて〈東北〉への深い共感を確認し、非ヤマトとしての自らの出自に思いを馳せることになった。三谷晃一は、『遠縁のひと』に「わが祖アテルイ」を書いている。アテルイにかかわる遺跡を見ての作品である。

「多分かの異形の人形は／われらの遠い祖先であっただろう。／同時にわれら。／観念に導かれておなじ愚行を演じた／貴族たちの末裔でもある」

実際のところ、われわれの遠い祖先（遠縁のひとでもある）は、エミシなのか、エミシを征服した者なのか、混じり合った血縁の者なのか、と問えば、おそらく、詩人が指摘しているとおりなのだろう。この考え方は、先に確かめた「カクメイ・あるいは夢について」のなかで、「夢のなかの〈わたし〉は、ドンゴロスの樹であるとともにカクメイの戦士でもあった」という認識のしかたと同一のものなのである。

三谷晃一は、結局は自分を「輪郭不明。／実体不明」（「『人生』ということ」⑨）なもの、「要約も証明も出来ないなにか」（「要約」⑨）、そして「瞬時に遠去かる存在の影」（「病院で」③）であると考えるに至るのである。

光りは歪むのだろう。
わたしに届くはずだった光りは
そのために
わたしを外れていったのだろう（「光り」⑦）

7、おわりに

最初に示したとおり、三谷晃一のオリジナルな詩集は九冊だが、ほかに次の著作がある。

⑩フランス語版『さびしい繭（抄）』（松尾正路フランス語訳・七三年）
⑪詩画集『ふるさとへかえれかえるな』（篠崎三朗画・企画室コア・七六年）
⑫詩集『きんぽうげの歌』（近代文芸社・八三年）
⑬『三谷晃一詩集』（日本現代詩文庫32・土曜美術社出版販売・八九年）
⑭『三谷晃一自選作品集・ふるさと詠唱』（「街こおりやま」社・九一年）
⑮詩集『星と花火』（文芸社・〇一年）
⑯『ふくしまの味』（ふくしま文庫⑩・FCTサービス出版部・七五年）
⑰紀行文集『グァダルキビル河のほとり』（福島民報社・八八年）

このうち、⑪は選詩集であって、同名の九藝出版から刊行した詩集とはまったく異なるものである。⑬⑭⑮も選詩集で、詩集未収載作品をふくむものがある。

この文章でとり扱った詩集のうち、『会津の冬』の後半「会津の冬」、『ふるさとへかえれかえるな』、『野犬捕獲人』のⅢ、『遠縁のひと』のⅡ、『河口まで』のⅢ、それぞれにふくまれている作品のほとんどには言及しないで終わってしまった。ここには、三谷晃一をはぐくみ、その精神を形成した、肉親、小樽、ふるさと、そこに生きる人びと、そして旅びとである三谷晃一の生涯の同伴者への心情を表した作品群がある。三谷晃一の詩のもっとも根幹をなしている部分であり、そしてまた、彼の詩を好む多くの読者たちが愛唱するのは、これらの詩篇だと思っている。あらためての機会に扱ってみたい。

そのかわりということではないが、九冊の詩集から個人的な好みで抒情的な作品を一篇づつ選んだのが、次の九篇である。

「ぼたん雪」「眠りのなかから」「歌」「越天楽」「ある別れに」「破片」「ゆうびん、し」「ランプの火屋を」「石榴のいう」。

《「福島自由人」二〇号（二〇〇五年十一月刊）より》

「地域」と共に世界を詩作し思索した人

『三谷晃一全詩集』刊行に寄せて

鈴木　比佐雄

1

三谷晃一さんの全詩集の最終校正紙の詩や詩論やエッセイを読んでいると、福島県のどこかの街角や農村の光景やそこに暮らす人びとの描写に三谷さんの深い内面の体温を感じてしまう。また同時にその他の国内の地域はもちろんだが、例えばベトナムやフランスの海外の光景や人びとさえ、全く先入観なしにその素顔を温かく時に厳しい視線で記している。三谷さんは福島県の県北の安達郡本宮町で生まれ育ち、その後に北海道の小樽高等商業学校で学んだ。戦争中に徴兵されて中国・ベトナムを転戦し一九四六年に帰国した。戦後は母の願いを聞き入れ福島に止まり、福島民報社の記者になり、同時に福島の詩人たちと詩誌を創刊し一人の詩人として生きた。時にヨーロッパやアジアなどの海外に妻と旅行しながら、福島という地域から世界を思索し続けた詩人だ。そのような詩人の『三谷晃一全詩集』をなぜ刊行することが出来たのかをその経緯を含めて記しておきたい。

二〇一〇年晩秋に、私は若松丈太郎さんと仙台で待ち合わせて、『三谷晃一全詩集』の相談をする予定で東北新幹線に乗った。ところがその日は新幹線の架線事故で五、六時間も遅れることになり仙台に辿りつけず、若松さんとはついに会えずじまいだった。その結果、お互いの日程が合わずに来年の春頃になったらまた会う約束をしたのだった。しかし翌年の二〇一一年三月十一日には、東日本大震災・東電福島第一原発事故が起こってしまった。その結果、私は若松さんの原発に関わる評論集の刊行を優先することにし、四月九日に若松さんが避難していた福島市に車で向かい編集の打ち合わせをした後に、十日には飯館村を越えて南相馬市に入った。そして私は『福島原発難民――南相馬市・一詩人の警告1971年～2011年』の解説文を書くために、南相馬市の若松さんの暮らす原町区や検問所の了解を得て、まだ放射能が高かった十五km圏内の小高区に入った。若松さんと私は潰滅した街で遺体捜索が続けられている小高川流域の壊れた家々や、海岸線に近い集落が流されている壮絶な光景を目撃することになった。それでも気を取り直しカメラマンに装画になる写真を撮ってもらい、翌月の五月初めには刊行することができた。さらに翌年の二〇一二年十二月には『福島核災棄民――町がメルトダウンしてしまった』を刊行し、二〇一四年三月十一日には若松さんの既刊詩集の詩選集である『若松丈太郎詩選集一三〇篇』を出版することも出来たのだった。この詩選集の発刊を機に私はもう一度『三谷晃一全詩集』を刊行しようと若松さんに相談に乗ってもらい、具体的に刊行までの道筋を立てたのだった。

私が初めて三谷晃一さんと会ったのは、一九九八年新春の詩人の集まりだった。私が名刺を渡すと少し驚かれたようだった。なぜなら浜田知章さんから三谷さんに「コールサック」(石炭袋)が送られていて、浜田さんや私の詩や評論を読んでいて、その編集者が私だと知ったからだ。それゆえにすぐに親しく話す事ができた。初めて見た三谷さんは、一見穏やかな風貌だが、戦争など多くの不幸な体験を経て、何か途轍もない鋭利な理性を抱えていて、人間世界や世界情勢を一刀両断できるリアリストの眼を持ちながら、人一倍、悲しみや虚しさを秘めている魅力的な人物だった。話すうちに三谷さんが浜田さんになぜか深い敬意を抱いていることが分かった。私は浜田さんたちが切り拓いた原爆の悲劇を世界に伝え二度と原爆を使用させないという「原爆詩運動」を引き継いでいくために、後に刊行することになる『浜田知章全詩集』や『原爆詩一八一人集』の構想を話したと思う。それを機に私と三谷さんは直接詩誌や詩書を送り合うようになった。当時私が「コールサック」に連載していた「戦後詩と内在批評」で「荒地」と「列島」の詩人たちの戦争責任を検証していく評論に長文の感想を頂いたこともある。三谷さんにとって「荒地」「列島」の詩人たちは同時代でありその再評価の評論は関心が高かったのだ。私は三谷さんが私の評論の試みを深く理解してくれたことが嬉しかった。それから私は三谷さんの詩や詩論を読み始め、現役の詩人の中でも最も格調高い思索に満ちた文体を持った詩人だと高く評価するようになった。二〇〇二年に刊行された第九詩集『河口まで』を読み、その年の十二月の連載が続いていた「戦後詩と内在批評」の「12　詩的言語はいかに世界の危機を問うているか」で、当時流行っていた顔を茶褐色に塗る「ガングロ」の若い女性が、厚底靴を履き携帯電話を掛けながら歩く様を見つめる詩「駅頭で」を引用し、私は次のように論じた。

「若者たちが近くに存在するものを直視することなく、遠くにあるものを近くにあると思い込ませる通信技術や、メディアの危うさを盲信していることへ三谷晃一は危機意識を抱く、けれどもその判断の根拠である自己の経験さえ、新たな時代の戦場に置いて有効かどうかを懐疑的に相対化してしまう。三谷晃一の驚きが徹底したドグマにとらわれない自由な精神に基づいていることが分かる。」と記し、さらに〈味わい深い批評文を書く三谷晃一は、それに拮抗する思索に満ちた詩を書いていることが分かる。「帰るべき場所」とは決して死に場所ではなく、三谷晃一の生きる時間であり、生きている戦場に違いないと私は感じ、深く勇気づけられ共感を覚えた。三谷晃一の詩は自他の実存が切り結ぶ存在論的な問いを秘めた詩であり、その問いを絶妙に体現している詩なのだと感じられる。〉とその詩の魅力を紹介した。私は三谷さんの若い世代への温かな視線やそれを受け止める自由な精神、それも若い女性が「戦車みたいな靴」を履きあたかも戦場に向かうように生きているという認識に、驚かされたのだった。三谷さんは戦後の日常の中に鋭敏に戦場を感受して複眼を持っていたのだろう。

一九二二年生まれの三谷晃一さんは、二〇〇五年二月二十三日に亡くなった。私はもっとこれから三谷さんの戦後の詩作活動を知る交流が出来ると期待していたこともあり衝撃を受けた。また戦争中に中国からベトナムへと数千ｋｍもの従軍をした経験や戦後には地方紙での記者の経験もいつかお聞きしたいと願っていた。戦後の福島の詩人のリーダーであった三谷さんを失ったことで、きっと身近にいた福島の詩人たちは私の想像を超えた悲しみや喪失感を抱いているのではないかと想像できた。

二〇〇七年春の初めに『原爆詩一八一人集』を公募した際に若松丈太郎さんは、死んだ弟を背負い直立不動の姿勢で火葬を待つ兄についての詩「死んでしまったおれに　ジョー・オダネル撮影『焼き場にて、長崎』のために」を寄稿してくれた。その後のアンソロジーも寄稿してくれて若松さんとの交流が始まり、お互い脱原発詩を書いていたこともあり、親しく交流をするようになった。私は詩人の中の詩人を後世に残すために、発表された全詩篇と代表的な詩論を集めて全詩集を作りたいと考えていた。コールサック社を二〇〇六年に出版社にする前から、多くの詩人たちの支援で二〇〇一年に浜田知章さん、二〇〇二年に鳴海英吉さんの全詩集を編集し刊行していた。私の中で三谷さんの詩と詩論は、福島だけに止まらず後世に伝えるべき重要な詩と詩論であると考えていた。そのような意味で私は若松さんに三谷さんの全詩集を刊行することを相談した。若松さんも同様に三谷さんを残すべきだと考えていて、すでに著作リストや詩誌・雑誌に掲載された詩や評論のリストを作成し、その詩集や詩誌のテキストも集めていたのだった。二〇〇八年頃に若松さんを通して三谷さんが最も信頼されていた郡山でタウン誌「街こおりやま」の発行者である伊藤和さんに打診したが、ご遺族との調整がうまく進まず保留のような形で宙に浮いた状態になっていた。そんな情況の中で先の二〇一一年を迎えることになってしまった。しかしこのことも逆に考えれば全詩集が刊行できることは、三谷さんを忘れてはならないという郡山の詩人たちを初めとする福島の多くの詩人たちを結集させるための貴重な時間だったように思われる。浜田さんは一九二〇年生まれ、三谷さんは一九二二年生まれ、鳴海さんは私の父と同じ一九二三年生まれで、三人ともフランス文学やフランス映画などを愛した自由な精神を抱えていた文学青年だったが、徴兵されて最前線に送られてしまった下級兵士だった。これの世代は三一〇万人もの戦死者を出した戦争の最前線に送られた日本の歴史上で最も不幸な世代であったことは明らかだ。そんな父の世代の代表的な最も良質な詩人の一人として三谷さんを後世に残さなければならないと願ったのだ。

そのような準備期間を経て、二〇一四年秋に開かれた福島県現代詩人会の詩祭の前に、若松さんから三谷さんと親しかった郡山の安部一美さんと浜津澄男さんと室井大和さんを紹介された。その席で『三谷晃一全詩集』を刊行するために、安部さんや浜津さんなどの郡山の詩人が刊行委員となって欲しいとお願いし、了解してもらった。また刊行委員には、若松丈太郎、安部一美、浜津澄男、前田新、室井大和、伊藤和などの各氏の人選まで話し合われた。（後に阿部幸彦、高橋静恵、太田隆夫、齋藤貢の各氏も刊行委員に加わってくれた。）詩祭の中でも実行委員たちの支援によって全詩集刊行について発言をする機会を与えられた。その後に安部さんは伊藤和さんに電話を入れてくれ、全詩集の刊行委員会の話を伝え、遺族に全詩集の話を再度持ちかけてくれることをお願いしてくれた。その甲斐あって二〇一五年早春に伊藤和さんの「街こおりやま」の事務所で初めての全詩集刊行委員会が開くことができた。その席には三谷さんの義弟の阿部幸彦氏も同席してくれた。九冊の既刊詩集を時系列に配列し、その他には、詩誌や雑誌になどに発表したが、詩集に未収録の詩篇を可能な限り集めて収録する。また代表的な詩論・エッセイとすでに書かれている三谷晃一論や新たな解説文も収録することとした。そして可能なら二〇一六年二月二十三日の命日までに刊行することとした。このように全詩集は刊行に向けて踏み出したのだった。刊行委員に名を連ねてくれた詩人たちと伊藤和さんたちがいかに三谷さんを敬愛し、今も彼らの中で三谷さんが生きていることを私は肌で感ずることができた。また義弟の阿部幸彦氏から全詩集を企画・刊行することへの感謝の言葉を言われて、優れた全詩集を刊行しなければならないと痛感した。

2

三谷さんの詩論・エッセイなどを読んだ中で、一九七一年十月に刊行された詩誌「黒」18号に収録されている「架空の対話〈連載第三回〉」の次の箇所が三谷さんの重要な詩論のように私には思われてきた。

象徴派とか人生派、あるいは超現実派といった、従来行われてきた詩の分類は現在はさして意味あるものとは思えない。それよりも詩が今日当面している困難さ、つまりマルローの指摘にあるような困難さをどう受けとめるか、その受けとめ方によって少なくとも二つの行き方があるように思われる。一つはマルローのいうように、産業文明社会の諸現象をそのまま受けとめ、その上におのれの象徴の妥当性を確立するという方法、これは当然複雑難解への道を辿らざるを得ない。もうひとつは複雑多岐な諸現象の底を流れる不変のものに心耳を当てていこうという考え方だ。ある人にとってはそれはいかにも古めかしい大時代なものの考え方にみえるかもしれないが、そういういい方をそのまま使えば、詩というものにはもともと大時代なものがあるんだよ。卑近な例だが原爆詩というものがある。原爆という素材はもっとも現代的な方法でなければ書けないかといえば決してそんなことはない。そこにあるのは死という不変の座標軸であるはずだ。サッフォーの時代の死と現代の死がどう違うか。なにも違わない。ただ背景が違う。たしかに背景は違うが、それが魂に投影する。投影の仕方はきわめて微妙な振幅の差でしかない。この振幅は重要なモメントであることは間違いないが、それを表現し得ないほど現代詩人が貧困であるとも思えない。そういう意味で現代詩を分類すれば少なくとも二つの傾向はある、という話を僕はしたのだ。（略）高村光太郎の詩に「天然の素中に帰らう」というのがあったが、素中に帰る努力を怠ると詩は現代の複雑多岐な諸現象のなかに拡散してしまうおそれがある。詩人はスポンサーのその時々の要求に応ずるコピーライターではない。

この詩に関わる三谷さんの本質的な思索は、三谷さんの文体に宿されていて、今から四十五年前に書かれたはずなのに瑞々しい思考の跡を辿ることができる。三谷さんはあらゆる先入観を取り払おうとしていて、その「素中」から自らの言葉で詩を思索していこうとする。このような詩作を思索する態度を四十歳前後の三谷さんはすでに肉体化していた。前者の方法は「産業文明社会の諸現象」を通して言葉がそれに対峙しながら独自の象徴的な言葉の世界を作り上げることだろう。また後者は「複雑多岐な諸現象の底を流れる不変のものに心耳を当てていこうという考え方」で「死という不変の座標軸」という詩的精神で詩作をすることを語っている。このような詩人の感受性が織りなす言語世界と魂とも言える詩的精神との関係を問うていく詩論は、ある意味で根源的な詩論と言えると考えられる。三谷さんはそのどちらの方法というか「行き方」が優れているとか、二者選択的な思考をしていない。多くの詩人の詩を読めば、「少なくとも二つの行き方」が三谷さんの中で、浮き彫りになってくる事実を告げている。この「二つの行き方」は自覚化され方法化されていて、詩人たちはテーマによって二つのどちらかの「行き方」を選ばざるを得ないと語っているのだろう。しかしあえて言うなら「死という不変の座標軸」という大時代的なものに三谷さんが心寄せて、それを自己の思索の原点にしていることは理解できる。それを含めてまた詩に向き合う個と普遍やパロールとラングの力学を包み込んだ包容力や親和力のなせる業なのかも知れない。いずれにしろ三谷さんは四十歳にして「二つの行き方」の観点や「死という不変の座標軸」で詩を見極める優れた批評力と詩作力を得ていたことは間違いないだろう。

この詩論を読んだ時に私は、一九五六年に刊行した第一詩集『蝶の記憶』Ⅰ章の詩「記憶」、Ⅱ章の詩「蝶」、「断章」、「Echo」などが想起されてくる。詩「記憶」を引用する。

記憶

僕は忘れない。
暗い夜に
ひとりめざめていた花を。
一瞬の烈しい花の揺らぎを。
衝たれて
思わずよろめいてしまった僕に
永い
めまいする時が過ぎた。

いまははるかに
遠のいて光るやさしい葩《はな》よ
僕はふりかえらない。
帰ってゆく僕の肩に
償えぬ過失のように
かなしく重量あるものが
かかってくる。

私はこの詩「記憶」と詩「Echo」の中には、ある種の衝撃的な体験が隠されているように思われる。年譜の一九四三年の記述には〈内地から送られたフランス詩書などが災いし、「反戦主義者」とされて苦労する〉と書かれている。この「苦労する」とは、上官たちに詰問されて酷い拷問を受けた可能性がある。「衝たれて／思わずよろめいてしまった僕に／永い／めまいする時が過ぎた」とはきっとその時の屈辱的な思いが駆け巡ってくるのではないか。そのことを韜晦しながらも記すことによって三谷さんは戦後十年を経て、一人の詩人として出発しようとしたのかも知れない。私はかつて浜田知章さんと鳴海英吉さんの三人で大衆酒場で酒を飲んだことがあった。酩酊し始めると兵士だった頃に拷問されたことを二人は語り合っていた。私は聞いてはいけない父の世代の苦悩を感じた。浜田さんも鳴海さんも詩ではそのことはあからさまに書いてはいなかった。それほど屈辱的な体験だったに違いない。文学青年である若者を他国の兵士や民衆を殺戮させる兵器にするために国家は、人間の誇りや人間性を捨てさせる拷問など当たり前のことだったのだろう。その屈辱的な体験を「僕は忘れない」と言いつつ「ぼくはふりかえらない」と語り、三谷さんはその二つの思いに引き裂かれる複雑な思いを書き留める。三谷さんの詩の特徴は、この過去を抱え込んで現在が引き裂かれつつも、未来にその「償えぬ過失のように／かなしく重量あるもの」を両肩に担って生きようとする未来志向であることだろう。その意味で三谷さんの詩は戦争体験を深く内面化した優れた戦後詩であり、シベリア抑留者の石原吉郎と鳴海英吉や「荒地」や「列島」の詩人たちの戦後詩に匹敵する価値があると私には思える。三谷さんの古武士のような面構えの内面には戦中戦後の精神史が刻まれていたのだ。
次に詩「蝶」と「断章」を引用する。

蝶

おまえは音符のとんでゆく儚なさで
とおい野の方へ消えうせる
おまえはかげろうの炎《も》えるひそやかさで
ふかい空の青みに吸われる

蝶よ
おまえは何？
燦びやかなおまえの形姿《かたち》は？
惑っているおまえの精神《こころ》は？

そして　蝶よ
ある日おまえは名もない空に旅立った
（その空が拡げられ　深められるのはいつだろう）
―見給え　どのはぐらかされた
指先にも　虹のように
翅粉が　陽にきらめいている

この詩「蝶」は徴兵された若者や特攻兵士たちの形姿《かたち》と精神《こころ》のように読み取れる。三谷さんが戦後十年経った時に同世代の若者たちの無念な思いを「ある日おまえは名もない空に旅立った」と語り、戦争で最も過酷な経験をさせられた者たちを鎮魂しているように感じられる。しかし鎮魂したはずの記憶は、決して消えることなく「指先にも　虹のように／翅粉が　陽にきらめいている」のだ。ただ過去の同世代の死者たちの生々しい記憶に引き裂かれるのではなく、その死者たちは三谷さんの一部のようになって身近な隣人のように煌めいてくる心境になったように思える。三谷さんは死者たちや同世代の者たちと共にその思いを掬い上げて戦後社会を生きて詩に書き続けようと決意したのかも知れない。

断章
——来らざる人に

あなたが近づいてくるのを僕は感じる
なんの確かな証《あかし》もなく
あなたの衣ずれの音も聴かない
けれども　あなたに続いている道を僕は信じ
星の下を僕は往く　そして僕の意志を
あなたの方へ橋架ける

この詩の「来らざる人」とは誰であるか。また「あなた」とは誰を指しているのだろう。この「来らざる人」は、戦前戦中にいて志半ばで死んだ人びとが甦ってくることを願ったのかも知れない。またその思いを託された戦後社会に生きる「あなた」なのかも知れない。三谷さんは「あなたが近づいてくるのを僕は感じる」という。三谷さんは戦後社会を切り拓いていく人物として「来らざる人」を擬していく。そして「あなたに続いている道を僕は信じ」と言い、「僕の意志を／あなたの方へ橋架ける」と戦後社会を一緒に創造していく希望を語ろうとしているかのようだ。『蝶の記憶』四十三篇には、三谷さんが戦後十年をかけて、自己を再生させた願いが込められているだけでなく、膨大な戦前戦中の死者たちへの願いを背負って生きざるを得ない生き残った者としての使命感が刻まれていると思われる。

3

年譜によると三谷さんは、終戦後に「サイゴン駐留約二万人の日本軍の食糧補給の仕事」をした後に、一九四六年五月にベトナムのサイゴンを出港し六月に浦賀に着き、郡山市咲田町の自宅に戻った。徴兵前に勤めていた安田銀行（後の富士銀行）を辞め福島民報社に入社して記者として歩み始める。富士銀行には田中冬二がいて直接的な交流はなかったが詩の影響を受けたようだ。三谷さんは戦前には並木秋人の歌誌「走火」に入会し短歌から始まったが、短歌を辞め西条八十の「蠟人形」郡山支部の丘灯至夫（後に「高校三年生」などの作詞家）が主宰する詩のサロンに関わり、その時の「蒼空」や「文化地帯」

にも詩やエッセイを寄稿したようだ。また同人誌「北方」を創刊し、小樽高等商業学校時代には坂井一郎発行の「木星」にも参加した。戦後には、菊地貞三の「ほむら詩会」に参加し、「銀河系」を一緒に引き継ぎ創刊した。また生涯の師である草野心平と出会った。そして福島の戦後の詩人たちの活動の場となった多くの詩誌に関わり、また「福島県現代詩人会」が設立された時には初代会長となり、福島の詩人たちの詩作の土壌を豊かにする場を作り、そして詩人たちを励まし続ける仕事を続けた。三谷さんが関わった詩誌は「ほむら」、「銀河系」（第一次、第二次、第三次）、「龍」、「詩」、「盆地」、「黒」、「蟎」、「宇宙塵」、「熱氣球」、「詩と思想」、「地球」、「銀河詩手帖」などであった。その間に九冊の詩集と何冊かの詩選集や詩画集やエッセイ集などを刊行した。そのどれもが時代の変貌していく姿を捉えようと感性を研ぎ澄まし、その激動の世界の中でも変わらぬ「地域」の人間たちの生きる姿を深く見つめる視線に貫かれている。その視線には「地域」に根差しながらも世界的な文明批評的な精神も重ねられている。そんな三谷さんの詩論ともいえるものは、「詩と思想」一九九八年十一月号に掲載された〈現代のなかで持つ「地域」の意味〉であろう。その骨格部分を引用したい。

現代のなかで持つ「地域」の意味

議論の範囲を広げ過ぎた。初めに戻って、「地域」を振り返らなければならない。いま圧倒的な「技術文明」の優位から逃れられるものはほとんどない。逃れられると思うのは気休めでしかない。少なくともおなじ平面で争う限りは――。私たちはいま別の地平を探さなければならない時期に来ている。いくらか文明の〝汚染度〟が低いと考えられる場所を――。それが「地域」region であり、「地方」locality であるというのは強弁に過ぎるであろうか。かつて日本を訪れたフランスの文化人類学者レヴィ・ストロース氏の言葉を参考にしたい。「東洋や極東の偉大な文明には、これまで〝原始的〟と誤って呼ばれていた謙虚で控え目な文化が含まれており、……この第三のヒューマニズム（と同氏が呼ぶもの）が人類を救済出来るかもしれないと考えたことがある」。自然とか伝統というより、「謙虚で控え目な文化」というほうがわかり易くはあるまいか。まさに locality こそ、「謙虚で控え目な文化」そのものではあるまいか。（略）

なぜ三谷さんは福島県を離れずにそこに留まり、そこから発信し続けたか。その答えが「謙虚で控え目な文化」の現場からしか、自らの詩作や評論などの表現行為が危うくなることを熟慮していたのではないか。その意味では二十世紀後半に二十一世紀の時代がどのような切実な課題に直面するかを透視していたことは疑いがない。その詩論の結論部分の〈「日常性」ということ〉も引用したい。

「日常性」ということ

ここでいったん「地域」から離れて、「日常性」の問題に触れておきたい。「日常性の詩」といういい方の評言がある。例えば買い物に行ったとか、風呂に入ったとか、短歌の世界では「タダゴト歌」といわれる種類の作品に対し、かなり軽侮の意味を込めて使われる。もちろんそういう種類の作品があることを否定はしないが、評者が一体「日常」をどうとらえているのかが問題である。高麗の高僧大覚国師の言葉に「仏法は日用を離れず」というのがあるが、「日用」つまり「日常」である。これを「詩法は……」と言い換えたらどうか。大覚国師の言葉を敷衍するまでもなく、私たちの「生」はもともと「日常」を離れては存在しない。だいじなことはその「日常」になにが詰まっているかであって、それを問わないで「日常性」をいえばそれは偏見である。そしてこの「日常」こそ、今日「地域」が最も豊かに、いってみれば地下水のように「保持」しているものなのである。

金時鐘氏があるとき、「現代詩人たちは、思念の造形という、情感にとってかわったつもりの美意識でもって、意外と自分のタコツボだけを掘っているのではなかろうか」と述べたが、まさにその通りである。現代詩は「形而上学」「修辞学」「美学」から成っている、と私は考えている。「形而上学」metaphysics という場合の physics は手で触われる〝もの〟、時に「情感」も「日常」も無形の〝もの〟として詩の素材となってきたが、「日常性」を評価しない現代詩人にとってそれは「低位」の概念とされがちである。それに代わる「高位」の概念を追求して彼らは「形而上学」に行き着いた。Physics を突き抜けた「形而上」の青空は、一見際限もなく自由だが、同時にそれは、表現の恣意、一種の無政府状態をもたらすものでしかない。これがいま私たちが直面している現実である。

「地域」は、あるいは「地方」は、いまその「保持」する「異種の大木」を、あるいは「森」を「地下水」を、捜し出す時期に来ていると私は思う。自分の財産に目を向けずに、技術文明が教える共通のものだけを追っていては、「詩」が「詩」である意味を失なう。現代が達成した高度のテクノロジーの手法を言葉でなぞることは、実は過誤であるだけでなく、不可能な道なのである。例えば言葉が獲得出来る「微妙」の世界は、ナノグラムとかミクロンといった単位では計れない。単位でいえば、私たち東洋人が知っている最大の単位である「京」で考えたほうがいい。「京」は「兆」の一万倍に相当し、千京分の一を「虚」と呼ぶ。この辺が人間の能力の限界であり、かつては「虚」に遊んだ詩人もいたのである。ここまで来て読者は、はじめて「虚」の凄さに衿を正すことになろう。

私が一九九八年新春に出会った後に書かれたこの詩論を始めて読んだ時には、その格調高い文体と緻密な論理的な展開に驚かされた。それゆえに現役の詩人の中で最も名文家であり、優れた文明批評を書きうる詩論家であると考えたのだった。近代・現代の世界的な技術文明の問題点を抉り出し、それにもろに影響を受けているモダニズム詩人の末裔である現代詩人たちは完膚なきまでに批判されている。それは三谷さん自身への諫めでもあるし、後世の詩人たちへの警告でもあり、遺言でもあったと思われる。この「地域」の中で「虚」を抱いて詩作しようとする詩論が書かれてから十八年程が経つが、少しも古びることなく今もその趣旨は私たちの切実な課題である。

最後に昨年刊行した『平和をとわに心に刻む三〇五人詩集』にも収録した詩「蕎麦の秋」を引用したい。戦争に翻弄され続けている人びとへ「平和への祈りをこめ」て書き記されたものだ。「地域」の価値を知りそこで生きている人びとの多くに三谷さんの全詩集が読み継がれていって欲しいと願っている。

蕎麦の秋

いま中央アジヤからシベリヤにかけて
白い秋の陽ざしに
点々と蕎麦の花がひらく
その蛇行する
丘陵の蔭の
巨大なミサイル基地。
そしてここ少年のふるさと
奥会津の山々も
しずかな蕎麦の秋だ
少年はそこで
その淡彩の花に似た少女を娶《めと》り
蕎麦を碾《ひ》き蕎麦を打ち
しずかに老いた
日本の片田舎のまずしい夕ぐれに
たちのぼる湯気に頬を染めて熱い蕎麦を啜《すす》り
かすかな湯の沸《たぎ》りに
平和への祈りをこめ。

三谷晃一　年譜

◇一九二二年（大正十一年）当歳
九月七日、父芳松、母そよの長男として福島県安達郡本宮町に生まれる。三谷家は代々二本松で剣術指南、医師などの仕事に就き、イゲタの家紋は丹羽公からの拝領と言い伝えがあるが、戊辰敗戦後の世情の激変に伴い、長男芳之介は菓子商「さわや」を創業。四男に生まれた父芳松も、分家して本宮に同名の店を開業した。母は、同じく戊辰敗戦後本宮に逼息していた旧二本松藩士中沢吉之助の長女。夫婦間に一男二女があり、姉はる、双生児の妹千枝子（翌年没）。

なお「晃一」の名は、当時既に安積女学校に在学中の姉の命名という。
◇一九二七年（昭和二年）五歳
二月に始まった金融恐慌、株式相場の大暴落で資産の大半を失った父は、心労が重なり、十月三日、脳出血のため急死。母とともに郡山に移る。
◇一九二八年（昭和三年）六歳
郡山幼稚園（通称松山幼稚園）に入り、終生の友となる阿久津善治（歌人、「地中海」同人）を識る。
◇一九二九年（昭和四年）七歳
郡山市立第二小学校（のち芳山小学校）入学。
◇一九三二年（昭和七年）十歳
赤木小学校の開校に伴う学区再編成により、金透小学校に転校。このころ鶴見祐輔の小説『母』を読み、文学に興味を抱く。母にせがみ、『世界少年少女文学全集』を手にする。
◇一九三三年（昭和八年）十一歳
初めて短歌と俳句を作る。四月、類焼により我が家が全焼。これを題材とした「丸焼けに変り果てたるわが家を眺めてほろり涙落ちたり」の歌を、翌年の『小学校六年生』に投稿、一位となってメダルをもらう。また俳句「夏祭着替えて髪を吹かれけり」は、戦後大野林火来郡の折の句会で入選「文学はそう難しいものではないな」などと不遜なことを考える。
◇一九三五年（昭和十年）十三歳
家業を再興したいという母の希望で、市立郡山商業学校（現・県立郡山商高）入学。

◇一九三六年（昭和十一年）十四歳
教師に歌人横山三穂（筆名知秋）がおり、短歌の指導を受ける。また同町内に地方の指導的歌人渡辺明人がおり、その紹介で歌人並木秋人主宰の「走火」に入会。
◇一九三七年（昭和十二年）十五歳
詩に興味を持ち、後のコロンビア作詞家丘灯至夫（当時・岡登至夫）主宰の「蠟人形」郡山支部例会に出席、詩に転向する。
◇一九三九年（昭和十四年）十七歳
初めて手書きの同人誌『北方』を発行したが、一号で終る。
◇一九四〇年（昭和十五年）十八歳
小樽高等商業学校（現・小樽商大）入学、新聞部に属し・かたわら文学研究会入会。先輩に伊藤整、小林多喜二、高浜年尾らの名があり、その文学的雰囲気に影響される。学校新聞や札幌在住の坂井一郎発行の『木星』に作品を発表。
◇一九四二年（昭和十七年）二十歳
学徒動員により、九月に繰り上げ卒業、安田（現・富士）銀行本店入社。十二月二十日、会津若松東部二十四部隊入隊。
◇一九四三年（昭和十八年）二十一歳
会津若松在隊わずか十七日で、華中派遣第二十二師団転属。釜山、天津、南京、杭州経由、浙江省武義県の師団第一大隊第二中隊に入隊、軽機関銃班に所属。内地から送られたフランス詩書などが災いし、「反戦主義者」とされて苦労する。
◇一九四四年（昭和十九年）二十二歳
中国派遣軍最後の大作戦となった湘桂作戦に参加、師団は上海から輸送船団を組み、高雄を経て広州上陸。九月九日、夜行動を起こし、十一月三十日、無人の南寧に入城。分哨勤務や物資の収集に当たる。
◇一九四五年（昭和二十年）二十三歳
一月末、師団はビルマ救援と「明号作戦」のため再び行動を起こし、仏領インドシナ（現ベトナム）移駐。サイゴン（現ホーチミン市）で終戦を迎え、復員までサイゴン駐留約二万人の日本軍の食糧補給の仕事に当たる。
◇一九四六年（昭和二十一年）二十四歳
五月十五日サイゴン出港。六月十六日浦賀上陸、郡山市咲田町の自宅に落ち着く。菊地貞三を中心とした「ほむら詩会」に加入。富士銀行を辞め、九月一日福島民報社に入社、新聞記者としての第一歩を踏み出す。
◇一九四七年（昭和二十二年）二十五歳
二月、菊地貞三と計り、『銀河系』を創刊。詩誌は昭和二十七年七月、十九号まで続く。
◇一九四八年（昭和二十三年）二十六歳
四月、福島民報平支社転勤。この年初めて草野心平と会う。
◇一九四九年（昭和二十四年）二十七歳
秋、郡山支社に戻る。郡山市公民館運営審議委員。
◇一九五〇年（昭和二十五年）二十八歳
郡山市中町の呉服商「おのや」長女、当時県立安積女子高教諭で『銀河系』同人でもあった阿部正子と結婚。正子の母光子は旧制安積高女時代、姉はるの同級生であった。
◇一九五一年（昭和二十六年）二十九歳
大滝清雄の『龍』同人となる。七月、『銀河系』を廃刊。
◇一九五三年（昭和二十八年）三十一歳
福島民報本社に転勤、報道部デスクとなる。上野菊江が担当していた「働くものの詩」欄を受け継ぎ、新たに奨励賞制度を設け、この欄から後に中央、地方の詩壇で活躍する多くの詩人が誕生した。
◇一九五五年（昭和三十年）三十三歳
白河支社長。「詩の会」を結成、詩誌『詩』を創刊。
◇一九五六年（昭和三十一年）三十四歳
二月一日、最初の詩集『蝶の記憶』（詩の会）刊。斎藤庸一『防風林』とともに、この年度の福島県文学賞を受賞。
◇一九五七年（昭和三十二年）三十五歳
四月、会津若松支社長に転出。五月一日、第二詩集『東京急行便』（詩の会）出版。「図書新聞」〝ことしの回顧〟詩の部で、村野四郎により年間秀作十点に選ばれる。「会津詩人協会」を設立。創作中心の「盆地」同人ともなる。
◇一九六〇年（昭和三十五年）三十八歳
十二月十一日、母が老衰のため死去。「詩の会」を解散し、斎藤庸一の「黒」に同人として参加。
◇一九六二年（昭和三十七年）四十歳

福島民報本社編集局次長。
◇一九六四年（昭和三十九年）四十二歳
会津時代に触発された斎藤清画伯の版画『会津の冬』のイメージにより、二月一日、第三詩集『会津の冬』（昭森社）を出版。詩集と同題の作品はその後、秋谷豊解説『日本の旅名詩集』（三笠書房）に、「馬のたわし」は伊藤信吉解説「日本の旅文学全集」（千趣会）に収録。広告局次長。木原孝一、黒田三郎の推薦で日本現代詩人会入会。六月、秋谷豊主宰「地球」に同人として参加。
◇一九六六年（昭和四十一年）四十四歳
郡山支社長代理。
◇一九六七年（昭和四十二年）四十五歳
取締役郡山支社長。
◇一九七一年（昭和四十六年）四十九歳
復刊「銀河系」（代表有我祥吉）参加。嶋岡晨他編「戦後詩大系」全四巻（三一書房）に「会津の冬」など四篇収録。
◇一九七二年（昭和四十七年）五十歳
七月一日、第四詩集『さびしい繭』（地球社）出版。第二十五回福島県文学賞審査員となる（五十四年まで八期在任）。郡山市教育功労賞受賞。
◇一九七三年（昭和四十八年）五十一歳
恩師の元小樽商大教授松尾正路訳により詩集『さびしい繭抄』フランス語版を出版、パリで頒布。
◇一九七五年（昭和五十年）五十三歳
四月、福島中央テレビから郷里の食味をテーマとした『ふくしまの味』（ふくしま文庫⑩）五千部を出版。九月十日、第五詩集『長い冬みじかい夏』（地球社）出版。「H氏賞」候補となる。創刊されたタウン誌『街こおりやま』編集同人、幹事。
◇一九七六年（昭和五十一年）五十四歳
在京のイラストレーター篠崎三朗の協力で、郡山市「匠」画廊、新宿駅ビル「伊勢丹プチモンド」画廊で詩画展開催、十一月一日、詩画集『ふるさとへかえれかえるな』（企画室コア）出版。詩誌『鵜』（代表有我祥吉）参加。
◇一九七七年（昭和五十二年）五十五歳
福島本社転勤、取締役論説委員長。
◇一九七八年（昭和五十三年）五十六歳

五月、「福島県現代詩人会」が設立され、初代会長となる。理事長小川琢士、会員数一二三名。第一回「福島民報出版文化賞」専門委員となる。
◇一九七九年（昭和五十四年）五十七歳
三月、フリーな活動を目指し、福島民報社を退職、同社編集顧問となる。五月十三日、妻を伴ってヨーロッパ周遊二カ月の旅に出る。フランス、イギリス、ドイツ、スイス、スウェーデンを周遊。
◇一九八〇年（昭和五十五年）五十八歳
福島県立安積女子高校の依頼で合唱組曲「ふるさと詠唱・安積」を作詞、翌年八月、作曲者のカリフォルニア大学教授湯浅譲二を迎え郡山市民文化センターで発表会が開かれた。五十五年度日本現代詩人会「H氏賞」選考委員。
◇一九八一年（昭和五十六年）五十九歳
十二月八日、草野心平題字により第六詩集『ふるさとへかえれかえるな』（九藝出版）を出版。
◇一九八二年（昭和五十七年）六十歳
『ふるさとへかえれかえるな』から「猫」など三篇、陳明台訳編「戦後日本現代詩選」（中華民国台中・熱点文化事業出版有限公司）に収録。郡山市図書館協議会委員。
◇一九八三年（昭和五十八年）六十一歳
福島地方裁判所、郡山簡易裁判所民事調停委員。八月三十一日、これまでに発表した作品を集めた詩選集『きんぽうげの歌』（近代文芸社）を出版、翌年「福島県青少年（中学生以上）推奨図書」に選定される。
◇一九八四年（昭和五十九年）六十二歳
郡山市図書館協議会議長。新設の「富田東小学校」校歌を作詞（作曲　岡部富士夫）
◇一九八五年（昭和六十年）」六十三歳
日本現代詩人会の六十年度「現代詩人賞」選考委員。六月、三期九年の「福島県現代詩人会」会長を退任、名誉会員となる。
◇一九八六年（昭和六十一年）六十四歳
九月五日、『郷土の名詩』（大和書房）に「蕎麦の秋」収録。十月三十日、第七詩集『野犬捕獲人』（花神社）を出版。「現代詩人賞」「日本詩人クラブ賞」「地球賞」等の候補となる。
◇一九八七年（昭和六十二年）六十五歳

二月二十八日から二カ月余、妻を同伴して三度目のヨーロッパ旅行。中央部のほか、ポルトガル、ハンガリーなど十カ国を遍歴。財団法人「福島県文化振興基金」から文化功労顕彰。郡山簡易裁判所司法委員となる。郡山市図書館協議会議長退任。十二月、「詩の会こおりやま」（有我祥吉会長）参加。

◇一九八八年（昭和六十三年）六十六歳

郡山市文化団体連絡協議会の依頼で合唱組曲「こおりやま讃歌」（作曲　湯浅譲二）を作詞。新設の「朝日が丘小学校」校歌を作詞（作曲　岡部富士夫）。郡山市文団連制作舞踊劇「鬼生田物語」挿入歌作詞（作曲　岡部富士夫）。十一月、「郡山文化功労賞」を受賞。十二月十日、福島民報連載のヨーロッパ旅行記を全面的に改稿、『グァダルキビル河のほとり』のタイトルで同社から出版。

◇一九八九年（昭和六十四年・平成元年）六十七歳

二月十五日、『現代日本詩人全集　福島の詩人』（教育企画出版）に「野犬捕獲人」など二十篇収録される。三月末で福島民報社編集顧問を退任、それまで『世相診断』四四一回を執筆。四月十日、日本現代詩文庫32巻『三谷晃一詩集』（土曜美術出版販売）を出版。詩誌『詩と思想』八月号グラビア特集「日本の詩人」に四ページにわたり紹介される。郡山市文団連制作舞踏劇「萩姫物語」挿入歌作詞（作曲　岡部富士夫）。

◇一九九〇年（平成二年）六十八歳

二月一日、『今日の名詩』（大和書房）に「白く長い道」「絵」「医王寺で」三篇収録。郡山市湖南町が国の「会津フレッシュリゾート地域」指定を記念し、福島中央テレビ今泉正顕社長ら市内有志二十四人が発起人となり、国立公園湖南町舟津公園に建立した詩碑「湖南頌」の詩を作詞。四月二十七日、関係者約百人が参列、満開の花の下で除幕式を挙行。新設の「郡山市立明建小学校」校歌を作詞（作曲　湯浅譲二）。十一月三日、福島県教育委員会から「芸術功労者」として表彰。

◇一九九一年（平成三年）六十九歳

三月末、社団法人日本記者クラブ退会。八月十四日、作品『さくらの木の下には』がＮＨＫラジオ第一放送「終戦特集」で放送。九月一日、「こおりやま讃歌」の全五曲が完成、県芸術祭の開幕イヴェントとして郡山市市民文化センターで披露。十一月三日、福島県文化功労者賞受賞。十二月五日、『三谷晃一自選作品集・ふるさと詠唱』（街こおりやま社）を出版。
◇一九九二年（平成四年）七十歳
十二月十日、第八詩集『遠縁の人』（土曜美術社出版販売）を出版。
◇一九九四年（平成六年）七十二歳
十一月、自宅を木耳舎と名づけ、詩と随想の個人誌『木耳』を創刊、「詩話『文明』と『文学』」、「遥かなるヨーロッパ　はじめに」、「木耳録」を収録した。第一号だけで廃刊。
◇一九九五年（平成七年）七十三歳
地域文化功労者として「文部大臣表彰」を受ける。
◇二〇〇〇年（平成十二年）七十八歳
二十一世紀合唱名曲集として「ふるさと詠唱」（湯浅譲二作曲）を音楽之友社よりCD発売。
◇二〇〇一年（平成十三年）七十九歳
二月十五日、詩選集『星と花火』（文芸社）を出版、全国発売する。
◇二〇〇二年（平成十四年）八十歳
十一月一日、第九詩集『河口まで』（宇宙塵詩社）を出版。十一月十二日、『福島県文学全集　第Ⅱ期第6巻　詩編』（郷土出版社）に「夜の訪問客」など四篇を収録。
◇二〇〇三年（平成十五年）八十一歳
『河口まで』が第十回「丸山薫賞」を受賞。十月二十一日、愛知県豊橋市主催の受賞式に出席。
◇二〇〇四年（平成十六年）八十二歳
三月、丸山薫賞十周年記念誌「丸山薫賞名詩選」CD付きに「河口まで」「東北」「救急車」が収録される。六月二十七日『街こおりやま』創刊三十周年記念事業としてCD「フロンティアこおりやま」発売。新しい市民の歌「フロンティアこおりやま」作詞（作曲中村裕介・編曲丸尾めぐみ）また「おにぎり」「水」（作曲丸尾めぐみ）「ほんとの未来」（作曲中村裕介）など数曲を作詞する。
◇二〇〇五年（平成十七年）
二月二十三日午後一時二十分、内臓疾患のため没。
法名　厳浄紫門晃詠清居士
◇二〇〇六年（平成十八年）

二月二十一日、随想集『「噂声塵語」「竹さゝゝ」』（街こおりやま社）刊。

◇二〇一五年（平成二十七年）

八月十五日、『平和をとわに心に刻む三〇五人詩集』（コールサック社）に「戦場」「蕎麦の秋」を収録。

◇二〇一六年（平成二十八年）

二月二十三日、『三谷晃一全詩集』が刊行される。

あとがき

全詩業の集約なって

安部　一美

悲願ともいうべき待望の三谷晃一全詩集が、上梓の運びとなった。何はともあれ、詩を愛する人々や、詩人を知る皆さんと、共に喜びを分かち合いたい。

この全詩集には、既刊詩集九冊を初め選詩集からの未収録詩篇、それに詩論、エッセイ、年譜が収録されているが、単行本等でこれだけのものを全部揃えるには、大変な労力と費用を要することになる。欲しい詩集等の著者が、自分と年齢差があればある程、その感は強い。それでも思潮社の「現代詩文庫」と、土曜美術出版販売の「日本現代詩文庫」が刊行されるようになり、高嶺の花であった先達詩人の詩集の全部、或いはその一端にだけでも、触れられることは幸せなことである。

三谷氏が二〇〇一年二月に、既発表の作品で編んだ『星と花火』（文芸社刊）を出版したとき、「詩は読まれない、詩集は売れないという定説を覆す多少の弾みに」と、詩集の定価を八〇〇円（税別）とした結果、市内の主だった書店では売り切れが続出し、近々再販の予定の張り紙。一ヶ月後には第二刷が発行され、文字どおり定説を見事に覆す大ヒット。本詩集も、全詩集としては比較的低廉な価格で、求め易くなっているのは喜ばしい。

また、私の赴任先の或る図書館が、新たに商業施設と合築された際、詩集コーナーがさびしく感じられたので、お節介にも、蔵書の収集策として、当時、福島県現代詩人会長の三谷氏を初め、役員の皆さんに、既刊詩集の寄贈をお願いしたことがあった。送料は着払いで私まで送って頂いたが、かなりの冊数を図書館に届けることができた。帰省の折、三谷氏に、唯一、料金前払いで送られて来たことを含めてお礼を言うと、「詩集などは焼けてしまうとお終いなので、図書館のような所に保存されることは、有り難いこと」と、反って感謝されたことを思い出す。

この度、全詩業が、ここに集約されたことを、きっと他界で喜んでおられるに違いない。

『三谷晃一全詩集』によせて

太田　隆夫

　わたくしが、詩人三谷晃一さんの名前を知ったのは、詩集『蝶の記憶』というもので、第九回福島県文学賞「詩の部」で受賞されたという新聞記事からでした。

　一九五六年（昭和三十一年度）秋のころで、まだ福島県内の文化的状況は貧しく、現在のように大きなニュースとは縁遠い背景にありました。

　そのころわたくしは短歌の創作の真似ごとに踏み迷っていた十九歳の若さにあり、短歌のかたわら詩作にも心を傾けていました。一般青年は、この記事のことなど一顧だにしなかったようですが、なぜだったのかわたくしにとって、印象のある事象だったと、不思議な出会いを思い出しています。

　そしてわたくしは、この詩集の題名『蝶の記憶』とは、どういうことだろう。一般的には『蝶の思い出』とか、『蝶の歌』という具体的なものにするのにと思いました。『蝶の記憶』とは、蝶の思い出なのか、蝶自身が記憶したものを詩篇としたものなのだろうかと、若いわたくしは、その受賞作の題名に迷いをつないでいたのでした。

　その後何かの縁で、第四詩集『さびしい繭』の詩集名を知る機会がありました。この詩集を直接手にすることはなかったのですが、このタイトルにとても親しみを感じたことを覚えています。それはわたくしの生家では長いこと、蚕を飼育し、年に三、四回繭を出荷していて、わたくしも手伝わされていたからです。この繭の文字から、あの白く楕円形の小粒そのものの親わしさ、大量に生産され、買い手に渡されたときの光景が、直接に結びついて、詩集名に身近さを感じとったものでした。

　一九七八年五月に、福島県現代詩人会が設立され、三谷晃一さんは初代会長に就任、以来三期九年間この任をつとめられました。一年後から福島県現代詩人会では、会員全員による『福島県現代詩集』が刊行され、以後会長自らの詩作品は、毎号掲載して会員の寄稿を牽引する役割を果しました。このアンソロジーには、三谷さんは名誉会員となってからも続き、会員たちへのメッセージとなり、大きな励ましでした。

　このたび第一詩集『蝶の記憶』から第九詩集『河口まで』、さらには未収録詩篇などのすべてが網羅されて、『三谷晃一全詩集』として刊行されることは、とても喜ばしく思います。福島県の文化、文学界、とりわけ現代詩の潮流のなかに、巨きな舟が漕ぎ出される快挙であろうと期待しております。

三谷晃一全詩集について

「転」の跳躍の巧みさ（詩集『野犬捕獲人』を再読して）

齋藤　貢

三谷晃一氏の全詩集が刊行されると聞き、日本の現代詩に多くの功績を残した氏の仕事に、更に新しいひかりがあてられるのだと嬉しく思った。本棚には、詩集『野犬捕獲人』以降の、氏の詩集が並んでいる。三谷氏と言葉を交わしたのは、氏が福島県現代詩人会の会長職や地方紙の要職を辞してからのことである。わたしの詩集が県の文学賞となったことがきっかけで、短いがこころのこもった手紙と詩集を送っていただいたからだった。

表情を崩さないで、少し相手をにらみつけるように話す。一語一語を確かめるような訥々とした話しぶりは印象に残っている。時に、話は意外な方面へと飛躍をしたが、それは落としどころを踏まえた巧みな比喩なのだとやがてわかる。話術の飛躍は、詩の行間におけるイメージや連想の飛躍にも繋がる。起承転結の、「転」の跳躍の巧みさとでも言えばよいのだろうか。

氏は自ら、その意外性を楽しんでいるようにも見えた。誰にも予想できない比喩を差し出しては、どうだ脱帽せざるを得ないだろうと、少し含み笑いも浮かべて。

〈比喩のなかで凍えることもあるだろう。〉〈比喩のなかできみたちは／対いあっているのだ。〉（「冬の時代」）という表現。暗喩によって世界の真実を読み解く眼差しの確かさが多くの詩行に潜んでいる。〈どんなに燃えていても／さむい火というのがある。〉（「雪原で」）には火の怖ろしさも。これは、ひとの死にまつわる戦火の記憶なのだろうか。詩集『野犬捕獲人』は、自らの老いに触れ、死の影が漂う作品もまた多い。そして、いちばんハッとさせられたのは、詩集『野犬捕獲人』の「あとがき」の、このような暗示的なことばである。〈思い切る距離というものがあり、それを測るのが、残された仕事のような気がする。〉当時、三谷晃一氏は、63歳。氏の年齢にわたしも近づいてきて、〈思い切る距離〉という比喩の意味が切なく実感できるようになったということなのだろう。

三谷晃一氏と私

高橋　静恵

私は縁あって、三谷晃一氏らが立ち上げた「詩の会こおりやま」の会員となった。この会の活動を通して、郡山の児童詩活動にも関わることになる。

三谷氏の匠時代からの仲間に、佐藤浩氏がいた。佐藤氏は老舗菓子店「柏屋」の本名洋一氏らと、子どもの詩誌『青い窓』（昭和三三年〜）を発行して、子どもの心の育成に生涯を捧げた詩人である。この『青い窓』第三九七号（平成三年五月）に、三谷氏が〈青い窓とともに〉と題して、一文を寄せている。そのなかで、佐藤さんの仕事が果たした役割は、鈴木三重吉の『赤い鳥』に匹敵すると言っては褒め過ぎであろうか。と称え、次のように結んでいる。

佐藤さんはこの「天才」（子どものこと）を「混沌」という言葉で表現している。「天が与えてくれた才」はいつも「混沌」だ。わたしも詩を書くが、おとなになってこの「混沌」にたどり着くことの難しさ。中学、高校、大学と、次第に詩がつまらなくなるのは、「混沌」のうえに「知識」の蓋をしてしまうからだ。知識を増やすのはよいことだが、日本の近、現代の教育が、「蓋をする」技術だけが最高の方法だと、子どもたちにも、自分自身にも思い込ませて来たのはバカなことだった。「混沌」は百五十億光年の広がりを持つ宇宙みたいなもので、驚かないほうがどうかしている。

また、三谷氏は郡山青年会議所が主催する中学三年生を対象にした「久米賞・百合子賞」（昭和三七年〜）詩部門の審査委員もされていた。三谷氏の後任として有我祥吉氏、渡辺理恵氏、私と務めさせてもらっている。

二〇一一・三の原子力発電所事故後の福島で、これからを生きる私にとって、すでに、地方・福島で「文明」と向き合って生ききった三谷晃一氏の言葉が、いっそう身近になった。この全集の刊行委員の末席に置いていただいたことに心からの感謝を申し上げます。

三谷さんの複眼的な思想

浜津　澄男

この『三谷晃一全詩集』出版に関し、平成27年12月13日付の福島民報に見出し「よみがえる、故三谷晃一、全集発刊へ」で、次のように記されていた。

「……三谷さんと親交があった南相馬市の詩人若松丈太郎さんと、両親がいわき市出身で出版社代表の鈴木比佐雄さんが八年ほど前に厳しさの中に優しさを含み、文明批評に富んだ三谷さんの詩を残そうと刊行を思い立った。……詩誌などにも作品を寄せており全作収集は困難だった。さらに震災で若松さんが一時避難を余儀なくされ、刊行のめどは立たなくなった。昨秋、県現代詩人会理事長を長く務めた郡山市の安部一美さんに声を掛けたところ協力の輪が一気に広がった。県内各地で活躍する詩人や三谷さんの親族十人が刊行編集委員に就いた。……」

若松さん、鈴木さん、安部さんを初め多くの方々の協力があり、この全集の出版が可能になったのである。タウン誌「街こおりやま」の伊藤和さんの尽力も大きい。これらの状況を、三谷さんは遠くのあの世から、目を細めて見ているに違いない。

三谷さんの作品に「東京にいくと」（詩集『ふるさとへかえれかえるな』）がある。なま暖かく、住み難い東京が好きになれないが、都会の魅力に惹かれるという、相反する気持を書いている。更に、〈なま暖かい東京〉から〈なま暖かい思想〉まで次元を高めている。否定しながらも肯定するという、複眼的な思想である。この作品が収められている詩集『ふるさとへかえれかえるな』の詩集名は、かなりシュールである。相反する言葉で現代のふるさとを表しているのである。

この全集は、三谷さんの複雑な想いが、わかり易い表現で書かれている。

『三谷晃一詩集』の刊行に寄せる

前田　新

「福島民報」という地方紙に「働くものの詩」という投稿詩の欄ができたのは、昭和二十二年（一九四七）だが、選者であった上野菊江さんのあとを受けて、三谷さんが選者になったのは昭和二十五年（一九五〇）であった。もう半世紀以上も前のことになったが、昭和三十年ころから高校生であった私はその欄に投稿をした。というよりも中学時代の恩師蛯原由起夫（村野井幸雄）先生と『ポエム』や『詩脈』などの詩誌を発行するサークルを先生と一緒につくっていたので、そこでの詩を先生が応募したのだが、ときおり、その欄に三谷さんの寸評がついて、私の詩が載るようになった。そして、半年毎に選ばれる奨励賞に何度か選ばれたりもした。そのときの、三谷さんのやさしいおだてに乗って、私は六十年、詩を書き続けている。

昭和五二年（一九七七）、三谷さんは福島県に現代詩人会をつくろうと呼びかけられた。私たちはそれに呼応して、その呼びかけ人に加えてもらった。そして翌年、福島県現代詩人会は、広い福島県全体の詩人たちを網羅し、三谷さんを会長に選んで結成された。それから三十八年、福島県の現代詩運動は、その軌道の上を走っている。

晩年、三谷さんは秋になると、新蕎麦を食いに郡山のお仲間の人たちと会津にきた。柔らかい陽射しのなかに、コスモスの花が乱れ咲く山の蕎麦屋で、三谷さんは粋な詩の話をした。ダンディズムが時間を燻らすそのひとときを、私たちは堪能した。そのとき、私はふと、師父という言葉を思った。私は三歳で父を戦争で亡くし、その顔さえも知らない。

それからほどなくして、私は妻と連れだって三谷さん御夫妻を訪ねた。そのとき、三谷さんは書きかけの「東北」という詩を見せた。「その方角から／生まれてきたものの膨大さを識るのは／われらの仕事だ」、三谷さんが亡くなられて、その言葉がいま、私のなかに響いている。『三谷晃一全詩集』の刊行は、その「われらの仕事」のひとつなのである。

私の好きな三谷さんの詩

室井　大和

この度、『三谷晃一全詩集』がコールサック社から刊行される。人の一生がその中に詰っている。比較的短い抒情的な初期の作品から、ジャーナリスティックな、エスプリの効いた文明批評を書いた詩人で、ダンディな方でもあった。また二〇〇三年に詩集『河口まで』で、第十回「丸山薫賞」を受賞した。郡山市をこよなく愛し、若い詩人達を育て、中央へ詩文を発信し続けた人であった。多くの詩集の中から、私の好きな詩を挙げると、

一、『会津の冬』　一九六四年
二、『さびしい繭』　一九七二年
三、「ぼたん雪」　詩集『蝶の記憶』　一九五六年
四、「東京に行くと」　詩集『ふるさとへかえれかえるな』　一九八一年
五、『河口まで』　二〇〇二年

主な略歴は、元福島民報社論説委員長、福島県現代詩人会初代会長、昭和六十年度現代詩人賞選考委員、平成三年福島県文化功労者賞等。

会津若松支社長時の斎藤清画伯との交流。互いに影響し合った『会津の冬』から

藁ぶき屋根が／雪をのせて／傾いている／明かりが洩れているのは／人が住んでいるのだろう／（略）／亡霊は／深く角巻をかぶって／ぼくが覗きこんだとき／雪あかりに／角巻の奥の眼が／やさしく光った

――雪国の人は寡黙な人が多く、最初は取り付きにくい。さらに言葉も重い。異国の山河に生きて来たような会津の人々。「会津の三泣き」を体験すると、実に優しく、人情が厚い。角巻を被った女の瞳は美しい。雪女の化身かも知れない。

――次に『さびしい繭』から

黄いろい繭がひとつ／土間にこぼれている。／外は雨／たぶんあれは／孵らないだろう。／固くちいさな蛹を／抱いたまま。／繭がひとつ／土間にこぼれている。

――何度口遊んだことか。

新しい読者に新しい発見を

若松　丈太郎

歿後十一年、ようやくという思いで『三谷晃一全詩集』を手にすることができた。

「解説」の一篇として本集に収載されている「還らぬ旅びと　―三谷晃一の詩を読み解く」は、二月二十三日に三谷さんがご逝去なさった二〇〇五年の秋刊行の『福島自由人』第二〇号に、追悼の思いを込めて執筆した。今回、改稿や加筆することも考えたが、当時の私なりの「読み」を大事にして、手を加えることはしなかった。

三谷さんの詩には、読むたびごとに私たちに新しい問いかけをし、発見を促してくれるものがある。例えば、最後の詩集『河口まで』に「東北」と題する二〇行足らずの小品がある。「還らぬ旅人」の「6、要約も証明もできないなにか」のなかで、当時の私は特別に意識することなく引用したのだった。だが、そののち、東電福島第一で〈核災〉が発生したことを契機にして、私は〈東北〉とはなにかをめぐって考えるようになった。そして、三谷さんがすでにこの問題を、ふるさとについての多くの作品を書くことによって考察していたのだということを知らされたのである。

三谷晃一は過去の詩人ではない。つねに現在を生きていた詩人である。したがって、世代を超えて若い人びとが読んでも発見するものがあって、共感をこころに抱くことになるにちがいない。

そう考えると、歿後十年を経て『三谷晃一全詩集』を刊行できたことは、三谷晃一を直接には知らない新しい人たちによる新しい発見と新しい評価がなされることが期待できる事件なのである。編集委員諸氏の力を得て、新しい人たちへと三谷晃一をバトンタッチできることに、彼の次世代を生きた者のひとりとして、楽しみを胸にしているところである。

編　註（敬称略）

一、本全詩集は、三谷晃一が生前に刊行した九冊の既刊詩集から重複を除いた二百四十七篇と、詩選集・詩画集、詩誌・文芸誌などに発表したが詩集には未収録の詩篇、歌詞などを合わせた六十一篇の合計三百八篇が時系列に収録されている。また代表的な詩論やエッセイなども収録されている。さらに六名の解説文、年譜なども収録されている。

【既刊詩集】

第一詩集『蝶の記憶』（一九五六年）
第二詩集『東京急行便』（一九五七年）
第三詩集『会津の冬』（一九六四年）
第四詩集『さびしい繭』（一九七二年）
第五詩集『長い冬みじかい夏』（一九七五年）
第六詩集『ふるさとへかえれかえるな』（一九八一年）
第七詩集『野犬捕獲人』（一九八六年）
第八詩集『遠縁のひと』（一九九二年）
第九詩集『河口まで』（二〇〇二年）

【日仏対訳詩集】

『さびしい繭抄』（一九七三年）

【詩画集】

三谷晃一／篠崎三朗詩画集『ふるさとへかえれかえるな』（一九七六年）

【詩選集の新作、詩集未収録詩篇、歌詞、詩碑の詩など】

【詩論、エッセイ】

二、本全詩集は、二〇〇九年頃に若松丈太郎とコールサック社の鈴木比佐雄が三谷晃一の文学的な価値を後世に残すために計画された。しかし東日本大震災・東電福島第一原発事故により中断されてしまった。その後に二〇一四年十月に郡山市内で若松丈太郎、鈴木比佐雄、安部一美、浜津澄男、室井大和たちが集まり、全詩集を刊行するための「刊行編集委員会」を設立することを確認し合った。翌年の二〇一五年三月には安部一美が、三谷晃一の著作物を管理している街こおりやま社の伊藤和と著作権継承者である義弟の阿部幸彦に連絡を取り、郡山市内の街こおりやま社で伊藤和、阿部幸彦、安部一美、浜津澄男、鈴木比佐雄らが集まり、編集会議を開いた。その席上で若松丈太郎がすでに編集していた右記の編集案をベースにして、二〇一六年二月二十三日の三谷晃一の命日までに全詩集を刊行することをなど細かな編集内方針が決められた。それに基づき二〇一五年秋には初校があがり、各刊行編集委員に送られ、九月にも各編集委員が再度集まり調整し年内に校了となった。

三、詩篇の後には、菊地貞三、真尾倍弘、槇さわ子、深澤忠孝、若松丈太郎、鈴木比佐雄の詩人論・解説文と、年譜及び編註を掲載した。装幀デザインは杉山静香、校正・校閲は座馬寛彦、佐相憲一、鈴木光影が担当した。

四、年譜は三谷晃一自身が書き上げた詩選集『日本現代詩文庫・三谷晃一詩集』(一九八九年刊)をベースにして二〇〇五年に亡くなった際に作成された年譜を基にして、各編集委員によって作成された。

五、本全詩集に収録した詩篇は、各詩集や各発表詩誌や掲載新聞などを底本としており、原則として表記は底本通り、著者の表記に則っているが、初期の詩篇の旧字は新字に改め、旧仮名遣いの詩篇も新仮名遣いに統一した。

六、詩篇には多少の誤植と送り仮名やルビの間違いがあり、明らかな誤字と誤植は改めた。

七、発表された詩誌の入力環境で略字と正字が混在していたが、基本的に正字に統一した。

八、本全詩集には、今日から見て、人権擁護の観点から不適切と思われる表現が一部に見られるが、三谷晃一の詩作品の文学性、時代背景を考慮してそのままとした。

九、既刊詩集や未収録詩篇を集めるにあたり、若松丈太郎、伊藤和、安部一美、阿部幸彦など各氏の各編集委員の協力を得て、自宅に保管されていた資料を提供して頂いた。また福島県在住の関係者の皆様からも貴重な資料をお送り頂いた。但し初期の詩誌やその他の寄稿した詩誌の全ての号を発見できなかった。それらの号の中に既刊詩集に入っていない未収録詩篇もあるだろう。発見されたものは可能な限り収録したことでご容赦願いたい。
十、本全詩集が二〇一一年三月十一日の東日本大震災の五年後に刊行されることはとても意義深いことだ。三谷晃一は本書の一九九九年に書かれたエッセイ「論外！東海村」で原発事故を「専門家の大罪」であり、「オウムに匹敵する重大犯罪」だと断じて原子力行政の将来に強い危機意識を抱いていた。三谷晃一が生きていたら今の福島や日本や世界をどのように論ずるだろうか。この全詩集の中の三谷晃一が福島だけでなく日本や世界の「謙虚で控えめな文化」を担う人びとに力を与えてくれるだろうことを確信している。
十一、本全詩集は、巻末に記された多くの三谷晃一を愛する全詩集刊行の「よびかけ人」の力強いご支援や励ましで、刊行することが可能となった。その無償のご支援に対して各刊行編集委員は心より御礼を申し上げます。

刊行編集委員　若松丈太郎
阿部　幸彦
太田　隆夫
伊藤　和
安部　一美
前田　新
齋藤　貢
浜津　澄男
室井　大和
高橋　静恵
鈴木比佐雄

刊行よびかけ人（五十音順・敬称略）

赤松睦子・秋山泰則・淺山泰美・安部一美・阿部晃造・阿部正栄・阿部幸彦・天野行雄・安斎正蔵・五十嵐宏・石川悟朗・石毛チサ子・石田宏寿・石村柳三・伊藤栄紀・伊藤和・伊藤幸子・伊藤義治・今泉水庸子・今泉守顕・うおずみ千尋・瓜生利典・遠藤寿之・遠藤吉信・大石邦子・大川原順一・大越孝子・太田隆夫・大竹タイ子・大塚史朗・大堀睦子・小笠原茂介・岡田忠昭・貝塚津音魚・片山壹晴・亀谷健樹・川前光徳・菅野和子・菊池勝・菊地清寿・岸本嘉名男・北岡淳子・北畑光男・木戸多美子・木村孝夫・くにさだきみ・熊田隆治・熊田康秀・黒川純・黒木アン・黒澤昭一・郷原宏・小林祐子・兒玉智江・近藤チヨ・崔龍源・斎藤彰吾・齊藤久之丞・齋藤貢・酒井力・酒木裕次郎・さきもり明日香・櫻木半治・佐々木寛侑・佐々木淑子・佐相憲一・佐藤昭・佐藤栄佐久・佐藤三郎・佐藤昭一・佐藤幹・澤田和子・塩田清和・篠崎三朗・篠崎拓・柴田三吉・清水達子・松棠らら・新川和江・杉谷昭人・杉目和歌子・鈴木孝雄・鈴木豊志夫・鈴木尚子・鈴木比佐雄・鈴木瑞之・鈴木美奈子・鈴木洋・瀬川賢一・関根清・曽我貢誠・高木道浩・高坂光憲・高野幸治・高橋金一・高橋重義・高橋静恵・高橋正好・財部鳥子・滝田康雄・田澤ちよこ・竹内容子・竹森絵美・立壁純子・田中和子・田中作子・田中詮三・丹治洋・辻みさを・鶴賀イチ・永井ますみ・長尾勉・長久保鐘多・永瀬十悟・仲山みどり・青天目起江・苗村吉昭・成田トク・成田豊人・二階堂晃子・新田八郎・根本匠・根本昌幸・野地純一・芳賀章内・硲杏子・橋本清志・畑中成純・浜津澄男・林靖子・原詩夏至・原正夫・原子修・半澤一泰・深澤忠孝・福島佳之・福西トモ子・藤川由記子・藤村和賢・藤原菜穂子・細野豊・細谷節子・本田司・本名善兵衛・前田新・前原正治・まじまきみえ・松坂佳生・松崎宣子・松本高直・みうらひろこ・三尾和子・見上司・溝井勇・美濃吉昭・宮森キミ子・宗方和子・宗像洲美夫・村田一雄・村田英男・室井大和・森三紗・森山京子・門馬真澄・山形一至・山口松之進・山本衞・湯浅譲二・湯浅大郎・結城文・悠木一政・結城洋子・遊佐三枝子・横井浩・吉田芳子・若松丈太郎・和田文雄・渡辺梅代・渡辺一明・渡邊元藏・渡辺由美・渡辺由和・渡辺理恵子

石炭袋

『三谷晃一全詩集』

2016年2月23日初版発行
著　者　三谷晃一
（著作権継承者：阿部幸彦　〒963-8005 郡山市清水台2-2-18）
編　集　『三谷晃一全詩集』刊行編集委員会
若松丈太郎、阿部幸彦、太田隆夫、伊藤和、安部一美、前田新、
齋藤貢、浜津澄男、室井大和、高橋静恵、鈴木比佐雄
発行者　鈴木比佐雄
発行所　株式会社 コールサック社
〒173-0004　東京都板橋区板橋2-63-4-209
電話 03-5944-3258　FAX 03-5944-3238
suzuki@coal-sack.com　http://www.coal-sack.com
郵便振替　00180-4-741802
印刷管理　（株）コールサック社　製作部

＊装幀　杉山静香

落丁本・乱丁本はお取り替えいたします。
ISBN978-4-86435-236-9　C1092　¥5000E